Lecture facile

Cristina Morales

Lecture facile

roman

Traduit de l'espagnol
par Margot Nguyen Béraud

DENOËL
& D'AILLEURS

Ouvrage traduit avec l'aide du Centre national du livre.

Support for the translation and illustration of this work
was provided by Acción Cultural Española, AC/E.

AC/E ACCIÓN CULTURAL ESPAÑOLA http://www.accioncultural.es/

À ma grand-mère Paca : vraie Bernarda Alba qui, à gorge déployée ou avec une méticuleuse courtoisie, défiait l'autorité de ses parentes, gériatres, soignantes, infirmières et assistantes sociales.

Aux seins adolescents que Francisca Vásquez Ruiz avait encore à quatre-vingt-deux ans (Baza, 1936 - Albolote, 2018).

« Ce n'est pas parce que des personnes à problèmes se tournent vers la danse que la danse provoque des problèmes. »

Amador Cernuda Lago, « Psicopatología de la danza » [Psychopathologie de la danse], 2012

« J'affirme que la pute c'est ma mère
que la pute c'est ma sœur
que la pute c'est moi
et que tous mes frères sont des pédés.
Il ne suffit pas d'énoncer et de clamer
nos différences :
Je suis femme,
Je suis lesbienne,
Je suis indigène,
Je suis mère,
Je suis folle,
Je suis pute,
Je suis vieille,
Je suis jeune,
Je suis handicapée,
Je suis blanche,
Je suis noire,
Je suis pauvre. »

María Galindo, *Feminismo urgente. ¡A despatriarcar!* [Féminisme urgent. Dépatriarcalisons !], 2013

Moi, j'ai deux portillons installés sur les tempes. Ils se ferment latéralement, comme ceux du métro, et me bloquent le visage. On peut se les représenter avec les mains, comme quand on fait coucou aux bébés. Elle est où maman ? Elle est où maman ? Iciiiiiii ! Alors les mains s'écartent et le gamin éclate de rire. Mes portillons de tempes ne sont pas faits de mains, mais d'un matériau lisse, résistant et transparent, avec des bandes en caoutchouc sur les bords pour amortir la fermeture, et assurer une bonne étanchéité. Comme les portillons du métro. Bien qu'on puisse parfaitement voir ce qui se passe de l'autre côté, ils sont suffisamment hauts et glissants pour qu'on n'arrive ni à sauter par-dessus ni à passer en dessous. Quand mes portillons se ferment, un masque dur et transparent se pose sur ma figure, en me permettant néanmoins de continuer à voir et à être vue ; dans ces cas-là, plus rien ne vient s'interposer entre moi et l'extérieur, même si, en réalité, l'information a cessé de circuler et que le masque laisse uniquement passer les stimuli indispensables à ma survie. Pour franchir les portillons du métro, il faut grimper sur la machine qui valide les titres de transport, et qui sert à la fois d'engrenage et de séparation entre une paire de portillons et une autre. Ça, ou se payer un ticket, bien sûr.

Parfois, mes portillons ne sont pas ce masque dur et transparent, mais une vitrine derrière laquelle je regarde quelque chose que je n'ai pas les moyens d'acheter, ou derrière laquelle c'est moi qui suis regardée par quelqu'un qui voudrait m'acheter. Et quand je parle de mes portillons, ce n'est pas au sens figuré. Je suis littérale, j'explique une mécanique. Petite, je ne comprenais rien aux paroles de chansons parce qu'elles étaient truffées d'euphémismes, de métaphores, d'ellipses, bref, de rhétorique dégoûtante, de cadres répugnants aux significations prédéterminées où « une femme avec une femme » ne veut pas dire deux femmes qui se baladent mais deux femmes qui baisent. Ce que ça peut être tordu, subliminal et rance… Si au moins ça disait « une femme collée à une autre femme ». Mais non, évitons de reconnaître que deux meufs sont en train de se lécher la chatte.

Mes portillons ne sont la métaphore de rien ; je ne fais pas référence à une barrière psychologique qui m'extrairait du monde. Mes portillons sont visibles. Sur chacune de mes tempes, il y a une charnière rétractile. Et entre les tempes et les mâchoires, j'ai des rails permettant à chaque portillon de s'ouvrir et se refermer. Désactivés, ils sont rangés derrière et occupent chacun un revers de visage : demi-front, œil, demi-nez et mono-narine, joue, demi-bouche et demi-menton.

La dernière fois qu'ils se sont activés, c'était avant-hier au cours de danse contemporaine. La prof s'était fait six ou sept secondes de kif à danser toute seule, puis elle a répété la chorégraphie un peu plus lentement, pour nous autres qui devions la mémoriser avant de la reproduire. Elle a rappuyé sur *play* et elle s'est placée devant le miroir afin qu'on puisse la suivre. Moi, si elle va doucement, ça ne me pose aucun problème. J'exécute les mouvements avec une seconde de décalage, voire un peu moins, le temps de l'imiter du coin de l'œil et de me rappeler ce qui vient après, et je fais toujours ça intensément et scrupuleusement : ça me procure du plaisir et aussi l'impression de bien danser. Parce que oui, je suis une bonne danseuse. Mais cette fois-là, notre prof avait plus envie de danser peinarde que de nous apprendre à le faire, et moi je n'arrivais pas à suivre. Elle a compté cinq-six-sept-et-huit puis elle a démarré, les cheveux dans le vent qu'elle faisait souffler elle-même, en parlant par-dessus la musique, sans décomposer les pas. Activation immédiate de mes charnières rétractiles, glissement soigneux et silencieux de mes plaques de polyuréthane depuis le verso jusqu'au recto de mon visage, avant jonction finale. Je ne danse plus, je m'agite de mauvaise grâce. Je fais quelques pas à moitié, j'en saute d'autres, je copie sur les camarades qui y arrivent pour reprendre le train en marche, mais je finis par m'arrêter alors que les autres continuent, je m'adosse au mur et je les regarde. J'ai l'air hyper-concentrée sur l'assimilation de la chorégraphie, pourtant c'est tout le contraire. Je ne décortique pas en série de mouvements cette pelote emmêlée, je n'attrape pas le bout du fil pour éviter de me perdre dans le labyrinthe. Tout ce que je fais, c'est mumuse avec la pelote comme un chaton, en analysant la qualité des corps et des vêtements de mes camarades.

Parmi les sept ou huit élèves, il y a un seul mec. Un mec, certes, mais avant tout un gros macho en démonstration permanente de virilité dans un groupe de femmes. Il porte des couleurs vives fanées, il est mal rasé, il a les cheveux longs et il est toujours prêt à parler communauté ou culture. Un fasciste, quoi. Fasciste et macho sont pour moi synonymes. Il galère à danser parce qu'il est en bois. Ce qui n'est du reste absolument pas répréhensible, pas plus que mes portillons, que toutes les filles ont d'ailleurs repérés, du coup elles me laissent tranquille. Le macho, lui, a fait semblant de ne pas remarquer, et quand il a eu terminé la choré que je n'avais pas finie, il est venu me montrer où je m'étais trompée en proposant de me corriger. S'il n'y avait que son corps qui était en bois… mais son cerveau aussi, et ça, par contre, je le lui reproche. Nan, nan, pas la peine, je lui ai répondu sans bouger le moindre orteil. Si t'as un doute, n'hésite pas à me demander, il a ajouté en souriant. Vingt-dieux-de-mes-deux, heureusement que mes portillons s'étaient fermés et que sa machisterie était amortie par mon total désintérêt envers tout ce qui m'entourait. Voilà, c'était un exemple parlant d'un moment où mes portillons se transforment en vitrine et où je deviens à la fois exposée et intouchable.

Avant-hier, ce n'est pas que je n'arrivais pas à suivre la choré, c'est que je ne voulais pas ; pas envie de danser synchrone avec sept inconnues et un macho ; pas envie de me branler sur les velléités chorégraphiques d'une danseuse qui a fini prof dans une MJC ; pas envie de faire comme si on était une compagnie professionnelle alors qu'on n'est qu'une troupe de mioches dans une crèche pour adultes. Mais ça, le désir de ne pas faire, les gens ne comprennent pas.

Je sais plus si avec le totalitarisme d'État j'avais autant pas de bol, mais avec le totalitarisme de Marché, merde, je te raconte pas, me dit ma cousine. Aujourd'hui, elle est allée chouiner à une assemblée de la PAH, dès qu'elle a su qu'il fallait gagner au minimum 1 025 euros par mois pour espérer avoir un HLM. Ne pleure pas, Marga, je réponds en lui tendant un kleenex. Dis-toi qu'au moins, maintenant, le totalitarisme de Marché porte un nom de meuf : *la doña* Mercadona, avec ses caméras de vidéo-surveillance même plus braquées sur les rayons mais sur la tête des employés, et que grâce à ça on peut chourer du déo, des serviettes hygiéniques, et même sortir les capotes de leur boîte avec le truc qui bipe pour les mettre dans nos poches. J'ai conseillé à Marga de passer à la cup pour ne plus avoir à carotter des serviettes et des tampons : ça lui ferait de la place dans son sac pour autre chose ; du miel, par exemple, ou du Cacolac, c'est tellement cher. Ma cousine me répond qu'une cup coûte 30 euros, que les 30 euros elle ne les a pas, et que de toute façon ça ne se trouve pas en supermarché mais en pharmacie et qu'en pharmacie c'est hyper-chaud de chourer parce que là-bas les caméras sont braquées sur le client et que les portes sonnent à chaque fois que quelqu'un entre ou sort. Moi qui avais justement voulu piquer une cup pour l'anniversaire d'une copine, c'est vrai que je n'avais pas trouvé d'endroit pratique, même pas au Corte Inglés, et que dans les pharmacies tout le monde est effectivement au taquet. Ouais, mais si c'est une pharmacie de garde tenue par un vieux et qu'il fait nuit ? Arrête de chourer des capotes et passe à la pilule, me dit-elle, parce que le temps de retirer le plastique autour de la boîte, c'est complètement grillé. Tu délires ! je lui réponds. Être shootée aux hormones, sous médocs en permanence juste pour que le mec soit content de ne pas être obligé de la sortir. Je ne vois vraiment pas en quoi la pilule serait émancipatrice. Les dermatos te la prescrivent pour arrêter d'avoir des boutons, parce que, bien sûr, l'acné est une maladie, rien à voir avec un critère de beauté ou de mocheté, ni avec le fait de te transformer en citerne séminale. Il en va de la santé de nos adolescentes ! C'est ça, ouais. Mais on ne peut pas se taper des gens sans mettre de capote, Marga. Rien que pour les maladies sexuellement transmissibles, rien que pour ça, je lui dis. Ah bon, des maladies ? elle me répond. Comment ça « ah bon » ? Mais le sida, ça n'existe pas, Nati, qu'est-ce que tu racontes ! Ça ne concerne même pas 1 % de la population. En Espagne, il y a plus de suicides par an que de sidas dépistés. Peut-être, Marga, mais moi, je ne baise jamais avec des Espagnols, c'est tous des fascistes. Merde, Nati, t'es plus réac que le saint ciboire. Et toi t'es qu'une hippie, va me couper cette tignasse.

Dans un nouveau cours de la Garderie pour Adultes de la Barceloneta (GAPABA), une autre prof de danse nous a demandé d'enlever nos chaussettes. On allait faire des pirouettes et elle ne voulait pas qu'on glisse. Tout le monde les a enlevées sauf moi ; j'avais une ampoule en voie de guérison au pouce droit. La prof a répété son ordre masqué. Masqué pour deux raisons : premièrement, parce qu'elle n'a pas dit « enlevez vos chaussettes » mais « on enlève ses chaussettes », c'est-à-dire qu'elle n'a pas donné d'ordre mais a énoncé un résultat, s'épargnant l'impopulaire conjugaison du verbe à l'impératif. Et deuxièmement, parce qu'elle ne s'adressait pas à l'altérité que dans toutes les classes, qu'elles soient de danse ou de droit administratif, nous, élèves, formions par rapport à elle. La prof a dit « on enlève ses chaussettes » et pas « vous enlevez vos chaussettes », supprimant ainsi l'altérité en s'y incluant, créant par là même un « nous » fallacieux où professeure et élèves se confondent.

Elle a réitéré son ordre masqué en le masquant à nouveau : j'étais la seule en chaussettes dans la salle, et pourtant, au lieu de dire « tu enlèves tes chaussettes, Nati », elle a répété « on enlève ses chaussettes ». Autrement dit, en plus de masquer l'impératif et le vous, elle masquait aussi le fait qu'une seule et unique élève lui avait désobéi. Si plusieurs personnes étaient restées en chaussettes, elle aurait compris qu'il existait une raison, aussi minoritaire soit-elle, nous poussant à agir de la sorte, et elle aurait accepté cette différence. Car une raison minoritaire d'insoumission peut à la rigueur être respectable. Une raison individuelle, non. Tout le monde a regardé les pieds nus des autres. Moi, je suis myope, mais comme je dois enlever mes lunettes pour danser, je ne peux pas affirmer de source sûre que tous les regards étaient posés sur mes pieds habillés. Heureusement, mes portillons sont bien gradués (–2,25 dioptries à droite et –3,10 à gauche), prêts à l'observation minutieuse de ce fascisme contre lequel je suis équipée.

Après l'échec de ses deux ordres masqués, la prof, qui est suédoise et s'appelle Tina Johanes, est arrivée à la conclusion qu'en plus d'être myope je devais être sourde, ou alors que je ne parlais pas espagnol. Dans un esprit de compréhension humaniste, elle a appuyé sur *play* et, alors qu'on commençait notre série de pirouettes, elle est venue vers moi et m'a coupée dans mon tour maladroit pour me parler, cette fois-ci à la bonne personne.

— Tu vas bien ?

— Moi ?

— Tu comprends l'espagnol ?

— Oui, oui.

— Parce que tu n'as pas enlevé tes chaussettes.

— J'ai une blessure au pied.

— Ah bon, d'accord, a-t-elle dit en reculant d'un pas, les

paumes ouvertes en signe d'excuse, d'évitement du conflit et d'absence d'une arme sous son collant en stretch.

Fini les pirouettes. Constatation pleine et entière de l'endroit où je me trouve ; de qui sont les autres, de qui est Tina Johanes, et de qui je suis, moi. Merde au chimérique apprentissage de la danse. Merde aux 4 euros de l'heure que me coûte ce cours après la réduction chômage. 4 euros que j'aurais pu dépenser dans un aller-retour à la salle de répète de l'université où je danse seule ; le mambo ; nue ; et mal. 4 euros que j'aurais pu mettre dans quatre bières chez le Chinois ; 4 euros qui auraient pu être le début d'une fête ou servir à me précipiter mortellement au lit sans me laisser le temps de penser à la mort. Or je suis à la Garderie pour Adultes de la Barceloneta (GAPABA). Les autres sont des électeurs de Podemos ou de la CUP, la Candidature d'unité populaire. Tina Johanes est une figure d'autorité. Et moi je suis une bâtardiste au passé bovariste, et à cause de cette saloperie d'héritage je pense encore à la mort et donc je suis déjà morte par anticipation.

Pour aller à la fac en train, tu pourrais aussi sauter les portillons, non ? Trop risqué : le trajet est long et ça me stresse de vérifier qu'il n'y a pas de contrôleur à esquiver pendant douze arrêts, après ça s'entortille dans mon ventre, ça me donne envie de chier et je passe les douze arrêts à m'appuyer sur les gargouillis. Je me mets à lâcher des pets en serrant les fesses pour ne pas faire de bruit, du coup j'ai les ischions en équilibre sur mon siège et la méga-honte à cause de l'odeur. Un jour, je suis arrivée à la fac avec la culotte souillée. Si tu laisses sortir un mini-bout de crotte, tu peux tenir plus longtemps, mais après il te reste quand même six stations à te taper avec une virgule dans la raie. Y a pas de toilettes dans le train ? Non, pas dans les Intercités de la *Generalitat*. Pas le choix, tu dois monter dedans même si tu as envie de pisser, de chier ou de niquer. Dans les trains gérés directement par la Renfe et le ministère de l'Intérieur, là si, il y a des toilettes. Entre Cadix et Jerez, c'est-à-dire la même distance qu'entre Barcelone et la fac, tu peux même tirer un coup. Il faut donc en conclure que l'absence de chiottes dans les trains de banlieue est une mesure répressive de plus, et qu'en matière de toilettes et de trains la *Generalitat* est plus totalitaire que l'État espagnol.

Accouche, Angelita, je lis dans tes pensées et je veux l'entendre de ta bouche : si Tina Johanes t'a demandé de retirer tes chaussettes, c'était pour ton bien (sauf qu'Angelita n'a pas dit Tina Johanes, mais « la maîtresse »). Pour t'épargner de glisser. Pour pas que tu tombes et que tu te fasses mal. Pour que tu danses mieux. Pareil que le type de l'autre cours, quand tu as arrêté la chorégraphie (elle n'a pas dit chorégraphie, mais « danse »). Tu exagères. Tu es incapable de la moindre empathie (elle n'a pas dit ça, mais : « T'es incapable de te mettre à la place des autres, et pis t'es égoïste »). Tu as payé pour ces cours de danse, c'est-à-dire que tu as donné de l'argent pour recevoir des ordres (pas comme ça non plus, mais : « Tu t'es inscrite à la danse, ça sert à quoi de s'inscrire à la danse si t'apprends pas les pas »). Nati, ton problème (et ça, elle l'a vraiment dit comme ça), c'est que tu veux être au four et au moulin, et en plus t'es un peu anti-indépendantiste. Ah ! voilà justement où je voulais en venir, Angelita ! Tu m'ôtes les mots de la bouche ! Merci, merci, merci ! (Elle est énervée parce que je l'ai appelée par son vrai prénom en espagnol, et pas Àngels, en catalan, et en ajoutant un *ita* bien condescendant.) Nati, on te pardonne d'être réactionnaire parce que tu es à moitié belle (sachant que c'était plutôt : « Tu te conduis comme une gamine et personne te dit jamais rien parce que t'es mignonne »). Si tu étais à moitié moche, ou moche tout court, on te traiterait de frustrée et tu serais une pestiférée (à savoir : « Si t'étais moche ou vieille ou grosse, tu leur ferais pitié et ils te calculeraient même pas »). Tu te trompes, j'ai répondu. Tu te trompes complètement. Une semi-belle gosse, et je ne te parle même pas d'une belle gosse ou d'une bombasse, n'a pas droit à la radicalité. De quoi se plaint-elle, la belle ? Comment se fait-il donc, puisqu'elle est belle, qu'elle ne soit pas heureuse dans la vie ? Elle est belle pourtant, qu'est-ce qu'elle a à cracher son venin ? Quand on sait comme ça enlaidit les femmes, la méchanceté. D'où elle m'envoie bouler, alors que je la complimente et que je la siffle ? D'où, vu que je suis justement en train de la flatter, cette grosse pute ! ? Une autre manifestation de la censure envers la radicalité des belles meufs ressemble précisément à ce que tu viens d'énoncer : elles critiquent parce qu'elles sont belles, elles osent parce qu'elles sont belles, et c'est également parce qu'elles sont belles, bien emballées dans leur joli papier cadeau contestataire, que leurs critiques passent et qu'on les écoute. Mais attention, Angelita, ça, c'est une connerie aussi grosse que la murge qu'on est en train de se prendre ! Ça vaut pour les hippies qui se mettent des fleurs dans les cheveux, qui sont foutues comme des top-modèles, qui n'ont pas plus de vingt-cinq ans et qui montrent leurs seins à l'Assemblée ou au Vatican, et qui au lieu de s'appeler les Femen devraient s'appeler les Ramen, vu comment leur ennemi de patriarcat s'astique la nouille sur elles.

J'adore être un peu pompette avec Ángela, parce que même si ça ne se voit presque pas, à l'intérieur on va à mille à l'heure, on est super loquaces, son bégaiement s'accentue et les autres sont larguées ; c'est d'ailleurs toujours peu ou prou le même combo : Ángela, Marga et moi. Parfois, il y a aussi ma demi-sœur Patricia, avec une copine à elle, une Ramen justement, ou un de ses potes, mais eux, je ne sais pas si c'est des machos, parce qu'ils ne sont pas espagnols et parce que je ne leur ai jamais parlé plus d'un quart d'heure, même si, ce qui est sûr, c'est que c'est des babos, donc encore plus insupportables que les Ramen, leurs compagnes de revendication naturelles. Enfin bon, ma demisœur, la seule fois où elle a montré ses nichons minuscules en public, avec ses tétons comme des jaunes d'œuf collés à une planche, c'était à la billetterie d'un spectacle de pornoterrorisme, parce que la guichetière lui avait dit que, si elle lui montrait, elle entrait gratis.

Sachant que Marga ne lit rien de rien, même pas les magazines chez le coiffeur, même pas ceux avec juste des photos de coupes de cheveux, il faut bien dire que la peine qu'elle s'est donnée pour m'apporter le fanzine du local anarchiste où l'ont orientée les gens de la PAH a été une initiative particulièrement généreuse de sa part. Le fanzine en question reproduit le moment historique où la Bolivienne María Galindo a inventé le concept de bâtardise, aux pages 106 et 107 de son ouvrage *Féminisme urgent. Dépatriarcalisons!*, publié en 2013 à Buenos Aires :

> Puisque le désir n'a pas circulé ni ne circule librement dans la société, puisque le désir a été discipliné par un code colonial de domination, on ne peut parler de métissage.
>
> À cause de cette domestication coloniale du désir érotico-sexuel, je parlerais de bâtardise et non de métissage. Il y a eu mélange, certes, et le mélange a été si vaste qu'il a concerné la société entière, en effet, mais ce ne fut pas là un mélange libre et horizontal; ce fut un mélange obligé, soumis, violent ou clandestin, dont la légitimité a toujours été sujette au chantage, à la surveillance et à l'humiliation.

Le métissage est une semi-vérité qui, si on lui ôte son manteau de honte et d'hypocrisie, s'appelle la bâtardise. Une semi-vérité qui, si on lui retire son maquillage, ses fanfreluches et ses déguisements, s'appelle la bâtardise.

Le métissage est la semi-vérité d'un monde social brutalement conflictuel, terriblement irrésolu, ardemment illégitime et interdit des centaines de fois. Par conséquent, c'est un acte libérateur que de l'appeler par son juste nom et d'affirmer qu'il n'y a ici pas de métisses mais des bâtardes. La condition de blanche comme celle d'indigène est une forme de refuge fictif servant à dissimuler une chose plus angoissante : la question irrésolue de l'origine.

Disons que la bâtardise est mon idéologie, bien que l'inventeuse de ce concept haïsse le concept même d'idéologie pour ce qu'il a d'avant-gardiste, d'académique et, par conséquent, de structurellement hiérarchique et patriarcal. D'ailleurs, María Galindo ne parle pas de bâtardistes, mais de pures et simples bâtardes. Bâtardiste, avec sa terminaison en *-iste* typique de l'adhésion idéologique, est de moi.

Il y a quelque temps, j'ai eu la chance d'assister à l'une de ses conférences au musée d'Art contemporain de Barcelone (MACBA) ; le temps qu'il a fallu pour que ses livres, introuvables en Espagne et qu'elle avait dû apporter elle-même de Bolivie, soient reproduits dans des fanzines et distribués au sein des milieux libertaires. Même si ce n'était pas cher (10 euros pour un livre de plus de 200 pages, avec des photos couleurs et même un DVD dedans), moi je n'ai pas d'argent et l'idée n'était pas de voler les bouquins de celle dont la conférence m'avait fait pleurer. Au début, j'ai cru que je pleurais pour les mêmes raisons que les bébés quand ils naissent, à cause du passage d'une vie à une autre, le passage des ténèbres à la lumière. Mais ces pleurs-là impliquent de la douleur, et à moi les paroles de Galindo ne faisaient pas mal, elles me caressaient, elles me serraient dans leurs bras, elles faisaient l'amour avec moi comme des amantes expertes, à l'écoute, comme on peut l'être avec une partenaire moins expérimentée, ou vierge. Personnellement, j'étais encore vierge niveau conscience bâtardiste. Galindo ne pense pas que la douleur ou le trauma soient une quelconque source de libération. C'était donc de plaisir que je pleurais. Et concrètement, du plaisir de la politisation, à savoir celui d'émerger de la fange de la soumission. Le plaisir de retrouver son index, de le tendre et de le pointer vers l'asservisseur. Apprendre à montrer du doigt, passer de victime à sujet : ce plaisir-là. Ma politisation s'était faite rapidement, durant les cinquante minutes de parole de María Galindo.

Une gauchiste européocentrée dirait que Galindo parle de la société bolivienne et que ce contexte n'est pas transposable à ma situation d'oppression barcelonaise. À cette blanchocentrée, il faut répondre la chose suivante : et toi, tu vis dans l'Angleterre de 1848, peut-être ? Et pourtant est-ce que tu n'invoques pas ce bon vieux Marx dès que tu parles de classes sociales ? Tu as connu les goulags des années 1930 ? Eh ben, ça ne t'empêche pas de te réclamer de Trotski l'autoritaire, si ? Et chez toi, tu n'aurais pas un autel laïque dédié aux petites feuilles bourgeoises de Simone de Beauvoir et Simone Weil, par hasard ? Même si tu n'es pas née à Paris ni à Berlin pendant l'entre-deux-guerres. On dirait que, pour la fachotte de gauche, seules les théories politiques venues d'Occident sont universalisables. Dans ces cas-là, pour la fachoféministe, aucun problème de contexte. Il faudrait lui expliquer, à cette meuf à la con, qu'à la périphérie du progrès aussi il y a des pensées qui s'articulent, qu'on écrit, qu'on s'implique, et que, quand on n'est pas une pourrie gâtée occidentale, on sait trouver la puissance agglomérante qui part de sa banlieue d'origine pour la relier aux nôtres. Moi, je ne dis pas bâtarde, je dis bâtardiste, et si je le fais, c'est pour doter la bâtardise de María Galindo d'une projection théorique qui transcende son contexte, et qui a résonné en moi malgré les neuf mille kilomètres qui me séparaient de son lieu d'origine.

Quand j'étais plus jeune, et sans cérémonie, j'avais fondé le club des Bovaries (ou Bobardies) dans le sillon du bovarisme, ou bobardisme selon la dose de stupidité que chacun met dans les errements amoureux. Nous étions quatre membres, dont une seule avait lu *Madame Bovary*, et moi, la seule à avoir vu les deux films tirés du livre, dont il faut bien dire que je n'ai pas réussi à dépasser (malgré un effort et un engagement considérables eu égard à l'histoire de la littérature) la page 14. Les films sont plus stimulants, plus nourrissants. Dans le premier, Mme Bovary est blonde ; dans le second, elle est brune. Le club se composait donc de deux autres camarades, représentantes des degrés supérieur et inférieur de souffrance bovaristique, et qui ne connaissaient de *Madame Bovary* que ce que l'unique lectrice du livre et moi-même leur racontions. Je crois que ce passage entre bovarisme et bâtardise est un phénomène normal et une preuve de maturité. Et je crois aussi que ne pas avoir fini *Madame Bovary* est également une preuve de maturité, ainsi qu'un premier geste bâtardiste.

Ma période bovariste coïncide avec mes années de conservatoire, dont l'apogée correspondrait à mon master et l'effondrement, à mon intégration au groupe de recherches doctorales. Aujourd'hui, rétrospectivement, je me rends compte que le Jiminy Cricket de ma conscience bâtardiste me murmurait déjà à l'oreille depuis longtemps. Je me souviens d'un après-midi passé à réviser pour un examen de danse classique, en licence 3 : pour la première fois, j'avais ressenti dans ma chair ce qu'était l'aliénation. Pour la deuxième fois, en fait. La première, c'était quatre ans plus tôt, à seize ans, pendant les manifestations « Non à la guerre », au moment de la seconde invasion de l'Irak. Comme avec la lecture de *Madame Bovary*, après quinze minutes à marcher dans la foule, il avait fallu que je parte. Geste indubitablement bâtardiste.

L'aliénation peut être de deux sortes : il y a celle qui nous vient de papi Marx, et celle qui vient de l'oppression interne à chaque individu. Papi Marx disait que l'aliénation est la dépossession de l'ouvrier de sa force de production. Moi, je dis que l'aliénation est l'identification de nos désirs et de nos intérêts avec les désirs et les intérêts du pouvoir. La clé, néanmoins, ne réside pas dans cette identification qui a constamment lieu en démocratie : nous pensons que voter est bon pour nous et nous allons voter. Nous pensons que les bénéfices de l'entreprise sont bons pour nous et nous travaillons efficacement. Nous pensons que recycler est bon pour nous et nous avons quatre poubelles différentes dans nos appartements de trente mètres carrés. Nous pensons que le pacifisme est la réponse à la violence et nous marchons sur dix kilomètres derrière une batucada. La clé, je me répète, ne réside pas dans cette vie civique ridicule mais dans sa constatation, lorsque l'on se rend compte que, du lever au coucher, nous faisons ce qu'on nous demande, et que nous obéissons même allongés parce qu'il faut dormir sept ou huit heures en semaine et dix ou douze le week-end, et qui plus est dormir d'une traite, sans se réveiller, et pendant la nuit, pas pour la sieste, parce que le fait de ne pas dormir durant ces heures obligatoires est considéré comme une tare : insomnie, narcolepsie, paresse, dépression, stress. Face à la joie civique omniprésente, trois choses peuvent vous arriver. Un : ne pas vous rendre compte à quel point vous êtes obéissante, dans ce cas jamais vous ne vous sentirez aliénée. Vous serez une citoyenne, avec vos orientations électorales et sexuelles. Autrement dit : vous continuerez d'étudier la danse classique parce que vous y êtes obligée, d'ailleurs on vous a donné une bourse pour ça. Vous continuerez aussi à manifester en criant : Non au sang du pétrole, Sauvons la santé publique, In-Inde-Independencia, car vous êtes en démocratie et la liberté d'expression est un droit.

Deuxième possibilité : vous savez que vous obéissez mais ça vous est égal. Vous ne vous sentez pas aliénée car vous trouvez l'obéissance justifiée. Vous êtes d'accord avec cette phrase qui dit que nous vivons dans le moins mauvais des systèmes et que les partis politiques sont un moindre mal. Vous êtes une défenseuse du service public. Vous continuez à étudier la danse classique parce que vous n'avez pas le choix, parce que ça vaut mieux que de bosser dans un bar et parce que vous aspirez à un emploi décent. Vous continuez à manifester en criant : Ne nous regardez pas, rejoignez-nous, Sauvons l'éducation, A-A-Anti-Anticapitalistes, car vous pensez qu'il faut occuper la rue, qu'elle vous appartient.

Troisième possibilité : vous savez que vous êtes obéissante mais vous ne le supportez pas. Dans ce cas-là, pas de doute, vous êtes aliénée. Félicitations ! Vous ne supportez pas de faire la queue pour payer. Faire la queue pour payer et non pour être payée, voilà le comble de l'aliénation ! Vous ne supportez pas les dimanches d'élections. Ce jour-là, le corps électoral sort bien habillé, il est rasé de frais et retrouve ses voisins, il leur dit pour qui il a voté et pourquoi, regarde avec curiosité tous les bulletins, s'accorde une microseconde de doute en les attrapant sur la table, tout en sachant bien que celui qu'il a rapporté de chez lui prévaudra toujours. On emmène les enfants, ils jouent avec d'autres enfants, ils courent partout, puis les parents les soulèvent à hauteur d'urne pour qu'ils y glissent le bulletin, et quand ils sont plus grands ils le glissent eux-mêmes sans avoir besoin d'aide. Certains gardent un bulletin de chaque parti pour les collectionner. Ensuite, ils vont prendre une bière, en terrasse s'il fait beau. C'est la fête de la démocratie ! Peu importe qui vaincra, la démocratie gagne toujours ! Aux dernières européennes, je suis allée réaffirmer ma répugnance au bureau de vote : tout le monde a maté mes seins. Je portais un tee-shirt moulant sans soutif. Les citoyens, les citoyennes, les joyeux administrés et administrées en avaient des asticots qui leur sortaient de la bouche ; tout animés et endimanchés qu'ils étaient, ils discutaient et leurs yeux se détournaient de leurs interlocuteurs vers mes tétons, ou de la table avec les bulletins de vote toujours vers mes tétons, alors je les ai tous vus comme de pleutres défenseurs et défenseuses de la prostitution, même si, aux putes, ils n'y étaient jamais allés (ils avaient toutefois sacrément baisé leurs copines et leurs femmes alors qu'elles n'en avaient ouvertement aucune envie, et elles avaient baisé avec leurs mecs et leurs maris à contrecœur, poussées par le contrat de sexe-amour les unissant à eux). Eux : des macs. Et elles : servant la soupe au mac quand il rentre à la maison. Ce n'était pas moi, la prostituée, pas plus que je ne la représentais ; la seule chose que je suggérais, c'était mon existence propre. Je n'ai rien dit, je n'ai alpagué personne et je suis sortie dès que j'ai senti mes portillons s'activer. Pas de doute, la prostituée, cet être sur lequel exercer sa domination, brillait par son absence. Aucune pute n'était nécessaire ici, car le rôle politique du votant, dans la mesure où il est mystique et symbolique, n'a guère besoin d'objet à dominer. A contrario du rôle politique du tyran ou du violeur, qui nécessite l'immanence de son objet et l'expérience de la domination, le votant n'a besoin que de l'illusion de la possession : détenir dans sa petite enveloppe, sur son petit bulletin, le petit destin de quelque chose. La fête de la démocratie, une messe où le banquet se limite à une hostie par personne. Comme de bien entendu, les électeurs avaient encore faim de domination, il n'était donc pas étonnant qu'ils dévorent du regard mes tétons dressés. Des regards et rien de plus, hein ! Moi je ne baise pas avec les Espagnols, ni avec qui que ce soit qui ait voté aux dernières élections, locales, régionales, nationales ou européennes, ni aux élections syndicales ou aux primaires d'un parti, ni aux référendums pour l'indépendance ou pour la signature d'un traité de paix, ni pour un allongement de mandat présidentiel, la réforme de la Constitution, l'annulation du sauvetage bancaire européen ou la sortie de l'Union européenne. Imbéciles de citoyens, tous autant qu'ils sont.

Le macho a une fille, pauvre gosse. Il lui tenait la main en se promenant avec elle un après-midi, vers le centre socioculturel de la Barceloneta. Lequel allait chercher l'autre à la garderie ? Je vous le demande. Comme dans ces contes du monde à l'envers où le prince tombe amoureux de la sorcière, où la soupe se mange à la fourchette, ce sont les enfants qui viennent chercher leurs parents à la GAPABA, leurs oncles, leurs tantes, ou papi et mamie. Ce jour-là, les enfants accompagnaient donc patiemment leurs aînés à la kermesse de la garderie : un spectacle interprété par douze femmes adultes qui allaient montrer ce qu'elles avaient appris pendant neuf mois à l'atelier « danse contemporaine, danse-théâtre et questions de genre appliquées aux arts scéniques ». Le spectacle avait lieu dans la rue, et les enfants, de même que les femmes adultes et leur metteuse en scène, Eleonora Stumpo, attendaient dans le hall de la garderie la fin du quart d'heure de politesse destiné au public retardataire ; pendant ce temps, disais-je, les enfants occupaient leurs parents en acceptant de faire l'avion, dansaient vaguement avec eux au rythme de la balance, voire sans musique du tout, et feignaient même que les chutes survenues pendant ces proto-danses endiablées ne leur avaient rien fait, ravalant leurs larmes devant l'éternel « c'est rien, champion/championne, on ne pleure pas ! » des adultes. Ne pas pleurer ni leur faire honte devant les autres parents, histoire de ne pas troubler la petite fiesta des grandes personnes.

Ce que c'est agréable, un soir d'été qui tombe sur la Barceloneta ! Il fait cinq degrés de moins que dans le reste de la ville, l'air semble pur et il suffit de s'enfoncer un peu dans le quartier pour que le nombre de touristes au mètre carré baisse jusqu'au seuil du tolérable, grâce aux intimidantes occupations des places par les vieux *charnegos* et les familles pakistanaises qui sortent les tables, les chaises, les radios et les télés, et qui jouent aux cartes ou aux dominos en regardant le foot ou *Des chiffres et des lettres*. Les touristes ne dépassent jamais la limite marquée par le changement de revêtement entre le trottoir et la place occupée : ils prennent leur photo de loin. Moi, si j'étais une de ces vieilles qui jouent à la belote, j'irais voir le touriste pour exiger qu'il efface sous mes yeux la photo tout juste prise sans mon autorisation ; comme pendant les émeutes, il y a toujours un journaliste, un insupportable hipster, ou un touriste surexcité par l'unique dose d'adrénaline qu'il rapportera de Barcelone, pour prendre en gros plan les anars à capuches qui pètent les vitrines et les distributeurs. Dans ces cas-là, une anar à capuche, responsable de l'accueil des amoureux de l'information objective, surgit d'entre les manifestants, bâton au poing, et vient se coller au photographe qui se chie dessus, et leurs deux nuques restent pointées vers le ciel jusqu'à ce que la dernière image soit effacée. Après les photos des capuches vient l'interminable série des selfies avec filtre vintage, mais le journaliste-hipster-touriste-connard, toujours aussi flippé, continue de faire défiler ses photos afin de prouver sa bonne foi : ongles de pieds vernis, biscotos dans le miroir, conducteur et copilote trinquant dans une voiture, duckfaces et V avec les doigts, le regard en coin, décolletés plongeants, bons petits plats, pintes de bière, couchers de soleil en contre-jour, jolies fleurs, câlins avec des animaux, vues de la Sagrada Família, statue de Christophe Colomb, saucissons de la Boquería, lézard de Gaudí et trois cents clichés du même acabit alors que l'encapuchée est partie depuis belle lurette et que la queue de manif est déjà loin, et pourtant le touriste-connard-hipster-journaliste reste planté sur le bitume car, les cervicales voûtées sur son téléphone, il vient de prendre conscience de son existence, et mécaniquement et aveuglément il fait défiler les photos en ignorant les messages WhatsApp et les appels des amis qu'il devait retrouver il y a maintenant une heure, il ne libère pas la rue quand la police rouvre la circulation et que les klaxons se mettent à retentir autour de lui, il reste insensible aux insultes et aux coups de frein des automobilistes, au gendarme qui lui dit suivez-moi, au bras de l'infirmier autour de son épaule qui lui dit venez avec moi ; non, rien : le journaliste-touriste-connard-hipster à mèche laquée ne décolle ni de son téléphone ni de la route. On dirait un danseur de butō ou un poussah lesté par un ballon de gym sur la nuque, pas moyen de le faire trébucher ni avancer ni relever la tête, pas même lorsque le plus bel infirmier l'invite du menton, présageant pourtant un baiser de cinéma. Ses abdominaux sont en tension chorégraphique ou pugilistique, prêts à le propulser à cinq mètres dans les bras d'un partenaire de danse ou à flanquer une belle droite direction le knock-out. Il ne reste donc plus qu'à le soumettre ; d'où cette aiguille à la recherche d'une surface de peau qui finit par trouver un mollet couvert de petits poils blonds. Les infirmiers resserrent l'étau autour de lui, mais c'est son téléphone qui cède en premier, opportunément préservé du choc et mis en sûreté par un autre infirmier. Ses genoux plient, une infirmière réactive le retient par les aisselles. Comme sa tête était déjà penchée, elle reste dans cette position, mais maintenant qu'on le hisse sur la civière, elle tangue.

À 20 h 15, les adultes sont sortis de la garderie et, martiaux, ont pris position sur la place Carmen Amaya où tout le monde les attendait et où j'habite, moi : c'est d'ailleurs pour ça que j'ai pu voir le spectacle depuis notre balcon, au premier étage, à travers des branches d'arbres. La metteuse en scène, Eleonora Stumpo, s'est avancée vers le public et, sans micro parce qu'il n'y avait pas grand monde, a expliqué que cette performance de rue se déroulerait à plusieurs endroits du quartier et que le public était libre de la regarder d'où il voulait. Elle le guiderait jusqu'à la première scène ; à partir de là, les danseuses proposeraient différents parcours. Stumpo n'a pas pu réprimer son tic de puéricultrice pour adultes en concluant par un : « Des questions ? » Ah, Eleonora, Eleonora… toi qui enseignes pourtant si bien la danse contemporaine, quand je pense au peu de fois où mes portillons se sont fermés pendant tes cours, pourquoi cèdes-tu au didactisme ? Pourquoi crois-tu qu'il faille apprendre au public à regarder ? Toi aussi, tu penses qu'enseigner est un acte innocent ? Toi aussi, Eleonora, comme n'importe quel instit qui manifeste pour un enseignement de qualité, tu penses l'alphabétisation en dehors de toute politisation émancipatrice ? Tu fais semblant d'y croire pour faire bouillir la marmite ? Il faut que des énergumènes comme le macho-facho aux fringues décolorées continuent de s'inscrire à tes cours ? Moi, si j'ai arrêté, c'est justement à cause de lui. Alors, mon amie, qui expulse qui ? Quelle est l'idéologie dominante des centres socioculturels ?

Un jour, le macho a osé corriger l'accent italien d'Eleonora Stumpo. Elle avait dit *ezzécouter* au lieu d'*exécuter*. « Pour *ezzécouter* ce mouvement » de je ne sais quoi. Alors qu'elle s'apprêtait donc à l'exécuter, le macho l'a coupée :

— On dit *exécuter*, Ele.

— Désolée, mon espagnol n'est pas toujours très bon, je sais. Merci beaucoup de m'avoir corrigée. Je disais donc… *ezzécutons* ce mouvement, elle a consciencieusement répété au macho en le regardant dans le grand miroir vers lequel nous étions toutes tournées, prêtes à danser.

— Non, non ! Tu dis *ezzécuter*, comme les zozoteurs ! *E-gzé-cu-ter. Gzé ! Gzé !* Tu n'arrives pas à faire le son ? il a insisté lourdement en crachant quelques postillons.

— Aïe, j'ai du mal : ça n'existe pas en italien ! a répondu Stumpo, avec sa grande bouche souriante qui empiétait sur ses joues délicates et citrines.

La maîtresse a répété après son petit Maternelle : *Ggzzzzz.* Toutes les élèves ont alors affiché un sourire en mode papier peint, sauf moi, parce qu'il se trouve que ce son-là est aussi celui de mes engrenages de portillons, qui avaient un grand besoin d'être huilés après une longue période d'heureuse inutilisation.

— Voilààà ! C'est ça ! *Exécuter* !

Barricadée que j'étais à l'intérieur de moi-même, comme derrière un pare-brise de camion antiémeute, je trouvais évident que quiconque n'ayant pas cassé la gueule à un clodo la veille au soir devait continuer de danser, même s'il restait une demi-heure de cours, et malgré les six gentils sourires cosmopolites avec lesquels les autres filles avaient accompagné la boutade phonétique dans le miroir. J'ai dissocié ma tête de mon être-à-la-danse auquel le reste de mon corps continuait de répondre, afin de parler à Eleonora et non pas à son reflet :

— On te comprend parfaitement, ton espagnol est excellent. Et c'est très joli, *ezzécouter*.

— Ah, merci beaucoup ! Je suis toujours contente quand vous me corrigez, ça me fait progresser. *Bene*, on reprend ?

— Bah oui, Nati, c'est pour ça que je l'ai corrigée. C'est comme ça qu'on apprend les langues, non ?

— Eleonora, ton accent est ravissant et seul un fasciste oserait te demander d'en changer.

Le mot fasciste a transformé les deux boutons de l'épouvantail en vrais yeux, sa bouche en surpiqûres de fil rouge en vraies lippes, et ses extrémités de bois en mains ouvertes d'indigné de la Puerta del Sol :

— Eh, oh ! J'ai insulté personne, moi ! il a dit à mon reflet, sans quitter son poste chorégraphique.

— *Bene*, du calme, c'est bon, pas de souci, pas de *dispoute*, a dit Eleonora, arrosant un peu les sourires qui commençaient à faner dans le miroir.

Nous tenions toutes sa posture éthérée : tête haute, épaules relâchées, genoux légèrement fléchis, pieds parallèles, fesses contractées, assistant à la dispute dans la glace. J'ai été la première à rompre la formation :

— Eh, mec ! Bien parler, ça veut dire parler comme à la télé ? Pourquoi tu ne me le corriges pas, mon accent, puisque je viens d'un bled à la frontière du Portugal et que j'ai les *s* qui sifflent ? Et pourquoi tu ne te corriges pas non plus, toi qui parles du nez, vu que t'es andalou ?

— Écoute, moi non plus je n'ai pas une diction parfaite, OK ? (Le macho s'efforçait de pacifier la situation, dans cette même posture qu'il interprétait comme un garde-à-vous, n'osant pas bouger de peur de faire disparaître cet abandon/qui-vive, cette résistance et ce relâché si difficiles à acquérir et qui consistent en un immobile être-à-la-danse.) Mais *exécuter*, ça, je le dis bien, même si je suis de Cadix. Sur plein d'autres choses, il faudrait me corriger, mais pas sur ce mot-là. *E-xé-cu-ter*, *e-xé-cu-ter*, tu vois que je le dis bien !

Mes portillons se sont embués quand j'ai éclaté de rire et, prenant ce rire jaunâtre pour un drapeau blanc, les filles m'ont imitée. En un éclair de génie (du jamais vu, le concernant), le macho a compris que je riais de lui et que la sentence condamnant sa débilité était en train de tomber, sifflée entre mes dents, amortie par mes portillons. Par conséquent, il a pris les petits rires inoffensifs des autres femmes pour de la moquerie et ses yeux écarquillés ont parcouru le miroir comme des boules de billard après le premier tir. Il a été le deuxième à rompre la formation :

— Eh, meuf, d'où tu me connais ? D'où tu me traites de

fasciste ? C'est toi, la fasciste, à insulter les gens en y bitant que dalle !

Eleonora a rompu le rang à son tour, suivie par le reste de l'escadre. Elle a bredouillé « du calme, s'il vous plaît » ou quelque chose dans le genre, et une nouvelle disposition s'est formée : les danseuses ont tourné le dos au miroir pour nous entourer, le macho et moi. Elles voulaient calmer le jeu, mais cette nouvelle organisation spatiale ne faisait que me donner envie de me jeter sur lui, les portillons dressés comme des cornes.

— Peut-être que je bite que dalle, en tout cas, la tienne, je la fais bouffer aux porcs de ton espèce, mais peut-être que ça va te faire un peu moins marrer que les Italiennes qui parlent espagnol, machiste de merde !

S'est ensuivi ce qui s'ensuit toujours dans ces cas-là : le macho te traite de folle et de malpolie et les autres filles te prennent gentiment par les épaules en te demandant de ne pas t'énerver. Alors tu te dégages en répondant que tu n'es ni énervée ni folle, que la politesse, tu t'en carres, que tu en as juste marre qu'on rigole aux petites vannes de ce macho et qu'il n'y en a pas une seule pour se sentir concernée. Elles t'accusent toutes en silence d'avoir ruiné le cours. En silence, elles compatissent avec le macho, victime de tes excès. Toi, tu attends la complicité de quelqu'un mais tu ne trouves que des yeux baissés, y compris ceux d'Eleonora Stumpo. Quand les larmes te viennent, les autres les prennent pour du repentir ou pour un pétage de plombs dû à Dieu sait quel conflit intime et personnel, et dont ce matin elles payent le prix sans avoir rien demandé. Aucune d'entre elles ne fera le lien avec la rage, avec la vexation et l'humiliation que tu as ressenties ce matin-là, pendant ce cours-là, à cause d'elles en particulier. Elles pensent que tu as besoin de réconfort, alors que toi, ce qu'il te faudrait, c'est qu'il y ait une personne entre ces quatre murs qui comprenne le sens du mot « corriger », des expressions « bien parler », « mal parler », « comme les zozoteurs » et « biter que dalle ». Le premier à venir te consoler, c'est bien sûr le macho sensible. Il te demande pardon de t'avoir offensée, il te dit que, tous les deux, vous avez craqué mais que ça arrive, on est humains, on oublie, c'est pas grave. Et toi, au lieu de lui donner un coup de cornes, tu te tais et tes portillons se rétractent comme s'il n'y avait plus besoin de te prémunir contre l'amabilité, et te voilà de nouveau fraîche et dispose pour être asservie par le macho tout en relaçant tes baskets. Pour la énième fois, tu ravales le cri qui t'est resté en travers de la gorge façon boulette de shit ; pour la énième fois, tu le gardes au creux de ton ventre toute la journée avant de le chier le lendemain, et en fumant ton bédo à l'heure de la sieste tu donnes raison au macho, parce que c'est vrai, on oublie, c'est pas grave.

Cas d'*okupation* soumis par Gari Garay
Issue de la PAH (plateforme des victimes du crédit hypothécaire)
Action libertaire de Sants, 18 juin 2018

Je m'appelle Gari Garay et le cas que je viens soumettre au bureau des squats est le suivant. Au numéro 1 de la rue Carmen Amaya, appartement n° 1, 2e étage, quartier de la Barceloneta, vivent quatre parentes en situation de handicap intellectuel. La moins handicapée des quatre est aussi celle qui regarde le plus la télévision. Elle a un téléphone portable plus élaboré que les autres et 40 maigres pour cent de handicap correspondant à 189 non moins maigres euros de pension. C'est elle qui commande, bien que les trois autres l'ignorent assez souvent, ces trois autres qui sont organisées selon une hiérarchie variant en fonction de leur entêtement et de leurs habiletés psychomotrices. Celle qui marche le plus droit et avec le balancement de bras le plus rythmé (ce n'est pas la moins handicapée des quatre, car la moins handicapée est obèse, ce qui la fait marcher en tanguant, les bras le long du corps), celle-là a le pouvoir de stopper les trois autres dans la rue, s'il faut par exemple changer de trottoir, ou si elle-même, ou une autre, souhaite s'arrêter pour regarder une vitrine. Qu'elle en ait le pouvoir ne signifie pas que les autres lui obéissent forcément, cela signifie juste qu'elles ne s'y opposent pas, qu'elles la laissent donner tranquillement ses ordres, et que ce non-rechignement suffit à l'ordonnatrice pour se sentir satisfaite et obéie.

Celles qui se coupent les ongles toutes seules (ce que font la moins handicapée et la deuxième moins handicapée des quatre, laquelle se distingue des autres parce qu'elle fume sans tousser et parce qu'elle se maquille) ont le pouvoir de décider quand les autres doivent se couper les ongles et, par extension, quand et de quelle couleur elles doivent les vernir, et quand et comment elles doivent se couper les cheveux, bien que concernant les cheveux la moins handicapée de toutes les oblige, et cet ordre-là n'est pas négociable, à fréquenter les coiffeurs (c'est elle qui paye, car sa participation en tant qu'assistante magasinière à l'expérience-test d'intégration par le travail des supermarchés Mercadona lui donne sa légitimité en tant que trésorière de la maisonnée), contre l'avis de la deuxième moins handicapée qui, avec ses 52 % de handicap et 324 euros de pension de l'État, préférerait couper elle-même les cheveux de ses parentes.

La troisième moins handicapée de toutes est la plus silencieuse, c'est elle qui a l'expression la plus douce et qui prend le plus de cachets car la psychiatre lui a dit qu'en plus d'être handicapée elle était déprimée d'être handicapée, parce qu'un jour Marga (66 %, 438 euros), c'est ainsi que s'appelle la troisième moins handicapée, s'est clairement rendu compte qu'elle était attardée mentale et que les trois femmes avec lesquelles elle habitait l'étaient aussi, ladite découverte, d'après la psychologue, expliquant pourquoi Margarita passait son temps soit à se masturber en cachette dans tous les coins de l'appartement comme un chat qui urine et défèque en signe de protestation lorsqu'on le laisse trop longtemps tout seul, soit à se masturber enfermée dans sa chambre pour éviter le sermon et la gifle spontanée de sa cousine Patricia, la deuxième moins handicapée, celle qui se maquille.

Sa lucidité brouillée par les cachets, Marga peut à nouveau exercer son pouvoir en faisant ce qu'elle sait faire le mieux : nettoyer. Mais puisque Marga, en fin de compte, est presque la plus handicapée de la maisonnée, ni sa demi-cousine Patricia ni sa cousine germaine Àngels, c'est ainsi que s'appelle l'ex-employée du Mercadona, ne font une seconde attention à elle. Seule la plus handicapée de toutes donne parfois un coup de main à Margarita la dépressive. Malgré l'insistance de l'éducatrice spécialisée, Susana Gómez, et de la psychologue, Laia Buedo, sur la nécessité de la pousser à sortir plus souvent et de satisfaire certains désirs de la pauvre petite Nati, touchée par le fameux syndrome des Portillons (70 %, 1 118 euros), sa demi-sœur Patricia et sa demi-cousine Àngels n'aiment pas aller dans la rue avec elle, de peur de reproduire les comportements de ceux qui ont constitué leur entourage non handicapé : tuteurs, soignants, infirmiers, éducateurs et assistants sociaux, et dont elles ont eu tant de mal à s'émanciper. Nati possède, de même que les autres habitantes de cet appartement sous tutelle de la *Generalitat* de Catalogne, un jeu de clés, et elle est censée pouvoir aller et venir à sa guise.

Margarita, c'est moi, mais dans le milieu du squat, par précaution, je préfère que vous m'appeliez Gari.

Dès qu'on a entendu la musique, on est toutes sorties sur le balcon dans nos chemises de nuit respectivement lilas, bleu ciel, vert pistache et abricot. Cette dernière étant la mienne. Toutes nos chemises de nuit sont pareilles, sauf pour la couleur, et elles nous font ressembler à des folles ou à des vieilles, car de nos jours aucune femme de trente-deux ans (Nati), trente-trois ans (Patricia), trente-sept ans (moi) ou quarante-trois ans (Àngels) ne porte de chemise de nuit. C'est du synthétique de chez les Chinois avec des couleurs immondes, mais si je l'avais enlevée je me serais retrouvée seins nus, mes beaux seins de rousse, et Patri m'aurait engueulée parce qu'elle a non seulement 14 % de handicap de moins que moi mais aussi 99 % de seins en moins, et quand je suis toute nue ou juste en soutien-gorge, elle les fixe avec ses 52 % de retard mental et sa lèvre inférieure, badigeonnée de rouge, qui pend. Donc, pour ne pas voir l'épithélium de ma cousine, j'ai gardé ma chemise de nuit même si je l'avais retroussée au niveau de la culotte (également en synthétique trop chaud de chez les Chinois) pour me rafraîchir les jambes, mes grosses jambes de rousse, avec leurs capitons celluliteux sous les fesses, promesses de volupté.

Nati, en chemise de nuit vert pistache, a dit que c'étaient ses camarades du centre socioculturel d'en face avec lesquelles elle avait pris des cours de danse. Àngels, dans sa fière chemise de nuit bleu ciel, lui a demandé, sans lever les yeux de son portable, pourquoi dans ce cas elle ne participait pas au spectacle de fin d'année, mais comme elle a posé la question en riant, en riant et sans lever les yeux de son portable, elle a eu l'air de se moquer de son portable ou de quelque chose qu'elle voyait sur son portable. C'est peut-être pour ça qu'elle riait et sa question au sujet de cette non-participation au spectacle était tout à fait sérieuse. Nati, qui ne supporte pas ou ne comprend pas les blagues à cause de son syndrome des Portillons, l'a prise au sérieux comme elle prend toujours tout au sérieux, et elle lui a rétorqué la rengaine habituelle : parce que ses camarades de danse sont toutes des fascistes et parce que le centre socioculturel est une garderie pour adultes encore pire que le foyer de vie occupationnel (le foyer de vie occupationnel n'a rien à voir avec les *okupations* d'appartements vides, c'est un endroit où vont les personnes en situation de handicap intellectuel pour pratiquer des activités manuelles). D'accord, Nati a beau être plus réac que le saint ciboire, il faut bien admettre qu'Àngels est la moins handicapée et Nati la plus handicapée, et donc que c'est un peu facile de se moquer d'elle, même si c'est celle qui marche le plus droit et avec le plus de classe, sans doute parce qu'elle a été danseuse.

Patricia, chemise de nuit lilas et vernis à ongles lilas aux mains et aux pieds, les a fait taire : le spectacle commençait. Sur la place, une femme assise sur un banc jouait du violoncelle tandis que deux autres, juchées sur les bancs en face de chez le Chinois, qui était sorti de son magasin pour regarder, bougeaient comme des chattes ronronnantes. Une troisième danseuse s'est mise à tourner vaporeusement autour de la fontaine dédiée à Carmen Amaya en caressant l'eau du bout des doigts. Une quatrième montait et descendait comme un robot les marches qui relient la place à l'autoroute à touristes qu'est la promenade du front de mer. Une cinquième, sur ladite promenade, s'accrochait à la rambarde avec une, ou deux, voire pas de main, et c'était là tout le principe de sa danse. Elles portaient des tenues de différentes couleurs, comme nous, mais pas les mêmes, pas comme nous avec nos chemises de nuit identiques que le Chinois a vendues à Àngels pour 12 euros les quatre, d'après la facture. Pour pouvoir vivre dans un appartement sous tutelle comme celui-ci, on doit fournir à la *Generalitat* les factures de tout ce qu'on achète, en respectant chaque fin de mois la chaîne de commandement suivante : Patri, Nati et moi donnons nos factures respectives à notre cousine Àngels ; Àngels les donne à Diana Ximenos, la directrice de notre appartement, c'est-à-dire celle qui vérifie la réalisation de nos objectifs d'intégration, de normalisation et d'autonomie ; et enfin la directrice de l'appartement donne nos factures à la *Generalitat*. Pour les factures d'Àngels et de Patri, le rendu de comptes s'arrête là, mais pour celles de Nati et les miennes il faut encore que la *Generalitat* les donne à celle qui nous a juridiquement conféré le statut de personnes handicapées, c'est-à-dire la juge de première instance qui veille à ce que notre tutrice, la *Generalitat*, veille sur nous au nom de l'intérêt supérieur de la personne en situation d'incapacité, et ce bien que la juge soit la *Generalitat*, que Diana Ximenos soit la *Generalitat*, que notre cousine Àngels soit la *Generalitat*, que Patricia, Natividad et moi soyons aussi la *Generalitat*, et que la chaîne de commandement ne soit par conséquent qu'un délire bureaucratique.

Donc Patricia a voulu faire taire Àngels et Nati avec un léger sifflement; mais le pouvoir d'imposer le silence, aucune de nous ne le possède. Ne faire taire personne, c'est d'ailleurs la règle d'or de notre cohabitation, vu qu'on a passé notre vie dans des écoles pour enfants débiles et dans des centres ruraux et des résidences urbaines pour déficients intellectuels (CRUDI et RUDI) et chez notre tante Montserrat qui nous faisait taire parce qu'on parlait à tort et à travers. Àngels et Nati ont entendu le sifflement de Patricia mais elles ont fait comme si de rien n'était. À ce moment-là, moi je me taisais, je regardais le spectacle en essayant de comprendre ce que les danseuses dansaient, tout en observant Patri qui fumait, paisible et pensive, jouant son rôle de public. On était bien, parce qu'à cette heure-ci le soleil ne cogne plus sur le balcon et la brise est fraîche, et parce que quand j'en avais marre de regarder en bas je regardais devant et je voyais la mer, et quand j'en avais marre de regarder la mer je regardais en bas et je revoyais ces nymphes urbaines, parce que je crois que c'est ça qu'elles cherchaient à exprimer dans leur danse, comme des petits lutins qui éparpilleraient leurs poudres magiques sur le bitume chauffé de l'été; des petits lutins qui, sortant des cocons où ils vivaient, apportaient à la ville un beau crépuscule pour la libérer de cette canicule monstrueuse en encourageant ses habitants, enfermés chez eux ou sur leur lieu de travail, avec leurs ventilateurs et leurs climatisations et leurs télévisions, à ouvrir enfin les fenêtres, aller prendre une douche et sortir dans la rue en sentant le shampooing et le lait pour le corps, leurs cheveux mouillés séchant à l'air libre, avec des sandales à fines lanières de cuir, en shorts ou en robes de coton légères, la balle prête à être lancée aux chiens, les bébés pieds nus dans les poussettes ou les écharpes de portage.

Quelle grosse merde, cette performance ! a gueulé Nati, et comme d'autres membres de ce public sorti de la douche s'arrêtaient de regarder le spectacle et tournaient vers notre balcon les téléphones avec lesquels ils photographiaient ou filmaient la danse, elle a insisté : Quelle grosse merde, cette performance de merde !

Comme tout le public sans exception s'était tourné vers nous, comme Nati était galvanisée par l'attention qui lui était portée et comme nous savions bien ce qui allait se passer ensuite, les portillons se sont refermés. Alors, sur son visage s'est posé ce masque transparent qui étouffe sa voix et l'oblige à parler deux fois plus fort, raison pour laquelle elle a dû aller se coller à la balustrade dans sa chemise de nuit vert pistache et se pencher pour se faire entendre, mais aussi parce qu'elle était hyper-excitée par ces dix secondes d'action directe, selon Nati, ou d'insulte directe, selon Patricia, qui s'offraient à elle : Grosse bouse fasciste de danse d'Amélie Poulain ! Que tous les frustrés au cul serré et les abrutis qui votent Ada Colau lèvent la main ! Et aussi les abrutis qui font des chaînes humaines pour l'indépendance ! Et aussi tous les abrutis qui font les deux ! La violoncelliste n'a pas cessé de jouer pour autant, ni les danseuses de danser, mais pendant ces quelques secondes d'action ou d'insulte directe, soit le temps nécessaire à un non-attardé pour constater que nous étions quatre attardées, ça a joué et dansé plus lentement, et le public qui sortait de la douche s'est demandé si tout ceci faisait partie de la performance ou si cette tarée en chemise de nuit avec son syndrome des Portillons était vraiment en train de les insulter si violemment. Moi, j'en fixais un avec des dreadlocks qui murmurait, stupéfait, et qui, même s'il s'est abstenu en s'apercevant finalement du retard mental de Nati, a bien failli répliquer à son action-insulte directe (ce qui, bien sûr, était exactement ce qu'elle cherchait), comme si Nati était une interlocutrice valide et non un être inspirant la pitié.

Patricia a redoublé l'ordre pourtant interdit de faire silence. Tais-toi ! Je ne me tairai pas ! lui a rétorqué Nati derrière ses portillons menaçants. Cela dit, effectivement, elle s'est tue, mais sans se contenter de ça puisqu'elle a ensuite quitté le balcon et la maison en claquant la porte. On l'a vue traverser la performance des nymphes urbaines avec sa démarche équilibrée de danseuse, au milieu de la place, en ligne droite et sans regarder ni esquiver qui que ce soit, avec ses portillons toujours fermés, comme un CRS en chemise de nuit vert pistache.

Voilà jusqu'ici la description du cas tel que je l'ai présenté il y a deux semaines devant la plateforme des victimes du crédit hypothécaire, autrement nommée plateforme des affectés par l'hypothèque (PAH), et dont les membres, ayant considéré que mon cas n'était pas une urgence mais une cause perdue, m'ont renvoyée vers vous car, d'après leurs propres mots, c'est-à-dire leurs PAHlabres : vous êtes plus directs. Parce que les gens de la PAH, après avoir fait non de la tête vu que je ne suis victime ni d'un remboursement de crédit forcé ni d'une menace d'expulsion et que je n'ai ni descendants ni ascendants à charge, m'ont dit qu'avant d'envisager de squatter il fallait d'abord épuiser tous les moyens légaux disponibles afin de mieux légitimer ma future *okupation* et de ralentir ma future expulsion. Les gens de la PAH n'ont pas compris que c'était déjà énorme d'avoir la charge de moi-même, sans disposer du moindre centime parce que c'est ma cousine Àngels qui garde tout. Ils n'ont pas compris non plus, et ce n'est pas faute de l'avoir dit en assemblée aussi clairement que je vais vous le répéter, que moi, l'administration publique, je ne veux plus en entendre parler vu que j'ai passé ma putain de vie enfermée dans des institutions, tout comme ces gens n'ont pas compris que je suis juridiquement dépendante et que si je viens me plaindre auprès d'un fonctionnaire au sujet de mon appartement sous tutelle, ce fonctionnaire appellera les services sociaux et on me renverra aussi sec à la RUDI/foyer de vie occupationnel (qui, j'insiste, n'a rien à voir avec l'*okupation* d'un lieu, mais avec l'occupation d'une personne, au sens d'« avoir une occupation » ou « être occupé », plus concrètement avec le fait de s'occuper en fabriquant des marque-pages en bristol et des paniers en osier, donc si je finis par y arriver j'appellerai mon squat « foyer de vie *okupationnel* », rien que pour rigoler). Et le foyer RUDI, ce ne serait pas un moyen légal disponible ? Hein, les PAHraplégiques ? Les gens de la PAH n'ont rien compris de ce que je leur ai dit : que les moyens légaux à ma disposition ne s'épuiseront jamais, et que bien au contraire ils se multiplieront (quand j'ai dit ça, les PAHchydermes se sont indignés silencieusement) parce que l'administration veut me ré-enfermer et me réprimer chaque fois que j'ai un sein qui dépasse. Ou peut-être que les PAHcifistes m'ont comprise mais qu'ils pensent que je suis une débile mentale aux goûts de luxe qui trouve à se plaindre alors que l'État lui donne un toit et à manger gratis, quand ce que je veux, moi, simplement, c'est ne plus habiter avec ces trois attardées qui me rendent encore plus attardée, parce que ma dépression et le fait de m'en rendre compte (ou le fait de m'en rendre compte et donc d'être en dépression) est la meilleure chose qui me soit arrivée dans la vie.

Je remercie le camarade Jaén pour la générosité et la patience dont il a fait preuve en retranscrivant mes mots, car je ne sais pas écrire.

Gari Garay

Déclaration de Mme Patricia Lama Guirao par-devant le tribunal d'instance numéro 4 de Barcelone, le 15 juin 2018, dans le cadre de la procédure de demande d'autorisation de stérilisation d'individu frappé d'incapacité émanant de la *Generalitat* de Catalogne concernant Mme Margarita Guirao Guirao.
Juge des tutelles : Me Guadalupe Pinto García
Greffier : M. Sergi Escudero Balcells

Tenue informée avant la présente audience par le Dr Laia Buedo Sánchez (no ADELI 58698, exerçant à la résidence urbaine pour déficients intellectuels de la Barceloneta, où la déclarante effectue des activités de loisir et d'autonomie personnelle) du trouble du langage (logorrhée) dont souffre Mme Patricia Lama Guirao, la juge des tutelles estime préférable que sa déclaration soit enregistrée plutôt que transcrite directement par le sténographe.
La déclarante et le sténographe ont été informés des modalités spécifiques de recueil de la présente déclaration, eu égard à la procédure habituelle, et y ont formellement consenti.
Ci-dessous, la retranscription dudit enregistrement, soumise

à l'approbation de la déclarante dès le lendemain de l'audience, et dont l'autorisation signée par elle figure en annexe du dossier.

Votre Honneur, je vais vous dire toute la vérité et rien que la vérité, comme on dit dans les films américains.

« La » Àngels s'est très bien débrouillée depuis le début même si le début s'est fait attendre plusieurs années, le temps qu'elle comprenne ce qu'était un CRUDI et une RUDI et la LISMI et une PNC. D'abord elle a dû déchiffrer toute seule les acronymes, parce que le personnel du centre ne comprenait pas ou ne voulait pas comprendre quand elle parlait. « La » Àngels est bègue et bégaye d'autant plus quand elle est stressée, et comme tous les *bégueurs*, quand elle chante, elle ne *bègue* pas, même si le chant, ce n'est pas trop son truc, à « la » Àngels. Donc elle n'arrivait pas à bien prononcer la question : « Ça veut dire quoi, RUDI ? » Elle voyait les mots clairement dans sa tête mais au moment de parler elle bloquait sur le « q » de « quoi » comme si elle avait avalé une arête de poisson. Pour ce qui était d'écrire, comme elle le faisait très mal, elle n'y pensait même pas.

Huit ou neuf mois avaient passé depuis la mort de sa mère, ma tatie Loli, qui l'a eue à quarante-huit ans, et paraît-il que c'est pour ça que « la » Àngels est née attardée. Ce que je vais dire maintenant, je ne devrais pas le dire parce que ça pourrait faire des embrouilles avec la Sécurité sociale, mais ainsi vous verrez que je ne vous cache rien, et comme je veux simplement que tout se passe pour le mieux je vais vous dire le fond de ma pensée : je crois que ma cousine Àngels n'est pas attardée. Moi si, je le suis clairement, à 52 % voire plus, parce que même si je suis *encore assez bonnasse* grâce à un trouble alimentaire d'adolescence, et malgré ma *grande gueule* due à un trouble du langage, j'ai un peu de sclérose tubéreuse sur le lobe frontal et un peu aussi dans les yeux, c'est pourquoi je porte ces *culs de bouteille* et que des fois [*sic*] je reste *scotchée* devant mon portable, et comme je ne vois pas les lettres je m'énerve et je le jette par terre. Avant ça ne se cassait pas parce que les téléphones portables étaient durs, ces Nokia et ces Motorola de trois centimètres d'épaisseur, mais maintenant ils sont de plus en plus fragiles et se *pètent* en mille morceaux quand on les jette alors on ne m'en achète plus.

Les gens croient que « la » Àngels est attardée parce qu'elle bégaye, qu'elle pèse cent vingt kilos et qu'à l'école elle n'a jamais eu la moyenne dans aucune matière. Mais « la » Àngels n'a jamais été dans les jupons de sa mère ni rien, comme c'est souvent le cas chez nous, les attardés. Elle était très indépendante, toujours à jouer toute seule ou avec les chiens ou les autres enfants parce que tatie Loli avait plus de cinquante ans et qu'elle passait ses journées dans les champs, elle prenait sa chaise pliable et elle s'asseyait sous un figuier sur le chemin de Los Maderos. Los Maderos, c'est un *bar à putes* qui a toujours existé, installé dans l'ancienne maison d'autres oncles et tantes à moi et à « la » Àngels, maison qui a été vendue à des *macs* avant même qu'on soit nées.

Moi, ce que je crois, et je vous le dis à vous comme je l'ai dit à ma cousine parce que je lui dois beaucoup, c'est que tatie Loli était *prostipute* et qu'elle est la fille d'un client, parce que ma tatie ne s'est jamais mariée et que ça faisait longtemps qu'elle ne vivait « en couple » avec personne.

Mais « la » Àngels proteste toujours en disant qu'elle n'est pas d'accord et qu'en vrai elle n'a même pas les 33 % de handicap nécessaires pour avoir le droit de vendre les billets de loterie de l'association des aveugles de la ONCE, et « la » Àngels n'est pas d'accord non plus parce qu'elle dit que si sa mère avait commencé à voler les clients des *prostiputes* devant la porte du *bar à putes*, les *prostiputes* ou leurs *macs* seraient venus lui expliquer la vie.

— Vous regardez trop de films, nous a un jour accusées « la » Marga, se réveillant soudain de sa dépression. Tatie Loli a couché avec son cousin Henrique le Portugais à la fête du village et l'affaire était dans le sac. Toi, a-t-elle ensuite dit à « la » Àngels, tu es attardée parce que tu es hémophile, pareil que nous toutes, a-t-elle conclu dans un sain éclair de lucidité, et alors « la » Àngels et moi, du fond du cœur, on a été ravies de cette avancée. Mais ce qui chez « la » Marga est une conclusion et un pas en avant dans son traitement, chez « la » Nati, c'est exactement le contraire : un fil à tirer, une blessure à remuer, une braise à raviver. Résultat : un nouvel épisode *portillonesque*. Elle a levé les yeux de sa roue de vélo, parce qu'elle l'avait retourné sur le balcon et mettait de la graisse partout, et elle nous a sermonnées avec sa clé anglaise :

— Regardeuses de films, hémophiles et *fachottes machistoïdes* – voilà comment elle nous appelle, allez savoir pourquoi : Vous ne concevez pas qu'une femme de quarante-huit ans puisse *tirer un coup* avec qui elle veut et après *tchao bye bye* – et ce sont bien ces grossièretés qu'elle a utilisées –, pas plus que vous ne concevez qu'elle puisse avoir une fille sans s'en occuper « puériculturellement ». Non, il faut forcément que ce soit – pardonnez-moi, Madame la juge, mais ma sœur Natividad parle comme ça – une *pute*. Il faut qu'elle soit payée pour – encore pardon, mais je dois la citer textuellement – *baiser*. Si elle passe ses journées loin de sa fille, c'est pour une bonne raison, il doit y avoir une explication mercantile à ce manque d'amour maternel – elle a l'âge mental d'une écolière, Votre Honneur. Sinon, pour vous, c'est incompréhensible. Elle ne peut pas faire ce qu'elle veut de sa *chatte* par plaisir ? Ni en avoir eu *ras la chatte* de sa fille ? – « la » Nati n'a que le mot « chatte » à la bouche. Ni s'être désintéressée de sa fille comme le père s'en est désintéressé ? Ce *connard* de père dont personne ne parle ici ! – Elle ne sait pas se défendre autrement qu'avec des insultes.

C'est vrai que « la » Àngels et moi, on regarde beaucoup de films empruntés à la bibliothèque sur l'ordinateur et que ce coup-ci c'est moi qui suis allée *pêcher ça* dans un film où une vieille dame pomponnée vient poser sa chaise chaque après-midi au bord d'un chemin de terre et elle reste là jusqu'à ce qu'un type la ramène en voiture. Mais comme les portillons de ce *boulet* de Nati étaient en train de s'activer, j'ai préféré me taire, parce qu'on a pour règle de ne pas se faire taire les unes les autres bien qu'en réalité moi je me taise tout le temps pour éviter les disputes avec mon hyper-intransigeante et *connasse* de sœur qui, malgré son sacré niveau d'attardement, finit toujours par gagner dans les discussions : ses portillons se ferment et elle *démonte* vos arguments jusqu'à vous faire sentir demeurée, consumériste et *facho*, et alors là vous pouvez l'insulter ou taper là où ça fait le plus mal, les portillons font barrage et vous renvoient tout *dans la face*. Sauf ce jour-là où j'ai explosé et je lui ai *rabattu le caquet*.

On prenait tranquillement le frais à quatre sur le balcon. Notre balcon est en première ligne face à la plage et tous les autres appartements sous tutelle de la *Generalitat* en sont jaloux, il y a le métro à cinq minutes et le bus à cinq secondes, quatre chambres, deux salles de bains, un grand salon avec un grand écran plasma, une grande cuisine équipée, une pièce avec la table à repasser et la machine à laver, et le balcon susmentionné, aussi long que la façade de l'immeuble et assez large pour sortir une petite table et vous asseoir avec votre bière, vos chips et votre cigarette, ce que j'étais d'ailleurs en train de faire et ce qui me maintenait en paix avec le monde, *nom d'un chien*, en paix avec moi-même et le monde après cette *satanée* vie passée à aller me coucher à 22 heures dans les CRUDI et les RUDI, en paix avec moi-même et le monde parce que je m'étais réconciliée avec « la » Marga après notre dernière dispute à cause du ménage, parce qu'une maison comme la nôtre mérite d'être propre et ordonnée, et aussi parce que quand vient Mme Susana Gómez l'assistante sociale, la première chose qu'elle fait c'est passer son doigt sur les plinthes, ce qui est aussi la première chose que Mme Susana écrit dans ses rapports sur les logements sous tutelle et le motif numéro 1 pour vous faire *virer* d'un appartement et qu'on révoque votre « pseudo-normalité conditionnelle », comme l'appelle « la » Marga depuis sa prise de conscience de son handicap : auto-prise en charge, hygiène personnelle et domestique, or ici, aux premières loges face à la plage il y a beaucoup de sable qui rentre, il faut balayer tous les jours et faire la poussière parce que en plus la fille des services sociaux *se pointe* sans prévenir, comme les inspecteurs du travail dans les discothèques, qui débarquent à 3 heures du matin et se prennent des cocktails qu'ils font passer en note de frais puis demandent à voir les contrats de travail. Je le sais par une copine à moi qui est serveuse au Mágic, c'est comme ça que son patron s'est fait *gauler*, il les faisait toutes travailler *au black*.

J'avais sorti des chaises pour nous quatre, ouvert un paquet de chips et un litre de bière (les bouteilles d'un litre, le Chinois d'en bas me les fait passer en jus d'orange sur les factures qu'on doit donner à la *Generalitat* : Votre Honneur voit qu'elle peut avoir confiance en mon témoignage, puisque je vous révèle même des secrets qui peuvent me compromettre) et je leur avais proposé du tabac (avec la buraliste, pas moyen de faire passer le tabac en timbres ou en chewing-gums, du coup je donne l'argent à un copain qui ne vit pas en appartement sous tutelle pour qu'il aille m'en chercher, et ensuite je vais acheter avec lui ce dont il a besoin au Mercadona et on demande une facture à mon nom).

Il n'y a que « la » Nati qui a voulu fumer, et c'est moi qui dois lui rouler ses cigarettes, parce que même si elle peut danser *Le Lac des cygnes* avec son handicap, niveau psychomoteur, se rouler une *clope*, la pauvre, elle ne peut pas ; et seule « la » Àngels plongeait méticuleusement la main dans les chips, et ce sans lever le nez de son téléphone. « La » Marga, qui a tout le temps trop chaud, avait encore retroussé sa chemise de nuit, mais cette fois je n'ai rien dit parce que au moins elle était bien épilée, vu que je lui avais fait les jambes entières et les aisselles la veille. On s'est mises d'accord là-dessus, « la » Marga et moi : elle peut laisser dépasser tous les seins qu'elle veut, là où ça lui chante, d'accord, mais sans poils aux tétons, merci. Elle peut sortir en culotte sur la terrasse, OK, mais seulement si on ne voit que sa culotte et pas la *touffe* frisée autour. Bon, donc comme « la » Marga a tout le temps trop chaud, elle ne disait pas non à la bière fraîche, et moi j'étais contente et détendue en regardant ma cousine qui regardait le spectacle de danse sur la place. Détendue et pas déprimée.

Plusieurs filles du centre socioculturel s'étaient lancées dans une danse « classique-moderne » sur une musique nostalgique et *planante*, une chorégraphie style publicité pour du parfum cher, Chanel, Cacharel ou Lancôme : une pub raffinée et de bon goût avec un top-modèle pour seule héroïne et pas d'homme du tout. Car l'homme se trouve dans le regard du top-modèle. Et c'est à cet homme-là qui n'apparaît pas que le top-modèle adresse des œillades du genre effarouché, comme si elle gardait son désir sous clé derrière sept verrous. J'étais en train d'imaginer cette rencontre amoureuse toujours sur le point d'arriver mais qui n'arrive jamais, quand « la » Nati a sorti l'une de ses grossièretés qu'elle appelle « action directe » mais qui sont purement et simplement des insultes directes ; et des insultes qui vont beaucoup trop loin. La danse et la musique me transportaient vers ces prémices de l'amour qui ne sont pas celles du baiser mais de l'instant fébrile précédant le baiser, et qui est toujours, et je dis bien toujours, plus intéressant que le baiser en soi. Le baiser, vous le donnez parce qu'il n'y a plus le choix, parce que puisqu'on y est, on ne va pas *mettre un vent* en s'arrêtant en cours de route. Mais il reste possible de détourner la bouche *un tout-tout petit poil* pour recevoir le bisou *de traviole*, ce qui prolonge le vrai divertissement, qui n'est pas celui des langues mais du cache-cache, de la petite comédie de « la nuit commence à peine », le super divertissement qui consiste à dire non. Et voilà « la » Nati qui vient *me pourrir* mon film avec son *putain* de syndrome, *la chatte à sa mère* ! Franchement, il n'y a pas plus inoffensif que les nanas du centre socioculturel, mais dès qu'elle les a vues, *bordel*, je ne sais pas ce qui lui a pris, elle s'est mise à rugir comme une bête, elle s'est sentie insultée et a commencé à les traiter de *connasses*, de fascistes, de *dégueulasses*. Vrai ou faux qu'elle exagère, « la » Nati ? Puis elle a parlé de choses politiques qui n'avaient rien à voir avec le spectacle : Ada Colau... L'indépendance de la Catalogne... *Amélie Poulain*. Alors que c'est tellement beau, *Amélie Poulain* ! Bon Dieu, mais qu'est-ce qu'il lui a fait de mal, ce film, à ma sœur ? Ici, on sait toutes ce qu'elle a, et quand ses portillons se ferment, mieux vaut la laisser, ne lui dire ni oui ni non, la laisser faire, ne pas la contredire ni lui donner raison, parce que si vous la contredisez, elle ne vous *lâchera plus la grappe* avant d'avoir gagné, et si vous lui donnez raison, même si elle a vraiment raison, ses yeux se mettront à briller et elle vous forcera à venir « saboter un truc », à vous venger de je ne sais quoi, et elle ne s'arrêtera pas jusqu'à tant que vous l'accompagniez faire ses âneries, ou au moins que vous veniez monter la garde.

Mais cette fois je n'ai pas supporté ; j'ai eu l'impression qu'elle s'en prenait aux gens de la place sans aucun motif. Elle était hyper-intolérante et malpolie, et ça, bien qu'on soit handicapées mentales, bien qu'on nous ait tuées à coups de thérapies comportementales et de contes pour enfants, et bien que les agences régionales de santé et les maisons départementales des personnes handicapées nous aient achevées même si après on a ressuscité, et donc bien qu'on soit handicapées mentales et *zombies*, handicapées mentales et *bouffeuses de cerveaux*, handicapées mentales et expertes en handicap mental, malgré tout ça, le respect et les bonnes manières, il faut qu'on les applique y compris envers notre pire ennemi, parce que la directrice de l'appartement sous tutelle (Mme Diana Ximenos, grande professionnelle autant que personne délicieuse, Votre Honneur) ne se contente pas de monter chez nous, elle pose aussi des questions aux gens du quartier, des questions *au Chinois* d'en bas, des questions aux voisins et des questions au centre socioculturel, et alors là on est bien *dans la mouise*. Les gens du centre socioculturel de la Barceloneta disent qu'ils sont extrêmement respectueux de la situation particulière de « la » Nati, qui y suit les cours comme n'importe qui d'autre, ils disent que tout le monde s'adapte à son rythme et tolère ses débordements plus qu'occasionnels, même si « la » Nati, et ça c'est à cause de son grave handicap mental, n'apprécie pas, ou ne perçoit pas, cet effort que font une partie de ses professeurs et de ses camarades pour l'intégrer, de telle façon que lorsque quelque chose lui déplaît, soit elle les attaque et *bousille* le cours, soit elle s'isole et les met tous dans une position très gênante, parce que d'un côté ils ne veulent pas se fâcher avec elle, mais de l'autre elle ne les laisse pas danser tranquilles. Notre pérennité dans l'appartement dépend aussi de ça : notre capacité à communiquer, notre participation à la vie de la communauté, l'adéquation entre nos attentes et nos capacités réelles, notre tolérance à la frustration, savoir mettre en pratique certains conseils et certaines méthodes pour aller mieux, favoriser une bonne connaissance de soi-même. Alors, Votre Honneur, je vous jure *sur ma chatte* que l'*Aberrant Behaviour Checklist, deuxième édition, version espagnole* finira par entrer dans la tête de ma sœur même s'il faut lui enfoncer ses portillons au bélier.

La magistrate	La déclarante	Le sténographe/ transcripteur
Guadalupe Pinto	Patricia Lama	Javier López Mansilla

ROMAN

TITRE : MÉMOIRES DE MARÍA DELS ÀNGELS GUIRAO HUERTAS

GENRE : LECTURE FACILE

AUTRICE : MARÍA DELS ÀNGELS GUIRAO HUERTAS

CHAPITRE I : PRÉSENTATION

RUDI signifie Résidence Urbaine pour Déficients Intellectuels.
Il ne faut pas dire «j'ai été enfermée à la RUDI»
ou «j'ai été internée à la RUDI».
Il faut dire «je suis pensionnaire» et après
il n'y a plus besoin de dire la RUDI.

Avant je n'étais pas pensionnaire d'une RUDI.
J'étais pensionnaire d'un CRUDI.
CRUDI signifie Centre Rural pour Déficients Intellectuels.
Ce CRUDI se trouvait près d'Arcuelamora.
Arcuelamora, c'est mon village.

J'étais pensionnaire parce que ma mère est morte
et la banque a récupéré notre maison.

Ma mère avait l'usufruit à vie de la maison.
Usufruit à vie signifie que toi et tes enfants pouvez
vivre dans un endroit jusqu'à ta mort.
La même année, la même banque a
récupéré le club de Los Maderos.
Les prostituées n'avaient pas l'usufruit
à vie du club de Los Maderos.

Je suis allée habiter chez mon oncle Joaquín.
Trois mois après, Mamen l'assistante sociale,
ou Madame Mamen, est venue.
Une assistante sociale est une femme qui aide
les personnes en risque d'exclusion sociale.
Exclusion sociale signifie être mendiant,
délinquant, drogué ou sans maison.

Suis-je une personne en risque d'exclusion
sociale ? ai-je demandé à Mamen.
Mamen m'a dit que malheureusement oui.
Je lui ai demandé pourquoi.
Elle m'a dit que j'avais des besoins spécifiques et qu'il
n'y avait pas de salle de bains chez mon oncle.
Je lui ai dit qu'il n'y avait de salle de bains chez
personne à Arcuelamora sauf à Los Maderos.
Il n'y a que les putains à Arcuelamora qui ne sont pas en
risque d'exclusion sociale ? ai-je demandé à Mamen.
Mamen m'a répondu qu'on était là pour parler
de moi et pas pour parler des autres.
Elle m'a aussi dit qu'il ne fallait pas
dire putain, mais prostituée.

Parce que dire des gros mots aggrave
ton risque d'exclusion sociale.
Ce jour-là j'ai appris le mot prostituée.

Mamen m'a fait passer beaucoup d'entretiens.
Un entretien, c'est comme dans les magazines
et à la télévision, mais chez toi.
Mamen venait souvent chez mon oncle.
Parfois le matin et parfois l'après-midi.
En hiver, en été, au printemps et en automne.
Mais les entretiens étaient très ennuyeux parce
qu'elle me posait toujours les mêmes questions.

Un jour elle m'a offert un pyjama.
Un autre jour elle m'a offert un gilet.
Mais maintenant ils sont vieux et troués.

Un jour les entretiens se sont arrêtés et on ne
s'est plus promenées toutes les deux.
Mamen a arrêté de venir dans le potager pendant que mon
oncle Joaquín et moi on ramassait les fèves ou les pommes.
Ou pendant qu'on labourait ou qu'on
donnait à manger à Agustinilla.
Agustinilla, c'était la jument de mon oncle.

Mamen a arrêté aussi de venir devant la porte
des voisins pour prendre le frais avec eux.

Ce jour-là Mamen nous a demandé à mon oncle
et à moi de rentrer à l'intérieur de la maison.

On l'avait déjà fait une fois en hiver.
Mais ce jour-là c'était l'été.
Mamen nous a demandé de nous asseoir.
Elle avait une chose importante à nous dire en privé.
Mais ce n'était pas une chose.
C'étaient quatre choses :

1) La première chose était que le gouvernement allait me donner une pension.

Le gouvernement ce sont les politiciens qui passent à la télévision ou qui font un discours pendant les fêtes.

Pension signifie qu'on te donne de l'argent tous les mois. Mais pour qu'on te donne de l'argent, tu dois ouvrir un compte à la banque.

Un compte à la banque signifie que le gouvernement donne l'argent à la banque pour que la banque te le donne.

On a ouvert le compte à la banque qui a récupéré ma maison et la maison des prostituées.
Parce que c'est la seule banque d'Arcuelamora.
Cette banque s'appelle BANCOREA.

BANCOREA signifie Banque de la Région d'Arcos.

Tout le monde sait ce que signifient banque et Région d'Arcos.
Donc je n'ai pas besoin d'expliquer.

2) La deuxième chose était que j'avais le
droit d'habiter au CRUDI de Somorrín.
Somorrín est un village plus grand que mon village.
Ce n'est pas loin du tout en voiture.
Dans ce village, il y a les docteurs, les magasins,
l'école, BANCOREA et la mairie.

La mairie est la maison des politiciens du village.

Somorrín n'est pas près quand on
y va à vélo ou en charrette.
Mais moi je suis toujours allée à Somorrín en voiture.

3) La troisième chose était que je devais
donner la permission au CRUDI de prendre
presque toute ma pension.
Pour payer ma chambre, mes vêtements,
ma nourriture, ma salle de bains, mes sorties
du week-end et tout ce qu'il me fallait pour vivre.

Avec le reste de ton argent tu pourras faire
ce que tu veux, m'a dit Mamen.
Tant mieux, Madame Mamen, lui ai-je répondu.
Ne m'appelle pas Madame, enfin ! On est amies et je
n'ai que six ans de plus que toi, m'a-t-elle répondu.

Moi j'avais dix-huit ans et Mamen en avait vingt-quatre.
Maintenant j'ai quarante-trois ans et, si elle n'est
pas morte, Mamen en a quarante-neuf.

Quand j'aurai quarante-neuf ans, si elle n'est pas
morte, Mamen aura cinquante-cinq ans.
Et ainsi de suite, si aucune de nous deux meurt.

Ce jour-là j'ai commencé à appeler Madame Mamen
Mamen tout court.

Ma cousine Patricia ne l'appelait pas Mamen.
Elle l'appelait « la Mamen ».
Comme moi on m'appelle « la Àngels »,
sa sœur « la Nati », son autre cousine « la Marga »
et le Chinois d'en bas « le Ting ».
Comme on met à tout le monde « la »
ou « le » devant son prénom.
Comme les Catalans quand ils parlent catalan.
Et aussi parfois quand ils parlent espagnol
parce qu'ils ont l'habitude.

Mais ma cousine Patricia n'est pas catalane
et elle ne parle pas le catalan.

Moi je suis catalane du côté de ma
tante et je m'appelle Ángela.

En catalan Ángela se dit Àngels.
Maintenant j'habite en Catalogne et je dois
m'intégrer à la société catalane.
Je dois respecter sa diversité linguistique pour que
les Catalans respectent ma diversité fonctionnelle.
C'est pour cela qu'à Barcelone je dis que je m'appelle Àngels.

Ce n'est pas un mensonge.
C'est une traduction.

En catalan on a le droit de dire « la Àngels » ou « la Marga » ou « la Nati » mais pas en espagnol. En espagnol, c'est très vilain et malpoli.

Quand Patricia disait « la Mamen » elle en profitait pour faire toujours la même blague.
Par exemple, dès qu'un pensionnaire demandait quelque chose, ou se plaignait de quelque chose, ou avait besoin de quelque chose, Patricia lui disait :

« Que te la Mamen. »

En espagnol, cette phrase veut dire aller se faire sucer la bite.
À cause de « Que te la Mamen », Patricia a souvent été privée de télévision, d'argent de poche et de promenade du dimanche.
Je lui ai dit qu'il valait mieux arrêter de le dire alors elle m'a écoutée et elle est devenue plus polie.
Patricia ne disait plus la Mamen,
ni Mamen, ni Que te la Mamen.
Elle disait Madame Mamen.
Mamen ne lui a pas dit de ne pas l'appeler Madame.

À cette époque Mamen devait avoir trente-quatre ans car moi j'avais vingt-huit ans et Patricia en avait dix-huit.
Patricia était pensionnaire depuis peu et elle ne connaissait pas encore bien les règles.

Je crois que Mamen aimait bien qu'elle l'appelle Madame. Parce que Mamen n'était pas amie avec Patricia et qu'elle était devenue la directrice du CRUDI de Somorrín.

La directrice, c'est celle qui commande
et qui a le plus grand bureau.

Un jour un pensionnaire a dit qu'il ne trouvait pas
la craie orange et Patricia lui a répondu :
« Que te la Madame Mamen. »

J'ai oublié comment ce pensionnaire s'appelait mais
je sais qu'il avait le syndrome de l'X fragile.
Le syndrome de l'X fragile est une maladie pas
marrante que peu de gens connaissent mais
que je n'ai pas le temps d'expliquer.

Je voulais juste dire que c'est à cette époque qu'on
a commencé à donner des cachets à Patricia.
Parce qu'elle avait des altérations du comportement.

Patricia et le syndrome de l'X fragile sont des digressions.
Digresser signifie se mettre à raconter une
histoire au milieu d'une autre histoire.

En Lecture facile, on ne doit pas faire de digressions.
Parce que cela rend l'histoire principale
plus difficile à comprendre.
Ici, l'histoire principale, c'est la mienne.

Je dois encore expliquer la quatrième chose que
Mamon nous a dite à mon oncle et à moi.
C'était la plus importante.

Quand on écrit en Lecture facile, il faut expliquer tous les mots qu'on pense que les gens ne vont pas comprendre parce qu'ils sont compliqués ou mal connus.
Normalement je devrais expliquer ce que signifient syndrome de l'X fragile, altération du comportement et Lecture facile.

Mais ce seraient encore trois digressions.

Donc cela veut dire qu'il y a un problème que les Directives Méthodologiques pour une Information sur la Lecture facile à l'Usage des Services en Bibliothèques pour Personnes à Besoins Spécifiques ne peuvent pas résoudre.

Bon.

Je le dirai à ma référente du Groupe
Autogestionnaire du mardi après-midi.
Mais en attendant je continue comme j'ai envie.

Je ne vais pas expliquer ce que signifie directive.
Ni ce que signifient services en bibliothèques
pour personnes à besoins spécifiques.
Ni ce que signifie référente.
D'accord ?

Je vais juste expliquer ce que signifie Groupe Autogestionnaire parce que c'est important.
Ce n'est pas aussi important que la quatrième chose que Mamen nous a dite à mon oncle et à moi.
Mais c'est quand même important.

Comme c'est moi qui écris cette histoire, il est normal que ce soit moi qui décide de ce qui est important et de ce qui est une digression.

La page 19 des Directives Méthodologiques pour une Information sur la Lecture facile le dit très clairement :

« Ne limitez pas trop la liberté de l'auteur. »

Et plus loin, une autre directive que je ne comprends pas.
Même si je crois que cela veut dire à peu près pareil :

« Ne soyez pas dogmatique. Laissez la fiction être de la fiction. »

Je crois que la fiction, c'est la science-fiction.
Comme dans « Avatar » et « Star Wars ».
Cela me va très bien.
Je continue.

Groupe Autogestionnaire signifie groupe formé par des personnes adultes qui ont un handicap mental ou une diversité fonctionnelle intellectuelle et qui se réunissent une fois par semaine pour faire six choses :

1) Acquérir des facultés de communication.
2) Développer leur autonomie personnelle et sociale.
3) Augmenter leur capacité à s'exprimer et à décider seuls.
4) S'habituer à prendre des décisions
dans leur vie quotidienne.
5) Apprendre à participer à la vie associative.
6) Débattre sur des sujets qui les intéressent.

Pour l'instant je ne vais pas expliquer ce
que signifie handicap mental.
Ni ce que signifie diversité fonctionnelle.
Ni ce que signifie vie associative.
D'accord ?

En Lecture facile, il faut écrire des phrases
courtes ou les couper soi-même.
Parce que cela se lit plus vite et parce
qu'on se fatigue moins en les lisant.
Et on se fatigue moins en les écrivant.

En Lecture facile, on ne peut pas faire d'alinéa
et on ne peut pas justifier le texte.
Ce qui n'a rien à voir avec le bonhomme dessiné de La Linea.
Ni avec être obligé de se justifier.
Cela veut dire que les lignes commencent
toutes pareil du côté gauche de la page.
Cela veut dire ne pas mettre d'espace quand on va à la ligne.

Comme les lignes vont vers la droite, il faut
laisser chacune aller jusque-là où elle va.

Même s'il y en a des plus longues et des plus courtes.
Même si le texte ne fait pas une colonne parfaite.
Cela veut dire ne pas justifier.

Il existe un bon moyen pour savoir si un texte
est un bon texte en Lecture facile.
Il faut mettre sa feuille debout sur le côté.
Et il faut avoir l'impression que
les phrases sont de l'herbe.
Ou des montagnes.
Ou les immeubles d'une grande
ville comme dans les films.

Il y a beaucoup d'autres Directives pour la Lecture facile.
Je suis en train de les apprendre
et je crois que j'y arrive bien.
Ma référente du Groupe Autogestionnaire
m'a dit que si je continuais comme cela,
je pourrais écrire un livre qui parle de moi.
Et le publier dans une maison d'édition.

Publier signifie mettre un livre dans les librairies.
Et le vendre pour que les autres le lisent.
Alors je serai écrivaine et vous serez mes lecteurs.
C'est fou.
C'est le plus fou qui m'est arrivé dans ma prostituée de vie.

Depuis que Laia m'a dit cela, je ne pense à rien d'autre.
Je passe mes journées à étudier les Directives des Services
en Bibliothèques pour Personnes à Besoins Spécifiques.

Ma digression est trop longue.
Ce matériau textuel, comme disent les
Directives, ne serait pas publiable.
Cela m'énerve un peu.
Parce que cela fait quatre jours que j'écris.
Même si je sais que dans les films les écrivains font des
boulettes en papier avec ce qu'ils ont écrit de non publiable.
Et après ils les lancent dans la poubelle
comme des ballons de basket.

J'aimerais terminer cette phrase pour
brancher mon portable sur l'ordinateur.
Télécharger toutes les digressions non
publiables que j'ai écrites.
Les imprimer.
Faire une boulette en papier.
Et la lancer dans la poubelle.

J'ai pris suffisamment d'élan pour sauter par-dessus les portillons du métro et je suis descendue à Plaza España en me prenant pour une guérillera bâtardiste. Pendant le trajet, tout le monde m'a regardée parce que j'étais en chemise de nuit avec mes portillons fermés, même si c'est beaucoup dire vu que dans le métro les gens ne regardent rien d'autre que leur téléphone. Je dirais donc qu'on m'a feuilletée alors que je croisais les jambes et que je faisais tinter mes clés, la seule chose que j'avais sur moi. Ils auraient mérité que je leur balance un Qu'esse t'as à me feuilleter comme ça ? Remets ta tête dans le joug et continue de labourer ton écran. Mais quand on gruge le métro, mieux vaut faire profil bas, parce qu'un type de la sécurité peut arriver avec sa petite chienne et appeler le contrôleur qui te colle 100 euros d'amende, et si tu refuses de montrer ta carte d'identité tu te fais défoncer devant les laboureurs de petits écrans totalement passifs, qui au mieux osent lever leur portable et, dans un esprit de dénonciation journalistique héroïque, filment l'agression pour la poster sur les réseaux pendant que tu te tords de douleur par terre.

Je prends La Bordeta, la seule avenue en sens unique à partir de la plaza de España et donc la plus silencieuse, la plus sale et la moins commerçante. Je déteste les bars mais surtout je déteste les magasins, en particulier les boutiques de fringues, suivies des librairies et des supermarchés. Avenue La Bordeta, il n'y a pas une seule librairie ni une seule boutique de fringues. Il y a deux épiceries pakistanaises, un magasin d'électroménager, une boutique de sport, une banque, un vieux qui vend des vieilleries empilées dans sa vitrine, un lycée, une garderie, cinq ou six repaires d'ivrognes, le local de la PAH-Barcelone où Marga est allée s'informer et d'où elle est ressortie la queue entre les jambes, le Bloc La Bordeta, vaisseau mère du Grup d'Habitatge de Sants, originellement *okupé* par la PAH mais aujourd'hui exclu de la plateforme d'Ada Colau, parce que depuis que Sa Sainteté est à la tête de la mairie, la PAH-Barcelone ne supporte pas que les gens de La Bordeta promeuvent l'*okupation* avec autant de joie, de mauvaise humeur et d'efficacité. Ayant des horizons politiques radicalement différents (alliée des services sociaux, la PAH-Barcelone se veut pacificatrice, tandis qu'en tant que squat, le Bloc reste dans la confrontation), les deux organisations cohabitent dans la même rue sans jamais se dire bonjour. C'est pour ça que les PAH-Colauistes ont envoyé Marga dix rues plus haut à l'*ateneo* libertaire qu'ils voient, en bonnes nunuches bureaucrates qu'ils sont, comme un endroit sans réelle dimension politique où les jeunes se contentent d'aller fumer des joints.

Même si on ne me regardait presque pas avenue La Bordeta, parce que mes portillons se rouvraient mais surtout parce que là-bas les riveraines aussi sortent dans la rue en chemise de nuit, j'ai attrapé un pantalon que j'ai trouvé sur une poubelle. Il était bien, pas de caca, pas de sang ni rien, en coton fin, et large, frais et léger, sans poches ni boutons, avec quelques petites taches d'eau de Javel, raison pour laquelle il avait dû être jeté. Ça, le coup de laisser des vêtements, des meubles, des livres et de la nourriture en bon état au-dessus ou à côté de la poubelle, et pas dedans, c'est quelque chose de très fréquent que je n'ai vu nulle part ailleurs qu'à Barcelone. Il s'agit là de générosité ; une générosité anonyme, inconditionnelle, facile et muette, sans intermédiaire ni bureaucratie, ce qui la distingue de la charité, de l'esprit d'ONG et de l'assistance d'État.

Il faisait nuit et l'air ne rafraîchissait pas, car La Bordeta n'est pas la Barceloneta : quand la Barceloneta a sa Méditerranée polluée, La Bordeta a sa Gran Vía polluée. Je lave toujours les vêtements que je récupère dans les poubelles avant de les porter, quel que soit leur état, mais là j'avais tellement chaud dans ma chemise de nuit synthétique que j'ai continué à farfouiller dans le tas laissé par ce généreux inconnu pour trouver de quoi me changer. J'en ai sorti un débardeur avec un dessin de chat cucul la praline craquelé de partout (le dessin, pas le chat cucul la praline), raison pour laquelle ledit débardeur avait été jeté. Le bon Samaritain du tas de fringues a alors commencé à m'énerver, parce que, clairement, ce débardeur au chat était nul, or le Samaritain l'avait jugé satisfaisant pour quelqu'un qui s'habille dans les poubelles et qui n'a pas de quoi, ou ne veut pas, acheter dans les magasins. S'il avait été si généreux, il aurait dû essayer de retirer ce qui restait du chat cucul la praline avant d'en faire don publiquement. Sinon, il aurait dû le mettre direct dans la poubelle, là où est sa place de débardeur pourri, ou s'en faire un chiffon à poussière. Il n'avait rien de généreux. Cet individu ne devait pas appartenir au Réseau de Distribution des Dessus de Poubelles. Il était juste allé sortir ses déchets recyclables, dont des vêtements, pour lesquels il y a une benne spécifique, la seule avec celle pour le verre dont on ne peut plus rien sortir une fois que c'est entré. Or, ne voyant aucun conteneur à vêtements dans les parages, après avoir pris la peine d'en chercher un dans les rues adjacentes, le faux Samaritain a décidé de verser le contenu du sac (parce que le sac, il le rapporte chez lui pour le réutiliser, c'est d'ailleurs pour ça qu'il l'a payé 2 euros) sur une poubelle, comme il l'a vu faire et désapprouvé tant de fois en silence parce que c'est tellement laid les déchets à l'air libre, histoire de ne pas jeter ses vêtements dans la mauvaise benne.

Cet individu n'a jamais rien récupéré dans une poubelle, ni fringue, ni nourriture, ni livre, ni meuble, autrement il saurait qu'on y laisse des trucs dans un état un minimum décent, par exemple après les avoir un peu rafistolés ou en avoir enlevé les parties trop mûres, par respect pour ceux qui vont chercher de poubelle en poubelle pour bouffer ; respect mérité non en tant que défavorisés (ce que dirait une âme charitable), ni en tant que victimes du capitalisme sauvage (ce que dirait un membre d'ONG), ni en tant que citoyens égaux en droits et en obligations (ce que dirait le ministère des Solidarités et de la Santé). Si le fouilleur de bennes, de même que le chapardeur et le resto-basketteur, méritent respect et admiration et demeurent des modèles à suivre, c'est qu'ils ne sont ni les complices ni les soutiens des fléaux de cette ville que sont ces saloperies de magasins et ces saloperies de bars.

Résultat : j'ai jeté à la poubelle ce débardeur de merde, j'ai enfilé le pantalon sous ma chemise de nuit que j'ai retirée pour me retrouver en soutif – plus au frais, impossible ; plus de regards braqués sur moi, idem – et je suis allée à l'*ateneo* anarchiste où la PAH avait envoyé Marga pour qu'on l'aide à squatter : peut-être qu'il s'y passait un truc ce soir et que ça m'enlèverait le sale goût que les danseuses de la Barceloneta m'avaient laissé dans la bouche ; une fête ou un débat, bref, la possibilité de ne pas exprimer ni écouter des opinions personnelles, mais de pures et simples vérités sur les choses.

Jamais de toute ma vie universitaire faite de colloques, de séminaires, de tables rondes et de cours magistraux je n'ai entendu parler avec autant de clairvoyance qu'à l'*ateneo* anarchiste. Le bavadarge est ponctué de véritables pauses pour réfléchir, des pauses qui durent suffisamment pour que le silence du locuteur ne soit pas bousillé par un répliquant pressé. Pas de discours appris, mais une parole passée au filtre des vingt corps de chacun. Là-bas, tout le monde savait qui parlait avec sa chatte, qui parlait avec sa chatte et sa tête, qui parlait avec sa jambe boiteuse, ou avec sa carotide, ou avec le cul et le cœur : aussi la personne qui avait la parole ne donnait-elle pas son avis sur un sujet. Elle possédait le sujet et l'universalisait pour le reste de la salle. Quelqu'un racontait la difficulté de lancer des cocktails Molotov contre la façade d'un commissariat à cause de l'écart entre les barrières et la foule, mais ça n'était pas un témoignage, ça n'avait rien de personnel : pas de main qui lançait le cocktail et donc pas de récit ; il n'y avait là que de la valeur sémantique, le dévoilement d'une réalité occultée jusqu'alors et que l'orateur venait offrir, par sa parole, à ceux qui voulaient l'écouter. Grâce à lui, nous devenions tous des lanceurs de cocktails Molotov avisés devant une façade de commissariat galère. Quel cadeau ! j'ai pensé. Quelle différence entre offrir une signification et vendre une idée ! Quelle heureuse absence de séduction il y a dans le cadeau des significations ! Et au contraire, quelle répugnante rhétorique que celle de vendre des idées, faire passer des messages et savoir transmettre ses pensées ! Ça, c'était de la générosité comme celle de la nourriture en bon état posée sur la poubelle.

Ce jour-là, à l'*ateneo*, les anarchistes discutaient de la pertinence de se joindre ou non à une grève organisée par la Confédération syndicale des commissions ouvrières et l'Union générale des travailleurs, syndicats qu'ils méprisaient, mais qu'ils comptaient utiliser pour atteindre leurs buts. Ils étaient assis en cercle, sans tour de parole car c'était inutile : entre eux, il y avait de l'écoute, chacun percevait la volonté de parler de son voisin, lequel savait quel était le bon moment pour intervenir sans écraser personne, et si d'aventure ça arrivait, l'écrasé dénonçait clairement l'abus et était aussitôt soutenu par les autres, qui faisaient en sorte que l'abuseur comprenne son forfait, rappelant qu'ici les prophètes n'étaient pas les bienvenus. Et si l'abuseur ne reculait pas, s'il fanfaronnait ou faisait le mariole, alors le groupe l'acculait verbalement et il finissait par insulter tout le monde. On l'invitait ensuite à quitter le centre, invitation que, bien sûr, il refusait en prononçant les mots magiques : vous êtes des fascistes. J'en suis devenue folle ! Ici aussi ça arrivait ! Alors comme ça ils étaient produits en série et tous les fascistes traitaient de fascistes ceux qui leur tenaient tête ? C'est la loi fachisto-macho : pour le facho, tolérer signifie que l'autre est de son côté. Le facho-macho n'admet d'altérité que celle qui lui est soumise, ou du moins complice, voire silencieuse, et c'est encore plus super si cette altérité est morte. Marga et moi étions entrées là-dedans sans avoir la moindre idée de leurs petites histoires syndicales, et la concernant je n'en sais rien, mais moi, une demi-heure après notre arrivée, j'avais beau être une parfaite inconnue, ils m'avaient déjà régalée d'une grève massive et mes portillons s'étaient activés contre cet égoïste qui ne voulait pas prêter ses jouets. Le moment était venu de le faire plier à la force du bras et de la parole : « Ici, on est dans un espace politisé où les sous-merdes fascistes ne sont pas tolérées, c'est clair ? Si tu veux faire avaler ta merde à quelqu'un, va dans un putain de bar ou dans un putain de centre social, compris ? » a dit quelqu'un, avant de lui refermer la porte au nez. Chacun est ensuite retourné à son siège et la réunion a repris.

Quelle belle soirée ! Quel désir de malaxer dans sa bouche des significations qui embrassent et nourrissent ! Une autre ville s'était formée sous mes yeux, comme si en deux heures Barcelone avait brûlé et qu'une nouvelle civilisation l'avait reconstruite. Ce jour-là, ils nous avaient regardées, moi et Marga, comme des espionnes, c'est comme ça qu'on regarde dans cette ville n'importe quel nouveau venu qui pose pour la première fois le pied dans un squat, qui crie trop fort dans une manifestation ou qui adresse la parole à une prostituée, une ferrailleuse ou un vendeur à la sauvette. Mais pour ma deuxième visite au centre libertaire, ce jour-là, ils m'ont regardée autrement parce que aucune espionne, même à fond dans son rôle, ne se balade en soutif dans la rue avec du poil sous les bras. Du coup, je me suis retrouvée à une projection, une vraie injure machiste : un documentaire sur les combattantes syriennes avec pas une seule combattante syrienne, le comble étant qu'en une heure, les deux seules fois où une femme apparaissait, c'était pour parler des combattants mecs ou pour mettre la table ; mais comme après le film il y avait un débat avec le réalisateur et une combattante et un repas à 3 euros, je suis restée dîner et débattre. Alors, premièrement, j'ai dit que le documentaire adoptait un point de vue machiste paré de bonnes intentions, ce dont le réalisateur s'est excusé en répondant que c'étaient les femmes qui n'avaient pas voulu parler ni être filmées. Deuxièmement, j'ai dit à la combattante syrienne que pour ce qui était du fusil, je n'en savais rien, mais que le thé, en tout cas, elle le servait à la perfection, après quoi elle et d'autres anarchistes m'ont traitée d'européocentrée. Troisièmement, et pour finir, j'ai dit que je n'avais pas un rond pour payer le repas, mais qu'à l'*ateneo*, quand tu n'as pas d'argent et que tu le dis, on t'invite.

Un porté improvisé réussi est ce qui ressemble le plus à un baiser volé. Un baiser volé désiré. On peut dire porté ou voltige. En cours, on dit plutôt porté : faire un porté. Si on parle en général, on dit voltige : faire de la voltige. Certains professeurs disent une passe : on va faire des passes, quelle bonne passe, attention cette passe n'est pas évidente. Cette dernière dénomination me semble la plus adéquate en raison de sa connotation sexuelle car, de fait, les portés sont des baisers plus ou moins longs, plus ou moins savoureux, avec ou sans dents qui s'entrechoquent, et personnellement j'aimerais croire que les danseurs qui choisissent de dire des passes sont conscients du double sens et cherchent à inoculer de la lubricité chez leurs élèves ; toutefois, après quinze ans de danse, je vous assure que personne ne dit passe pour cette raison, mais simplement parce que porté ou voltige évoquent un ballet classique ringard. C'est triste à dire, mais la danse est une profession très conservatrice.

C'est d'ailleurs ce que j'ai répondu quand on m'a demandé ce qu'était un porté à la réunion du groupe autogestionnaire d'entraide mutuelle où vont Patricia et Ángela tous les mardis, et où je me suis laissé traîner même si je le faisais pour Marga, parce que, elle, c'est une artiste et qu'elle leur avait fait un doigt gros comme un godemiché. Marga a échappé à cette plaie de l'entraide mutuelle parce qu'elle est officiellement en dépression. Ça faisait des semaines qu'elle se battait pour que la psychiatre lui en diagnostique une, et la veille elle était arrivée à ses fins, malgré les rapports de la psychologue et de l'éducatrice qui prétendaient que son problème, c'était qu'elle avait tout le temps trop chaud, or comme l'air était particulièrement étouffant cet été-là, ça augmentait la fréquence de ses phases exhibitionnistes, lesquelles avaient plusieurs effets chez les gens : les faire rire, ou partir en courant, ou appeler la gendarmerie, et n'aboutissaient que très rarement à des relations sexuelles, qui se trouvent être l'objectif premier de Marga, et dont la non-réalisation l'oblige à s'enfermer dans sa chambre pour se masturber avec tout ce qui lui tombe sous la main. Bien entendu, la thérapie préconisée par la psychologue Laia Buedo et l'éducatrice Susana Gómez consistait en un lavage de chatte et de cerveau via les consignes suivantes : une participation plus assidue aux activités sociales et ludiques organisées par les RUDI à l'échelle locale et régionale, dont cette réunion d'entraide mutuelle du mardi qui prévoyait des séances d'éducation sexuelle et reproductive, dans le but d'encourager l'interaction de Marga avec des personnes de son âge et de son milieu, et favoriser ainsi la construction d'une relation intime et saine avec un ou une camarade.

Au nom du bonheur de ma cousine et de la tyrannie du fascisme thérapeutique, le traitement proposé et finalement imposé par le fascisme médical, à savoir la psychiatre, a été un comprimé de Tripteridol toutes les douze heures pendant deux mois, en plus de ne pas obliger Marga, les effets abrutissants du médicament se faisant déjà sentir, à faire ce dont elle n'avait pas envie. Vu que l'autre jour l'éducatrice a tapé un scandale en me voyant rentrer à la maison à 10 heures du matin alors qu'elle expliquait comment beurrer une tartine, et vu que Patricia et Ángela font de la lèche pour ne pas se faire virer de l'appart sous tutelle, maintenant elles ne me lâchent plus la grappe et elles ont arrêté de harceler Marga, qui prend son Tripteridol quand son corps l'exige, et pendant les trois heures où on est dehors, le temps qu'on assiste à la réunion et puis qu'on rentre, Marga descend dans la rue, fait monter qui veut à la maison et baise tranquillement avec cette personne (encore plus tranquillement si elle est défoncée au Tripteridol), et quand elle n'a pas de chance ou pas envie, elle se masturbe devant le miroir du salon en gémissant comme une truie à l'abattoir. Elle peut se masturber avec n'importe quoi, le clitoris de ma cousine est tellement sensible et sa technique si sophistiquée qu'elle est capable de se masturber sans les mains et même sans rien. Il lui suffit de se mettre à quatre pattes et de remuer le bassin pour que le frottement contre les coutures lui donne du plaisir, et elle peut même le faire sans se frotter à rien et se stimuler génitalement juste par le mouvement. Ça, c'est moi qui lui ai appris : c'est un exercice d'échauffement qu'on fait en danse. Ça sert à débloquer tous les muscles et les articulations à l'arrière des hanches. Il ne faut pas s'étirer comme un chat ; sinon tu perds la focale du plaisir et tu sues pour rien. Ce qu'il faut, c'est situer mentalement, même de façon approximative, tes hanches, ton bas-ventre, ton pubis, les grandes lèvres de ta vulve, ton périnée, ton coccyx, tes ischions, ton anus. Le niveau supérieur consiste à situer tes petites lèvres, ton vagin et ton rectum. Tu me situes mentalement tout ça et puis tu te plantes à quatre pattes. Planter dans le sens où tes bras, tes jambes et ton dos font comme les quatre pieds et la surface d'une table. Pour cet exercice, mettons que la surface de la table commence là où t'arriverait un élastique de culotte taille haute pour se terminer au sommet du crâne, de sorte que ta nuque soit droite et que ton regard tombe pile entre tes deux mains posées par terre. La position de la nuque est fondamentale. Si ton regard tombe trop en arrière et que tu vois tes jambes, ou trop en avant et que tu vois le mur, l'exercice cesse d'être de la masturbation et devient un simple échauffement pour éviter un lumbago.

Une fois devenue table, il faut ajouter un moteur, un qui serve à se déplacer non pas dans l'espace mais à l'intérieur de soi-même ; ou alors se transformer en table munie d'une boule de cristal où étincellent les vecteurs du futur : ton moteur interne ou ta boule de cristal, c'est ton système masturbatoire préalablement identifié. Tu dois le pétrir dans l'air et avec l'air, et pétrir l'air avec lui en bougeant d'avant en arrière, en cercle, en demi-cercle, avec ou sans rebond, plus ou moins lentement ou rapidement en fonction de ce que ton corps te demande ; et là ça ne loupe pas. C'est une stimulation de faible intensité mais durable. Tu restes comme ça dix minutes et c'est comme dix minutes de caresses le long de ta chatte. Personnellement, dans ces cas-là je ne jouis pas, mais après, mon clito est aussi aiguisé et brûlant que s'il était passé dans un affûteur de couteaux.

Alors j'arrête la position de la table pour me masturber comme d'habitude, et en trois secondes c'est bon.

Donc je me suis mise à raconter ça pendant la réunion du groupe autogestionnaire d'entraide mutuelle en ma qualité d'invitée danseuse. On m'avait posé des questions sur mes cours et j'avais commencé par le début, l'échauffement, les dernières tendances en contemporain, y compris l'activation des parties génitales, mais quand j'ai prononcé le mot vagin il s'est passé ce qui devait fascistement se passer. Patricia m'a coupé la parole en me forçant à changer de sujet. Clic de portillons et LED rouges avec le message : SI TU NE VOULAIS PAS QUE JE PARLE, POURQUOI TU M'AS AMENÉE ICI, LÉCHEUSE DE CULS DE FONCTIONNAIRES PRÉCAIRES ? Mais ma sœur, non contente d'être une fachotte occasionnelle, se trouve être complètement bigleuse et n'a pas vu mes néons. Le coup des LED, c'est une image, il n'y a pas de lumières sur mes portillons. Ce que je veux dire par là, c'est que, comme Patricia est myope et qu'elle n'était pas assise près de moi, elle ne se rendait pas compte que mes portillons avaient fait clic, ni que le message en LED allait bientôt se transformer en message littéral dans ma bouche. C'est quand même pas ma faute si elle ne voit pas à un mètre et si elle a des crises de fachotterie, donc elle aurait bien mérité son : pourquoi tu m'as demandé de parler si la seule chose qui t'intéresse c'est que je me fasse l'écho de ton discours merdique qui n'est même pas de toi ? Mais j'ai cédé malgré tout. Patricia me faisait de la peine à jouer les gentilles devant ce clown pas marrant de médiatrice du groupe autogestionnaire censée modérer, donc recentrer, donc censurer, les dérapages potentiels de la réunion, même si en fait sa censure ne servait à rien vu que ma sœur se chargeait déjà de jouer les présentatrices télé. Quant à Àngels, elle me faisait de la peine à lire sur son écran les premiers paragraphes du roman qu'elle est en train d'écrire et à recevoir des compliments. Et tous les autres, ils me faisaient aussi de la peine à répondre PortAventura à la question vous partez où en vacances ? Surtout une qui avait des portillons comme les miens et qui les retenait avec un bandeau d'aérobic. Ce que ça peut faire mal ce truc quand on te l'enlève, que tes portillons se débloquent et qu'ils se rentrent dedans en manquant se casser.

— Ce qu'il faut, c'est situer mentalement, même de façon approximative, tes hanches, ton bas-ventre, ton pubis, les grandes lèvres de ta vulve, ton périnée, ton coccyx, tes ischions, ton anus. Le niveau supérieur consiste à situer tes petites lèvres, ton vagin…

— Très intéressant, l'échauffement, Nati, hein ! Mais comme on n'a pas beaucoup de temps, pourquoi tu ne nous raconterais pas plutôt le truc si joli que tu fais quand tu danses à deux ? m'a coupée Patricia.

J'ai écarté mes portillons pour laisser son ordre me pénétrer, pour empêcher cet assaut d'autorité de ricocher dessus comme d'habitude et de lui revenir en pleine figure en lui éclatant ses lunettes en culs de bouteille. Prévoir sur le long terme est une faiblesse. Prévoir sur le moyen terme est une faiblesse. N'importe quelle projection dans le futur est une chimère qu'on nous a inoculée, un endoctrinement institutionnel, donc militaire, donc capitaliste, et qui ne fait qu'inhiber nos réactions immédiates en donnant ainsi l'avantage à l'agresseur, en l'occurrence ma sœur. Malgré tout, je me retrouvais là, à savoir qu'elle en gardait sous la pédale et me le ferait payer plus tard d'une façon ou d'une autre.

J'ai donc interrompu ma description du dispositif masturbatoire en plein milieu et je me suis mise à raconter que dans un jam de danse un inconnu avec une barbe et moi-même avions réalisé un porté très rapide qui n'avait pas duré plus de trois secondes, mais tellement bien fait, tellement précis et aérien que j'en avais encore la saveur dans tout le corps. C'est là qu'on m'a demandé ce qu'était un porté et que j'ai expliqué l'histoire des passes. On m'a aussi demandé ce qu'était un jam de danse. J'ai répondu que c'était une impro entre danseurs qui ne se connaissent pas forcément. On m'a redemandé ce qu'était un porté parce que ce n'était toujours pas clair.

— C'est sexuel ? m'a demandé un membre du groupe qui s'appelle Ibrahim, avec son fort accent guttural, ses mains toutes contractées, ses genoux cagneux et son déambulateur.

— Ibrahim, tu recommences ! l'a coupé ma sœur, à son tour coupée par la médiatrice.

— Patricia, s'il te plaît, laissons parler Ibrahim et Natividad, d'accord ?

— Pardon, Laia.

Ce qu'elle est polie, cette fachotte de Laia, et ce qu'elle est obéissante, ma sœur.

— Eh bien, Ibrahim, ça peut être sexuel ou ne pas être sexuel. Ça l'est si tu es tout le temps prédisposé au plaisir, ce qui ne veut pas dire que tu as tout le temps envie de baiser. Ça veut plutôt dire que tu es un chercheur de plaisir, un peu comme ces gens sur la plage qui traquent des pièces avec un détecteur. Pour qu'un porté soit sexuel il faut que par une sorte de miracle, donc c'est extrêmement rare, toi et ton partenaire vous comportiez comme ce détecteur, attentifs à votre propre corps comme à celui de l'autre, et une fois que l'appareil bipe, ce qui revient à dire que tu as touché ou qu'on t'a touché d'une manière exacte et précise, tu t'es réveillé et la vie a soudain du sens, et quand on te touche comme ça, tu laisses tomber tout ce que tu penses et tout ce que tu fais et tu te mets à déterrer le trésor, autrement dit à te livrer aux bras de ton partenaire, à ses jambes, à son dos, partout où tu veux que le porté se produise, tandis que l'autre devient ton sauveur, la seule personne existant pour toi dans le monde, qui ne te laissera tomber sous aucun prétexte et t'accompagnera jusqu'à la fin du vol. Cette union-là s'appelle un porté improvisé réussi. Est-ce que c'est une pénétration d'un corps par un autre ? Non. Est-ce que c'est une masturbation solitaire ou réciproque ? Non plus.

— C'est un petit coup vite fait ? a lentement et gutturalement demandé Ibrahim.

— Personnellement, je ne l'ai jamais vécu comme un petit coup vite fait. Je l'ai vécu comme un baiser, un long avec la langue moelleuse, la langue qui fond comme une glace au contact de celle de l'autre. Pour reprendre ta première question : comprenons-nous ce baiser, et pas n'importe lequel, celui que je viens de décrire, comme pourvoyeur de plaisir sexuel ? Ma réponse est clairement oui. Par conséquent, si un porté est comparable à ce baiser, un porté est-il sexuel ? Je dois en conclure que oui, aussi.

— Merci pour tes explications, Natividad. Même si je ne capte pas la moitié de ce que tu dis, il m'en reste quand même quelque chose.

J'ai eu du mal à comprendre cette longue phrase d'Ibrahim parce qu'il avalait sa salive à chaque mot prononcé, mais je crois bien que c'est ce qu'il a dit. Un beau petit macho assis à côté de lui s'est précipité pour me traduire ce qu'il avait dit. En parallèle, ma machotte de sœur traduisait ce que moi j'avais dit. Si c'est pas un bien beau lavage de cerveau, ça, de ne pas demander à l'autre s'il a besoin d'aide ou s'il en veut. Ils ont bien assimilé la maxime assistancialiste « aider, c'est agir pour l'autre », autrement dit le représenter, autrement dit se substituer à lui. Une bien belle légion d'assistantes sociales bénévoles sous les ordres d'une assistante sociale salariée, assise sur sa chaise dans le cercle, à observer ses recrues livrer bataille contre les façons étranges de parler. La bataille de ces serfs non normalisés contre leur langue non normalisée, pour que triomphe la norme comprise par tous les normalisés : la langue du roman d'Angelita. Fachotte contre fachotte, macho contre macho, la douzaine d'autogestionnaires du groupe d'entraide mutuelle a profité que soit brisé ce silence qu'on les obligeait à garder pour se lancer dans un jacassement collectif pendant lequel Ibrahim et moi avons pu terminer notre conversation.

— Merci de t'intéresser à la danse, et désolée si je n'arrive pas à m'exprimer autrement.

— C'est pas grave. Tu comprends quand je parle, toi ?

— Presque tout. Et ce que je ne comprends pas, je le déduis par le contexte.

— Alors je vais te poser une autre question.

— Vas-y.

— Tu crois que moi je pourrais te faire un porté ou que toi tu pourrais m'en faire un ?

Ateneo – Action libertaire de Sants. Compte rendu de l'assemblée du groupe d'*okupation*. 25 juin 2018

En se fondant sur l'inventaire des logements vacants susceptibles d'être squattés, la camarade Gari Garay demande l'aide de l'assemblée pour inspecter l'appartement du 25 de la rue Duero, l'appartement de la rue Viladecavalls et la maison du passage Mosén Torner. La camarade mentionne explicitement le numéro de la rue Duero qui l'intéresse, car d'après ses dires il y aurait dans cette rue plusieurs logements répertoriés ; hormis à cette unique occasion, et ce durant la totalité de la discussion, elle a maintenu secrets lesdits numéros.

Le camarade Majorque lui fait remarquer qu'inspecter un appartement et y entrer pour le squatter revient presque toujours au même, sauf si les conditions de viabilité y sont si mauvaises qu'il faille y renoncer. Il en est ainsi, poursuit Majorque, car s'introduire dans un appartement peut s'avérer compliqué et requiert du temps, de la préparation, ainsi que l'implication de nombreuses camarades, de sorte qu'il n'est pas inutile d'en inspecter plusieurs au préalable afin de faire son choix.

Badajoz est d'accord et conseille à la camarade désireuse d'*okuper* de bien observer les bâtiments de l'extérieur pour se faire une idée de leur état, d'essayer d'y entrer comme si elle habitait là ou venait distribuer de la publicité dans les boîtes aux lettres, et de constater l'état des cages d'escalier et de l'ascenseur, le cas échéant. Badajoz se propose d'accompagner G. G. pour l'inspection extérieure des bâtiments et, pour finir, ajoute qu'il est effectivement nécessaire de rester discrète sur ces questions d'*okupation*, mais qu'entre camarades, que ce soit pendant ou après l'assemblée, elle peut mentionner les numéros sans crainte.

Murcie se propose de les accompagner, en les avertissant néanmoins que la maison du passage Mosén Torner est un vrai dépotoir, et dit ne pas comprendre ce que cette dernière fait dans l'inventaire puisqu'il saute aux yeux que son plafond est à moitié effondré.

La Corogne répond qu'il faut inscrire à l'inventaire tous les logements vacants de l'arrondissement ; ce à quoi Murcie rétorque que non, pas seulement les vacants, mais aussi ceux qui sont susceptibles d'être squattés ; ce à quoi La Corogne répond que la maison du passage Mosén Torner est parfaitement susceptible d'être squattée, en outre plus facilement que beaucoup d'autres logements, de par son état de délabrement et d'abandon, et que pour cette même raison il sera plus long d'identifier et d'expulser la camarade G. G. Murcie exprime qu'il lui paraît impensable que le camarade La Corogne ait passé la moitié de sa vie à squatter et qu'il ignore toujours que la rapidité de l'expulsion ne dépend absolument pas de l'état du logement mais de la spéculation immobilière à laquelle son propriétaire est soumis. Qui plus est, poursuit Murcie, *okuper* un logement ne consiste pas seulement à l'ouvrir et y entrer, mais à l'ouvrir, y entrer et y vivre dignement, voilà ce pourquoi cette assemblée existe, ce pourquoi elle s'est autoproclamée espace autogéré et ce pourquoi elle défend et promeut l'autogestion de lieux tels que les squats ; ce à quoi La Corogne réplique que ce qui est indigne pour l'un peut être digne pour l'autre et qu'il faudrait sans doute autogérer également la dignité, au sens où chacun a des besoins différents qu'il satisfait différemment : par exemple, une famille composée de cinq membres aura besoin pour vivre dignement de grosso modo deux chambres, tandis qu'une mansarde ou un studio pourra suffire à une personne seule.

Pas forcément, objecte Ceuta, une personne seule peut avoir besoin de trois chambres et d'une cour intérieure pour satisfaire des besoins particuliers.

Ou des caprices, rétorque Tarragone, sachant qu'il n'y a rien de mal dans le caprice et que nous ne sommes pas là pour juger les besoins, ni les motivations, ni les manies de quiconque.

Murcie répond que si, nous sommes justement là pour juger les besoins, parce que si un néonazi venait nous raconter qu'il avait besoin d'un squat pour organiser ses réunions néonazies, on le virerait à coups de pompes, n'est-ce pas ?

La Corogne lui répond qu'il ne dirait jamais cela à l'hypothétique néonazi suicidaire qui oserait mettre le pied dans un centre anarchiste, puis demande à Murcie s'il compte demander à tous ceux qui franchissent cette porte s'ils sont néonazis et ce qu'ils prévoient de faire dans le logement que nous allons aider à *okuper*.

Oviedo intervient pour préciser que, selon cette règle de trois, il faudrait également demander à tous les hommes qui se présentent au bureau des squats s'ils comptent maltraiter leurs copines entre ces quatre murs *okupés*, puis ajoute que cette digression est intéressante mais que nous l'abordons avec la banalité postmoderne du relativisme des besoins et de la dignité humaine, car même le néonazi et le mec violent ont besoin pour vivre dignement d'un logement dont le toit n'est pas en train de s'écrouler, et qu'à ce sujet nous serions d'accord même avec les néonazis et les mecs violents ; par conséquent, Oviedo se demande si par hasard nous ne serions pas d'accord là-dessus entre nous aussi.

Murcie ne comprend pas si l'avis de la camarade venant d'intervenir est favorable ou défavorable au retrait de la maison du passage Mosén Torner de l'inventaire des logements *okupables*.

Favorable, évidemment, répond Oviedo. Mais Murcie ne comprend toujours pas et lui demande si elle est favorable au logement ou à son retrait ; question générant plusieurs commentaires croisés et superposés ne figurant pas dans ce compte rendu.

L'ordre habituel d'écoute et d'intervention rétabli après quelques secondes, G. G. dit qu'elle n'est pas sûre d'avoir tout compris mais qu'elle a quand même cru saisir que cette assemblée défendait l'autogestion ; ce à quoi de nombreuses camarades répondent que, en effet, elle a bien compris car nous sommes un espace défendant l'autogestion. G. G. intervient à nouveau et demande si, par conséquent, nous sommes des autogestionnaires ; ce à quoi La Corogne lui répond que nous n'utilisons pas ce mot mais que selon lui, logiquement, ou du moins d'après la logique grammaticale, si nous nous autogérons, nous sommes des autogestionnaires. Badajoz objecte qu'elle n'aime pas ce mot car il renvoie à la gestion et au vocabulaire entrepreneurial, et qu'elle ne se considère pas comme autogestionnaire mais comme une pure et simple anarchiste, car se dire anarchiste revient à dire que l'on gère soi-même ses conflits et ses désirs, en dehors des circuits institutionnels, économiques, sociaux et culturels néolibéraux, lesquels gèrent notre vie entière à notre place et par l'usage de la force.

Ceuta propose à G. G., justement parce qu'il croit en l'autogestion et défend le fait que tout le monde doive s'autogérer et, étant donné que c'est G. G. elle-même qui s'est intéressée la première à la maison du passage Mosén Torner, quelles que soient ses raisons, le camarade Ceuta propose donc à G. G. de décider elle-même si cela vaut la peine ou non de faire l'effort de pénétrer dans cet appartement plutôt que dans un autre ayant meilleur aspect.

G. G. se dit d'accord avec cela, le camarade Ceuta lui précise qu'elle n'est pas obligée de décider tout de suite, ni même le lendemain ni la semaine prochaine, qu'elle peut procéder tranquillement à l'observation extérieure des bâtiments, bien réfléchir à celui qu'elle choisira puis revenir à l'assemblée quand elle le souhaitera pour faire part de sa décision.

G. G. le remercie pour ses recommandations et ses conseils mais répète au camarade Ceuta qu'elle est d'accord avec le fait d'entrer dans la maison du passage Mosén Torner dès maintenant, étant donné qu'elle ne dispose ni de temps ni de tranquillité pour réfléchir car sa situation habitationnelle actuelle est critique, qu'elle a pris sa décision en écoutant parler les différents camarades de l'assemblée et qu'elle a parfaitement compris qu'une *okupation* est une opération difficile mais pas tellement en ce qui concerne ce logement-ci.

Plusieurs camarades insistent pour dire que ce logement est en très mauvais état, mais que si la camarade G. G. est sûre d'elle, banco.

D'autres camarades insistent sur le fait que ce logement est dans un si mauvais état que dès que G. G. y sera entrée et aura constaté son état de décrépitude, elle regrettera d'avoir pris une décision si précipitée.

Tanger rappelle qu'il a été dit précédemment qu'*okuper* ne consistait pas seulement à ouvrir un logement et à y entrer, mais à l'ouvrir, y entrer et y vivre dignement ; ce à quoi il ajoute qu'*okuper* ne consiste pas seulement à ouvrir un logement, y entrer et y vivre dignement mais à l'ouvrir, y entrer, y vivre dignement et y faire toutes les réparations indispensables, car on vit peu dignement, poursuit Tanger, lorsqu'on doit dormir recroquevillé dans un coin pour se protéger du vent ou de la pluie, ou chier dans un seau, ou ne pas pouvoir se faire un café le matin, et il demande à G. G. si elle pense avoir assez de force pour réussir à effectuer, c'est-à-dire à autogérer, toutes ces réparations, d'autant qu'elle compte habiter seule.

Palma objecte qu'au siècle dernier tout le monde chiait dans un seau, plus concrètement dans un pot de chambre, et que cela n'impliquait aucune question de dignité ou d'indignité. La camarade déclare qu'elle ne voit pas non plus en quoi le fait de prendre un café au petit déjeuner plutôt que, par exemple, un croissant et un jus d'orange, qui ne requièrent pour leur préparation ni gaz ni électricité, serait une question de dignité, si c'était bien au manque de gaz et d'électricité auquel Tanger faisait référence en évoquant la dignité du café.

Ce qui suppose que tu as acheté ton croissant dans une boulangerie. Ou que tu l'as chouré. Ou que tu l'as trouvé dans une poubelle, réplique Tanger.

Effectivement, répond Palma, car je pars du principe que, en général, nous ne faisons pas cuire de croissants dans nos logements, auquel cas le gaz ou l'électricité seraient en effet indispensables.

Pas forcément, car il y a des fours à bois, rétorque Tanger. Et le camarade Tanger de demander à l'assemblée si cela lui semble poser problème qu'il y ait un four à bois dans la maison du passage Mosén Torner, afin de pouvoir manger des croissants au petit déjeuner.

Ceuta répond qu'il y a peut-être une cheminée car c'est un très vieux bâtiment.

Tanger se félicite que la question du seau pour chier et du café aient permis à l'assemblée d'alimenter le débat, mais regrette l'absence de tout commentaire sur le fait de dormir recroquevillé dans un coin à cause du froid et de la pluie, car il semble en effet que nous y voyions une question de dignité, or c'est là le problème fondamental de la maison du passage Mosén Torner, à savoir son plafond à moitié effondré.

Oviedo répond que, personnellement, ce n'est pas dans un seau qu'elle chie mais sur la dignité ; ou, sinon sur la dignité, dont la signification ne lui semble pas claire, sur l'usage que nous faisons de l'expression « vivre dignement », qu'elle considère comme journalistique et institutionnel, c'est-à-dire profondément capitaliste, car il se réfère aux seules conditions de vie matérielles et part du principe que l'on vit plus dignement si on dort bien au chaud plutôt que transi de froid. En suivant ce raisonnement, poursuit la camarade, quelqu'un possédant un matelas viscoélastique vivrait plus dignement que quelqu'un possédant un matelas à ressorts, de la même façon que quelqu'un qui mangerait des fruits de mer sur le port vivrait plus dignement qu'un autre qui mangerait de la soupe de pois chiches devant un réchaud, ou que quelqu'un qui mangerait chez McDonald's ou qui ne mangerait pas tout court !

Tanger répond à la camarade Oviedo qu'elle mène un raisonnement par l'absurde, en mettant dans le même sac le confort bourgeois et les besoins essentiels : besoins forcément matériels auxquels les êtres humains, composés eux aussi de matière, doivent répondre pour assurer leur pure et simple survie ; ce à quoi la camarade interpellée réplique que oui, elle a utilisé cet argument apagogique car mener par l'absurde un raisonnement permet d'en tester la faillibilité, à savoir sa charge de sens, à savoir sa vérité, or ce raisonnement sur la vie digne ne résiste pas à un tel examen. Et Oviedo de préciser qu'elle a consciemment employé la *reductio ad absurdum*, alors que le camarade Tanger vient d'utiliser deux réductions ontologiques sans même s'en apercevoir, c'est-à-dire deux analogies, mères de la démagogie, en identifiant premièrement les besoins matériels des êtres humains aux êtres humains eux-mêmes, et deuxièmement, le matérialisme bourgeois avec la chair, le sang, les os et les nerfs dont nous sommes toutes constituées.

Majorque demande à la camarade qui vient d'intervenir de s'expliquer un peu plus précisément, si cette dernière n'y voit pas d'inconvénient ; requête à laquelle souscrivent d'autres camarades et à laquelle Oviedo se plie, selon ses propres mots, avec plaisir. Les analogies exprimées par Tanger, dit-elle, sont fallacieuses en termes argumentatifs et tendent à la justification capitaliste en termes idéologiques. Et ce parce que le camarade Tanger relie la dignité aux possessions matérielles, reproduisant le discours de l'État d'assistance qui parle de dignité quand on devrait parler de bien-être. Mais qu'est-ce que le bien-être ? demande la camarade Oviedo (ou plutôt se le demande-t-elle à elle-même), avant de préciser qu'elle se réfère au bien-être dans la pensée de l'État-providence, arguant que le concept de bien-être n'existait pas avant que les États occidentaux l'inventent à la fin de la Seconde Guerre mondiale, et que de toute façon, même s'il existait déjà, c'était forcément sans cette connotation, imposée plus tard par lesdits États occidentaux. Oviedo rappelle ensuite que, pendant la période d'après-guerre, le bien-être selon l'État se configurait comme le mécanisme essentiel à la renaissance de l'économie dans une Europe détruite et, aux États-Unis, à son accession au rang de vedette du capitalisme. Allocations chômage, assurance maladie, heures supplémentaires, congés payés, mesures natalistes, industries subventionnées, baisse des prix des produits de luxe, augmentation du nombre d'écoles et d'universités publiques. La camarade Oviedo dit qu'en parlant de réactivation keynésienne de la consommation et de naissance du consumérisme, elle n'invente pas la poudre, et demande cette fois ouvertement et non rhétoriquement au reste de l'assemblée si nous sommes intéressés par ce qu'elle raconte ou si nous préférerons en revenir au toit de la maison du passage Mosén Torner, à moins précisément que (et la camarade nous demande de lui passer la plaisanterie bien qu'elle trouve que cela vient à point nommé), à moins que nous soyons justement en train de commencer à construire la maison par le toit en parlant de ce con de Keynes alors que nous devrions être en train de nous demander où trouver une bétonnière.

La Corogne répond que, pour sa part, il découvre la poudre, et Ceuta affirme que, pour lui, il n'y a pas de conflit entre réflexion et action. Car l'action (dans ce contexte, l'*okupation* d'une maison délabrée) doit toujours être inspirée par des objectifs, en l'occurrence, nous concernant, l'établissement d'une société anarchiste. Dans le cas contraire, il s'agirait d'une action non politisée, du moins non politisée au sens de non radicale, et parce que non radicale, une action inoffensive, désarmée, et vulnérable aux attaques de l'oppresseur ; attaques provenant dans ce contexte d'éventuels propriétaires souhaitant récupérer la pleine maîtrise de la maison, du juge ordonnant l'expulsion des occupants, et des *mossos d'esquadra* qui viendraient les déloger. Le camarade Ceuta conclut en disant que pour que nos actions ne se réduisent pas au simple activisme, il trouve non seulement bien mais aussi fondamental de parler d'*okupation*, de bétonnière, du prix des patates, de John Maynard Keynes et de Paulo Freire, et de tout cela à la fois, puis il demande à Oviedo de poursuivre, si elle le souhaite ; en effet, la camarade Oviedo le souhaite, mais avant de reprendre le sujet de la dignité, elle voudrait d'une part souligner pour le camarade Ceuta à quel point sa réflexion a été nourrissante, et d'autre part attester que ces allocations prétendument généreuses n'existeraient pas sans les rouages du Bien-être que sont le durcissement du code pénal, le développement des prisons et des hôpitaux psychiatriques en volume et en nombre, l'implantation massive de la psychiatrie, les pharmacies, la publicité et la télévision, la destruction de la jungle et de la forêt, ainsi que le déclenchement récurrent de guerres dans les pays à la périphérie du progrès afin d'en exploiter ensuite les matières premières ; pour ne citer que quelques-uns des piliers les plus évidents de ce Bien-être nous ayant tous convaincus, y compris une bonne partie de cette assemblée anarchiste, que bien vivre revient à vivre avec la possibilité de consommer facilement, élevant cette bonne vie consumériste au rang de vie digne, dépossédant ce qu'on entendait jadis par dignité de sa charge morale, charge morale qui, poursuit la camarade Oviedo, est justement ce que cette assemblée devrait mettre sur la table en se demandant si pour aider G. G. à squatter nous ne devrions pas prioriser les considérations de type strictement matériel, comme le toit ou l'absence d'eau courante, plutôt que celles dont la fin ultime ne réside pas dans les objets, par exemple la nécessité de fuir une situation familiale et personnelle critique, comme G. G. l'a écrit elle-même en exposant son cas au bureau des squats, puis répété oralement tout à l'heure, et qui n'est autre qu'une nécessité d'émancipation sans grand rapport avec le froid, la pluie et le pot de chambre.

Tanger réplique qu'il ne comprend pas en quoi le fait d'habiter dans une maison pourvue d'un toit et de W.-C. signifierait tomber dans le consumérisme et le capitalisme, voire qu'il trouve que taxer de bourgeois le désir de vivre dans des conditions de salubrité minimales est un argument non pas typique des bourgeois mais d'un genre d'oppresseur beaucoup plus mesquin, à savoir le leader révolutionnaire qui, usant de la rhétorique émancipatrice, justifie la misère du lumpenprolétariat révolutionnaire. Cela étant, et avant que les camarades poursuivent le débat, le rédacteur de ce compte rendu rappelle à l'assemblée qu'il est presque minuit, que la principale intéressée, G. G., est partie depuis plus d'une demi-heure et qu'aucun des autres points de l'ordre du jour n'a été traité.

Palma demande à l'assemblée si nous préférons continuer ce débat sur le logement et la dignité, bien qu'elle y voie peu de sens puisque G. G. a dû partir ; ou avancer sur les autres points ; ou lever la séance et reprendre exceptionnellement demain ou après-demain. Et le rédacteur de ce compte rendu de répondre le premier et d'annoncer qu'il doit partir urgemment, là tout de suite maintenant, parce que le dernier métro est dans cinq minutes. Puis de se lever, ranger ses affaires, finir cette phrase debout en demandant à être informé de la décision finale via Telegram et à être remplacé pour la prise de notes.

ROMAN

TITRE : MÉMOIRES DE MARÍA DELS ÀNGELS GUIRAO HUERTAS

SOUS-TITRE : SOUVENIRS ET PENSÉES D'UNE FILLE D'ARCUELAMORA (ARCOS DE PUERTOCAMPO, ESPAGNE)

GENRE : LECTURE FACILE

AUTRICE : MARÍA DELS ÀNGELS GUIRAO HUERTAS

CHAPITRE II : LE VOYAGE COMMENCE

4) La quatrième chose que Mamen nous a dite à
mon oncle et à moi était en fait la première chose.
Mais Mamen nous l'a expliquée à la fin.
Parce que c'était la plus compliquée.
La quatrième chose rendait les trois
autres choses possibles.
Si je voulais toucher mon allocation et aller vivre
à Somorrín, je devais aller chez le docteur.
Le docteur devait me regarder.
Après je devais montrer à Mamen les papiers du docteur.
Plus tôt j'irais chez le docteur
et plus tôt j'aurais les papiers,

et plus tôt on me donnerait l'argent,
et plus tôt je pourrais aller vivre à Somorrín.

Mon oncle a demandé à Mamen si je devais aller
chez le docteur parce que j'étais malade.
Mon oncle était rustre et il ne savait pas lire.
Mais il lisait dans mes pensées.
Mamen a répondu que grâce à Dieu j'étais en bonne santé.
Mais que j'étais en meilleure santé de corps que d'esprit.
Mon oncle a demandé à Mamen si elle était médecin,
pour être aussi sûre de si j'étais en bonne santé ou pas.
Et il lui a demandé si par en meilleure santé de corps
que d'esprit elle voulait dire que j'étais folle.
J'ai eu un peu peur.
Parce que je n'avais jamais entendu l'oncle
Joaquín parler aussi sérieusement.
Ni parler avec le corps aussi penché en avant.
Il touchait presque Mamen de l'autre côté de la table.
Même à l'enterrement de ma mère qui était sa
sœur, mon oncle n'était pas aussi sérieux.
À l'enterrement de ma mère, mon oncle
a chanté la chanson « El Vito ».
La chanson dit : « con el vito vito vito,
con el vito vito va ».
La chanson « El Vito » n'est pas une chanson triste.

Mamen ne s'est pas fâchée parce que
mon oncle était sérieux.
Elle lui a demandé pardon.
Parce qu'elle n'avait pas bien réussi à expliquer.

Après elle m'a demandé de sortir de la maison.
Dans la maison il n'y avait qu'une pièce.
Cette pièce était la pièce où on était.
Mamen m'a dit sors s'il te plaît.
La seule autre pièce était l'écurie de la Agustinilla.

Je voudrais préciser quelque chose.
Quand on dit le prénom d'un animal, on a le droit
de mettre « le » ou « la » devant son prénom.
Même si on parle en espagnol et pas en catalan.
C'est pourquoi on peut dire « la Agustinilla » ou « le Refugiat ».
Si la Agustinilla était une femme et pas une jument, et si
le Refugiat était un homme et pas un chien, on devrait
obligatoirement dire « Agustinilla » ou « Refugiat ».
Le Refugiat est le dernier chien errant de la Barceloneta.
Et peut-être aussi le dernier chien errant dans tout Barcelone.

Mamen et mon oncle parlaient.
J'en ai profité pour aller ramasser les plus grosses salades.
Une voisine est venue me voir.
Elle a demandé après mon oncle.
Je lui ai raconté qu'il parlait des papiers
et du docteur avec Mamen.
Cette voisine, c'était Eulalia.
Celle de Romuald.
Celui des lapins.
Eulalia m'a dit qu'il s'était passé la même chose chez elle.
Parce qu'on voulait emmener Romualdo.
Romualdo, c'est son fils.
Eulalia a dit non.

Parce que dans la maison de Somorrín, on échange
ton allocation d'orphelin contre l'allocation d'attradé.
Et même si c'est plus d'argent à la fin,
ils la gardent en entier.
Si son fils s'en va, Eulalia se retrouvera toute
seule avec personne pour l'aider au champ.
Eulalia m'a dit qu'elle conduirait Romualdo
chez le docteur des attradés.
Après elle montrera les papiers pour que
l'argent reste dans sa maison.

Ce jour-là j'ai entendu pour la première fois
le mot attradé.
Même si je n'écoutais pas trop Eulalia.
Parce que tout le monde sait que c'était une ivrogne.
Elle utilisait le pauvre Romualdo comme un baudet.
J'ai réfléchi à cette histoire d'attradé et j'ai
pensé que cela faisait beaucoup d'argent.

J'ai voulu poser la question à Mamen.
Mais quand je suis rentrée elle était déjà partie.
On peut dire beaucoup de choses sur Mamen.
Mais on ne peut pas dire qu'elle ne
répondait pas aux questions.
Mamen répondait à toutes les questions.

Comme elle n'était plus là, j'ai demandé à mon oncle.
Mais mon oncle avait assez parlé pour
aujourd'hui et pour toute la semaine.
Il ne m'a pas répondu.

Il m'a juste dit que si je voulais aller à Somorrín,
je n'avais qu'à y aller et voilà.
Je savais que c'était idiot d'insister.
Alors j'ai lavé la salade et j'ai préparé le dîner.

Le lendemain je suis allée parler à Romualdo.
Comme d'habitude, il était tout seul avec
sa colonne vertébrale pliée.
Il m'a dit qu'il ne voulait pas aller à Somorrín.
Même si beaucoup de gens d'Arcuelamora
et d'autres villages étaient partis à Somorrín.
Il m'a dit que ces gens-là ne devaient
pas travailler autant que lui.
Ces gens-là n'avaient pas de lapins et de cochons à nourrir.
Tu savais que les Gonzalo sont partis ? m'a-t-il dit.
Le vieux ou le jeune ? lui ai-je dit.
Les deux, m'a-t-il dit.
Les deux ? lui ai-je dit.
Je trouvais ça bizarre.
Les deux, m'a-t-il dit.
Mais le vieux, il avait une copine ? lui ai-je dit.
Le vieux, il n'a plus de copine.
Tu vois qui c'est Encarnita, celle de Tomás,
celui de Cuernatoro ? m'a-t-il dit.
Qu'est-ce qu'elle a ? lui ai-je dit.
Elle et son cousin germain aussi, ils sont partis.
Cuernatoro est un village un peu comme Arcuelamora.
Mais en plus grand.
Il est connu pour sa procession du Christ
à la Fontaine au mois d'octobre.

Je me souviens de la conversation sur Encarnita.
Parce que c'était la plus belle du collège
et celle qui chantait le mieux.
Donc si elle était partie à Somorrín, cela ne
pouvait pas être un endroit si nul.

Je me souviens de la conversation sur les Gonzalo.
Parce qu'ils étaient connus à Arcuelamora
et à l'extérieur d'Arcuelamora.
Parce que pendant leur service militaire,
ils ont cassé la figure à un sergent.
Après quoi d'autres sergents sont venus
leur casser la figure aussi.
C'est pourquoi le jeune est devenu boiteux
et le vieux Gonzalo est devenu borgne.
Mais ils ont eu de la chance.
Parce qu'ils n'ont pas été condamnés à mort.

Le jeune Gonzalo aussi était connu.
Parce qu'on disait à une époque qu'il avait mise
enceinte ma tante Araceli de ma cousine Natividad.
Ma cousine qui vit maintenant avec moi.
Natividad avait quatre ou cinq ans à cette époque.
Elle avait le même nez de gitane et les mêmes
canines pointues que le jeune Gonzalo.

Donc Romualdo m'a dit que les Gonzalo
aussi étaient partis à Somorrín.
J'ai eu du mal à imaginer Encarnita vivre dans
la même maison que les Gonzalo.

Mais après j'ai pensé que la maison de Somorrín
devait être très grande, comme disait Mamen.
Donc j'ai pensé que les Gonzalo et
Encarnita ne se dérangeaient pas.

Romualdo m'a dit beaucoup d'autres choses.
Mais il ne savait rien sur l'allocation pour les attradés.

Je voudrais préciser autre chose.
Les vraies conversations n'étaient pas comme je les écris.
Je les écris de mémoire et j'ai sûrement oublié des choses.
Ou j'ai ajouté des choses.
Cela se fait toujours dans les livres pour
que les lecteurs comprennent mieux.
Si je devais me mettre à écrire tout ce
que Romualdo m'a dit sur ses lapins et sur
ses cochons, ce livre ne se finirait jamais.
Les lecteurs s'ennuieraient.
Et moi aussi je m'ennuierais.

La page 72 du livre «Lecture facile : Méthode de rédaction
et évaluation» écrit par Óscar García Muñoz du Secrétariat
d'État chargé des Personnes Handicapées auprès du
Ministère des Solidarités et de la Santé dit d'éliminer
tout contenu, idées, vocables et formules superflus.
Contenu veut dire ce qu'il y a dans un livre.
Vocable veut dire mot.
Formule veut dire phrase, pas formule magique.
Superflu veut dire ce qui n'est pas utile.
La page 72 dit aussi de raconter ce qui est utile.

Et de ne pas raconter ce que le lecteur
n'a pas besoin de savoir.
Le lecteur de ce livre sur ma vie qui est peut-être
plusieurs, donc des lecteurs, et qui peut aussi être
une femme, donc une lectrice, ou plusieurs femmes,
donc des lectrices, n'a pas besoin d'en savoir plus
sur les lapins et les cochons de Romualdo.
Ce que le lecteur a besoin de savoir, c'est que
je ne savais pas combien d'argent ils donnaient.
Ni ce que ce docteur pour attradés allait me faire.
Je n'étais allée chez le docteur que deux fois dans ma vie.
La première fois parce que j'étais tombée d'un rocher et que
le docteur devait me faire des points de suture et un vaccin.
La deuxième fois parce que le docteur
devait me faire le rappel du vaccin.

Quelques jours après Mamen est revenue.
Mais elle n'est pas venue directement
chez moi comme les autres fois.
D'abord Mamen s'est arrêtée chez Josefa.

Josefa est une cousine à moi.
Elle vivait avec son père, mon oncle José, et
avec sa demi-sœur Margarita, qui est une de
mes cousines qui vit avec moi maintenant.
Mais à l'époque ma cousine Josefa avait environ onze ans.
Quand ma mère est morte, j'ai voulu
aller vivre chez l'oncle José.
Parce qu'il était plus jeune.
Parce qu'il parlait plus que l'oncle Joaquín.

Et parce que Josefa et moi on était très copines.
Mais il n'y avait pas assez de place chez eux.

Mamen est sortie de chez l'oncle José.
Elle tenait Josefa dans une main et une
guirlande de chorizos dans l'autre.
La guirlande de chorizos était un cadeau
de Romualdo qui venait de tuer un cochon.
Mamen a ouvert la portière de sa voiture, du côté
de la personne qui ne conduit pas.
Josefa est montée dans la voiture.
Elle est restée à l'intérieur avec la portière ouverte
et elle a dit au revoir à la moitié d'Arcuelamora.
J'étais assise sur le tronc coupé où on casse les amandes.
Je recousais une chemise à moi et mon oncle
était parti au terrain avec la Agustinilla.
Je me suis levée du tronc coupé pour aller parler à Josefa.
Parce qu'elle devait en savoir plus que
moi sur le docteur et sur l'argent.
Et elle avait l'air content.
Mais Mamen est venue vers le tronc coupé.
C'était l'été et les gens regardaient beaucoup Mamen.
Parce qu'elle avait un short très court
et un tee-shirt sans manches.
Mon oncle José et des hommes qui étaient venus dire
au revoir à Josefa lui disaient qu'elle était belle.
Des choses comme ça.
À Mamen, pas à Josefa.
Mamen souriait et elle venait droit vers le tronc coupé.
Elle m'a fait deux bisous.

Elle a regardé ma chemise.
Elle m'a dit que j'étais une très bonne couturière.
À ce moment-là j'ai eu honte de ma chemise
par rapport au beau tee-shirt de Mamen.
Donc j'ai dit un mensonge.
J'ai dit que la chemise n'était pas à moi mais à l'oncle Joaquín.
Mamen m'a demandé où était l'oncle Joaquín.
J'ai dit qu'il n'était pas là.
Ce n'était pas un mensonge.
Mamen m'a demandé si j'avais réfléchi.
Réfléchi à quoi ? lui ai-je dit.
À venir à Somorrín, m'a-t-elle dit.
C'était ma dernière chance de lui poser
les questions importantes.
Mamen, ça veut dire quoi attradé ? lui ai-je demandé.
Mamen a ouvert les yeux en grand.
Elle m'a demandé où j'avais entendu cela.
J'ai fait l'idiote.
J'avais l'impression d'avoir dit quelque chose
de mal ou d'avoir raconté un secret.
Le secret d'Eulalia qui avait emmené Romualdo
chez le docteur des attradés pour garder
l'argent dans le dos de Mamen.
Comme je ne voulais pas faire des problèmes à
Romualdo, j'ai fait l'idiote et j'ai laissé parler Mamen.
Mamen a pris mes deux mains qui tenaient ma chemise.
L'aiguille m'a piquée mais je n'ai rien dit.
Mamen a dit : Angelita, tu n'es pas attradée.
L'attradé, c'est celui qui t'a dit cela.
C'est Eulalia qui me l'a dit.

Je l'ai pensé mais je ne l'ai pas dit.
Mamen a continué à parler :
Tu es une jeune fille avec toute la vie devant toi.
Tu as le droit de faire tout ce que font les filles de ton âge.
Travailler, sortir avec tes amis, te faire belle pour aller danser.
Tu n'as pas à rester dans un bled paumé à recoudre les torchons d'un vieillard.
Le prochain qui te dit que tu es attradée, tu lui réponds que c'est sa tante, l'attradée.
D'accord ?
Voilà ce que m'a dit Mamen.
Je crois que Mamen pensait que c'était l'oncle Joaquín qui avait parlé d'attradé.
Parce qu'elle n'a pas attendu qu'il rentre du champ et elle a mis mon balluchon dans son coffre.
Ce qu'elle pouvait être serviable, Mamen.

Déclaration de Mme Patricia Lama Guirao par-devant le tribunal d'instance numéro 4 de Barcelone, le 15 juin 2018, dans le cadre de la procédure de demande d'autorisation de stérilisation d'individu frappé d'incapacité émanant de la *Generalitat* de Catalogne concernant Mme Margarita Guirao Guirao.
Juge des tutelles : Me Guadalupe Pinto García
Greffier : M. Sergi Escudero Balcells

Votre Excellence, je vais vous le dire avec les mêmes mots que ceux que j'ai utilisés devant le groupe autogestionnaire d'entraide mutuelle : qu'est-ce que « la » Nati et « la » Marga font à frauder le métro, pour l'amour du Ciel ? Sachant qu'on a toutes notre carte rose handicapé qui coûte trois fois moins cher que la C-10 normale. La C-10 vaut 10,20 euros et la carte rose vaut 4 euros. Quarante centimes le trajet ! Il y en a beaucoup qui aimeraient économiser l'argent et éviter le risque qu'il y a à passer par-dessus les portillons ! Moi aussi je suis passée par-dessus, attention, quand on venait d'arriver à Barcelone avec « la » Àngels, « la » Nati et « la » Marga et qu'on avait *que dalle*, même pas de quoi s'acheter du tabac parce que notre tante Montserrat gardait tout l'argent de « la » Nati et de « la » Marga jusqu'à ce que la *Generalitat* les déclare officiellement personnes handicapées.

Vous avez une idée du nombre de cigarettes que j'ai dû demander dans la rue ? Des centaines ! Heureusement qu'à nous les femmes, les types nous en donnent toujours dès qu'on *se la joue un peu salopes*. Moi on ne m'a jamais refusé une seule *clope* de ma vie, même si c'est vrai que quand on est belle et jeune on a tout ce qu'on veut sans avoir besoin de *se la jouer salope*, enfin bon à la fin tu le fais quand même pour remercier. Donc oui je l'avoue, à une époque où je risquais clairement l'exclusion sociale j'ai sauté les portillons du métro, Votre Excellence, et je comprends tout à fait quelqu'un qui dans ces mêmes circonstances les saute aussi et je n'aurais jamais l'idée d'aller *l'enguirlander* contrairement aux *vieux casse-couilles*, et attention, je dis *vieux casse-couilles* parce que, en tant que retraités, eux aussi ils ont leur carte rose ! Forcément, avec une carte rose à 4 euros dans la poche c'est trop facile de dire à quelqu'un d'aller se payer une C-10 à 10,20 euros ! Bref, Votre Éminence, c'est ce qui s'appelle le conflit de générations, la différence entre la vieille politique et la nouvelle politique.

Je vous dis ça rapport aux pour et aux contre [*sic*]. Voyez plutôt : je les ai rejointes vers 15 heures le jour où c'était mon tour de cuisiner et je leur ai dit que, tant qu'elles ne m'écouteraient pas, je ne préparerais rien. Curieusement, personne n'a protesté. « La » Àngels regardait *Les Simpson* avec un paquet de Cheetos entre les jambes, d'une main elle mangeait et de l'autre elle écrivait son roman sur son téléphone. « La » Marga fixait l'infini depuis la terrasse, toujours pas douchée, en prenant le soleil sous le cagnard du début d'après-midi, je ne comprends d'ailleurs toujours pas comment elle le supporte, pendant que « la » Nati lisait des cahiers dans sa chambre, *la patte en l'air*.

On s'est assises dans le salon. « La » Àngels a éteint la télé sans que personne ne lui demande, ce qui m'a semblé très respectueux. « La » Àngels savait déjà de quoi il retournait. D'ailleurs, à la base, c'était elle qui devait parler mais après on avait décidé que je le ferais moi, premièrement parce que « la » Àngels se met à bégayer dès qu'elle doit dire des choses sérieuses, et deuxièmement pour que les autres ne croient pas qu'elle profite de sa position de trésorière et de moins handicapée de toutes, que Dieu la garde, pour nous donner des leçons. Des fois [*sic*], il faudrait rappeler à ma cousine et à ma sœur que c'est « la » Àngels qui nous a sorties de l'enfer de Somorrín ; « la » Àngels qui a traversé l'Espagne avec trois parentes sous sa jupe ; « la » Àngels qui nous a amenées à Barcelone chez tante Montserrat et encore « la » Àngels qui a lutté pour nous faire sortir de là et qu'on ait notre appartement sous tutelle. Donc, des leçons, si elle voulait et si elle était moins *bégueuse*, elle pourrait nous en donner, « la » Àngels.

J'ai enlevé mes lunettes et j'ai pincé le haut de mon nez, comme dans les films quand quelqu'un est très préoccupé. Car il faut dire que j'étais très préoccupée. Je me suis mise à regarder par terre, une main contre mon front et l'autre qui tenait mes lunettes. Je portais ma robe à motifs perroquets avec un rond dans le dos. La mode du décolleté derrière plutôt que devant m'a changé la vie, parce que des seins, je n'en ai quasiment pas alors que mes omoplates sont bien marquées comme deux cuillères et *vachement sexy*, et en fait c'est un peu comme si c'étaient mes seins du dos. Alors j'ai dit ce que j'avais à dire : « Pas de panique mais ça fait plusieurs jours que l'éducatrice et la directrice de l'appartement ne sont pas très contentes. »

Il y a eu quelques longues secondes de silence. J'ai compris que « la » Àngels restait muette pour ne pas influencer ni en bien ni en mal la réponse des deux autres. « La » Marga et « la » Nati doivent être en train de retourner dans tous les sens ce que je viens de dire, ai-je pensé, ou alors, puisque c'est les plus retardées, peut-être qu'elles ne m'ont pas comprise et que je vais devoir leur expliquer avec d'autres mots. Mais en remettant mes lunettes, je me suis rendu compte que « la » Àngels tapotait sur son portable, que « la » Marga avait de nouveau le regard perdu vers le balcon et que « la » Nati recommençait à lire ses cahiers. Clairement, je n'avais pas réussi à transmettre par mes mots mon sérieux et mon désir de dialogue, pas plus que ma gravité ni notre horizon d'espoir. Mais alors, *bordel*, qu'avais-je donc transmis ? Quelle partie de « les cheffes ne sont pas contentes » était si difficile à comprendre ? Patricia, du calme, ma fille, me suis-je dit. Décroise les jambes, recroise-les dans l'autre sens et répète ton message mais cette fois avec tes lunettes, comme ça, avec ton regard légèrement sensuel et alerte, ton regard de superhéroïne menottée aux poignets et aux chevilles par le gros méchant, tu parviendras à démouler de leur cache-pot terreux ces trois autres paires d'yeux afin de les mener à toi, être de lumière, tels les tournesols de Van Gogh affichés sur le mur de la buanderie. Et donc je suis revenue à la charge avec une phrase pour chacune : « Les filles, il y a une chose importante que vous devez savoir. Vous devez savoir que “la” Diana et “la” Susana ne sont pas contentes de nous à cause de quelques “petits trucs” qui se sont passés. Mais pas de panique, dans la vie il y a toujours une solution à tout, sauf à la mort. »

Sainte Marie mère de Dieu, n’ai-je pas dit cela de la meilleure façon qui soit ? Y avait-il quelque chose dans mon ton qui ait laissé entendre que je *me foutais de leur gueule* pour que la seule réaction vienne de « la » Nati et que cette réaction de « la » Nati soit de dire « excuse-moi, frangine, désolée, mais tu te trompes, parce que si, il y a des solutions à la mort » ? J’ai décroisé les jambes, j’ai planté mes deux talons dans le sol, j’ai attrapé « la » Nati et je lui ai dit que je n’allais pas me mettre à discuter avec elle de si oui ou non il y avait des solutions à la mort parce que, avec ma sœur, de toute façon on ne peut discuter de rien mais qu’en tout cas s’il y avait bien une chose sans la moindre solution c’était ses mauvaises manières et son manque de respect à continuer à lire comme ça ses cahiers alors que quelqu’un en l’occurrence moi était en train de parler. Ce sur quoi elle a arrêté de lire pour me corriger : « C’est pas des cahiers c’est des fonzines » (ou des fanzines ou je sais pas quoi) et de toute façon pourquoi je disais pas pareil « à Àngels qui lâche jamais son *putain* de portable ». Comme elle a dit « putain », je me suis abstenue de parler de « la » Àngels qui, c’est vrai, alors qu’elle est la moins handicapée de nous toutes, ne donnait pas une seule seconde le bon exemple en ne lâchant jamais son *putain* de portable, même pas cinq *putains* de minutes, alors j’ai changé de sujet en reprochant à « la » Nati sa grossièreté y compris envers sa propre sœur.

J'ai profité de toute cette indignation qui sortait si bien de ma bouche pour leur *balancer* que le rapport de Susana Gómez de ce mois-ci nous était défavorable, que Diana Ximenos l'avait confirmé et que l'autre jour elle avait appelé « la » Àngels pour lui faire part de son inquiétude. « Vrai ou faux, Angelita ? » ai-je demandé à ma cousine. Angelita, c'est sorti tout seul parce que j'étais énervée, mais ce qui m'a vraiment *troué le cul*, c'est que « la » Àngels, qui n'avait pourtant pas levé les yeux de son portable même pas pour regarder *Les Simpson*, l'ait justement fait à ce moment-là pour prononcer son prénom avec toute l'emphase catalane qu'une bègue d'Arcuelamora peut donner à son accent, juste pour le plaisir de me corriger.

Mon pied droit a été pris d'un tressautement de machine à coudre en plein point arrière qui m'a secoué toute la jambe et les petits perroquets sur ma robe. Je ne suis pas parfaite, moi. *Nom de dieu*, est-ce que j'ai dit que j'étais parfaite ? Comme tout le monde, j'ai besoin qu'on me corrige et qu'on m'apprenne des choses, parce qu'on naît en ne sachant rien faire d'autre que *bouffer*, *chier* et *baiser*, mais *bouffer*, *chier* et *baiser* comme un animal, pas comme une personne, et voilà ce à quoi j'ai employé mes trente-trois années de vie : à apprendre, avec les aides qu'il faut, les aptitudes et les habiletés sociales nécessaires pour devenir un membre de plein droit de la communauté, une citoyenne intégrée dont la diversité fonctionnelle contribue à la pluralité, au bien-être et à la richesse des sociétés démocratiques.

« Patri, ma vieille, tu parles comme une fonctionnaire de catégorie C, c'est dommage. Quand je pense à la *déglingo* que t'étais », m'a sorti « la » Nati. Alors là, la coupe était vraiment pleine et je leur ai dit d'aller *bien se faire foutre*. Je suis allée préparer à manger, mais en donnant un coup de ciseau dans le coin de la brique de coulis de tomate, je m'en suis giclé [*sic*] un peu sur ma robe et mes lunettes alors je me suis mise à pleurer. Comme elles avaient remis *Les Simpson*, elles n'entendaient pas mes sanglots, ce qui m'a fait pleurer encore plus fort. Depuis toute petite, quand je pleure, j'aime bien me regarder dans le miroir. Pleurer, comme le disent tous les psychologues du monde, peu importe leur courant, c'est ne pas se réprimer et c'est sain, tout le monde est d'accord là-dessus, se voir pleurer c'est comme renaître. Les sanglots durent, tu tousses, tu craches, tu deviens aphone, tu tapes du pied, tu donnes des coups, tu renverses le coulis de tomate, tu jettes par terre tout ce que tu trouves dans le placard, tu vides les bouteilles de lait et d'huile, tu mords les éponges, tu renverses la poubelle et à la fin tu ne pleures même plus à cause de ce qui t'avait fait pleurer, mais par pur plaisir. Et quand le carburant est épuisé, je ne vous dis pas l'envie de dormir ! Ni Valium ni Xanax ni *que dalle* : vive la « lacrymothérapie » du miroir. Il faut saisir les pleurs quand ils se présentent, donc moi j'étais *à fond dedans*, à me regarder dans une casserole en aluminium parce que dans la cuisine il n'y a pas de miroir sauf celui du minuscule « aimant-souvenir » sur le frigo. Je n'avais pas non plus mon sac à main à proximité, avec mon petit miroir de secours, et je ne pouvais pas sortir de la cuisine sans risquer d'éveiller la compassion d'une de ces trois *boudins* qui étaient déjà en train de se disputer comme tous ces *satanés* lundis : « la » Nati disait que c'était son tour de décider de ce qu'on regardait à la télévision et qu'elle avait décidé de ne rien regarder, c'est-à-dire que la télévision resterait éteinte ; « la » Àngels lui disait que si elle n'utilisait pas son tour, elle le perdait et devait le passer à une autre, parce que les droits, on ne les gâche pas vu les efforts qu'il a fallu pour les conquérir ; et « la » Marga demandait pourquoi, si elle passait son tour, ce serait pour « la » Àngels et pas pour elle, qui préférait regarder un film *cochon* plutôt que *Les Simpson.* Mais comme « la » Marga n'avait pas la force de se disputer à cause de sa dépression, c'est elle qui est venue en premier passer la tête dans la cuisine et m'a dit LE truc qu'il fallait pour que j'attrape le grand couteau à légumes : « Patricia, tu es une attardée finie. » Cette *connasse* de Marga, avec sa prise de conscience de handicap, dit « attardée » rien que *pour me faire chier*. Elle et moi, on était en ÉREA jusqu'à nos dix-sept ans. Mais maintenant, « la » Marga ne dit plus ÉREA, elle explicite tous les sigles et dit : « Établissement régional pour enfants attardés ». Vous verriez la tête des gens quand ils entendent ça ! Et dans ces cas-là, alors là, oui, j'ai l'air d'une « attardée » ! Pour la FEAPI aussi elle a arrêté les majuscules ; l'autre jour elle a même sorti : « La Fédération espagnole d'associations pour les infirmes nous invite à une rencontre avec Pablo Pineda, le premier trisomique européen à avoir obtenu un diplôme universitaire et gagné une coquille d'argent au festival du film de Saint-Sébastien. » Alors là, je l'ai coupée *direct* parce que, avec beaucoup de jugeote et après cinquante et un ans d'existence, même la FEAPI qui continuait à dire « les infirmes » a fini par changer de nom. Depuis septembre 2014, ça s'appelle la Pleine inclusion, n'est-ce pas, Mme Margarita ? Qu'est-ce que tu dis de ça, *hein* ? *Hein* ? Bref, dès qu'il s'agit de *me faire chier*, elle *se pose là*, la cousine, mais le temps qu'elle y réfléchisse, la Pleine inclusion et moi, on a gagné.

Donc « la » Marga vient me dire dans la cuisine que je suis une « attardée finie », alors moi je lui réponds ce qu'il faut toujours répondre en cas de légitime défense : un exceptionnel, tranchant et mérité « c'est ta tante, l'attardée ». Alors elle me fait son sourire de dépressive avec ses dents écartées et entartrées qui se transforment en barreaux de cage derrière lesquels volette, au désespoir, un petit moineau miraculeusement capturé qui ne s'est jamais adapté à la captivité ou un petit papillon aux ailes collées par sa salive jaune, et elle me répond : « Ma tante, figure-toi que c'est ta mère. » Ça, Margarita, c'est plus de la prise de conscience de handicap, désolée de te le dire. Ça, dans mon village, ça s'appelle être « de mauvais poil » et « jouir du malheur des autres ». J'avais le grand couteau dans la main, mais comme je suis pacifiste, j'ai attrapé le couvercle de la casserole pour reprendre ma « lacrymothérapie ».

Sur ce, « la » Àngels a débarqué avec son téléphone dans la main pour constater les dégâts depuis l'encadrement de la porte. Elle a demandé si moi aussi je voulais qu'on se fasse expulser de l'appartement, alors « la » Nati est arrivée en disant : « Quoi, comment ça, se faire expulser ? » Et aussi que j'avais *pété un câble*. « Comme à l'époque de Somorrín ! » Puis elle m'a applaudie avant de poser une main sur le rond dans mon dos. Vu qu'elles étaient toutes les trois à côté de moi, j'ai arrêté de pleurer, j'ai commencé à nettoyer et je me suis remise à parler. Elle avait raison, notre professeure de théâtre du CRUDI, quand elle disait que les mots sortent plus vrais et naturels quand on a les mains occupées. « Si on continue comme ça, on va se faire expulser», j'ai dit en passant le balai. «Comment ça, comme ça?» a demandé ma sœur en se poussant pour que je puisse balayer, alors «la» Àngels, avec sa semi-langue au service de l'*Aberrant Behaviour Checklist, deuxième édition, version espagnole*, lui a répondu : «Comme ça comme des attitudes problématiques ou perturbatrices et des altérations du comportement.» Elle a jeté un coup d'œil à son portable, elle a tapé quelque chose dessus puis elle l'a baissé. Alors «la» Nati a explosé et moi j'ai compris qu'on ne mangerait pas avant 16 heures. Oui, explosé : «Eh oh, la cousine, t'as déjà pensé à te faire incruster ton téléphone dans la *chatte*, et à le laisser là jusqu'à ce qu'on te demande de taper ton code pin?» Ce qu'elle peut être vulgaire, ma sœur Natividad. Comme personnellement j'étais dans un état de placidité «post-lacrymal», je l'ai gentiment freinée avec beaucoup de douceur en lui disant que c'était justement ça, ce langage provoquant des attitudes perturbatrices, qui pouvait nous faire expulser. «La» Àngels a dit que pour notre gouverne, si elle utilisait autant son téléphone c'était parce qu'elle écrivait un roman et il faut bien dire que ma cousine a un caractère qui fait qu'elle n'a pas besoin de Valium ni de Tripteridol ni de «lacrymothérapie» parce qu'à force de passer ses journées sur son téléphone, elle est devenue tolérante et paisible au point qu'un type sur la plage peut bien lui dire qu'avec ses *gros seins de vache* elle doit *faire des branlettes de ouf*, sa seule réaction est de prendre son décolleté en photo pour vérifier. Mais là, «la» Nati était devenue folle et elle ne pouvait pas croire que «la» Àngels écrivait son roman sur son téléphone pour l'envoyer sur le groupe WhatsApp des autogestionnaires d'entraide mutuelle. La pauvre, ce n'est pas non plus sa faute, à « la » Nati. Il faut dire que, même si avant elle allait au conservatoire et à l'université et qu'elle avait des notes tellement bonnes qu'on lui donnait toutes les bourses, le syndrome des Portillons qui lui est tombé dessus ne laisse pas passer grand-chose de technologique dans son cerveau, du coup c'est normal qu'elle s'énerve, normal qu'elle se fâche, et normal qu'elle n'arrive pas à mettre en pratique les conseils sur les façons de se calmer ; c'est pour ça que moi je dis qu'il faut rester humble et inclusif et ne pas nous traiter comme des citoyens au rabais, parce que la diversité fonctionnelle peut vous tomber dessus à n'importe quel moment de votre vie, elle peut débarquer sans prévenir quand vous vous y attendez le moins, exactement comme c'est arrivé à « la » Nati deux mois avant de passer sa thèse. Mais sa sœur chérie est là pour lui réexpliquer les choses vingt fois s'il le faut. Donc je lui ai dit : « Nati, le livre que "la" Àngels est en train d'écrire, c'est un bon point pour qu'on ne se fasse pas expulser de l'appartement. À l'inverse, le fait que toi tu rentres à 10 heures du matin, que tu dises des gros mots devant tout le monde, que tu fraudes le métro et qu'en plus tu incites "la" Marga à frauder, ça, c'est un mauvais point. Un bon point serait que tu ailles aux cours de danse intégrée dont "la" Laia parlait à la réunion d'entraide mutuelle de l'autre jour. » (Mme Laia Buedo, Votre Honneur, est psychologue et aussi la référente de notre groupe autogestionnaire d'entraide mutuelle.) Comme j'ai entendu grincer ses portillons qui s'activaient, j'ai arrêté ma liste de bons et de mauvais points et je lui ai dit, toujours dans un très bon état d'esprit, que ce n'était pas seulement sa faute à elle et que « la » Marga aussi avait sa liste, alors j'ai regardé ma cousine, toujours avec la plus grande gentillesse du monde, et je lui ai dit : « Marga, écoute, un gros point positif serait que tu te trouves un petit copain, parce que le principal point négatif sur ta liste, c'est que tu sors en plein jour dans la rue *en chien*, que la police t'interpelle pour exhibitionnisme et qu'après tu ramènes des inconnus à la maison, comme une *prostipute* mais gratuitement. » « Donc ça deviendrait un point positif si elle les faisait payer ? » m'a demandé « la » Nati avec ce sale caractère que Dieu lui a donné. Dans ma tête je me disais : Patri, ma belle, laisse couler, ça te glisse dessus, ne laisse pas « la » Nati t'embarquer, aujourd'hui la cuisine est un territoire « patricien ».

J'essayais de parler en appliquant le *truc* des mains occupées et des « mots vrais » de la professeure de théâtre, mais pour quelqu'un qui souffre de myopie dégénérative comme moi, parler avec authenticité et nettoyer en même temps est assez difficile, et je ne faisais que *saloper* encore plus le sol avec la serpillière qui *patouillait* dans une mixture d'huile, de lait, de sauce tomate et de haricots en conserve. C'est pour ça que pendant que j'expliquais les bons points et les mauvais points, « la » Marga s'est mise à nettoyer comme elle seule sait le faire, d'ailleurs si elle voulait et si elle arrivait à cacher le tic qu'elle a avec ses hanches, elle pourrait gagner un peu d'argent et devenir indépendante en travaillant chez Pro Impec ou chez Castor Nettoyages ; c'est sûr que la *Generalitat* lui en donnerait l'autorisation, au nom de l'intérêt supérieur de la personne handicapée, sûr aussi que les entreprises y trouveraient leur intérêt, elles recevraient des aides de la Sécurité sociale si elles embauchaient quelqu'un qui a été déclaré légalement inapte, et en plus ce serait un bon point pour qu'on reste dans l'appartement ! Et si on ne lui donnait pas l'autorisation, ou même si on lui donnait l'autorisation mais que les entreprises ne voulaient pas d'attardées chez elles, « la » Marga pourrait tout simplement faire quelques heures *au black* chez quelqu'un, parce que voyez vous-même le talent de *briqueuse* de ma cousine : la première chose qu'elle fait, c'est de ramasser les couverts et les plats qui n'ont pas été cassés parce qu'ils sont en plastique, en bois ou en métal, et de les mettre dans l'évier. Ensuite, elle étale du sopalin par terre pour absorber au maximum et récupérer les bouts de verre et de faïence. Ça lui prend un peu de temps vu le *sacré merdier* qu'est la cuisine. Ensuite, elle va chercher dans la buanderie le seau de la serpillière pour le remplir, mais d'abord elle va le rincer dans la baignoire parce qu'il reste toujours un peu de saleté de quand il a servi la dernière fois [*sic*]. Avant d'entrer dans la salle de bains, elle se déchausse pour ne pas salir par terre avec les semelles collantes de ses tongs : elle les laisse très « japonaisement » à l'entrée de la cuisine sur le carrelage imitation parquet, pointées, sans le toucher, vers le sol propre de la salle de bains en carrelage couleur aigue-marine. Quand elle revient avec le seau plein en penchant un peu sur le côté, l'intérieur du bras en tension vers son poing serré sur l'anse comme pour une revendication inversée, vers la terre au lieu du ciel, « la » Marga se rechausse et se lance dans la première phase de serpillière, sans produit pour commencer, qui sert à éviter qu'on glisse, et à cause que [*sic*] sinon, quand il faudra passer le balai-brosse, il pourrait être souillé ou se transformer en gros plumeau à *barbouiller* ma mixture.

Elle est douée ou pas, « la » Marga ? En ce qui me concerne, jamais je n'aurais eu l'idée de cette stratégie de nettoyage, et pourtant j'ai 14 % de handicap en moins !

Moi, j'essayais de convaincre « la » Nati, or « la » Nati regardait vers le salon en pestant contre « la » Àngels qui avait remis *Les Simpson* : « Elle se prend pour la cheffe de l'appartement ou quoi, parce que si elle croit que c'est parce qu'elle a dix ans de plus et un compte à la banque qu'on lui doit obéissance, si elle croit que c'est parce qu'elle nous a sorties de Somorrín et amenées à Barcelone qu'elle peut nous piétiner comme bon lui semble, etc. » Pendant ce temps, « la » Àngels gardait la tête baissée sur son portable mais « la » Nati revenait à la charge : « Et si elle croit que ne pas répondre est un signe de distinction ou de hauteur morale, *eh ben*, elle se plante complètement, parce que c'est juste un signe de résignation. » Qui ne dit mot consent, quoi. En gros, elle disait que « la » Àngels croyait que l'appart était à elle et qu'elle était plus maligne que tout le monde ; ce qui était en partie vrai puisqu'elle est la moins handicapée de nous toutes, mais comme ma sœur est à 70 % pas normale et qu'elle n'a pas conscience de son handicap, *eh ben*, elle ne comprend pas.

À ce moment-là, ça m'a fait comme une crampe à l'estomac, mais à l'âme, parce que, au milieu de ce *foutoir*, la pauvre Margarita continuait à nettoyer sans *broncher*. Cette crampe à l'âme, d'après ce que m'a dit Mme Laia Buedo la psychologue quand je lui ai raconté, était du remords : c'est-à-dire un *pic-pic au bide* devant ma cousine qui gardait le silence, mais pas un silence à « la » Àngels, qui d'après « la » Nati est le même silence que celui de Pedro Sánchez quand il ne veut pas répondre aux questions des journalistes en conférence de presse, plutôt le silence, toujours d'après « la » Nati, des *morveux* qui te disent que t'as tellement des beaux yeux qu'ils te *boufferaient bien la teuch* mais après, quand tu leur demandes de répéter, ne disent plus rien. Pourquoi le silence de « la » Àngels ne me « crampait » pas l'âme alors que celui de « la » Marga, si ? Ma sœur, à qui je l'ai raconté avant Mme Laia, m'a répondu que c'était parce que le silence de « la » Marga, c'était autre chose et que ma crampe d'estomac à l'âme n'était pas du remords mais le constat d'une injustice, dans ce cas précis l'injustice de « la » Marga qui nettoyait sans que je l'aide, sans se plaindre, et sans que personne ne lui ait rien demandé, tous les dégâts que j'avais faits, moi, et en plus pendant que je lui lisais son livret de bons et de mauvais points. Ma sœur m'a dit aussi que, comme ce n'était pas du remords mais une sensation d'injustice, ma crampe ne partirait pas si j'allais juste lui demander pardon *à la v'là comme j'te pousse*, mais en la remerciant. Et en prenant un autre balai un jour où « la » Marga ferait le ménage, pour nettoyer avec elle. « Mais comment ? » ai-je demandé à ma sœur en enlevant mes lunettes et en frottant mes grosses larmes qui étaient, si l'on peut dire, la défécation de ma crampe intestinale à l'âme. « Comment je pourrais nettoyer, vu que mon problème est dégénératif, que je deviens de plus en plus aveugle d'heure en heure et que je ne vois même pas où commence et où finit ma propre *merde* ? » « Tu te débrouilles, m'a répondu "la" Nati. Si la seule chose que ta myopie te permet, c'est essuyer des petites cuillères, eh ben essuie des petites cuillères. » Le coup des petites cuillères, j'ai compris : d'accord, les petits actes, c'est important. Mais ensuite « la » Nati s'est mise à parler dans sa langue « portillonesque » incompréhensible, et moi, après la journée que je venais de passer, et vu comme je planais à cause des pleurs, je n'avais pas envie de faire l'effort de la comprendre. Elle a dit quelque chose comme quoi [*sic*] je n'aurais pas dû courir dans sa chambre pour « pleurnicher » et « ovinquer » ou « anvoquer » ou « vinvoquer » un amour « fartenel » ou « fretarnel » ou « frarnetel » entre elle et moi qui, je le savais très bien, n'existait pas. Alors je suis allée dans son sens pour ne pas l'énerver : oui, oui, je le savais très bien. Et que je ne compte pas sur elle pour me consoler, mais pour me parler clairement. « Euh oui… super clairement », ai-je pensé, mais je n'ai rien dit et j'ai continué à somnoler derrière mes verres en *culs de bouteille* tellement gros que grâce à eux on voit moins mes paupières qui tombent. Et que je devrais me réjouir de ma crampe d'estomac à l'âme. Je me réjouis *à fond*, me suis-je dit. Et me réjouir parce que, en définitive, c'était beaucoup plus qu'une crampe : c'était une « éfipanie » ou « énipafie » ou « épinafie », je ne sais pas exactement ce qu'elle a dit, encore un des mots typiquement incompréhensibles de « la » Nati qui veut dire, d'après elle, que je me suis rendu compte de la « ferrure » ou « fémur » ou « fécule » que subissait « la » Marga à cause de moi, encore un mot incompréhensible, et que je m'étais aussi rendu compte que cette fécule [*sic*] était méchante et douloureuse. Le silence de « la » Marga, a conclu « la » Nati, était de la « musségissement » ou « sugémissement », c'est-à-dire (si j'ai bien compris ce mot-là, Votre Honneur) : de la sous-mission. « De quoi, sa mission ? » ai-je demandé en faisant semblant de m'intéresser. « Ou de la stratégie », m'a-t-elle répondu. Ah d'accord ! Sa mission ou sa stratégie de nettoyage, c'est bien ce que je disais ! Si avoir les mains occupées à faire le ménage sert à faire sortir les mots plus vrais, alors rester muette et concentrée sert à rendre le ménage plus vrai et mieux fait.

La juge des tutelles	La déclarante	Le sténographe/ transcripteur
Guadalupe Pinto	Patricia Lama	Javier López Mansilla

— Tu te rappelles la première fois qu'on est allées à l'*ateneo* ? m'a demandé Marga dès que je suis sortie de mon cours. On lui a imposé la tâche de m'accompagner et de venir me chercher à la nouvelle école de danse. Ils disent qu'en assumant de petites responsabilités quotidiennes, comme accompagner et venir chercher sa cousine à l'autre bout de la ville, Marga se sentira utile, qu'elle gagnera en estime de soi et que sa dépression s'en ira petit à petit ; au passage, ça l'oblige à se doucher. Il faut vraiment être débile pour ne pas se rendre compte que ce qu'ils font, c'est la garder à l'extérieur aux heures où la maison est vide, c'est-à-dire presque chaque après-midi, parce que, avec la crainte qu'on nous vire de l'appartement, Patri et Ángela ont doublé la dose de fellations à la contremaîtresse Susana Gómez (fellations, pas cunnilingus), la responsable de la main-d'œuvre gratuite du camp de travail esclavagiste (RUDI), à la sergente Laia Buedo, dans la salle d'interrogatoire sans caméra au sous-sol (groupe autogestionnaire d'entraide mutuelle de la Barceloneta) et à la doctorante aux dents qui rayent le parquet Diana Ximenos, du laboratoire central d'amélioration de la race (Pleine inclusion, ancienne FEAPI). Ils évitent ainsi que Marga fasse monter ses julots qui sont parfois des julottes, ou qu'elle mette un porno à plein volume qui attire les passants sous notre balcon. Comme ça, en plus, moi on m'éloigne de la Garderie pour Adultes Barceloneta (GAPABA) puisqu'il paraît que je dérange les fachos, et ça c'est vieux comme le monde bien entendu, vieux comme les trois ans depuis qu'Ángela nous a tirées du camp de concentration et d'extermination de Somorrín (CRUDI) : au lieu d'éloigner de moi les fascistes, c'est moi qu'on éloigne des fascistes en m'envoyant dans une école de danse à l'arrêt Les Corts sur la ligne verte, pas loin du stade Camp Nou, c'est-à-dire au fin fond du trou du cul du monde.

— Ceci n'est pas une école de danse, nous a dit le directeur de l'école de danse quand Patri, moi et l'éducatrice spécialisée sommes venues prendre des infos sur ces fameux cours de danse intégrée. Ceci est une fabrique de création de mouvement.

— Ceci est un connard, ai-je dit, mais joyeusement parce que le lieu me plaisait.

C'est un ancien multiplexe réorganisé en plusieurs gigantesques salles de répétition, très hautes de plafond, avec une lumière tamisée, et silencieuses grâce à l'isolation des anciennes salles de projection ; il y a une cuisine et une salle à manger en libre accès, il y a du WiFi avec le code affiché pour tout le monde et des canapés, les vestiaires sont hyper-propres et le jet d'eau chaude de la douche dure assez longtemps pour ne pas avoir à rappuyer sur le bouton vingt fois de suite. Et le plus important : personne ne te reproche jamais de traîner, de regarder le plafond et de passer l'après-midi à profiter de tous ces trucs.

— Bien sûr que je me souviens de notre merveilleuse première fois à l'*ateneo*, ai-je répondu à Marga qui, comme elle y va plus que moi à cause de cette histoire d'*okupation*, me rapporte toujours des fanzines, des tracts ou des journaux libertaires parce qu'elle sait que j'aime ça. Marga ne lit rien de rien parce qu'elle sait à peine lire, et elle choisit les fanzines au hasard. Ce jour-là, elle m'a rapporté l'*Aversion* d'il y a trois mois, avec l'édito qui disait de saboter la journée de la Femme. Et aussi le fanzine *Brûle ton portable*, et un autre qui s'appelait *Sexe collectif : De l'indigence à l'abondance sexuelle*, avec un tract appelant au boycott du Corte Inglés. Le fait qu'elle les prenne au hasard me donne encore plus de plaisir à les lire : le plaisir de l'absence de préméditation. Ça crée une politisation inattendue, sans bureaucratie de la pensée. De la joie comme quand les vêtements que tu as trouvés à côté des poubelles te vont comme un gant. Une joie faite de facilité, de gratuité et, en vertu de ces ingrédients, source d'une clairvoyance qui abaisse soudain le bandeau que tu avais sur les yeux, comme ce soir-là, il y a quatre ans, quand sans l'avoir prévu cent anonymes avaient mis le feu à la pelleteuse qui venait de détruire la moitié du squat de Can Vies le jour où on les a délogés. D'après le récit dont l'une des membres de l'*ateneo* anarchiste nous a régalés, durant plusieurs minutes, des minutes qui s'étiraient, pas une seule sirène n'avait sonné et ils avaient pu rester là à contempler les flammes. Autour d'eux, tout n'était que paix, absence spontanée de conflit et assentiment général devant la vérité, chose bien différente de la pacification, qui n'est autre que la dissimulation du conflit par la force, c'est-à-dire la répression. Une paix qui a duré les vingt minutes qu'ont mises à arriver la police, les pompiers et autres violents pacificateurs, représentants de l'ordre. C'est pour ça que j'aime bien les fanzines que ma cousine Marga me rapporte, au petit bonheur la chance mais toujours régulièrement.

Le soleil passait derrière la tribune présidentielle du stade Camp Nou et Marga avait l'air fatigué, mais pas épuisée par un effort, plutôt épuisée par l'ennui. Elle devait m'attendre depuis 17 heures parce que ça ne vaut pas le coup de reprendre le métro jusqu'à la Barceloneta pour ressortir me chercher une demi-heure plus tard. D'autres fois, elle revenait plus en forme parce que, en marchant à un bon rythme, elle peut faire l'aller-retour jusqu'à l'*ateneo* de Sants, mais ensuite elle a les jambes et les lombaires en compote, elle se tient penchée en avant, avec une bosse au niveau des reins au lieu d'en haut du dos. Dans ces cas-là aussi elle se fatigue, mais à cause de l'effort. J'ai appris à distinguer chez elle ces deux types de fatigue, différents de sa fatigue d'après avoir baisé, résisté au sommeil et s'être obligée à sortir.

— À vélo, tu mettrais cinq minutes montre en main pour aller à l'*ateneo* vu que ça descend tout du long, dix minutes pour revenir me chercher vu que ça monte, et tu n'aurais plus du tout mal aux mollets ni aux hanches ! Tu serais assise et toute ta force viendrait de tes cuisses, en plus avec les jambonneaux que tu as… ! Attends, je vais te montrer.

— Nati, tu te souviens de ce type qui parlait de cocktails Molotov ? – Marga ne sait pas faire de vélo et elle ne veut ni apprendre ni en entendre parler parce que ça lui fait peur.

— Comment je pourrais l'oublier ? Mais ce n'est pas qu'il parlait de cocktails Molotov, non, il nous les offrait avec sa bouche. Tu te souviens comme il expliquait tout avec intelligence et humilité ? Que même nous on avait l'impression d'être des dynamiteuses.

— Bah, c'était un indic, Nati.

— N'importe quoi.

— Aujourd'hui, à l'*ateneo*, ils m'ont dit qu'on ne le laisserait plus entrer. Ni là-bas, ni au squat de Can Vies, ni nulle part dans le genre à Barcelone. Ils vont mettre des affiches avec sa tête sur les portes de toutes les *okupas*.

— Ce type-là ? Tu es sûre ?

— Un gros cafard d'indic, je te dis. Ce jour-là ils le laissaient parler pour qu'il finisse par se griller tout seul, parce qu'il paraît que ça fait dix ans qu'on n'a pas vu de cocktail Molotov traverser le ciel de cette ville. On ne balance plus que des ballons remplis de peinture ou des œufs, pareil qu'aux fêtes d'Arcuelamora.

— Mais attends attends attends. Comment vous pouvez être si sûrs que c'était un indic et pas juste un insurgé qui cherchait des complices ?

— Bah, d'après ce qu'ils m'ont dit, parce que personne ne parlerait jamais de cocktails Molotov dans une assemblée ouverte. Ouverte, genre avec la porte ouverte, c'est d'ailleurs pour ça qu'on a pu entrer, toi et moi. Les cocktails Molotov, on en parle en privé. Donc à cause de ça et à cause de son physique. Sa crête nickel, toujours bien dressée, avec le crâne brillant. Il devait se le raser tous les matins. C'est ça le plus flagrant : aucun keupon ne prend du temps pour quoi que ce soit. Lui, il ne portait que du Quechua et il roulait ses clopes avec du Marlboro. Et apparemment il disait des trucs bizarres. Au lieu d'*okupa*, il disait *casa ocupada*. Et pendant les entraînements en arts martiaux, il parlait d'honneur et de fraternité, et aussi d'apprendre le respect aux petits Roumains et aux petits gitans de la rue.

— C'est dingue. J'avais tout gobé.

— Bah, tu sais, moi, je me le tapais, avant ou après les assemblées. Là, d'ailleurs, je viens de me le taper.

— Meuf ! Un flic ?

— Je me le suis tapé à Can Vies, dans une chambre pleine de bordel, à l'arrière du bâtiment. Et aujourd'hui, ici, dans les toilettes de l'école. Tout à l'heure, on est sortis en même temps de l'*ateneo* et j'ai fait comme si je n'étais pas au courant du veto sur sa gueule qui entre en vigueur demain. Je me suis dit qu'il fallait en profiter, que je ne le reverrais peut-être pas et qu'ils ne le laisseraient plus entrer à Can Vies. Mais le temps filait et je devais venir te chercher dans quarante minutes. Du coup, je lui ai proposé de m'accompagner parce que j'étais pressée. Après, on s'est enfermés dans les toilettes de l'école. Ce qu'elles sentent bon, dis !

— Donc, là, tu n'es pas fatiguée parce que tu t'ennuies, mais parce que tu viens de niquer ?

— Bon, c'était pas non plus le coup du siècle, mais c'est toujours bien de jouir avec une bite à l'intérieur : ça se contracte plus fort et c'est toujours excitant de baiser sans faire de bruit pour ne pas se faire repérer, et puis tout habillé c'est sympa, sans compter que l'autre sait pas comme toi que c'est peut-être votre dernier plan, et qu'il croit qu'il va te reniquer le jeudi d'après alors il t'épargne les petites morsures, les suçons et les adieux à l'oreille. En plus, là c'était le classique assis sur les chiottes et quand la bite n'est pas très grande, si tu te colles pas à fond contre l'autre, ça va pas super loin et tu sens pas grand-chose. En fait, je suis fatiguée à moitié parce que je m'ennuie et à moitié parce que je viens de baiser.

— Des fachos à petites queues, il y a du neuf côté psychanalyse !

— Bah, c'est le seul que j'ai réussi à me faire en quatre semaines à traîner avec les squatteurs, Nati. Ça paraît fou.

— Des anars sexuellement réacs, encore du neuf côté psychanalyse. Tu sais quoi, Marga ?

— Je t'écoute.

— Ça m'excite de t'entendre parler de ça.

— Alors je continue, file-moi ton sac à dos, je vais te le porter, comme les mamans avec leurs gosses à la sortie de l'école.

— Autre chose, Marga.

— Putain mais c'est hyper-lourd, ce truc. Quoi, qu'est-ce qu'il y a ?

— C'est ma bouteille d'eau, attends je la sors. Marga, tu savais déjà que c'était un indic quand tu as commencé à niquer avec lui ?

— Comment j'aurais pu le savoir ? Tout ça, les histoires de crêtes et le délire avec les cocktails Molotov, on me l'a raconté il y a une heure. Pour moi, un indic c'était un mec en bermuda sur la plage qui arrête les vendeurs de cannettes, ou une nana en minijupe à 23 heures qui intercepte les distributeurs de flyers sur la digue, ou alors une meuf avec un cuir et un pantalon moulant qui dit oui à un dealer du

Raval juste avant de sortir les menottes. T'es toujours excitée ou ça t'a calmée ?

— Ça va, ça vient. Mais si tu l'avais su, et vu que tu es en plein processus d'*okupation*, tu aurais continué à coucher avec lui ?

— Ah, Nati, ça je n'en sais rien. Ouais, je pense. Non ?

— Et lui, il sait que tu commences à squatter après-demain ?

— Oh merde. J'en sais rien. Je suis débile !

— Tu lui as dit ?

— Non, madame. OK, parfois j'en ai marre de juste baiser et on bavarde, mais pour être discrète, je suis discrète.

— Euh, Marga… Hyper-hyper-discrète, pas vraiment.

— Je n'ai pas dit discrète quand je baise, et puis de toute façon c'était vraiment un mauvais coup. Je dis simplement que je ne parle pas par la chatte : je lui ai juste donné mon nom de squatteuse, Gari Garay.

— C'est un très beau nom de squatteuse. Moi aussi j'en veux un. Enfin, pas de squatteuse parce que je n'en suis pas une, mais un nom d'artiste, de danseuse. Pardon, je t'ai coupée.

— Non rien, je disais que le mec, en plus, il n'allait pas aux assemblées d'*okupation* parce que, vu la gueule de la cour, on n'y entre que sur recommandation. Moi j'y suis entrée parce que la PAH avait prévenu. Non, le mec et moi, on se voyait dans les assemblées ouvertes, celles sur le fonctionnement général, là où on ne dit rien de compromettant. Pour décider de la date d'une soirée ou quoi mettre sur des affiches, ou qui animera une discussion, qui tiendra le bar, à combien on va vendre les bières…

Ma cousine parle, décuplant les envies de bière pression que j'ai toujours après avoir dansé. Mais un demi, même dans le bar chinois le moins cher des Corts, vaut 1,80 euro. Autrement dit, pour le prix d'un demi au bar, tu peux avoir deux cannettes à boire sur un banc, et pour 30 centimes de moins, un litre de Xibeca. Sans compter la difficulté de trouver un serveur qui veuille bien écrire « Coca-Cola » à la place de « Bière » sur la facture. Viennent ensuite l'obligation rhétorique de la dissimulation, la nécessité de parler la langue de l'ennemi, de faire passer ça pour des frais professionnels ou de déplacement : Vous ne voyez pas que je suis danseuse et que j'ai un accent qui montre que je ne suis pas de Barcelone, que je suis ici pour répéter avec ma compagnie au centre de création de mouvement ? Pas besoin de mentir, regardez ! Écrivez juste « boisson », ni « Coca-Cola », ni « bière », ni rien, écrivez « boisson : 1,80 € » et on n'en parle plus. Soyez gentil.

— Marga, j'ai trouvé mon nom de scène : Nata Napalm. Tu aimes ?

À mon initiative, nous nous sommes finalement permis le luxe d'une bière pression et la mesquinerie de la justification, car comme le disait très sagacement papipunk Marx : La danse est un art bourgeois. Et comme on le disait tout aussi sagacement au village : Tout s'attrape sauf la beauté. Moi, après avoir techniquement et sentimentalement bien dansé, c'est-à-dire après avoir trouvé, pendant le cours de cet après-midi, le plaisir non pas d'avoir perdu la notion du sol, ni le plaisir de la transe, qui sont les plaisirs de l'extase (si difficiles à atteindre par des moyens mécaniques), mais celui de la synchronisation et de la répétition, qui sont les plaisirs du décorum (si faciles à atteindre par des moyens mécaniques), parce que, du décorum, j'en avais encore qui dégoulinait sur moi, sans parler de la fascination pour l'ordre qui remuait la queue, celle-là même, disait papipunk, qui déclenche les larmes bourgeoises pendant les scènes d'ouverture de ballet ; qui déclenche les applaudissements bourgeois devant une gymnaste qui atterrit sur un tapis sans trébucher ; qui déclenche l'euphorie bourgeoise d'avoir déniché un bon plan pendant les soldes ou un billet d'avion pas cher ; cet émerveillement qui pénètre le bourgeois quand il a réussi à jouir en même temps que sa partenaire, car la simultanéité garantit que la partie est finie, que le bourgeois peut stopper ses efforts, merci mon Dieu, chacun en a eu pour son plaisir, et maintenant passons à autre chose. Cette même attirance pour l'ordre, enfin, qui rendait insatisfaisante l'idée de m'asseoir sur un banc pour partager au goulot avec ma cousine un litre de mauvaise Xibeca tiédasse et qui me faisait désirer m'asseoir en terrasse chez un Chinois et commander une personnelle et inaccessible bière pression, juste amère comme il faut, juste boisée comme il faut, à sa juste valeur certifiée Estrella Damm. Qui plus est, cet attrait pour l'exactitude, que j'avais toujours juste après avoir appris une chorégraphie, me persuadait qu'en payant plus cher je discuterais mieux avec ma cousine, que nous serions plus loquaces, plus détendues, que nous apprécierions et profiterions davantage de ce court temps de pause, avant que Patri commence à se languir de nous et revienne nous pourrir la vie.

— Tu sous-entends qu'il baisait avec moi pour me soutirer des infos sur les squatteurs ?

— Marga, ma poule, c'est clair comme de l'eau de roche. Il ne t'a jamais rien demandé de bizarre ?

— Nati, tout ce qu'il me demandait, c'était s'il jouissait dedans ou dehors, sur ma figure ou dans ma bouche, si j'aimais plus lent ou plus rapide, s'il me l'enfonçait plus ou moins dans le cul ou si je préférais de la salive ou du lubrifiant.

— Je m'en doute, idiote. Mais ça m'excite de t'entendre raconter. Bref, s'il ne t'a rien demandé de bizarre, c'est que ce n'est pas un indic. Juste un barge qui a cru qu'on faisait la révolution à Can Vies. Mais pas moins barge que les paranos de l'*ateneo*, qui voient des indics là où il n'y a qu'un mec qui baise avec une meuf qu'il connaît à peine dans des locaux anarchistes !

— Nati, mon chou, je ne comprends pas. Tu crois que ce type va foutre en l'air mon *okupation* ?

— Pas du tout, Marga ! Ceux qui peuvent te la foutre en l'air, c'est les squatteurs !

— Nati, c'est toi la barge. Ces gens-là m'ont aidée !

— Ces gens-là sont des réacs, Marga. Ils t'ont aidée et ils continueront de t'aider comme les nonnes font la charité aux lépreux, je ne dis pas le contraire, mais regarde à quel prix : tu te tapes un mec que vous venez à peine de rencontrer, eux comme toi. Or ça les rend immédiatement suspicieux : À quoi il joue, ce barjot des cocktails Molotov, en se tapant l'une de nos camarades ? Qu'est-ce qu'il cherche ? Pourquoi il est venu ? Pour niquer nos femmes ? Attention à la direction du soupçon, Marga, voilà le cœur de la question : ces anarchistes l'ont soupçonné lui, pas toi. Ils ont cru que c'était lui, l'indic. Et il ne leur aurait jamais traversé l'esprit que la flic infiltrée, ça pouvait être toi. Le mec leur a paru dangereux et toi, inoffensive.

— Je suis venue sur recommandation de la PAH, Nati, je te rappelle.

— Comme si la PAH, ce n'était pas Ada Colau, comme si Ada Colau, ce n'était pas la maire, comme si la maire ne défendait pas la police dès qu'ils matraquent les vendeurs à la sauvette et comme si la police ne votait pas Ada Colau ! Pourquoi un anarchiste te fait plus confiance à toi qui viens de la PAH qu'à quelqu'un qui parle ouvertement de violence contre la police ? C'est le monde à l'envers ! – Marga m'écoutait avec sa façon bien à elle de ne pas attendre le bon moment pour répliquer, cette façon d'écouter sans être à l'affût du mot ou de l'argument susceptible d'être contesté, avec son absence de besoin de foutre la merde, son absence de désir de débattre. Car ce que fait Marga, c'est thésauriser ton discours puis te juger tranquillement bien qu'à l'excès. Est-ce à cause du Tripteridol ou parce qu'à elle aussi ça lui arrive de ne pas comprendre ce que je dis ? – Marga, tu comprends ce que je dis ?

— Plus ou moins. Mais les choses ne sont pas aussi simples et claires qu'elles ont l'air de l'être pour toi, Nati.

— Qu'est-ce qui n'est pas clair, Marga ?

— Ce n'est pas grave.

— Si, c'est grave, c'est à moi d'être plus claire. Récapitulons. Toi et ce type, vous baisez. Tout le monde le sait et vous ne vous en cachez pas, si ? Vous allez faire ça en cachette, dans cette piaule du squat de Can Vies ?

— Non.

— Vous sortez particulièrement discrètement ?

— Non.
— Vous vous tripotez en public ?
— Un peu, pas beaucoup. On se regarde surtout.
— Vous vous regardez discrètement ?
— Je ne sais pas, Nati. Bon, accouche, il est déjà 19 h 30.
— J'y viens. Après deux semaines à baiser ouvertement, ils dégagent ce type, mais pas toi. Pourquoi ?
— C'était un indic.
— Non, mais admettons. Disons que c'était vraiment un indic. Ne devraient-ils pas aussi se méfier de la meuf avec qui baise l'indic, étant donné la confiance présumée qu'il doit y avoir entre ces deux-là ? – Cette dernière interrogation a modifié le regard de Marga, il m'a semblé que son silence jugeant devenait un silence complice, que j'avais fini par être claire et qu'elle m'avait comprise. Les mots se sont mis à s'extraire de ma bouche comme une ribambelle de pains sortant du four. – La réponse est oui. S'ils étaient cohérents avec leurs soupçons et leurs précautions, les anarchistes devraient aussi tapisser les murs de leurs squats avec ta tronche. Tout l'entourage d'un indic est contaminé par l'indic, et ça, l'anarchiste spécialisé dans la critique systémique le sait. Il sait qu'il ne peut même pas faire confiance au chien que l'indic a utilisé pour se faire passer pour un zonard. Les gens de l'*ateneo* devraient d'autant plus se méfier de toi parce que tu viens d'arriver, que tu ne connais pas les codes et que tu n'es jamais allée à une manif de ta vie. Tu n'es pas politisée. Tu es un danger pour le mouvement : naïve et détentrice d'informations importantes. J'insiste : pourquoi donc ne t'ont-ils pas virée ? – Ma question était rhétorique mais Marga a cru qu'elle lui était adressée et

s'apprêtait à répondre. Puis, à la place, elle a esquissé un tout petit sourire, comme quand on se rend compte d'une évidence. Elle a bu une grande gorgée de bière, dont un peu lui a coulé sur le menton, elle l'a essuyée avec sa main et j'ai continué : Eh bien, ma petite Margarita, s'ils ne t'ont pas virée, c'est parce que ce type n'a pas été foutu dehors en sa qualité d'indic. C'était seulement une excuse pour le virer, une excuse puissante et indiscutable dans les milieux clandestins, mais que personnellement je me permets de mettre en doute. Une excuse exerçant son pouvoir de deux façons. Premièrement, en tant que justification mentale et intime de l'anarchiste, parce que cela lui épargne de réfléchir à la vraie raison du veto mis sur la gueule du barjot des cocktails Molotov – une raison qu'il aurait honte d'imaginer, une raison qui constitue un tabou déshonorant pour un individu d'obédience radicale, qu'il ne peut par conséquent même pas verbaliser, mais que je m'apprête personnellement à verbaliser. Deuxièmement, parce que cette excuse exerce son grand pouvoir de justification, non plus seulement mentale et intime, mais extérieure et collective, puisque, une fois apposée l'étiquette indic, plus aucun camarade ne voudra envisager d'autres explications plus proches de la vraie raison, cette raison non verbalisée que je vais verbaliser dès que j'aurai terminé d'exposer les principes de la mécanique de l'excuse. Une fois apposée l'étiquette indic sur le mec, plus personne ne voudra fraterniser avec lui étant donné les risques potentiels. Risques qui, si le barjot des cocktails Molotov s'avérait être un indic, pourraient se conclure en dénonciations et procédures judiciaires à l'encontre de certains camarades de lutte ; risques contre lesquels il faudrait en effet prendre des mesures. Les mesures prises, lesquelles constituent l'excuse dissimulant la raison non verbalisée que je suis sur le point de verbaliser, sont impeccablement équipées en termes idéologiques, tactiques et combatifs. Ce sont les vertèbres de la politisation d'obédience radicale. Mesures réaffirmatrices de la conscience anarchiste générant de la satisfaction chez les membres du groupe considérés individuellement. De la satisfaction, ainsi qu'une sensation de discernement ; une sensation de victoire. Il en va ainsi car ce veto sur la gueule de l'indic signifie que le fasciste est montré du doigt et éloigné des individus agressés par ledit fasciste ; à savoir tout l'inverse de ce à quoi nous sommes habitués dans notre quotidien fasciste. Par exemple lorsqu'un travailleur est à bout et demande un arrêt maladie pour dépression, crises d'angoisse ou harcèlement sexuel. Dans ces cas-là, le/la patron/ne facho/tte ainsi que les fachos/ottes d'employés qui lui lèchent le cul peuvent rester. Quant à celui ou celle qui n'a pas joué le jeu fasciste : au revoir. Tout l'inverse de quand un type te siffle dans la rue : tu traces ta route et le type reste devant son bar à attendre qu'il y en ait une autre à siffler. Tout l'inverse de l'attitude de Susana et Patricia quand elles m'ont fait quitter la GAPABA : montrer du doigt la personne agressée et l'éloigner de ses agresseurs en laissant tranquilles les fascistes de la danse contemporaine.

Je faisais des pauses plus longues que d'habitude entre chaque phrase et Marga en a profité pour se lever, entrer dans le bar et en ressortir avec une facture « 2 boissons : 3,60 € » écrite à la main sur un bout de papier.

— Allez, on y va, il est 19 h 50.

— Il manque le numéro de SIRET, ai-je dit.

Marga a soufflé, alors je suis allée le faire ajouter. Le patron du bar ne comprenait pas bien ce que je demandais. Une Chinoise très jeune qui parlait le même espagnol que tous les adolescents au sud de la Diagonale, c'est-à-dire sans aucun accent catalan mais avec celui de la télé, a déterré la tête de son téléphone le temps d'attraper un stylo et d'écrire le SIRET qu'elle connaissait par cœur, avec la calligraphie ronde et épatée de toutes les adolescentes. Des chiffres comme des ballons colorés, éparpillés sur le sol d'une fête joliment décorée.

Bien que je n'aie pas fini ce que je disais, nous marchions toutes deux sans parler vers le métro dégueulasse. Ce n'est pas moi qui refile ma loquacité à ma cousine ; c'est elle qui me refile son silence. Comme tant d'autres fois, j'étais aspirée par la spirale du silence ; spirale qui ne consiste pas seulement à se taire. Ça consiste, à partir d'une situation de parole immédiatement antérieure, à cesser de parler parce que tu te sens la seule concernée. Aussitôt, tu complexes d'avoir trop parlé, même si ce n'est pas le cas et que ce qui s'est passé, c'est que personne ne répondait, ni pour te soutenir ni pour te contredire. Ce n'est pas non plus que tu parlais toute seule, non, il y avait des gens et ces gens-là t'écoutaient, peut-être même qu'ils étaient d'accord avec toi, mais tu étais quand même la seule à parler. On voudrait te faire avaler la soupelette bondieusarde qui prétend que ton silence n'est ni de la claudication ni de la soumission, mais de l'élévation, de la distinction et du respect, alors que ce que dit ce silence, en vérité, c'est que tu es bien plus jolie quand tu la fermes. Ça me faisait mal de penser que Marga aussi essayait de me tirer vers le cloaque de la spirale du silence.

— Marga, ai-je dit, comme si je demandais la permission.

La station Les Corts est neuve, c'est pour ça qu'il n'y a pas de tourniquets mais des portillons pour entrer dans le métro, ce qui rend le saut plus spectaculaire, et ce même si, quand je suis envahie par le dégoût, je saute par-dessus sans problème (mais je crois que ce jour-là, c'était plutôt la facilité bourgeoise de la bière pression qui m'envahissait, et même si j'avais été seule, je ne l'aurais sans doute pas fait non plus). Marga n'arrive pas bien à sauter, pour ça, il faut qu'elle se sente très en confiance et qu'il fasse très nuit, donc on est passées à deux l'une derrière l'autre avec le même ticket. Une fois dissipé l'effet de la dose d'adrénaline que seul provoque le fait de guetter des vigiles, des contrôleurs ou des employés du métro qui seraient sortis de leur cabine, j'ai pu reprendre le fil de ma réflexion :

— Je ne t'ai toujours pas donné la vraie raison non verbalisée pour laquelle ils ont viré ton plan cul. Tu veux savoir ?

Marga m'a répondu par un hochement de tête silencieux. Elle répandait ses larges hanches sur un banc du quai. Margarita était fatiguée.

— Les anarchistes ont viré ton plan cul pour te protéger du désir sexuel, chère cousine. Les anarchistes ont viré ton plan cul parce qu'ils pensent que l'initiative sexuelle vient entièrement de lui. Et que tu as été séduite. Ils présument que tu te trouves en situation de faiblesse, que ce type profite de toi parce que tu es nouvelle, parce que tu n'es pas vraiment punk et parce que tu ne sais pas dire non comme le font systématiquement les féministes de l'*ateneo*. Qu'y a-t-il collé partout sur leurs murs ? Des affiches qui disent : NON C'EST NON. Qu'est-ce qu'ils ont graffé, les squatteurs de Can Vies, pendant leur dernière fête sur la plaza Málaga ? NE ME REGARDE PAS, NE T'APPROCHE PAS, NE ME TOUCHE PAS. Sur la vie de ma chatte ! Et avec des lettres de cinquante centimètres chacune ! Si au moins il y avait eu à côté un graffiti aussi grand qui disait : OUI C'EST OUI… ! Mais même pas. Comme si un vœu de chasteté générale présidait à la fête. Ces anars veulent te protéger parce qu'ils ne comprennent pas que toi, femme, tu puisses vouloir qu'on te regarde, qu'on t'approche et qu'on te touche, et en plus que ce soit un quasi-inconnu qui le fasse. Ils criminalisent la pulsion sexuelle comme le code pénal les criminalise parce qu'ils vivent sans payer de loyer. Ils criminalisent la pulsion sexuelle en partant du principe que celui qui te regarde, qui t'approche et qui te touche cherche à abuser de toi. Ils nous poussent, nous les femmes, à dire non. Ils veulent nous apprendre, à nous les femmes, à nous bourrer la gueule, à faire des pogos, à fumer des joints et à mettre des capuches, comme les mecs l'ont toujours fait. Et pourtant, ils ne veulent pas nous apprendre cette autre chose que les mecs ont toujours faite : exprimer leur désir sexuel et l'assouvir.

Le métro est arrivé et j'ai fait une pause plus longue que les autres, mais cette fois-ci Marga n'en a pas profité pour intervenir. Elle me regardait dans les yeux en haussant parfois les sourcils. Je ne pense pas que son silence avait un rapport avec la spirale, le silence qui brime la personne qui parle. Étais-je, par hasard, en train de révéler à Marga une vérité d'une telle envergure qu'elle ne voulait pas en perdre une miette ?

— Pour tes anars, la pulsion sexuelle est dangereuse. Moi je suis d'accord avec eux : baiser, c'est dangereux. Baiser est un acte politique, un moment de faiblesse qui va du ridicule à la mort en passant par la transe, l'extase et l'annihilation. Mais ces anars ne veulent pas assumer ce risque. Ils en assument d'autres, nombreux et variés, mais pas celui-ci. Pourquoi les anarchistes d'aujourd'hui n'assument-ils pas le risque de baiser, contrairement aux anarchistes d'il y a cent ans ? – Cette question était rhétorique mais Marga a encore cru qu'elle lui était adressée, signe manifeste qu'elle m'écoutait. Comme elle n'avait pas la réponse, elle a haussé les épaules. – Ce changement de mentalité mérite d'être étudié de plus près. Les anarchistes d'aujourd'hui ne considèrent-ils pas que l'émancipation du désir sexuel fait partie de leur combat pour l'émancipation vis-à-vis de toutes les oppressions ? – Marga a recommencé à hausser les épaules, je me suis répondu à moi-même : Il semblerait que non. Ce combat leur fait-il peur ? – Marga a encore levé puis laissé retomber ses épaules dans un geste de petite fille surprise à ne pas voir appris sa leçon et qui ne connaît aucune réponse. J'ai répondu : Il semblerait que non. Auraient-ils peur de baiser ? Les voilà, les tirs de flash-ball ! Les voilà, les grenades de désencerclement des CRS de la sexualité ! Ils comprennent la libération sexuelle en tant que pure et simple assomption, en tant que visibilisation de la personnalité non hétéronormée des gays, des lesbiennes, des bisexuels et des transsexuels. Ils ont estampillé le beau concept de « dissidence sexuelle » pour parler de ce qu'il y a de plus superficiel dans le sexe : l'identité et l'apparence, précisément tout ce qui devrait se dissoudre dans la baise. Une dissidente sexuelle est une femme qui se laisse pousser la moustache. Un dissident sexuel est un homme qui se met à parler de lui au féminin. Celui qui prend des œstrogènes est un dissident sexuel, celle qui prend de la testostérone est une dissidente sexuelle. D'accord, tous sont des dissidents sexuels de l'hétéropatriarcat. Cependant, quid de la dissidence sexuelle d'une meuf ultra-maquillée et fringuée comme Beyoncé, une meuf avec des seins en silicone et une liposuccion qui veut qu'on la regarde et qu'on l'approche et qu'on la touche parce que cette femme a tout simplement envie de baiser, pas de gagner de l'argent, pas d'obtenir une faveur professionnelle, pas de rendre jaloux quelqu'un d'autre, mais envie de baiser parce que pour elle il n'y a rien de meilleur au monde, parce qu'elle n'idéalise ni ne catégorise ni ne classifie l'acte sexuel et les corps agissants, mais conçoit la baise comme un acte éloigné du symbolique et proche de la fornication, c'est-à-dire de la tâche consistant à mettre toutes nos capacités au service du plaisir ? – Fini la spirale du silence et la mauvaise élève. Nous étions assises côte à côte, Marga tournait la tête vers moi mais aussi tout le buste, avec sa posture naturelle qui penche vers l'avant, comme un Sherlock Holmes ou une Panthère Rose qui suivrait des traces sur mes genoux, si bien que son oreille se retrouvait à hauteur de ma bouche et que je sentais l'odeur de ses cheveux pas lavés depuis des jours. – Pour ton groupe d'anars, cette femme-là n'est pas une dissidente sexuelle. Cette femme est une tarée. Cette femme s'attire des problèmes. Cette femme est provocante, elle se donne en pâture aux violeurs, ou du moins aux machos fachos ou aux machos sensibles, ce qui revient au même, et elle met en péril les piliers du féminisme négateur, le féminisme de la négation, le féminisme castrateur où la femme recommence à jouer, ah les paradoxes de la vie!, son rôle de soumise en dotant celui qui l'approche avec des intentions sexuelles d'un pouvoir phallique qu'il convient de ne pas attaquer (ce qui constituerait pourtant une attitude combative digne) mais dont il faut se défendre. La féministe castratrice se considère elle-même comme objet de la domination de quiconque souhaite la baiser, considéré invariablement comme sujet dominateur. En bonne soumise qu'elle est, dans cette relation sadique que, loin de combattre, elle accepte et dont elle s'accommode, la féministe autocastrée trouve son plaisir dans la négation sadique qu'elle inflige. La féministe de la négation pense que c'est elle qui nie le phallus, mais elle se trompe : elle veut que le phallus la nie. Ce qu'elle veut, c'est inverser les rôles classiques de l'allumeuse et du galérien. Elle ne veut plus être la séductrice qui n'accorde pas même un bisou après que le mec a payé les verres. Au lieu de dynamiter ces rôles de merde, cette relation où il n'y a ni chair ni vérité, mais uniquement de la rhétorique et de la séduction, l'autocastrée cherche à prendre le rôle de la galérienne pour que l'autre devienne l'allumeur, son négateur de chair auquel elle se soumet éternellement parce qu'elle aime ne pas être à l'initiative du sexe, ce qui est en effet très chiant parce que ça demande beaucoup de créativité, beaucoup de responsabilité et beaucoup de prise de risque. Ainsi, en disant non, elle s'épargne les conséquences inattendues pouvant dériver vers une baise non préméditée, puisque c'est l'absence de préméditation qui distingue, aucun doute là-dessus, une bonne baise d'une mauvaise baise. Cette absence de préméditation étant aussi ce qui nous éloigne des fétichismes et nous rapproche de la véritable copulation effrénée ; effrénée pas dans le sens de rapide mais d'illimitée, inconditionnelle et dépourvue de formalismes. – Je lui caressais les cheveux. Le fait qu'ils soient sales, j'en avais les doigts luisants, et qu'elle sente les draps qui auraient dû être changés depuis des jours faisait de Marga la présence la plus intelligente du métro, une dépréciatrice naturelle et spontanée de ce prétendu moyen de transport public qui n'est en réalité qu'une fosse commune et que Marga violentait avec son odeur de personne vivante. Marga avait compris la fonction aliénante que remplit le métro dans n'importe quelle métropole : nous faire croire qu'en unissant les quatre coins de la ville il unit aussi ses habitants, alors qu'en vérité il les broie et les atomise encore plus, les obligeant à adopter ce que les Transports Métropolitains de Barcelone appellent du civisme mais qui n'est autre qu'une ignorance radicale de son voisin, une non-interpellation radicale : pas de mots, pas de regards, pas d'odeurs, avec une incitation supplémentaire à ne jamais décrocher de son portable. – Mais ce féminisme négateur et pontifiant prétend que dire non à la baise est libérateur parce qu'il comprend l'acte sexuel en tant qu'outil historique de domination de l'homme sur la femme. Femme ! Moins de temps et d'énergie tu consacreras au sexe, tâche barbare, plus de temps tu auras pour toi-même, pour te cultiver et même pour faire la révolution. Une femme qui ne baise pas est une femme indépendante et libérée. Est-ce que ça n'a pas exactement l'air de ce dont il s'agit ? Une mystique du célibat. Ils s'autoproclament anarchistes et se permettent de légiférer sur les chattes des autres ! Ironiquement, ils défendent la mauvaise baise, la baise préméditée, la baise, en fin de compte, bourgeoise. Le féminisme castrateur trouve son plaisir dans le choix conscient et calculé d'un partenaire sexuel, comme le consommateur trouve son plaisir dans le choix d'une mayonnaise ou d'un autre produit au supermarché, car ces féministes comprennent bien que c'est une affaire de goûts. De goût personnel, voilà tout ! – Ce n'est pas pour rien que les gens qui regardent leur téléphone avec le plus d'envie et d'appétit sont les plus propres sur eux. Pas pour rien que l'hygiène est l'antichambre du fascisme. – Le goût et le désir sont deux choses bien différentes, cette femme déguisée pour le réveillon en Katy Perry ou en électrice du Parti populaire le sait parfaitement. Le goût, qui nous arrive prémâché par le pouvoir quand il n'est pas directement préfabriqué, n'est pas la boussole de cette femme. Sa boussole, c'est sa certitude que, dans cet état de pénurie sexuelle où nous vivons, n'importe quelle insinuation, n'importe quel battement lubrique de paupières, peu importe de qui ça vient, homme, femme ou enfant, est complice et camarade : voilà le signe distinctif des initiés et opposants au régime. – Moi, en revanche, je venais de me doucher à l'école de danse. Était-ce la cause du silence de la subversive et odorante Marga ? Son silence était-il une sanction, une résistance contre mon odeur de gel douche format familial qui inhibait sa violence odoriférante ? – Le goût, le choix, ça vient après, quand la langue est déjà dedans. Il se peut que cette langue ne soit pas bonne. Il se peut que ce doigt ne vise pas juste. Il se peut que ce souffle ne brûle pas. Mais comment le savoir si on n'essaie pas ? Essayer, c'est risquer. Approcher l'autre pour donner et recevoir du goût, voilà le risque. – Ce n'était pas non plus une forme de sanction ou de résistance, Marga s'assoupissait peu à peu sous ma caresse, pour finir par poser sa tête sur ma poitrine. Elle n'a plus bougé pendant les neuf stations jusqu'au changement. Je lui parlais plus doucement : Les anarchistes d'aujourd'hui n'essayent pas beaucoup, et c'est pour ça qu'ils baisent très peu, et encore, quand ils baisent, c'est sous les consignes bourgeoises de la préméditation et du goût personnel. Nous qui défendons le contraire, ils nous appellent péjorativement, tu sais comment? Des anarcho-individualistes, soit le niveau qui vient juste avant ce que les Ricains appellent les *libertarians*, à savoir le nec plus ultra des capitalistes, fous amoureux de ce parc d'attractions dédié à la liberté et au mérite qu'est le Marché, détracteurs acharnés de l'interventionnisme étatique dans l'économie, mais pourtant pas le moins du monde détracteurs de tout ce qui consiste, via cette même intervention étatique, à établir et à défendre les frontières ou à approuver un code pénal et à former un corps de police dédié à la protection de la propriété et de la morale machiste, raciste, en d'autres termes, fasciste, nourrie par la propriété. – Ma voix la berçait, son silence était peut-être celui d'un enfant apaisé par les battements réguliers du cœur maternel, et tandis que nous recevions par nos cinq sens la dose d'aliénation à laquelle nous avons droit en tant que Barcelonaises prenant le métro, le fait de communiquer ainsi, Marga et moi, sans être mère et fille, ni qu'il y ait de vraie berceuse entre nous, ça m'a procuré un plaisir rare; rare dans le sens d'étonnant aussi bien que peu fréquent, un plaisir qui remplissait le vide de sens de nos vies néolibérales, ou du moins de notre trajet en métro, mais ce sans déborder, parce que c'était un plaisir juste, en termes de quantité comme de justice : non extatique, non aveuglant, mais lucide et conscient, un plaisir hors de portée de la majorité, car la majorité est toujours tautologiquement démocratique. Il s'agissait du plaisir de la politisation.

Je murmurais à l'oreille de Marga en protégeant ma bouche des bruits du métro avec la main :

— On nous traite d'anarcho-individualistes parce qu'à ce qu'il paraît nous pensons qu'il n'y a rien au-dessus de l'individu. On dit que nous ne nous sentons pas concernés par ce qui a été décidé en assemblée anarchiste. On nous accuse de ne pas défendre le bien commun et la collectivité, on nous taxe d'égoïstes, on dit aussi que nous avons une loi, la loi du désir, clairement beaucoup plus tyrannique que les lois des anarcho-socialistes, parce qu'elle n'a pas été adoptée en assemblée et que, en vertu de cette loi égotiste, nous n'en avons rien à carrer de la communauté. Quelle ironie, Marga ! Nous qui prônons le sexe sans discrimination, nous qui voulons que la promiscuité se diffuse de porte en porte, nous qui voulons en finir avec la notion de partenaire sexuel et développer le sexe collectif, on nous appelle des individualistes ! Et eux, les préméditateurs et négateurs du plaisir qui, les couilles ou la chatte en berne, baissent timidement le regard devant l'invitation sexuelle d'une personne, voire la taxent d'envahisseur ou d'envahisseuse d'espace personnel, c'est-à-dire l'espace souverain du statu quo, cet espace souverain qui t'assure de rentrer chez toi aussi seule que tu en es sortie, bref, l'espace souverain de l'ennui, ces gens-là qui, pourquoi tourner autour du pot, baisent deux par deux dans des chambres avec la porte fermée, ces gens-là, je répète, s'autoproclament anarcho-socialistes ! Tu as vu cet autre slogan qui dit : TOUCHER À UNE, C'EST TOUCHER À TOUTES ? Si seulement ! moi je dis. Si seulement ce slogan n'était pas métaphorique, si seulement ils rendaient au verbe toucher son sens commun et littéral au lieu d'en faire un euphémisme pour agresser ! Ça, ce serait de la solidarité entre camarades : que celui qui est touché touche aussi les autres. EN BAISER UNE, C'EST LES BAISER TOUTES ! Que dalle, cousine. Ces anarchistes baisent très peu, ils ne comprennent pas que toi, tu baises beaucoup et ils ne veulent pas que tu baises autant, c'est pour ça qu'ils ont viré ton plan cul sous prétexte que c'était un indic. Tu vois que c'est des fachos, ces anars, bordel.

Le temps qui restait jusqu'à la correspondance, j'ai arrêté de parler. Marga, sans que j'aie eu besoin de la réveiller, s'est redressée autant qu'elle a pu, avec cette petite inclinaison bien à elle qui fait ballotter ses seins quand elle marche. Ma cousine marchait placidement, dans un silence de contemplation d'une chose réussie, et j'étais contente de lui avoir enlevé de la tête que ce type risquait de foutre en l'air son *okupation*. Soit c'était ça, soit M. Tripteridol lui avait fait bouffer sa langue. Il était en effet possible que Marga ait dû faire des analyses qui n'avaient révélé aucune trace du médicament dans ses fluides et qu'elle ait été rappelée à l'ordre. Nous sommes montées dans le deuxième métro et nous nous sommes assises, mais cette fois Marga ne s'est pas blottie contre moi, parce qu'il n'y avait que trois arrêts. Ça m'a manqué.

— Tu es sous Tripteridol ou c'est que tu n'as plus peur ? lui ai-je demandé doucement.

— Non, ça va.

Je n'ai pas compris sa réponse.

— N'aie pas peur, Marga. – J'ai posé une main sur sa cuisse et je l'ai laissée là jusqu'au moment où il a fallu se lever.

— Peur de quoi ?

— Peur de ce type. Je t'ai dit que ce n'était pas un indic.

— Ce type est un indic, Nati.

— Non, Marga. Ce qui se passe, c'est que tu es trop libre pour ces anarchistes frustrés. Fais ce que tu veux et profite, elle sera à toi, cette baraque.

Elle a posé sa main sur ma cuisse et nos avant-bras sont restés croisés. La cuisse de Marga est molle, la mienne est dure.

— Non, Nati. Ça n'a rien à voir avec le fait de baiser beaucoup ou pas beaucoup.

— Bien sûr que si, Marga.

— Non, Nati. C'est autre chose.

Marga aussi me parlait avec douceur, mais sa douceur à elle était celle de la condescendance, tandis que la mienne était celle de l'amour. Cette non-réciprocité me tourmentait mais je ne crois pas qu'elle l'ait remarqué.

— Et qu'est-ce que c'est, alors ? lui ai-je demandé en faisant comme si ma main touchait toujours sa cuisse alors que c'était devenu une main morte et paralysée par le désamour, par la perte de mon amie.

— C'est que je suis une attardée mentale, Nati. Bien sûr que je suis une attardée mentale. Bien sûr je ne pourrais pas être une policière infiltrée et que c'est pour ça qu'aucun squatteur du bureau des squats ne me soupçonne et qu'ils ne mettent pas d'affiche avec ma tête dessus. Bien sûr que le type avec qui j'ai baisé n'est pas un attardé mental, c'est bien pour ça que lui, il peut être indic et qu'ils mettent des affiches avec sa tête dessus. Et comme je suis une attardée mentale, et comme les attardés mentaux ne parlent pas pareil et ne parlent pas des mêmes sujets qu'eux, et comme les attardés mentaux ne s'intéressent pas aux mêmes choses que ceux qui ne sont pas des attardés mentaux, les squatteurs de l'*ateneo* ne pensent pas que j'aurais pu raconter quoi que ce soit à l'indic entre deux coups, ou même pendant.

— Que tu es quoi, Marga ? Attaquoi ? De quoi, mentale ? Pardon, mais je n'ai pas compris la moitié de ce que tu viens de dire.

— Pas grave, Nati, ça me regarde. Nata Napalm, c'est un très beau nom de couverture. – Et elle m'a dit ça en souriant, avec une fatigue indiscutable autour des yeux et de la bouche, et malgré tout, elle a crispé sa main qui était posée sur ma cuisse et m'a massé doucement les quadriceps, le temps des deux arrêts qui restaient jusqu'à la Barceloneta. Je ne sais pas si Marga sait quel plaisir ça nous fait, à nous les danseuses, d'être tripotées un peu partout, mais c'est pour cette raison, pour ce plaisir si inattendu et gratuit qu'elle me donnait à la jambe que je n'ai pas pensé à son épuisement et que je ne l'ai pas arrêtée, pas plus que je ne lui ai rendu la pareille en posant les mains sur ses épaules ou en lui disant : Marga, celle qui aujourd'hui aurait besoin d'un bon massage pour oublier ses emmerdes avec l'indic, l'*okupation* et le Tripteridol, c'est toi. Allez, tourne-toi.

Déclaration de Mme Patricia Lama Guirao par-devant le tribunal d'instance numéro 4 de Barcelone, le 15 juin 2018, dans le cadre de la procédure de demande d'autorisation de stérilisation d'individu frappé d'incapacité émanant de la *Generalitat* de Catalogne concernant Mme Margarita Guirao Guirao.

Son obsession va tellement loin que si elle passe à côté d'une table et que le coin lui arrive au niveau de la *chatte*, « la » Marga se l'enfile. Attention, Votre Honneur, ce n'est pas qu'elle recherche les tables, comme quand elle descend dans la rue pour *ramasser* des hommes ou autre chose. Par exemple, quand elle va mettre la table ou débarrasser et que je la retrouve avec les assiettes dans les mains en train de se donner des petits coups « là-dedans », très naturellement bien sûr, comme si ça ne la concernait pas, comme quelqu'un qui regarde la télévision en tricotant ou en repassant ou comme « la » Àngels, qui regarde la télévision en écrivant son roman sur WhatsApp. Ce que je veux dire par là, c'est qu'elle le fait sans arrière-pensées et sans aucune malice, elle le fait instinctivement, pareil qu'un animal.

Nous avons tous des instincts, Votre Éminence. Moi, par exemple, quand je vois un mendiant, toujours, toujours, toujours je regarde dans mon porte-monnaie pour voir si j'ai quelque chose à lui donner. J'ai beau me retrouver après sans monnaie pour le pain, pour le métro ou même pour le tabac, mon instinct me pousse à donner de l'argent dès qu'on m'en demande dans la rue.

Mais les animaux, on les dresse, pas vrai ? Et de la même façon qu'on apprend à un chien à ne pas *pisser* dans la maison, à ne pas fouiller dans la poubelle et à ne pas mordre les gens, moi, malgré mon instinct qui me dicte le contraire, si j'ouvre mon porte-monnaie et qu'il n'y a pas de petite monnaie dedans je ne vais quand même pas donner au mendiant un billet de 20 euros ni de 10 ni de 5 ni une pièce de 2 euros ni de 1 euro, bon. Eh bien, il faudrait faire la même chose avec « la » Marga, non ? Je n'ai pas l'impression de dire des bizarreries. Moi-même, quand je venais d'arriver au CRUDI de Somorrín, je disais beaucoup de gros mots et je n'arrêtais pas de répondre, j'insultais les gens qui travaillaient au centre mais aussi mes camarades, et même la directrice ! Qu'est-ce qu'on me faisait ? Eh bien, on me privait de sortie. Renforcement négatif. Quoi d'autre ? Eh bien, on me laissait choisir le film du vendredi soir quand je demandais les choses poliment. Renforcement positif. Et si les renforcements ne marchaient pas ? Une *petite sucette* de Tripteridol illico, Votre Honneur. Thérapie comportementale et pharmacopée allaient ensemble. Si ça a marché ? À vous de me le dire. Aujourd'hui j'ai mon appartement, une chambre à moi toute seule et mes propres horaires. Si je veux sortir, je sors, si je veux rester chez moi à regarder la télévision, je reste chez moi à regarder la télévision, si je préfère un œuf au plat plutôt que des macaronis, bah [*sic*] je m'en fais frire un, si je veux fumer une cigarette, bah [*sic*] je la fume, si je veux mettre une minijupe, j'en mets une, si je veux mettre une burka, je mets une burka ! Et si un jour j'ai envie d'inviter un copain à la maison, je l'invite ! Et si je veux m'enfermer dans ma chambre avec ce copain, bah [*sic*] je m'enferme, même en ayant un tout petit peu honte, mais sans que personne ne s'aperçoive de ce qu'on fait, *hein* ! Moi je suis très secrète sur ma vie, et si j'ai un copain je préfère aller chez lui plutôt que le ramener à l'appartement, quoique pour dormir je rentre toujours, pour dormir et pour dîner, parce que parfois Mme Susana Gómez l'éducatrice *débarque* un peu comme les inspecteurs du travail dans les bars de nuit, du coup je rentre toujours me mettre à table à 21 heures au plus tard, pas comme « la » Nati, celle-là elle n'a pas de copain ni de semi-copain ni rien du tout, mais en même temps, pauvre chérie, avec les portillons qu'elle a, je ne vois pas comment elle pourrait, c'est pour ça que je me demande bien ce qu'elle a fait de sa nuit la fois où elle est rentrée à 10 heures du matin en pleine visite de Mme Susana Gómez, je ne vous raconte pas le choc pour cette pauvre dame.

Dites-moi quand, *bon sang de bonsoir*, à quel moment, en douze ans passés au CRUDI, on aurait pu imaginer avoir la liberté qu'on a aujourd'hui ? Qui a dit à « la » Marga qu'elle ne pouvait pas se faire d'amis ? Au contraire ! Ce qu'on veut justement, c'est qu'elle se trouve un copain, qu'elle nous le présente et qu'elle *se radine* avec lui à la maison sans avoir besoin de faire des cachotteries ! Le CRUDI, ça, c'était un couvent, Votre Honneur. Là-bas, oui, il y avait des *réacs* qui nous infantilisaient. Tu ne pouvais pas embrasser un camarade sur la bouche sans qu'une aide-soignante vienne vous séparer, et en se moquant, en plus ! Et *te toucher* ? *Pas moyen* vu que la monitrice-éducatrice de garde venait t'enlever la main de la culotte ! Des relations sexuelles sûres et saines ? *Même pas en rêve* ; si tu t'enfermais avec quelqu'un dans la salle de bains, ils venaient *défoncer* la porte et ensuite *bonjour* le renforcement négatif. Sortir la nuit pour aller dans une chambre de garçons ? Impossible à cause de la monitrice postée devant comme un vigile qui te renvoyait *fissa* dans la tienne et après *re-bonjour* le renforcement négatif. Vous savez comment ça s'est passé pour Margarita, là-bas ? Ils devaient même l'attacher au lit ! Le CRUDI de Somorrín, on aurait pu le dénoncer au défenseur du peuple, qui est une défenseuse, je crois. Et ça date de 2007, *hein* ! On n'est pas dans ce film d'Almodóvar sur l'internat *du temps de Mathusalem* !

Mais les professionnelles d'ici sont très différentes de celles de là-bas, Votre Honneur. Les temps ont changé. C'est la vieille politique contre la nouvelle politique. C'est ça de vivre dans une ville gouvernée par une activiste comme Ada Colau, issue d'un parti politique dont l'un des hommes les plus importants a une atrophie musculaire de l'épine dorsale et dont l'une des femmes les plus importantes sort son *nichon* en pleine Assemblée pour allaiter son bébé. Ce doit être pour ça que la Guardia Urbana la traite avec autant de respect quand « la » Marga montre ses seins en pleine rue. Pas comme la Guardia Civil de Somorrín, qui lui mettait une couverture dessus comme à une migrante qui venait de descendre de son canot.

Même si elle n'a aucun handicap, « la » Colau défend les handicapés. Tout ce qu'elle a, « la » Colau, c'est un petit peu d'embonpoint, mais enfin, avec ça, elle défend les femmes pour qu'elles n'aient pas à obéir aux diktats machistes de la mode machiste. Dans une ville gouvernée par une politicienne de la nouvelle politique, nous, les individus ayant une diversité fonctionnelle de l'intellect et/ou du développement, avons droit à une vie affective et sexuelle à part entière, saine et satisfaisante, obligation étant pour les institutions publiques et privées du secteur de déconstruire les mythes quant à notre sexualité, de fournir des orientations aux référents des groupes autogestionnaires d'entraide mutuelle et de visibiliser nos droits sexuels et reproductifs. Donc, ici, personne n'a jamais dit à ma cousine Marga que *faire crac-crac* était une mauvaise chose. Ici, personne ne réprime sexuellement Margarita Guirao Guirao, Votre Excellence. Ici, de réunion d'entraide mutuelle en réunion d'entraide mutuelle, de séance chez la psychologue en séance chez la psychologue, le but était de donner à « la » Marga une éducation sexo-affective qui l'aide à faire la différence entre les démonstrations d'affection appropriées et les inappropriées, entre les pratiques sexuelles ou les expressions affectives acceptables en public et celles appartenant à la sphère privée et/ou intime, et ce en favorisant, « en fa-vo-ri-sant », ce qui, comme on l'entend, signifie faire une faveur, donc, disais-je, en lui faisant la faveur de pouvoir créer son propre espace d'intimité.

Tout le monde, tout l'entourage de « la » Marga était impliqué là-dedans. Et même que, personnellement, je suis partie de chez nous une heure avant la réunion d'entraide mutuelle, une heure, Votre Honneur, alors que la RUDI n'est même pas à trois rues ! Enfin bon bref [*sic*], la cousine Patricia a commencé à se préparer à 16 heures, en mâchant encore son casse-croûte, pour être sortie de la maison à 17 heures et retrouver le groupe autogestionnaire à 18 heures pile, parce que, vous savez, il n'y a bien que « la » Marga pour être tellement *à deux de tension* étant donné qu'une partie de son handicap, c'est une ataxie locomotrice. Sa cousine Àngels, pour le bien de « la » Marga, a appris à être plus généreuse niveau télévision et à la laisser mettre un film *cochon* de temps en temps. Avec le son très bas, bien sûr, très bas pour ne pas déranger les autres. Après notre première réunion sérieuse avec la directrice de l'appartement, « la » Àngels a dit à « la » Marga dans sa semi-langue : « Marga, ici, on est toutes adultes. Personne n'est une petite fille. Ici, c'est chez toi autant que chez nous. Tu aimes la *baise*, non ? – Ce sont les mots qu'elle a utilisés, Votre Honneur, forcément c'est le langage que « la » Marga comprend. – Tiens, voilà une clé USB avec trente films *porno* que je t'ai téléchargés sur Internet. L'autre jour, tu ne disais pas que tu voulais regarder du *porno* ? »

Ça se voit que « la » Àngels est la moins handicapée de nous toutes parce qu'elle se souvenait du jour où elles s'étaient disputées à cause de la télévision, quand « la » Marga lui avait *pris la tête* pour regarder un film *cochon*. Pour « la » Marga, c'est pareil qu'avec les drogués, à force de *baise* dans sa vie, un film *porno* ne lui fait presque rien ; ça ne l'excite même pas. Alors oui, on le voit bien, on voit bien qui est-ce qui est la moins handicapée d'entre nous, parce que c'était exactement ça, le but : que « la » Marga se détende. Qu'elle regarde ses films, qu'elle *se tripote* un petit peu, qu'elle soit contente et qu'elle ne soit pas obligée de mettre la table dans son état de l'autre fois.

Même ma sœur Natividad, rendez-vous compte, même « la » Nati mettait du sien pour défendre la cause de l'appartement et de « la » Marga ! Parce que « la » Marga lui apportait ses cahiers pas bien photocopiés, à moitié froissés, en noir et blanc, comme ceux qu'on fabriquait au CRUDI de Somorrín à l'atelier travaux manuels, enfin bon, il faut dire aussi qu'une partie du handicap de « la » Marga consiste à ramasser n'importe quoi et le rapporter *comme un toutou*. Bref, allez savoir pourquoi « la » Nati a besoin de ces feuilles alors qu'elle est déjà *blindée* de livres de fac, parce que bon, moi je dis que comme son handicap se manifeste d'un coup et même si c'est compliqué pour elle d'ouvrir un livre sans le balancer par terre au bout de cinq minutes, moi je dis que, si ça se manifeste d'un coup, pourquoi que ça changerait [*sic*], comme on dit, *hein* ? Dès que « la » Nati trouve le moindre magazine qui traîne, un *Gala*, un *Voici* ou un *Top Santé poche* avec des pages en couleurs et des lettres bien alignées, elle le jette directement à la poubelle, et gloire à moi de ne pas lui *gueuler* dessus vu que souvent c'est les miens. Alors depuis, je les cache. À quelqu'un qui sait aussi bien lire qu'elle et qui a lu autant, et des choses tellement spécialisées que tout le monde ne peut pas comprendre, *eh ben*, si vous donnez à cette personne un torchon qui a l'air d'avoir été fabriqué par un *chiard* de six ans, qu'est-ce qu'elle peut en tirer ? Rien. Mais écoutez plutôt ce que je vais vous dire. Pour ne pas être malpolie avec sa cousine, sachant qu'elle est en pleine dépression, l'ex-universitaire et ex-doctorante lui lisait ces fameux cahiers. Ceux-là, elle ne les jetait pas à la poubelle. Ceux-là, elle les dégustait, et après elle les expliquait à « la » Marga parce que « la » Marga ne sait pas lire donc « la » Nati se baladait avec les cahiers dans la main et elle lui expliquait avec ses incompréhensibles mots *portillonesques*, enfin bon, elle faisait ce qu'elle pouvait et avec la meilleure intention du monde. J'ai eu envie de pleurer la première fois que je les ai vues toutes les deux dans le canapé et même qu'elles n'en avaient *rien à secouer* de la télévision, des *Simpson*, de *La Roue de la fortune* ni de rien de ce que « la » Àngels mettait.

Vous voyez, Votre Excellence, que ma sœur Natividad, quand elle veut elle peut ! Vous voyez que quand elle a décidé, on peut vivre toutes en harmonie ? Et même que les deux semaines qu'a duré la *big crise* de « la » Marga, pour ne pas jeter de l'huile sur le feu, « la » Nati s'est mise à aller aux réunions du groupe autogestionnaire du mardi, alors qu'avant elle détestait ça ! Et même qu'elle y a ramené [*sic*] les affreux cahiers qu'elle lisait à « la » Marga et qu'elle les lisait à voix haute à ceux qui ne savaient pas lire ! Quand je pense qu'elle a même commencé à apprendre à lire à ceux qui ne pouvaient pas les lire, ces cahiers, par tous les saints !, je n'y crois toujours pas, sachant comme « la » Nati est égoïste et *Mme Je-sais-tout*. Elle fabriquait même ses propres cahiers pendant les ateliers de travaux manuels. Pendant les ateliers de travaux manuels, Votre Honneur, là où il y a des handicapés sévères qui font de la pâte à modeler ! Et ce qu'elle ne finissait pas sur place, elle le finissait à la maison. Elle est descendue chez le Chinois chercher des ciseaux à bouts ronds, un bâtonnet de colle, un paquet de feuilles, des stylos, et elle est venue me demander très poliment des vieux magazines que je ne lisais plus pour les découper et faire ses petits collages. Elle utilisait les ordinateurs de la bibliothèque municipale, elle écrivait, elle allait sur Internet et elle imprimait ses *trucs*. Il y a même eu un mois où elle n'a montré que des factures du magasin de photocopies, elle n'avait pas dépensé un centime d'argent de poche pour autre chose. Ce que c'était agréable de la voir concentrée, bien tranquillement assise à la table du salon comme une petite fille qui faisait ses devoirs.

Bref, nous en étions là, Votre Honneur. Tout l'entourage familial de « la » Marga en était là, c'est-à-dire moi, « la » Àngels et « la » Nati, ainsi que tout l'entourage professionnel de la sus-citée, c'est-à-dire Mme Diana Ximenos, directrice de l'appartement sous tutelle, Mme Laïa Buedo, psychologue de la RUDI de la Barceloneta, et Mme Susana Gómez, éducatrice spécialisée de la sus-citée. Nous étions donc toutes là, à favoriser, à encourager et à garantir son droit au bien-être et à la dignité humaine, ce qui consistait à donner une chance à « la » Marga d'apprendre à avoir des relations affectives. Mais quelqu'un a échoué, Votre Honneur. Et ce quelqu'un, c'est l'institution, c'est-à-dire les organismes et les administrations publiques en lien avec l'institution. Et comment a-t-elle échoué ? Un jour, la psychiatre de l'hôpital de la Mer a débarqué, franchement je ne sais pas comment elle s'appelle vu que moi, *hein*, depuis que je suis arrivée à Barcelone, je n'ai pas eu besoin d'être examinée par un psychiatre, donc un jour la psychiatre *débarque* en disant que « la » Marga fait une dépression, et elle *envoie bouler* l'éducation sexuelle ainsi qu'un *sacré paquet* de Tripteridol 500 dans le *gosier* de ma cousine. *Merde*, je me demande vraiment ce qu'ils ont, les psychiatres, à prescrire du Tripteridol *à la pelle*. Altérations du comportement ? Tripteridol. Schizophrénie ? Tripteridol. Dépression ? Tripteridol aussi ! Quel est le rapport entre un altéré du comportement, un schizophrène et un dépressif ? On dirait presque le début d'une blague Carambar ! Ils prennent une commission là-dessus, les psychiatres, ou quoi ? *Bah oui*, forcément qu'ils en prennent une, j'ai vu un reportage sur la 6 qui montrait comment les *labos* pharmaceutiques payaient des voyages aux médecins. Comprenez-moi bien, Votre Excellence, je ne cherche pas à discréditer Mme la psychiatre ni qui que ce soit. Est-ce que j'ai fait des études de médecine, moi ? Non. Est-ce que je vais aller dire à Mme la psychiatre comment elle doit faire son travail ? Jamais, évidemment, parce que dans la vie, ce qu'il faut avant tout c'est savoir rester modeste. Moi, je ne les partage pas, les décisions de Mme la psychiatre, mais je les respecte, et c'est moi la première qui lui ai donné son cachet de Tripteridol à « la » Marga, moi qui suis restée jusqu'à ce qu'elle l'ait pris et qui lui ai dit « ouvre la bouche » pour voir si elle l'avait bien avalé.

Personnellement, je trouve que s'il y en a une qui manque de modestie, c'est Mme la psychiatre. D'accord pour prescrire du Tripteridol à « la » Marga, mais pourquoi *foirer* tout ce travail d'éducation sexuelle pensé dans une perspective d'approche centrée sur la personne, en l'occurrence la personne de ma cousine Marga ? Le travail de Mmes la psychologue et l'éducatrice spécialisée ne vaut-il donc rien ? Je ne veux pas être mauvais esprit, Votre Éminence, mais moi, ce dont j'ai l'impression, c'est que Mme la psychiatre, et je vous ai déjà dit que je ne la connaissais pas et que je n'avais rien de personnel contre elle, est de ceux qui pensent que les professionnels de la psychiatrie, avec leurs diplômes universitaires et leurs livres et leurs colloques et leur travail, sont supérieurs et plus intelligents, plus cultivés et plus utiles que les professionnels du handicap, qui eux aussi ont des diplômes universitaires et vont dans des colloques et des conférences dans le monde entier ! Sans aller plus loin, dans notre groupe autogestionnaire d'entraide mutuelle, nous avons lu un livre sur le handicap écrit par un jeune *qui a oublié d'être con* et qui se trouve être trisomique ; ce trisomique a joué dans un très joli film sur la trisomie et en septembre il viendra nous donner une conférence à la RUDI. Le premier trisomique du monde à avoir étudié à l'université ! Un livre qui s'est vendu à dix mille exemplaires et qui a été traduit en allemand ! Un film qui a reçu *une tripotée* de prix ! Et ce trisomique est allé en Colombie, en Argentine, en Suisse et dans tout plein [*sic*] de pays pour parler du handicap intellectuel, et aussi à la télévision et dans les journaux. Partout. Qu'est-ce qu'il faut de plus pour que le monde se rende compte que le handicap intellectuel a beaucoup à apporter à la société ?

Moi, je crois que Mme la psychiatre est une représentante de la vieille politique. Quelqu'un de plus intéressé à continuer de faire partie de la caste, la caste étant ici l'étage psychiatrie de l'hôpital de la Mer, qu'aux besoins du peuple, le peuple étant ici « la » Marga. Ce sont les ennemis du peuple qui ont provoqué la situation critique d'une Marga portée disparue, éloignée de sa famille et vivant dans une maison sans toit ni eau courante, comme la *porcherie* où elle habitait à Arcuelamora avec son père *le gros* José et sa demi-sœur Josefa ! Et maintenant, Mme Diana Ximenos vient nous dire que « la » Marga a fait ça sous prétexte que la vie dans notre appartement sous tutelle ne convenait pas à ses besoins, et que son entourage familial est incapable d'assumer le soin, l'amour, la compréhension et l'empathie dont « la » Marga a besoin ? Je suis peut-être handicapée à 52 %, Excellence, mais je ne suis pas stupide, et ce que fait Mme Diana, c'est *noyer le poisson* et rejeter la faute sur nous. C'est essayer de cacher qu'elle a eu tort de ne pas prendre en considération les mesures éducatives d'accompagnement psychologique et social, comme les réunions d'entraide mutuelle œuvrant à l'intégration sexo-affective de « la » Marga. Tort de ne pas avoir demandé un deuxième avis médical, parce que pour n'importe quel professionnel du monde du handicap, ça *sauterait aux yeux* que la *big crise* de « la » Marga n'avait rien à voir avec nous ni avec l'appartement. Pour faire une *big crise* pareille, il faut être une personne avec un problème de santé mentale (en plus d'être handicapée à 66 %), ou plutôt, pour être exacte et conforme au jargon des professionnels du monde du handicap, disons que « la » Marga est un bon exemple de trouble du comportement, de comportement perturbé, d'altération comportementale ou de comportement problématique chez les handicapés. Pourquoi, au lieu de ça, Mme la psychiatre de l'hôpital de la Mer a dit que ce qu'avait « la » Marga, c'était une dépression « toute bête » qui se soigne au Tripteridol, « toute bête » comme celle de n'importe quel non-handicapé au chômage qui n'arrive pas à boucler ses fins de mois ou n'importe quel non-handicapé professeur dans le secondaire qui en a *plein le dos* de ses élèves ou n'importe quelle femme non handicapée de plus de cinquante-cinq ans dont les enfants sont partis et qui a le syndrome du nid vide ? Eh bien, je vais vous le dire, moi : parce que, en traitant « la » Marga comme ça, Mme la psychiatre a démontré qu'elle nous considérait, nous les handicapés, comme des citoyens de seconde zone, Votre Honneur. Parce qu'elle ne prend pas en compte nos particularités médicales, sociales, psychologiques, biologiques, affectives et communicationnelles. D'accord, tout le monde ne peut pas tout savoir, et puis les médecins se spécialisent chacun dans une spécialité [*sic*], *hein* ? Voilà jusqu'où on peut arriver quand on est handicapé à 52 % et qu'on a reçu les aides qu'il faut. Mais quand on est un bon professionnel et qu'on ignore quelque chose, ne devrait-on pas demander ? Pourquoi est-ce que Mme la psychiatre, devant le handicap de « la » Marga qui se voit *comme le nez au milieu de la figure*, ne s'est pas arrêtée, ne s'est pas levée de sa chaise et n'est pas sortie de sa salle de consultations pour traverser le couloir de l'étage psychiatrie de l'hôpital de la Mer et aller chercher un collègue spécialisé dans les altérations comportementales chez les handicapés ? Pas besoin de donner *votre langue au chat*, Votre Honneur, je vais vous le dire, moi : parce que Mme la psychiatre *enquille* les patients comme le marchant ambulant plonge ses churros dans l'huile bouillante, *non-stop*, vu que puisque la Sécurité sociale va *super mal* à cause des coupes budgétaires, si cette bonne dame ne fait pas du chiffre, elle risque de devoir manifester dans la rue avec les « marées blanches » qui défendent la santé publique pour essayer de changer les choses au lieu de rester *le cul vissé* à son fauteuil ergonomique jusqu'à ce que quelqu'un d'autre, un psychiatre plus jeune et qui a plus envie de travailler et de bien faire les choses, le lui prenne ; ou au moins, si elle n'est pas pour la régénération démocratique, on ne peut pas non plus l'y obliger, elle pourrait être plus modeste et dire « moi, cette fille, je ne la traite pas parce que je ne sais pas faire, même si je suis psychiatre et si j'ai trente-cinq mille diplômes accrochés au mur, moi, cette fille avec une *deux de tenserie* locomotrice et les genoux éraflés à force de baisser sa culotte, je ne sais pas la traiter ».

Mais ni l'un ni l'autre, Votre Honneur. Ni l'un ni l'autre, hélas. Une fois encore, les représentants de la vieille politique abandonnent un maillon faible de la société en se dédouanant de leur obligation de protection, ici l'obligation de sauvegarder l'intérêt suprême de la personne en situation d'incapacité ; parce que si vous avez déclaré « la » Marga en situation d'incapacité dès notre arrivée à Barcelone, c'était pour sauvegarder son intérêt suprême, à « la » Marga, pas le vôtre, le sien, parce que moi je pense que Votre Excellence est une juge de la nouvelle politique, si vous me permettez de donner mon avis. Votre Excellence n'est pas une juge de la caste qui ne défend que les intérêts de la caste. Votre Honneur, croyez-vous que je ne sache pas que vous prenez la peine de faire d'autres démarches en plus de celles que dicte la loi pour une autorisation de stérilisation ? Moi je suis très engagée dans le monde du handicap, Votre Honneur, c'est bien pour ça que je fais partie d'un groupe autogestionnaire. Je sais parfaitement que la loi n'oblige le juge qu'à lire les rapports de deux médecins, en plus de celui du procureur, et à analyser le cas particulier de la personne en situation d'incapacité, à savoir « la » Marga. Mais comme

« la » Marga ne se laisse pas analyser, eh bien, Votre Excellence, au lieu de vous dire « ah ! chouette, un *truc* de moins à faire », vous vous arrêtez et, *ni une ni deux*, vous appelez sa cousine Patricia Lama Guirao pour lui demander ce qu'elle en pense, comme on est en droit de l'attendre d'une professionnelle de la nouvelle politique qui ne traite pas les gens comme des numéros, d'autant plus quand ces gens-là sont vulnérables comme les mineurs ou les personnes en situation d'incapacité.

Votre Excellence, vous avez gagné notre confiance haut la main. Vous croyez vraiment qu'avant de les signer, je les lis, moi, ces papiers avec mes déclarations par écrit ? Pas un seul ! Je les signe *direct* parce que j'ai confiance en tout ce qui vient de Votre Éminence, au-delà du fait que je me demande comment vous pouvez penser que j'arriverais à lire ce tas de feuilles écrites en lettres minuscules, vu les *culs de bouteille* que je *me tape* et le mal de tête que ça me donne.

Donc, si Votre Excellence voit d'un bon œil ce que dit la tutrice de « la » Marga, que vous avez vous-même nommée dans le cadre d'une audience préalable en présence de la présumée incapable, de sa famille et du procureur, c'est-à-dire que cette nomination a été décidée avec toutes les garanties nécessaires et que c'est bien la *Generalitat* de Catalogne qui a été nommée tutrice de « la » Marga, autrement dit que ce tutorat n'incombait pas à un membre de sa famille ni à une fondation tutélaire qui aurait préféré garder pour elle les *trois sous* d'allocation de « la » Marga, tout ça pour la tenir enfermée à *Pétaouchnock*, ce qui est hélas notre pain quotidien à nous, les personnes déclarées incapables, et encore, attention, tous les incapables ne peuvent pas dire que leur tutrice, c'est la *Generalitat* de Catalogne ! Vous iriez comparer, vous, la tutelle d'un CRUDI en pleine *cambrousse* avec la tutelle de la *Generalitat*, avec tous ses moyens, ses ressources et sa tonne de fonctionnaires ? *Eh bah*, moi je dis que si la *Generalitat* l'a dit à Votre Honneur et que Votre Honneur estime que le mieux pour la personne sous tutelle répondant au nom de Margarita Guirao Guirao est de subir cette opération, *eh bah*, qu'est-ce que je peux vous dire moi, à part *banco* ? Parce que qu'est-ce qui nous dit, à nous, que si « la » Marga *baise* autant ce n'est pas parce qu'elle cherche à tomber enceinte, pas vrai ? Vous vous imaginez comme on serait tristes, à commencer par « la » Marga et par l'enfant, un enfant dysfonctionnel qui, comme dit le proverbe, reviendrait encore plus cher qu'un enfant stupide ! En même temps, vu comment elle *baise*, ma cousine, c'est bizarre qu'elle ne soit pas encore tombée enceinte. C'est peut-être un peu grâce à l'éducation sexuelle et parce qu'elle a appris à quoi ça servait, les *capotes* et la pilule. Ou alors elle est née comme ça, sans pouvoir faire d'enfants, comme les mules et les mulets. Et qui nous dit que, pareil que pour un croisement entre une jument et un âne, qui sont de deux espèces différentes et qui donnent une mule qui ne peut pas être fécondée ou un mulet qui ne peut pas féconder, le croisement entre *tatie* Emilia qui était presque aveugle et son cousin *le gros* José n'a pas donné une Margarita qui elle non plus ne peut pas être fécondée, parce que si ma tante n'avait pas été aveugle, qui d'autre serait allé coucher avec ce gros obèse [*sic*] de José Guirao ? Personne. C'est sans doute aussi pour ça que, un beau jour, « la » Emilia s'est rendu compte qu'elle appartenait à l'espèce humaine des handicapés sensoriels et que le père de sa fille appartenait à celle des obèses morbides, et que, aveugle ou pas, elle a *capté* et elle a quitté le village. On racontait que même si c'était un gros obèse [*sic*], « le » José était quelqu'un de bien parce que, en plus d'avoir chez lui une autre de ses filles, « la » Josefa dont on ne savait pas qui c'était sa mère à celle-là [*sic*], il s'est retrouvé aussi avec « la » Marga, qui devait alors avoir dans les huit ans, et j'imagine qu'à cet âge-là, même si elle n'avait pas encore été évaluée par l'équipe pluridisciplinaire de la MDPH, sa diversité intellectuelle à 66 % devait déjà se voir. Elle a eu la chance de ne pas s'être retrouvée avec une diversité *bigleuse* comme sa mère, ou obèse comme son père, même si elle a quand même des *bons cuissots*, des *gros nichons* et de la cellulite, enfin bon, ça, ce n'est pas vraiment de la diversité fonctionnelle. Alors peut-être que « la » Marga, comme je le disais à Votre Honneur, à part sa diversité intellectuelle à 66 %, a aussi une diversité de fécondité congénitale [*sic*]. Et peut-être que ce n'est même pas la peine de lui opérer la *zézette*, n'est-ce pas, Excellence ? Peut-être qu'en évaluant le degré de handicap de « la » Marga il y a vingt ans, les pluridisciplinaires de la MDPH sont passés à côté de sa diversité de fécondité, qu'ils sont passés à côté exprès, ou sans faire exprès, mais en tout cas en ne remplissant pas bien leur mission d'évaluation des besoins de compensation de la handicapée présumée, et en viciant par conséquent la détermination du type et du degré d'invalidité en rapport avec les bénéfices, les droits économiques et les services prévus par la législation, en ne faisant ainsi pas prévaloir l'intérêt supérieur de la personne présumément handicapée. Peut-être que ces pluridisciplinaires aussi faisaient partie de la caste, et que par leur mépris du bien commun ils ont attribué à « la » Marga un pourcentage plus bas que celui qu'elle aurait dû avoir, ce qui signifie concrètement une allocation plus basse et une orientation thérapeutique erronée, encourageant, plutôt que son intégration, comme nous le faisons, nous, sa famille et les professionnels de la nouvelle politique, en encourageant donc sa marginalisation, qui est le contraire de l'inclusion, le contraire du bien-être et le contraire de la démocratie.

Si ça me pose un problème que ma cousine Marga soit en réalité plus handicapée que ce qu'elle est ? Aucunement, Votre Honneur. Si ça nous dérange, moi, « la » Àngels ou « la » Nati d'aider encore plus « la » Marga en lui fournissant davantage de soutien en vue de son autonomie ? La réponse est non, Votre Éminence. Toutes les quatre, nous sommes notre seule famille. Nous avons prouvé que nous savons prendre soin les unes des autres et qu'habiter dans un appartement en colocation comme le font toutes les filles de notre âge est pour nous le meilleur moyen de nous diriger vers le principe de normalisation et d'intégration totale des personnes en situation de handicap intellectuel ou ayant une diversité fonctionnelle. Si « la » Marga se retrouve à 86 % au lieu de 66 % parce qu'elle ne peut pas tomber enceinte ? Eh bien, on prendra encore plus soin d'elle, Votre Honneur ! Et si à cause de son nouveau degré de handicap il faut faire venir une dame à la maison pour s'occuper d'elle ? Eh bien, qu'on le fasse, parce que plus son degré de handicap sera élevé, plus son allocation sera importante, et après elle pourra *se la payer* elle-même, son aide-soignante ! Et si on lui faisait passer un nouvel examen et qu'on s'apercevait que les gens de la MDPH n'étaient pas de la caste vu que « la » Marga n'est effectivement pas dans l'incapacité d'être fécondée et qu'il faut donc lui handicaper ou lui diversifier [*sic*] la *zézette* ? *Ben*, qu'on la lui handicape, sa *zézette*, qu'on la lui diversifie et après *retour à la baraque* avec 200 euros d'allocation en plus !

La juge des tutelles	La déclarante	Le sténographe/ transcripteur
Guadalupe Pinto	Patricia Lama	Javier López Mansilla

Ibrahim le pied-bot croyait que j'avais oublié sa question au sujet du porté qu'il voulait qu'on fasse ensemble, mais une bâtardiste au passé bovaristique n'élude jamais une question, pas même celles que l'on dit rhétoriques. De la même manière que pour le Cortázar de *Marelle* les idées générales n'existent pas, pour une bâtardiste au passé bovaristique, autrement dit dont l'enfance, l'adolescence et la prime jeunesse ont été faites des grands plaisirs misérables de la négociation, de la signature et de la résiliation de ces contrats d'achat-vente que sont les contrats de sexe-amour, avocate experte depuis la maternelle en droits et obligations liés au désir, et par conséquent prostituée depuis sa tendre enfance, pour une bâtardiste pourvue d'un tel bagage bovaristique, disais-je, il n'y a pas de questions rhétoriques : à tout, y compris à ce qui semble en apparence insoluble ou insensé ou stupide, l'on doit pouvoir répondre, dans le sens de donner une réponse ou dans le sens de réagir. Parfois il ne faut pas répondre aux questions mais y réagir, on doit interroger les fondements de la question, sa formulation, ce qui la motive, comme quand une militante catalaniste demande à une anarchiste si elle est pour ou contre l'indépendance de la Catalogne et que l'anarchiste lui répond que c'est un dilemme bourgeois qui ne la concerne pas. Elle n'est pas plus concernée par le dilemme : acheter un sac Dolce & Gabbana ou un sac Victorio & Lucchino, acheter un pavillon à Nerja ou une maison de campagne à Béjar. Cela ne la concerne pas, car la seule initiative qu'elle soutient concernant l'État ou n'importe laquelle de ses subdivisions territoriales, comme la communauté autonome de Catalogne, c'est sa destruction. La catalaniste insiste en embellissant sa question : « Une Catalogne indépendante, féministe, écologiste et ouvrière ; ou une Catalogne non indépendante, machiste, pro-corrida et pro-PP ? » L'anarchiste répond qu'elle ne partage pas cette grille de lecture au sujet de l'État, car l'État, en tant que modèle de contrôle du territoire et de la population depuis sa création au XVIIIe siècle, et ce jusqu'à nos jours, ne pourra jamais être féministe (au mieux, il sera paritaire), ni écologiste (au mieux, il sera subventionneur d'ONG environnementales), ni ouvrier (au mieux, il sera communiste), et qu'elle, l'anarchiste, ce qu'elle veut, c'est être aussi indépendante de l'Espagne que de la Catalogne. Alors elle se prépare déjà à la remarque typique de la catalaniste : « C'est marrant que, au final, les positions des espagnolistes et des anarchistes soient les mêmes. » Ce à quoi l'anarchiste répond : « C'est marrant que, au final, la catalaniste et l'espagnoliste élues au Parlement régional touchent exactement le même salaire. » « Sauf que les élus catalanistes de la Candidature d'unité populaire reversent les deux tiers de leurs 5 800 euros mensuels à l'organisation, ce que ne font pas les autres députés, ce qui permet à la Candidature d'unité populaire de s'autofinancer et de rester indépendante du secteur financier et des lobbys dont les autres partis sont esclaves. » L'anarchiste a déjà commencé à sourire : « Je ne partage pas non plus ta vision angélique des partis politiques qui ne font pas d'emprunts, pas plus que je ne crois à la différence entre le secteur privé financier et le secteur public partisan. Je crois, au contraire, que n'importe quel parti politique, que ce soit le tien ou celui d'Ada Colau ou de Pedro Sánchez, n'est qu'une entreprise destinée à produire des représentants politiques. » Et elles y passent ainsi l'après-midi : la catalaniste de la CUP à poser des questions, l'anarchiste à y réagir, pour finir par être traitée de réactionnaire et de fasciste par la première, à savoir les insultes utilisées par les réactionnaires et les fascistes contre tous ceux qui ne pensent pas comme eux. Ça, ça m'est arrivé à moi avec l'éduc-flic d'Ibrahim, le jour du débat sur les portés. Une chose en a entraîné une autre : car en fait, c'est la même idéologie qui sous-tend les portés, qui sous-tend les indépendantistes anticapitalistes et qui sous-tend le bovarisme. L'idéologie de la rhétorique ; l'idéologie de la domination par le discours.

Face à tout cela, nous bâtardistes estimons que les questions qui méritent le plus une réponse sont justement les questions stupides, insolubles et insensées, car nous, bâtardistes, cultivatrices du paradis à la maison, pensons que le critère définissant la possibilité, la résolution ou la réponse aux questions que nous nous posons doit être revu. Nous sommes virulemment antirhétoriques car nous savons que la rhétorique est le langage utilisé par le pouvoir pour distinguer le possible de l'impossible et créer ce que les puissants appellent la réalité afin de nous l'imposer. Ainsi, nous bâtardistes nous emparons des formules rhétoriques et les explosons, mais nous n'appelons pas un chat un chat (autre formule rhétorique), au contraire nous nous donnons la peine de montrer comment, tous les jours sans exception, un troupeau de chameaux passe par le chas d'une aiguille, et à chaque changement de saison, nous allons ramasser les feuilles des arbres caducs : billets vert tendre de 100 euros au printemps, mauve de 500 euros en été, jaune orangé de 200 euros en automne et gris perlé de 5 euros en hiver, et sachant que certains baisers et certaines caresses brûlent, nous bâtardistes avons toujours sur nous des pansements et de la pommade. Évidemment, nous bâtardistes sommes des artistes, créatures proches des dieux présocratiques qui parlaient la langue des prêtresses droguées, peut-être sommes-nous proches de ces prêtresses droguées, ou peut-être sommes-nous ces prêtresses droguées, méprisant la philosophie, c'est-à-dire l'écriture, c'est-à-dire la mort (tout le contraire d'une bovariste, amoureuse de la séduction par-dessus tout et craignant la mort par-dessus tout). Se peut-il donc qu'Ibrahim, le mec à la colonne vertébrale tordue, celui qui a une jambe plus longue que l'autre et les hanches déséquilibrées et qui marche avec un déambulateur, fasse un porté avec une danseuse ayant plus de vingt ans d'expérience ou se peut-il qu'une danseuse ayant plus de vingt ans d'expérience fasse un porté avec Ibrahim ?

Voici le sujet que j'ai soulevé pendant le cours de danse intégrée dans l'ancien cinéma quand j'ai dû danser avec lui. C'était le premier cours d'Ibrahim, il était venu bien habillé et bien rasé, avec du gel et une chemise, comme si c'était un entretien d'embauche. Il était arrivé avec la catalaniste avec laquelle je débattrais plus tard sur l'indépendance et l'État. Je ne la connaissais pas encore, mais ça se voyait d'ici que c'était une éduc-flic de la résidence où vivait Ibrahim, soupçon qui a ensuite été confirmé. Ça se voyait, premièrement, à sa dégaine d'indé pro-CUP, qui constitue l'uniforme de tous les diplômés en éducation spécialisée ou en service social de Barcelone nés après 1980 (chaussures de randonnée Quechua, sarouel, banane, quatre ou cinq piercings et unique dreadlock décorative). Deuxièmement, ça se voyait parce que c'était elle et pas Ibrahim qui était venue vers le prof pour le présenter et parler de lui, avec la main posée sur son épaule et un grand sourire, ce genre de sourires excessifs et injustifiés qui n'ont rien à voir avec le fait que la personne souriante aurait trouvé drôle quelque chose, ni qu'elle aurait aimé quelque chose ou aurait été touchée par quelque chose, mais qui viennent de la certitude de l'éduc-flic persuadée de faire le bien et de transformer en bonté, par son sourire, tout ce qui se trouve devant elle. Troisièmement, et en dernier lieu, ça se voyait parce qu'elle s'était assise sur une chaise en dehors du plateau, à côté des autres éduc-flics qui regardent les gens danser et plus particulièrement leur protégé. Elle était d'abord très attentive, parce qu'elle n'avait encore jamais vu de sa vie une meuf dont le corps s'arrêtait au niveau de la taille se déplacer comme un orang-outang avec ses bras surdéveloppés et en traînant ses seins par terre, ni un mec paralytique faire des dérapages en fauteuil roulant, ni une autre meuf dont tout le vocabulaire tenait en trois mots chanter et sillonner la salle en tournant en rond. Elle avait halluciné devant tant de nouveauté pendant les onze premières minutes, comme tous les autres flics, puis à partir de la douzième minute, elle avait appuyé sur le bouton *off* de ses cervicales et déverrouillé l'écran de son portable, avant de passer comme ça les cent dix minutes de cours restantes, montrant quelques signes d'ennui à la quarante-deuxième puis se roulant une cigarette avec ses petits filtres écolos marron et ses feuilles non blanchies.

— Ibra, qu'est-ce que tu fais là ?

— J'ai demandé où tu étais la semaine dernière au groupe d'entraide et on m'a dit que tu ne reviendrais peut-être pas parce que tu es une très bonne danseuse et que tu aimes danser beaucoup.

Ça faisait deux semaines que je n'avais pas vu Ibrahim et j'avais du mal à comprendre sa façon de parler sans que ses lèvres se touchent ; sa façon de parler gutturale et salivaire. Comme quand on passe du temps sans entendre une langue étrangère qu'on connaît et qu'on a étudiée. On identifie la langue, mais en n'isolant que quelques mots par-ci par-là.

— Désolée, Ibra, je ne suis pas sûre d'avoir compris si tu as dit que la semaine dernière on t'a raconté que je ne viendrais plus.

— Oui. C'est Laia qui me l'a dit.

— Yaya ? C'est qui, ça ?

— Non, Laia, la référente.

— Aaah, Laia Buedo, la psy ! C'est elle qui t'a dit que j'allais à ce cours-là ?

— Oui. Et elle m'a dit que moi aussi je pouvais venir essayer si je voulais.

— Essayer ce cours, tu as dit ?

— Oui.

— Bien sûr, en plus le cours d'essai est gratuit. Tu continues les réunions du mardi ?

— Oui. Parce que Laia dit que c'est très bien de combiner l'activité associative de l'entraide mutuelle avec l'activité créative de la danse, et aussi que si je m'inscrivais au nouveau club de lecture facile qu'ils sont en train de monter, j'aurais plus de chances d'avoir un appartement sous tutelle comme le tien.

— Eh ben, elle est gonflée, la mère Laia. – Quand j'ai dit ça, Ibrahim a rigolé en poussant un croassement que cette fois-ci j'ai reconnu et qui a été communicatif. Mon rire à moi est plutôt du genre râle.

— Elle a dit aussi que tu es une très bonne danseuse. – Je crois que c'est ce qu'il a dit, mais comme il rigolait en croassant, il était encore plus difficile à comprendre.

— Tu dis que je suis une bonne danseuse ?

— Très bonne !

— Très bonne, je ne sais pas, mais en tout cas, ce qui est sûr, c'est que je préfère danser comme un canard bourré plutôt que de me retaper les interrogatoires-coaching de la psy.

— Je ne sais pas ce que c'est, mais… – Ibrahim a encore croassé de rire, et son croassement a atteint ses épaules, qui ont tourné lentement. – … c'est plutôt moi qui danse comme un canard bourré !

— Le coaching, tu ne sais pas ce que c'est ? C'est une technique fasciste fondée sur l'esprit de dépassement de soi.

— Fasciste ?

— Facho, tu vois ?

— Aaaaah, facho comme les nazis et comme Franco ?

— Exactement. Et comme Ada Colau et comme Pedro Sánchez et comme Laia Buedo.

— La maire ?

— Elle-même.

— Aaaah.

— Bienvenue alors. Tu vas voir comment passer son après-midi à danser comme un canard bourré atténue un peu le merdier d'avoir à servir d'objet d'étude au marché éducatif et pharmaceutique.

— Je ne te comprends pas, Nati.

— Je dis que danser est un peu moins oppressif que de servir de cobaye à l'industrie de l'assistance sociale.

— Quelle industrie ?

— Les entreprises et les institutions publiques chargées de nous discipliner à coups de médicaments et de discours qui encensent la démocratie et l'égalité entre les citoyens, y compris le fameux discours du coaching dont on parlait.

— La discipline, comme les soldats à l'armée ?

— Exactement.

— Ça y est, j'ai compris.

Comme le prof a vu qu'on se connaissait et qu'on rigolait, Ibrahim et moi, il a suggéré qu'on se mette ensemble pour le premier exercice. Qui consistait à faire poids et contrepoids. Poids, ça voulait dire que je devais m'appuyer sur Ibrahim ou qu'Ibrahim devait s'appuyer sur moi ; et contrepoids, qu'on devait se soutenir l'un l'autre simultanément, en gardant tous les deux un équilibre entre tension et distension. Le prof a fait une démonstration grâce à une camarade en fauteuil roulant, un hyper-mastoc avec des super manettes pour la vitesse et les directions. Comme elle a très peu de sensibilité dans les bras et que c'est à peine si ses mains lui servent à actionner les commandes de son fauteuil, elle et le prof, un danseur aux extrémités fonctionnellement actives, devaient s'agripper ailleurs. D'une main, il a attrapé l'une des poignées de derrière qui servent à pousser le fauteuil, qu'elle a mis au point mort. Le prof a approché ses pieds de la roue correspondant à la poignée qu'il tenait, puis il s'est laissé tomber de tout son poids sur le côté. Il a tendu son bras libre, ouvert sa paume, et son corps a formé un triangle. Ça, c'était un poids : l'élève soutenait le professeur. Ensuite, ils ont fait un contrepoids. L'un en face de l'autre, à une distance d'à peu près un mètre, ils ont tous les deux penché le buste en avant jusqu'à ce que leurs fronts se touchent. Là où se rencontraient les têtes se situait la force et c'était ça le point de tension et de résolution : si l'un fléchissait, tous les deux seraient déséquilibrés, preuve irréfutable d'un contrepoids bien réalisé. Leurs corps formaient là aussi un triangle.

Ibrahim était sorti de son fauteuil roulant design, qui ressemblait plus à un tabouret de bar supersonique ; il l'avait garé à côté de son éduc-flic et il avait pris son déambulateur, un de ces affreux machins que la Sécu vous donne si vous mendiez suffisamment.

Le déambulateur crissait en se déplaçant et grinçait dès qu'Ibrahim ou moi essayions de l'attraper ailleurs que par les poignées, ou de nous appuyer ailleurs que sur le siège incorporé, et si on s'asseyait tous les deux en même temps le déambulateur gémissait comme un chien malade. Dansistiquement, cette musique était déjà intéressante en elle-même ; j'aimais bien l'exercice. Alors j'ai eu cette sensation qui m'arrive parfois : je me suis sentie bonne danseuse, découvreuse de possibilités d'action. C'est une drôle de sensation. Mais Ibrahim était inquiet, effrayé, un peu honteux, et je n'arrivais visiblement pas à lui transmettre assez d'assurance et d'amplitude. Il n'osait pas me toucher, et quand il le faisait, c'était mollement et avec la précaution excessive typique de quelqu'un qui n'a jamais ou très peu dansé, pas même à une fête de village ou en discothèque. Quand Ibrahim s'apprêtait à me toucher, soit il était pris d'un spasme et n'arrivait pas à aller au bout du contact, soit il me demandait pardon de m'avoir touchée à cause de son spasme. Le coup de demander pardon, c'est aussi typique de quelqu'un qui n'a pas l'habitude de danser ; on demande pardon pour un coup ou un pied écrasé, une chute ou un doigt dans l'œil, quand on tire des cheveux ou qu'on touche des seins, des parties génitales ou des fesses. Le temps de demander pardon, on cherche le regard de l'autre, ce qui provoque l'arrêt de la danse ou son ralentissement, et même quand le pardon a été accordé, on ne retrouve pas la vitesse ni l'intensité de la danse avant un bon moment, voire on ne les retrouve jamais, ce qui fait de la danse une caresse prodigieusement ennuyeuse. Nous qui sommes habitués à danser, nous ne demandons pardon qu'en cas d'accident grave, et nous n'arrêtons (ralentir, jamais) que si l'accidenté cesse lui-même de danser, et quand c'est vous l'accidenté, vous ne cessez de danser (ralentir, jamais) que si vous vous êtes fait très mal : le claquage tant redouté. Ceux qui n'ont pas l'habitude de danser demandent aussi pardon quand ils sentent qu'un pas ou un geste n'a pas été fluide ; ils demandent pardon pour ce qu'ils vivent comme une interruption de la qualité du mouvement, et ce même quand ils ne sont pas à l'origine de l'accident : en tirant sur son bras, je fais craquer les coutures de la chemise d'Ibrahim et il me demande pardon. Pardon de quoi ? D'être habillé ? Est-ce qu'ils se demandent aussi pardon à eux-mêmes d'oser danser, de faire cette chose interdite qui consiste à bouger sans aucune finalité ni la moindre utilité capitaliste ? Je l'ai pensé, mais je ne lui ai pas dit, parce que je me disais aussi que ce devait être le premier cours de danse de la vie d'Ibrahim, et peut-être même, à vingt-huit ans, la première fois qu'il dansait tout court.

Je répondais systématiquement aux pardons d'Ibrahim par « c'est pas grave » ou « y a pas de problème », jusqu'à ce qu'il y en ait tellement que je me suis contentée de « pas grave », puis j'ai fini par ne plus répondre du tout, intégrant sa litanie d'excuses à la musique qui sortait des haut-parleurs (il ne faut pas forcément suivre le rythme, parce que c'est surtout pour l'ambiance), mais aussi à la musique du déambulateur et à celle composée par nos respirations. À ma quatrième ou cinquième non-réponse, il a enfin commencé à se concentrer. J'ai pris mentalement note de cette stratégie anti-pardon.

Pendant les quinze minutes que durait l'exercice, nous sommes parvenus à ce que, assis sur son siège de déambulateur, Ibrahim entoure ma taille avec ses bras tandis que je me laissais aller en avant (un poids), et à nous prendre par le bras en mode commères de village, debout face au déambulateur en tenant chacun une poignée. Ni poids, ni contrepoids, ni rien du tout : c'était juste une figure symétrique. Je lui ai alors proposé, sans lâcher mon coude ni la poignée du déambulateur, de se laisser tomber sur le côté. Il n'a pas compris. Je lui ai répété; il ne comprenait toujours pas. Alors, avec mon corps, j'ai guidé le sien pour le mettre dans la bonne position. Mon toucher l'a tendu, il a trébuché et j'ai dû le retenir par les épaules pour qu'il ne tombe pas (un autre poids, bien qu'inattendu).

— Pardon, Nati.

— Non, c'est moi qui te demande pardon, Ibra. Je n'aurais pas dû manipuler ton corps sans te demander l'autorisation et sans que tu saches ce que j'allais te faire. Je suis vraiment désolée, ça ne se reproduira plus. Tu t'es fait mal?

— Non, non, t'inquiète.

— Pardon, mec. Je me suis comportée comme une facho control freak. Si l'exercice ne marche pas, eh bien, ça ne marche pas, et c'est pas grave. Et s'il marche, ça ne doit pas être à la condition de dominer le corps de l'autre. Je me suis comportée comme une merde, Ibra, je suis vraiment désolée.

— T'inquiète, Nati. J'aime bien danser avec toi.

— C'est très gentil, merci. – Moi, danser avec Ibrahim, ce n'est pas tellement que j'aime bien. Mais en même temps je ne suis pas complètement sûre de ce que bien aimer veut dire, et je ne suis pas complètement sûre non plus que la danse soit une affaire de goût.

Ensuite, on est passés aux portés; l'exercice à l'origine du débat. D'après le prof, un levé acrobatique (il ne dit jamais porté parce que ça lui évoque un ballet, ce que les danseurs de contemporain détestent, tant sur le plan esthétique qu'idéologique), c'est un poids en mouvement. Je partage sa définition : Lluís Cazorla a été fin sur ce coup-là. C'est une définition très brève, très simple, très claire, très efficace et que tout le monde a comprise. Ibrahim m'a rappelé la discussion sur les portés que j'avais lancée deux semaines plus tôt à la réunion d'entraide mutuelle et il m'a demandé si le prof y faisait référence. Je lui ai répondu que oui et ses yeux ont brillé.

— Les portés sexuels ? m'a-t-il demandé. – Alors là, ce sont mes yeux à moi qui ont brillé. Quelle joie de tomber sur quelqu'un qui retient les choses importantes !

— Parfois, ça peut devenir sexuel, mais pas toujours. En fait, Ibra, un porté qui procure du plaisir sexuel reste hautement improbable. Celui que je vous ai raconté l'autre jour, c'était de l'ordre du un sur mille.

— D'accord, d'accord.

On faisait des portés depuis plusieurs cours ; Cazorla devait sans doute faire une fixette sur le mouvement scénique. Les portés avec des personnes sans jambes peuvent être très beaux quand le boiteux ou le double boiteux renonce à son fauteuil roulant ou à sa fausse jambe. Par exemple, María, qui est amputée aux cuisses, peut mettre l'un de ses bras costauds entre mes jambes et plier le coude au niveau de mon périnée, de sorte que sa main, ouverte et ferme, se plaque sur mon ventre. Alors, María cale son épaule sous ma fesse et me soulève de quelques centimètres en me faisant faire de grandes enjambées sur les pointes, voire sautiller. Elle contrôle la vitesse et l'élévation de son épaule et, en prenant appui sur son autre méga-bras, elle se déplace, et moi avec. Ce porté-là, c'est vraiment un porté hyper-cool qu'on a réussi grâce à l'aide de Lluís Cazorla : un porté de basse altitude à l'exécution très précise.

Moi, je voulais me mettre avec María parce que, en fin de compte, si on va à un cours de danse, c'est pour voler ; seule ou accompagnée, mais voler. Ou alors avec Juli l'aveugle qui, sans doute grâce à sa conscience spéciale des hauteurs et de l'espace, a une façon psychédélique de voler et de faire voler. Ou alors avec la belle Rita, dont le fauteuil roulant est aussi léger qu'elle est agile et forte et sur lequel on peut tourner à toute vitesse à deux et après moi je jaillis d'un bond. Avec eux, ce n'est pas sexuel parce que les portés ne surgissent pas d'une improvisation (pour qu'on soit satisfaits, mon partenaire et moi, on doit faire beaucoup d'ajustements et répéter plein de fois), et ces portés-là ne sont pas comparables non plus à des baisers volés. Mais ils n'en sont pas moins des portés festifs ; de vrais petits banquets.

Cette fois-ci, j'étais donc avec Ibrahim. Comme les cours sont destinés à tous les niveaux, chacun fait ce qu'il peut et va jusqu'où il peut, mais tous les élèves réalisent le même exercice. Ce qui veut dire que quelqu'un sans bras arrive à étreindre et que quelqu'un sans jambes arrive à sauter. Un sourd peut suivre la musique et un aveugle imiter les mouvements d'un autre. À celui qui a une mémoire de poisson rouge et oublie le pas qu'il vient de faire, on propose d'inventer une chorégraphie. Et à celui qui est incapable de rester tranquille cinq secondes, de bouger uniquement le diaphragme en suivant juste la cadence de sa respiration. Par conséquent, Ibrahim et moi étions censés nous débrouiller pour faire des portés, peu importe ce que ça donnerait et selon notre interprétation personnelle de la définition de « poids en mouvement ».

— Doigt en mouvement, Nati : comme ce que tu nous

disais l'autre jour ! m'a dit Ibra, bien que je ne sois pas sûre d'avoir compris s'il avait dit doigt ou poids, donc je lui ai posé la question.

— Tu as dit poids ou doigt ?

— Poids. – J'aurais juré que cette fois il avait dit poids et pas doigt.

— Poids ?

— Oui. – J'avais l'impression qu'il me charriait.

— Très bien, alors faisons ça, lui ai-je répondu, piquée au vif par la blagounette mais motivée par sa détermination.

Je lui ai pris les mains et les ai retirées des poignées de son déambulateur (il s'y cramponnait, le gars), je me suis glissée dans le petit espace libre entre le déambulateur et Ibrahim puis j'ai remis ses mains sur les poignées : j'étais encerclée. Son front arrivait à hauteur de mon cou et mes seins à hauteur de son cou. Silencieusement mais en dialoguant par la respiration (celle d'Ibrahim, contenue, s'exhalait par sa bouche ; la mienne était lente et diaphragmatique), plusieurs longues secondes se sont ainsi écoulées. Autour de nous, les autres binômes tentaient diverses postures et prises, ils tombaient, renversaient leurs fauteuils et leurs déambulateurs, faisaient rouler leurs béquilles, se relevaient. María, ma partenaire habituelle, essayait de faire notre porté avec un jeune mec particulièrement gogol qui a un œil qui dit merde à l'autre et dont j'ai oublié le prénom ; mais le type éclatait de rire dès qu'elle passait le bras sur son périnée, et ça ne marchait pas du tout. Les parties génitales du mec devaient sans doute rester posées sur le poignet de María comme un petit nid sur une branche d'arbre. Lluís Cazorla passait de binôme en binôme pour suggérer des changements ou pointer ce qui fonctionnait, et il aidait parfois à réaliser les positions que les danseurs cherchaient à prendre en se mettant à la place de l'un pour que l'autre puisse voir de l'extérieur les possibilités et les limites de tel ou tel mouvement. L'éduc-flic avait le regard enfoncé dans les abysses de son portable. La musique d'ambiance de Cazorla était une chanson sexy-blues de Leonard Cohen.

Quand notre tour est venu, à Ibrahim et moi, Cazorla est venu observer notre immobilité aussi silencieusement que nous l'étions. Vu comme Ibrahim avait déjà du mal à supporter mon silence (alors que moi, je ne le regardais pas, même pas ses cheveux, la seule chose que j'avais dans mon champ de vision), le silence scrutateur de Lluís, scrutateur et lubrique, le silence du spectateur attendant d'être émerveillé par les interprètes, lui est devenu insupportable. Ibrahim a demandé vingt mille fois pardon avec sa prononciation rapide et nasillarde puis il a lâché une poignée du déambulateur : une invitation évidente à me faire sortir du creux et à m'éloigner.

— Inutile de demander pardon, il n'y a aucun problème, lui a dit Lluís. Tu t'appelles comment déjà ?

— Ibrahim.

— Il n'y a aucun problème, Ibrahim. La posture que vous avez choisie était un peu compliquée pour un levé acrobatique.

— Ah bon ? me suis-je étonnée.

— Oui, je pense, Nati. Si Ibrahim se tient comme ça au déambulateur, tu arriveras seulement à le soulever comme un sac à patates. Et toi, a-t-il ajouté en regardant Ibrahim, tu n'as presque aucune possibilité d'attraper Nati, elle ne pourra que s'agripper à ta taille ou ton cou et se laisser traîner.

— Donc ce ne seraient pas des poids en mouvement? ai-je demandé.

— En théorie si, mais vous ressembleriez surtout à deux magasiniers! – Ça a fait rire Ibrahim mais personnellement je ne voyais pas ce qu'il y avait de drôle. Qu'est-ce que ça peut faire si nos mouvements font magasinier? C'est marrant d'être magasinier? Est-ce qu'on ne serait pas en train de partir du principe qu'un magasinier ne saurait pas faire de portés? Dansistiquement parlant, il ne serait donc pas valable de ressembler à un magasinier alors que ça l'est de ressembler à un cygne? – Mais essayez, hein, tentez-le si vous en aviez envie. La position initiale, en face à face avec Nati dans le creux du déambulateur, c'était très joli. Pensez à la faire évoluer vers quelque chose de plus facile pour essayer de vous soulever.

— C'est difficile! a dit Ibrahim, plus détendu et souriant, ce que j'ai aussitôt interprété comme un symptôme de complicité machiste.

— Pas si difficile! – Et là, Lluís lui a tapé dans le dos, signe univoque de complicité machiste. Et moi alors? Je n'avais pas passé mon aprèm à toucher Ibrahim, peut-être? Pas assez visiblement pour qu'il me regarde droit dans les yeux comme il était en train de le faire avec Lluís. – Soyez patients, ça va marcher, vous verrez. Peu importe si ça donne de petits mouvements et des petits poids. Prendre le doigt de l'autre et le guider dans l'espace, c'est déjà un porté.

Lorsque Cazorla, avec son histoire de doigt dans l'espace, a interrompu l'observation de notre duo pour se diriger vers le binôme suivant, j'ai remis la question des portés sur le tapis :

— Lluís, excuse-moi. Tu peux revenir deux secondes ?

— Dis-moi. – Il est revenu vers nous.

— Mon camarade a raison : c'est difficile, les portés.

— N'essayez pas de faire trop compliqué. Vos corps ont de nombreuses possibilités d'action, il faut juste apprendre à les découvrir. Parfois, la simplicité, c'est ce qui marche le mieux.

— Il ne s'agit pas de ça, Lluís. Il s'agit du fondement de la proposition.

— Le fondement de la proposition ? Je ne comprends pas, Nati.

— La difficulté des portés réside dans la configuration même des concepts de porté et de possibilité d'exécution d'un porté.

— Précise un peu, a-t-il dit en s'approchant encore.

— Posons-nous la question apparemment simple qu'Ibrahim m'a posée il y a trois semaines. Ibrahim m'a demandé : « Nati, tu crois que moi je pourrais te faire un porté ou que toi tu pourrais m'en faire un ? » Qu'est-ce que tu lui aurais répondu, Lluís ?

— Je lui aurais répondu que bien sûr que oui, c'est à ça que sert ce cours.

— Forcément, qu'est-ce qu'un professeur de danse intégrée pourrait dire d'autre ? Eh bien, personnellement, je crois que bien sûr que non. – Quand j'ai dit ça, Cazorla a changé de tête. Il a regardé autour de lui en évaluant le nombre de binômes qu'il lui restait à observer, tiraillé entre continuer à me parler ou continuer à faire son travail. J'ai repris : Compliquons un peu cette question si simple en apparence à laquelle tu m'as répondu sans hésiter. Ibrahim peut-il, avec sa colonne vertébrale tordue, sa jambe plus longue que l'autre, ses hanches déséquilibrées et son déambulateur, me faire un porté à moi, danseuse avec plus de vingt ans d'expérience, ou puis-je, moi, danseuse avec plus de vingt ans d'expérience, faire un porté à Ibrahim ?

Toutes les alarmes idéologiques de la salle se sont aussitôt allumées. La durée habituelle de l'exercice était écoulée, et les élèves, en demande d'une nouvelle activité de la part du professeur, ont commencé à venir vers Ibrahim, Lluís et moi. L'un d'eux m'ayant entendue a murmuré « péteuse » ou « élitiste », remarques que je n'ai pas relevées, attentive avant tout au visage de Cazorla, où se lisait le calcul entrepreneurial suivant : un élève paye 35 euros par mois ou 10 euros par cours. Lluís Cazorla est malin, et même si ce n'est pas forcément son cas, ses élèves, eux, sont platoniciens, cartésiens, libéraux, et font clairement la différence entre corps et esprit, entre pensée et action, et par conséquent entre un discours sur la danse et le fait de danser, estimant qu'un discours sur la danse n'a rien à faire dans un cours de danse, où les gens viennent bouger leur corps, entendu comme distinct de l'esprit. Ainsi donc, s'occuper d'une sollicitation discursive et non dansistique d'une élève suppose de cesser de s'occuper dansistiquement des quinze autres élèves. Vaut-il mieux s'assurer de la fidélité de cette élève-là ou risquer de perdre celle des quinze autres ? Le calcul est évident mais, comme je le disais, Cazorla est malin, ce qui signifie qu'il est capable de voir plus loin que le bout de son nez. Or cette transcendance de l'évidence se lisait sur son visage. Devait-il lancer un débat sur la danse afin de clarifier son point de vue, ce qui lui permettrait ainsi de se réaffirmer devant les quinze élèves non critiques, au risque d'arrêter le cours aux sens platonicien, cartésien et libéral du terme? Dans une conception rhétorique, c'est-à-dire compétitive et démonstrative, du langage, Cazorla envisageait la possibilité de sortir renforcé de la discussion, et par conséquent que j'en sorte personnellement affaiblie, douce comme un agneau et un peu moins encline à casser les couilles. Mais Lluís Cazorla pouvait-il être certain que les quinze élèves partageraient son point de vue? Comment être certain que ne s'élèverait aucune voix dissonante, y compris dans ces rangs cartésiens; dissonante, peut-être au point de ne plus vouloir revenir à ses cours? N'était-il pas plus intelligent de renoncer à livrer bataille, renoncer à prendre parti, rester bien rangé dans le porte-parapluies de l'ambiguïté, ce porte-parapluies de la bonne ambiance dans lequel tiennent tous les élèves et leurs 35 euros mensuels? Notre Cazorla mutique se dépêtrant de ce calcul, j'ai répondu moi-même à la question à laquelle il n'avait pas répondu :

— Une bovariste dirait que oui, Ibrahim et la danseuse expérimentée peuvent se porter réciproquement, car de la volonté naît l'aptitude, or de l'aptitude à la beauté, objectif absolu et réactionnaire du bovarisme, il n'y a qu'un ou deux pas. En revanche, une bâtardiste dirait que…

— Excuse-moi, Nati, m'a interrompu Lluís, mais je n'ai pas compris, tu as dit bovariste? En tout cas, moi je ne sais pas ce que c'est et j'aimerais bien le savoir pour pouvoir te comprendre. Et je ne suis pas sûr non plus d'avoir compris ce que tu viens de dire, bâtardiste, ça non plus je ne sais pas ce que c'est, et pareil, j'aimerais bien le savoir pour te comprendre, d'accord ? – Le prof s'embrouillait, lui qui est pourtant toujours si sûr de lui. Voilà ce qui arrive quand on conçoit le dialogue comme un instrument de soumission et non comme un moyen d'atteindre la vérité et qu'on passe son temps à fomenter des stratégies discursives pour abattre le locuteur rival ; forcément qu'on devient nerveux.

— Tu vas comprendre tout de suite, Lluís, laisse-moi finir de t'expliquer, ai-je répondu, compréhensive, en valorisant ses efforts pour sortir du combat et rejoindre la parole véritable.

— D'accord, a-t-il accepté, puis il a levé ses paumes comme Tina Johanes quand je lui avais dit que je n'enlèverais pas mes chaussettes parce que j'avais une ampoule.

— Bâtardiste, ça vient de bâtard, non ? Et bovariste, ça vient de bobard, non ? a demandé Andrea, une toute petite avec le crâne bombé qui arrive super bien à bloquer et débloquer sa roue de fauteuil pendant qu'elle danse.

— Exactement ! me suis-je enthousiasmée. – Je me disais bien que ces gens n'étaient pas tous des lettrés rances. – Et bovariste vient aussi d'un roman-feuilleton très connu écrit il y a cent cinquante ans, qui s'appelle *Madame Bovary* et qui parle d'une femme et de deux gros machos qui lui font plein de machisteries.

— Un feuilleton comme à la télé ? a demandé Ibrahim.

— Non, un feuilleton en livre. Pareil qu'à la télé mais dans un livre. Même s'il y a aussi un film.

Le cours s'était complètement arrêté et la plupart des élèves nous écoutaient, en cercle autour de nous. D'autres, minoritaires, étaient juste venus jeter un œil et, ce qui se passait ne les intéressant pas, ils étaient retournés vaquer à leurs occupations, se raconter leur vie ou se ruer sur leur portable. Celui qui, d'après moi, est le meilleur danseur de notre cours, le longiligne et taiseux Bruno, continuait de danser. Il danse toujours sur une musique qu'il est le seul à entendre, et peu importe l'exercice donné par Lluís et le morceau qui passe, Bruno finit toujours par se concentrer sur cette danse exclusive et bien à lui, faite de tours sur un pied, puis l'autre, le tout sur un rythme de culbuto, les bras un peu en croix mais pas crispés, des bras comme des ailes qui ne lui servent pas à donner de l'élan mais à ralentir, à éviter d'attraper la nausée en tournant. Quand il danse, il se touche le visage comme s'il s'étudiait lui-même : geste profondément concentré qui ne stoppe pas sa danse pour autant ; ou un geste qui consiste à se sourire, parfois en allongeant le cou vers le haut et en remuant les lèvres sans rien dire, ou en disant quelque chose d'inaudible, et d'autres fois, probablement parce qu'il a quand même la nausée, à freiner peu à peu en penchant son buste vers l'avant, les jambes complètement tendues, ou en descendant presque jusqu'au grand écart parfait. Autant d'étirements profonds qui font partie de sa danse et sur lesquels il s'attarde pour un temps indéterminé, en fonction du plaisir qu'ils lui procurent, avant de finir par retrouver sa verticalité, son auto-investigation et ses tours. C'est pour ça que Bruno est le meilleur danseur de notre cours : non seulement il danse par plaisir, mais vu de l'extérieur ce plaisir filé fait frissonner et obsède.

Donc Bruno était à l'écart dans ces deux cents mètres carrés de salle et il dansait seul sans exercice de poids, de contrepoids ou de portés pour l'entraver, et sans musique qui vienne interférer avec sa musique intérieure. Cazorla l'avait éteinte car, d'après ses calculs de free-lance, il avait conclu qu'en arrêtant de danser pour débattre avec moi, il rentrait quand même dans ses frais.

— Comme je te disais, Lluís, une bovariste dirait que oui alors qu'une bâtardiste dirait que non, Ibrahim ne peut pas, ni en tant que porteur ni en tant que porté. Il ne peut pas prendre ou être pris, soulever ou être soulevé, déplacer dans l'espace ou être déplacé, reposer par terre ou être reposé par terre sans danger ou avec un danger relatif, et tout cela avec fluidité, c'est-à-dire avec peu d'effort, ce qui est l'ingrédient fondamental du plaisir et éventuellement de la beauté ; beauté qui pour le bâtardisme n'est autre que le plaisir politisé, à savoir un plaisir chargé de sens émancipateur. Tout l'inverse du bovarysme, qui envisage le plaisir en tant que soumission aux désirs de l'autre : c'est pour cette raison que les bovaristes adorent jouer les dominatrices, ce paradoxe sado-maso où celui qui joue le rôle de l'esclave est en réalité le maître, car dans ce contrat de sexe-amour la fausse maîtresse dose la violence, de même que la hauteur de ses talons ou la dentelle de sa lingerie ou la qualité de ses accessoires en cuir, en fonction des demandes du faux esclave et véritable maître. – Nombre de mes camarades bipèdes s'étaient assis par terre et les non-bipèdes avaient récupéré leur fauteuil roulant ou leurs béquilles. Ibrahim s'était installé sur son siège de déambulateur. Par politesse, je ne me suis pas assise avant que Lluís l'ait fait. Il s'est posé tranquillement, j'en ai profité pour croiser alternativement une jambe sur l'autre en penchant le buste en avant. C'est mon étirement préféré, les ischio-jambiers : quand je les tends, j'ai comme un petit mordillage de plaisir à l'arrière des cuisses. J'ai continué de parler, le cou tendu comme une tortue :

— Dans vos cours de danse intégrée, vous, les profs, vous parlez de danseurs bipèdes et de danseurs non bipèdes. Moi je suis bipède, mais pas Ibrahim puisqu'il a besoin d'un déambulateur ou d'un fauteuil roulant pour se déplacer dans l'espace de façon socialement acceptable, autrement dit pour que ça ressemble au maximum à une position debout. La bipédie en danse intégrée se réfère à la fonctionnalité des jambes, pas à leur simple existence. Si Ibrahim, qui a toujours ses deux jambes, n'utilisait pas de déambulateur ni de fauteuil roulant, il devrait ramper pour se déplacer. Des portés, clairement, Ibrahim ne peut pas en faire. – La répétition du nom d'Ibrahim dans son oreille de vigile a dû enclencher le bouton *on* de ses cervicales : l'éduc-flic a soudain levé ses yeux de son portable. – Pas plus qu'il ne peut respecter les conditions de fluidité et de sécurité de la danse occidentale bipède, ni qu'il ne parviendra par leur truchement à l'émancipatrice beauté bâtardiste, sans même parler de beauté bovaristique réactionnaire. À quoi pense un esprit rhétorique bovaristique (donc un esprit démocratique, donc un esprit fasciste) en affirmant qu'Ibrahim peut faire des portés ? – L'intelligence organique du bataillon d'éducs-flics, à savoir le corporatisme, a poussé ses collègues à lever également les yeux de leurs portables et même à se regarder entre eux. – Eh bien, il pense ni plus ni moins qu'Ibrahim peut imiter les portés bipèdes. Qu'il peut mettre son corps tordu au service des mouvements limpides de la danse bipède, afin de démontrer que la danse n'appartient pas seulement aux corps correspondant aux canons et revendiquer que s'il y a volonté d'imitation, la beauté est aussi dans les corps contractés. Alors l'esprit démocratique a en tête une autre forme d'esprit : l'esprit de dépassement, répondant à l'axiome d'une formule fasciste, ancienne mais pas moins vivace : se dépasser, c'est oublier ce qu'on est pour devenir quelqu'un d'autre. – Houlà, qu'est-ce qui se passe ? Qu'est-ce qu'il faut faire ? s'interroge du regard la horde d'éducs-flics ; un regard cillant et ébloui parce que en train de s'habituer à la lumière blanche de la salle après son long séjour dans la pénombre des pixels. – Il est désirable de devenir cet autre, car cet autre est mieux que moi. L'esprit de dépassement existe là où il y a des modèles à suivre, c'est-à-dire de la hiérarchie, c'est-à-dire le désir de domination d'un individu sur un autre. L'esprit de dépassement est un slogan fabriqué par le service marketing du darwinisme social pour nous faire croire à l'effort comme vecteur de bonheur et, dans le cas précis qui nous occupe, faire croire à Ibrahim que s'il s'efforce de faire un porté bipède occidental, même s'il n'y arrivera jamais, ça en aura valu la peine (bonjour l'angoisse, cette expression !) juste parce qu'il en a fait l'effort. – Depuis leur siège, les éducs-flics évaluent s'ils doivent intervenir et s'intéresser à cette interruption du cours, voire rétablir l'ordre dansistique, ou s'ils doivent, tel que dicté par les ordres de leur hiérarchie, permettre à leurs protégés, pour la plupart membres de groupes autogestionnaires, d'affronter eux-mêmes cette circonstance imprévue propre à la vie en société, ces mêmes éducs-flics évitant les attitudes paternalistes, privilégiant ainsi l'autonomie individuelle de leurs protégés dans sa dimension collective et n'intervenant que si la situation devient ostensiblement ingérable. – Pour ceux qui croient au dépassement, c'est-à-dire à l'accumulation, c'est-à-dire au progrès, ce qui est réalisé sans effort, facilement, a moins de valeur, voire aucune, or c'est à partir de cette échelle de valeurs que l'on assoit la hiérarchie susmentionnée et que l'on justifie la domination des uns sur les autres susmentionnés. Qu'est-ce qui a le plus de valeur : un bisou conquis après trois semaines de flirt ou une baise imprévue entre deux inconnus ? Non seulement on nous rabâche que, de l'effort en tant que valeur ajoutée dépend une meilleure qualité des choses, mais on ose nous dire qu'un baiser d'amour courtois est plus savoureux qu'un baiser sentant l'alcool et la cigarette ! Qui donc a le plus de valeur ? Celle qui gagne à la loterie ou celle qui se lève tous les matins à 6 heures ? Celle qui se lève tous les matins à 6 heures ou celle qui vit des allocations et fait les poubelles ? Celle qui décroche la moyenne à un examen en ayant révisé la veille ou celle qui a 15 en ayant bachoté deux semaines ? Ibrahim a-t-il plus de valeur s'il se déplace sur scène en rampant ou en étant posté sur l'avant-scène sans déambulateur, en équilibre sur ses bras tendus jusque-là où il peut, autrement dit pas très loin, avec un résultat du genre pinces de crabe ? Ibrahim a-t-il plus de valeur s'il se déplace sur scène en rampant ou s'il reste confortablement assis dans son fauteuil roulant en bougeant la tête au rythme de la musique ? – L'éduc d'Ibrahim s'est mise à trouver qu'on parlait un peu trop de son éduqué sans que ce dernier fasse collectivement usage de son autonomie individuelle en répondant lui-même aux sollicitations le concernant. En effet, à côté de moi, Ibrahim écoutait attentivement sans dire un mot. L'éducatrice, son portable dans la main avec l'écran noir en veille, tel un bandit avançant l'arme au poing face au danger, a quitté son poste de gardienne en dehors du plateau pour pénétrer dans la surface blanche avec ses chaussures de randonnée du dimanche, se sachant protégée par l'arrière-garde des éducs-flics, lesquels, sans besoin de se parler, lui avaient clairement fait part de leur soutien si d'aventure elle avait besoin de renforts. – Comme personnellement je ne crois ni au progrès ni à l'effort et que je les combats nuit et jour, et comme personnellement je crois en l'écoute attentive des pulsions ainsi qu'en leur alliance avec les pulsions des autres en tant que moteurs de la vie, je ne serai personnellement pas complice d'un acte de dépassement fasciste en essayant d'agiter Ibrahim dans les airs alors qu'au mieux, ce que je peux faire, c'est le bercer vaguement, pas plus que je ne laisserai Ibrahim essayer de me soulever par les hanches en exagérant mon mouvement pour faire comme si c'était lui qui me portait. Personnellement, tant que je serai la partenaire d'Ibrahim, je renoncerai aux portés ainsi qu'à toute figure de danse classique ou contemporaine impliquant une habileté ou une rapidité bipèdes, et ce parce que dans une perspective bâtardiste, à savoir dans l'optique d'un horizon émancipateur, Ibrahim ne devrait pas danser en s'adaptant à un quelconque modèle de mouvements préétabli, et encore moins un modèle mû par un idéal réactionnaire de fluidité, de sécurité et de beauté. Personnellement, en tant que partenaire d'Ibrahim, je refuse de me soumettre à ces diktats de la danse occidentale étant donné qu'ils impliquent la subsomption des possibilités de mouvement de mon camarade aux mouvements de la bipédie, classe sociale privilégiée à laquelle j'appartiens. – L'éducatrice s'est approchée du groupe de danseurs, tout en restant un peu à l'écart. Pendant mon discours, je l'avais déjà dans mon champ de vision dès que je regardais cette partie-là de mon auditoire, mais vu son attitude scrupuleusement silencieuse, scrupuleusement menaçante et scrupuleusement jugeante à ce moment-là, j'ai changé de position, j'ai arrêté de parler, je me suis étiré les ischio-jambiers et je me suis relevée d'un coup. Ses yeux se sont alors retrouvés à hauteur des miens, ce qui a aussitôt désengourdi mes portillons et les a mis sur leurs gardes, encore rangés derrière mon visage, invisibles mais prêts. – Donc je renonce à tous mes privilèges de bipède pour danser avec Ibrahim. Je refuse de cautionner la stylisation des mouvements de mon camarade. Je refuse de voir Ibrahim essayer de lisser l'intensité des saccades de ses spasmes au nom de la fluidité, je refuse de servir de béquille à sa verticalité précaire au nom de la sécurité, je refuse de façonner une harmonie gestuelle entre Ibrahim et moi impliquant de gommer ses spasmes au nom de la beauté. Parce que, et au bout de cinq cours je commence à m'en rendre compte, il semble que ce soit en ça que consiste la danse intégrée : intégrer les corps et les esprits non normalisés au système régissant les corps et les esprits normaux, autrement dit respectueux des normes. – Lluís Cazorla non plus ne disait rien, mais son silence n'était pas celui du chasseur attendant le moment opportun pour tirer ; c'était plutôt le silence du public devant un spectacle, attentif et prédisposé à la surprise. Quant à celui de mes camarades, quel silence était-ce ? En tout cas, pas un silence total, parce qu'il y en avait certains qui soufflaient et murmuraient des choses, donc qui avaient envie de parler, d'exprimer leur désaccord, de nuancer ou d'affirmer, or les danseurs ne parlaient pas, ce qui signifie qu'ils étaient silencieux, certes, mais surtout qu'ils se taisaient et réprimaient par conséquent leur propre parole. – Voilà le but de la stylisation : la normalisation. Telle est la signification du trident dansistique « fluidité, sécurité, beauté » : la normalisation. Et voici ce que veut dire se dépasser : se normaliser. Devenir citoyen, devenir identique. L'esprit de dépassement (il n'y a pas de mots plus sibyllins !) n'est autre que l'esprit de normalisation. Cesse d'être qui tu es pour devenir un médiocre de plus. L'esprit de dépassement est l'esprit de la médiocrité. Et qu'est-ce qu'un médiocre ? Ce n'est pas le coureur classé vingt-neuvième, non. Celui-là est peut-être un mauvais coureur, tout simplement. Le médiocre est celui qui gagne la course et qui sur le podium dédie sa victoire à la banque ou à la société pétrolière qui l'a financé. La médiocrité, c'est ce qui est inoffensif. La médiocrité, c'est Rihanna, superstar de la pop mais battue à répétition par son mec. Le génie, c'est la femme au foyer qui sert sa tortilla de pommes de terre et qui ensuite abat la poêle sur la tête de son mari. La médiocrité, c'est ce qui n'est pas politisé, c'est ce qui est intégré, et par conséquent, la médiocrité, c'est la danse intégrée. – J'ai fait une pause en attendant qu'on me réponde mais je n'ai rencontré que des regards détournés, y compris ceux de Cazorla et d'Ibrahim. Ça faisait un bon moment que l'oreille de Juli l'aveugle se reposait, dirigée dans la direction opposée au torrent de ma voix. Juli a d'ailleurs fini par se lever, il a trouvé sa canne en tâtonnant sur les murs et il est parti. Le bataillon d'éducateurs s'était mobilisé, aidant leurs éduqués qui avaient quitté le cercle à se rhabiller. Pourtant je sais très bien que le silence n'est qu'une recette postmoderne pour neutraliser les conflits ; je sais très bien que je venais simplement d'assister à une énième démonstration pratique de la théorie de la spirale du silence, et que les autres, en se taisant, cherchaient à me faire taire pour qu'on puisse tous vivre dans le monde merveilleux du sois beau et tais-toi ; je sais très bien que le discours hégémonique est plus fort lorsque personne ne daigne vous adresser la parole. Malgré tout, le silence de ces camarades chez qui j'avais vu tant d'intelligence dans les danses brisées m'a fait l'effet d'une douche glacée, surtout celui de María, qui a profité de cette pause pour partir elle aussi. Seule l'éduc-flic d'Ibrahim est intervenue :

— Je trouve ta critique très intéressante. Tu as dit que tu t'appelais comment déjà ?

Tous les visages se sont tournés vers elle, de nouveau attentifs. Le son d'une voix autre que la mienne après ce monologue avait dû leur faire un effet bœuf car il a stoppé la progression circulaire de la spirale du silence. Ce son faisait naître une frontalité, une dialectique.

— Je ne l'ai pas dit.

— Ah bon ? Je croyais.

— Eh bien non. – Mécanisme portillonesque enclenché, engrenages qui commencent à tourner.

— D'accord, désolée. J'ai dû entendre le prof le dire, c'est pour ça. Comment tu t'appelles ?

— Natividad.

— Enchantée, Natividad. Moi, je m'appelle Rosa. Je disais que ta critique était très intéressante. C'est très bien d'exprimer ce qu'on pense sur ce qui ne va pas et de le partager avec tout le monde. – Portillons qui glissent sur leurs rails et démarrent leur transit facial. – Mais je voudrais te poser une question qui m'est venue en t'écoutant, ça ne t'ennuie pas ? – L'amabilité extrême, non nécessaire et infantilisante typique du pouvoir. Portillons refermés.

— Ça ne m'ennuie pas du tout, je t'écoute.

— Eh bien, je me demande si ta critique, là, ce ne serait pas tout simplement parce que tu ne veux pas danser avec Ibrahim.

— C'est ça, la question ? Si ma critique est une excuse pour ne pas danser avec Ibrahim ?

— C'est ce que je te demande, oui.

— Alors écoute : non. Mais ce qui me fait encore plus halluciner, c'est que ta question soit motivée par absolument rien de ce que j'ai dit. – Lluís Cazorla a amorcé un subtil mouvement pacificateur que j'ai stoppé par un non moins subtil mouvement de la main, puis j'ai poursuivi : Ce qui est à l'origine de ta question, c'est le soupçon que tout ce que je dis depuis une heure n'est que pure simulation. Tu m'accuses de rhétorique, alors que la première chose que j'ai dite quand j'ai commencé à parler, c'est que je suis farouchement antirhétorique. À supposer bien sûr que tu m'aies vraiment écoutée, vu que tu es là assise à regarder ton téléphone depuis 17 heures.

Mes camarades, y compris Cazorla, ont souri et regardé l'éducatrice en attendant une réponse à la hauteur du tacle. Sauf Ibrahim, qui tanguait. Sur son visage, il y avait la même componction que lorsqu'il me demandait mille fois pardon pendant l'exercice des poids et contrepoids, comme s'il se sentait coupable ou honteux que son nom soit au cœur du débat.

— Tu as raison, je n'ai pas écouté tout ce que tu as dit, et je te demande pardon. Mais tu ne me feras pas dire que je t'ai accusée de simuler. – Je me suis rappelé la sagace expression de ma mère : Elle n'a pas inventé la machine à courber les bananes. – Si tu ne veux pas danser avec Ibrahim, pourquoi tu ne le dis pas ouvertement, comme tout le reste ? – Nouveau mouvement pacificateur de Lluís Cazorla, adressé cette fois-ci à l'éduc-flic sous forme de regard désapprobateur, mais repoussé par une main lui faisant signe d'attendre.

— Reconnais au moins que tu n'as pas écouté les trois quarts de ce que j'ai expliqué. Tout ce que je dis, moi, je le dis ouvertement, absolument tout, parce que ça fait partie du processus émancipateur bâtardiste, auquel tu n'as sûrement rien compris puisque tu étais sur ton téléphone.

— Je le reconnais. J'étais sur mon téléphone pour le travail. – Là, je ne vous raconte pas le fou rire intérieur que je me suis tapé, mais sans rien extérioriser, pas plus que je n'avais extériorisé « Elle n'a pas inventé la machine à courber les bananes », parce que si vous commencez à rigoler sur les éducs-flics, vous pouvez mettre votre argumentation à la poubelle : le rire les vexe à mort, ça sape leur autorité pire que n'importe quelle insulte, c'est pire que de les traiter de tortionnaires, pire que de les traiter de fascistes. Et alors là, ils n'écoutent plus et ils vous tombent dessus direct. Or moi je voulais que cette fachotte continue de m'écouter.

— D'accord. Profitons donc du fait que tu as fini de travailler et que tu peux être attentive. Jusqu'à présent, je formulais la critique de l'état de la question, mais vient maintenant la partie propositionnelle, l'alternative à l'indigence que je vous ai présentée, après laquelle tu n'auras plus aucun doute quant au fait que, si si, je veux danser avec Ibrahim.

Je me suis rapprochée de lui et, sans vraiment reculer, il a bougé comme si ma proximité l'incommodait, à la manière des canaris qui s'excitent dès qu'on glisse un doigt entre les barreaux. Tels les enfants que leurs parents frappent le soir quand ils ont passé une sale journée au boulot, Ibrahim craignait-il des représailles de son éduc-flic ? D'autant que c'était son premier cours de danse et qu'il avait tellement insisté pour venir. Les représailles pouvaient-elles consister à ne plus jamais l'autoriser à revenir et à le traîner de force aux réunions d'entraide mutuelle ? Envisager cette possibilité m'a fait reprendre mon exposé avec encore plus de véhémence, encore plus de désir de me rendre digne de la confiance d'Ibrahim :

— Les choses étant ce qu'elles sont, au stade où nous en sommes, mon partenaire et moi devons prendre une décision. Soit arrêter ces cours de danse, ce qui serait ma deuxième défaite face au dansofascisme en moins d'un an, après mon expulsion de la GAPABA. Soit combattre cette fachodanse intégrée en pratiquant la danse désintégrée. J'encourage Ibrahim à faire ce second choix, car c'est l'un des chemins qui mènent à la liberté. Contre la stylisation, je propose à mon partenaire la dépravation. Contre le dépassement, l'abjection, et contre l'esprit de dépassement, l'esprit de fornication. Contre la fluidité que des années de danse m'ont imposée, je propose de me rapprocher de la brouillonnerie d'Ibrahim. Contre la sécurité, que par ailleurs je pourrais garantir pour moi-même et pour Ibrahim grâce à ma constitution physique et ma conscience corporelle, je me propose d'assumer le risque de chute et de blessure qu'implique le fait de bouger avec l'atonie musculaire et la méconnaissance anatomique d'Ibrahim. Contre la beauté qu'il m'est possible d'atteindre par certains mouvements, et ce même en restant sans bouger dans une posture particulière et dans une tenue particulière, voire nue, je veux laisser couler ma bave comme Ibrahim, je veux me pisser dessus comme Ibrahim et sentir la pisse comme lui, je veux avoir la bouche de travers, les jambes arquées, les poignets et les doigts contractés, je veux répugner les fascistodémocrates normalisés qui m'entourent comme Ibrahim les répugne. Je demande à Ibrahim qu'il m'apprenne et je lui propose d'approfondir cette répugnance qu'il a toujours suscitée autour de lui et qui l'a toujours fait souffrir. Face aux assauts du pouvoir, il ne faut ni plier ni déprimer : il faut se radicaliser. Nous devons réussir à leur répugner au point qu'ils ne pensent plus à nous soumettre à l'esprit de dépassement, jusqu'à ce que cette répugnance que nous éveillons chez les normalisés cesse d'être de la condescendance pour devenir de la peur, devenir du dégoût, devenir insupportable.

J'ai fini de parler et Lluís Cazorla a attendu quelques secondes une potentielle répartie. Mais puisque aucune ne venait, il nous a demandé de ramasser nos affaires parce que ça faisait vingt minutes qu'on avait dépassé l'heure et que d'autres gens avaient besoin de la salle. Ibrahim, soulagé, a clopiné avec son déambulateur jusqu'à son fauteuil roulant et il est allé se réfugier dans les jupons de son éduc-flic.

En remettant mes chaussures, je me sentais mal. L'éduc-flic, avec Ibrahim sur les talons, fâchée mais déterminée car vivant sans doute cette proximité avec son éduqué comme une victoire, est venue me voir en disant que je devrais avoir honte d'avoir dit ces atrocités sur Ibrahim, que non non non je n'allais pas l'embobiner, que mon problème c'était que je ne voulais pas danser avec Ibrahim, que je ne cherchais qu'à attirer l'attention sur moi et que ça ne se passerait pas comme ça. J'ai fini de relacer mes baskets, je me suis relevée et, continuant d'accéder à la requête de Cazorla qui nous avait demandé de sortir, je lui ai dit que, elle et ses menaces, elles feraient bien d'aller au Parlement et d'aller aux conseils d'administration des sociétés à participation publique là où les militants de la CUP adorent aller et surtout qu'à son prochain tour de parole dans son petit fauteuil elle n'hésite pas à continuer à encourager ses collègues députés et ses collègues ministres à faire la révolution en Catalogne mais que les menaces ça ne marchait pas sur moi parce que moi son badge d'éduc-flic je lui chiais dessus et même qu'avec ma merde je dessinais la carte de ses *Països Catalans* chéris sur le drapeau à bandes rouge et jaune qu'elle a sûrement dû accrocher à son balcon.

Désormais suffisamment proche de moi pour que je respire l'odeur écœurante de son shampooing Fructis, elle m'a alors regardée avec la haine que les avant-gardes réservent non pas à leurs ennemis politiques, mais aux gens qui ne sont rien, et après avoir cessé de me parler castillan pour ne plus s'exprimer qu'en catalan, comme si en changeant de langue elle convoquait les deux millions de catalanophones de par le monde pour constituer l'armée la plus puissante de la terre contre laquelle je ne pourrais rien, là, elle m'a sorti que, en plus d'être menteuse et méchante, j'étais espagnoliste. Moi, j'adore qu'on me traite d'espagnoliste parce que c'est la dernière cartouche rhétorique des indépendantistes, celle qu'ils te balancent quand ils n'ont plus aucun argument pour défendre leur cochonnerie bourgeoise. Alors il a fallu que je renonce à ma bonne douche dans les vestiaires de l'école et que je sorte dans la rue en sueur, et en plus en portant ma serviette, mon change et ma savonnette, afin de poursuivre cette discussion sur ce faux dilemme sur l'indépendance jusqu'à la bouche de métro. Faux dilemme qui, apparemment, n'intéressait pas Ibrahim le moins du monde, sans doute parce qu'il était resté quelques pas derrière la CUParde et moi pour discuter avec Marga, qui était venue me chercher comme tous les jours et qui s'intéressait autant à l'indépendance de la Catalogne qu'à un bout de crotte desséché par le soleil méditerranéen.

Ateneo de Sants. Compte rendu de l'assemblée du groupe d'_okupation_. 2 juillet 2018

TARRAGONE : Qui prend les notes pour le compte rendu aujourd'hui ?

CEUTA : Bah, toi puisque tu demandes.

TARRAGONE : Je demande parce que c'est Jaén qui s'y colle à chaque fois et moi je trouve que c'est une tâche qu'on devrait se répartir, comme pour le ménage ou les affiches à coller.

JAÉN : Je peux le faire encore aujourd'hui sans problème. En plus j'aime bien.

OVIEDO : Et puis c'est toi qui écris le mieux. Les comptes rendus de Palma, par exemple, on n'y comprend rien.

PALMA : Sympa, merci.

OVIEDO : Vrai ou faux ?

BADAJOZ : J'avoue, mec, ha ha ha.

LA COROGNE : Ce compte rendu que tu nous avais pondu… La vache, ha ha ha.

PALMA : Franchement, même moi quand je les relis j'y comprends rien.

TANGER : Mais tout s'apprend. Je suis d'accord, il faudrait se relayer pour les comptes rendus.

MAJORQUE : Je pense pareil que Tanger, sinon on tombe dans des rôles, dans des spécialités, dans la professionnalisation des tâches. De la même façon qu'on s'est opposés à ce que ce soient toujours les meufs qui fassent le ménage ou la cuisine, il faut s'opposer à ce que ce soit toujours l'écrivain qui écrive.

TARRAGONE : Je pense pareil, et d'ailleurs c'est pas grave si chacun écrit à sa manière. Ceux et celles qui écrivent pas très bien, ils s'améliorent petit à petit.

OVIEDO : Bon d'accord, mais il se passe quoi si les comptes rendus sont tellement mal écrits qu'on n'y comprend rien ?

LA COROGNE : Bah les amis, on fait comme d'hab : celui qui sait apprend à celui qui sait pas, nan ? Collectivisation des savoirs et des savoir-faire, nan ? La camarade Gari sait pas écrire, elle a dicté sa demande d'*okupation* à Jaén. Pour moi, c'est ça le communisme libertaire.

MURCIE : Les amis, pourquoi on traiterait pas d'abord l'*okupation* de Gari ? Même si ça suit pas l'ordre du jour, on pourrait en parler au début plutôt qu'à la fin comme on fait d'habitude, vu qu'elle doit toujours partir plus tôt.

GARI GARAY : Je suis plus obligée de partir tôt parce que je suis plus obligée de rentrer à la Barceloneta.

MURCIE : Ah, donc ça y est, tu squattes la maison du passage Mosén Torner ?

GARI GARAY : Oui.

MURCIE : Mais c'est génial ! Félicitations, meuf ! J'étais pas au courant !

TANGER : Moi non plus, félicitations.

GARI GARY : Merci.

NATA NAPALM : Moi, par contre, je dois partir plus tôt parce que je dois rentrer à la Barceloneta, mais le cas de Gari m'intéresse. Personnellement, je suis venue que pour Gari, le reste m'intéresse pas du tout.

MURCIE : Vive l'honnêteté.

PLUSIEURS CAMARADES : Ha ha ha ha ha ha ha…

GARI : C'est ma cousine.

MURCIE : Ah d'accord, c'est ta cousine.

CEUTA : Allez, on commence par Gari.

MAJORQUE : OK, mais on n'a toujours pas décidé qui prenait les notes aujourd'hui.

PALMA : Vas-y, je le fais.

OVIEDO : Mais t'écris super mal !

PLUSIEURS CAMARADES : Ha ha ha ha ha ha…

PALMA : Rigolez, mais depuis que vous avez commencé à critiquer mes comptes rendus j'ai allumé le dictaphone sur mon portable et j'enregistre tout.

TANGER : Quoi, mec ? Sans avoir prévenu ni rien ?

BADAJOZ : Carrément en mode indic, là !

NATA : Quoi, en mode indic ?

BADAJOZ : Bah ça, enregistrer comme un indic.

NATA : Vous délirez avec vos histoires d'indics.

BADAJOZ : Pas tant que ça, hein, Nata ! Je te rappelle que les *mossos* ont défoncé la porte de l'*ateneo* y a deux mois.

NATA : Bon, on parlera indics et délires un autre jour, je suis pressée, là.

BADAJOZ : Palma, note ça dans le PV. Que ça figure au prochain ordre du jour.

NATA : Bureaucratie et politburo de merde.

PLUSIEURS CAMARADES : Ha ha ha ha ha ha…

PALMA : Ouais ouais, après je passerai l'enregistrement sur Word et vous pourrez pas dire que j'écris bien ou mal.

JAÉN : D'accord, mais tu mets toujours les villes au lieu de nos noms, hein ?

PALMA : Évidemment, mec.

OVIEDO : Et puis après tu détruis l'enregistrement, comme les lettres de l'inspecteur Gadget.

PALMA : Ha ha ha ha, bien sûr.

TANGER : Ça résout pas le problème mais laissons parler Gari pour que Nata puisse partir tôt. On en reparlera tout à l'heure.

NATA NAPALM : Merci.

GARI GARAY : Ben, rien de spécial, je me suis fait aider par Badajoz, Majorque, La Corogne, Oviedo et Nata Napalm. J'ai réussi à entrer dans la maison y a trois jours. Aujourd'hui c'est la première fois que je sors, à cause de ce que vous m'avez dit sur les soixante-douze heures où il faut rester dedans.

MURCIE : Il y a eu des va-et-vient bizarres ? La police, des voisins, quelqu'un qui serait venu sonner ?

GARI GARAY : Y a pas de sonnette.

MAJORQUE : Attends, faisons ça dans l'ordre. D'abord, on vous raconte l'arrivée.

OVIEDO : Oui, c'est mieux. Histoire que Palma galère pas trop avec son enregistrement.

PALMA : Ça va là. Je suis pas une bête de foire.

JAÉN : Mollo, Oviedo.

TARRAGONE : Ouais, meuf, si l'initiative de Palma te paraît si mauvaise que ça, t'as qu'à l'écrire toi-même, hein ! Ton attitude est très toxique et très infantile, et en plus tu proposes rien.

OVIEDO : Désolée, vous avez raison. Pardon, Palma. Mea culpa, j'ai un peu fumé avant.

LA COROGNE : Dans ce cas-là, il vaudrait mieux que tu sortes prendre l'air cinq minutes, le temps de redescendre un peu. Tu fais beaucoup d'interruptions, une camarade a demandé qu'on parle de l'*okupation* de Gari.

MAJORQUE : Les amis, on se disperse. S'il vous plaît, un peu de concentration. Le début, l'arrivée. Ç'a été très facile, hein, les meufs ?

BADAJOZ : Ouais. À la base, l'idée était de faire ça très tôt, genre à 4 heures du mat, mais comme Gari avait des problèmes pour venir dans le quartier en pleine nuit, on a fait ça l'après-midi avec une petite mise en scène.

GARI : Oui, pour moi, la nuit, c'est pas possible vu qu'y a pas de métro, mais la journée je peux quitter l'appartement sans avoir trop d'explications à donner.

BADAJOZ : On s'est retrouvés à 17 heures parce que c'est la sortie de l'école juste à côté, y a beaucoup de passage, les magasins sont ouverts, y a des travaux dans le coin…

MAJORQUE : Moi j'étais déguisé en serrurier avec une salopette bleue et une boîte à outils, Oviedo était en agente immobilière avec la jupe, la veste et les talons, la mallette et tout le tralala. Quand elle reviendra, elle voudra peut-être vous raconter l'agression machiste qu'elle a subie en chemin.

TANGER : Merde.

MAJORQUE : Ouais, un macho de merde lui a dit de la merde. D'ailleurs, ce serait un sujet à aborder vu que sur le coup Oviedo a rien dit parce qu'on était en mission, mais elle l'a pas bien vécu.

BADAJOZ : Nata s'en est chargée.

NATA NAPALM : Oui.

BADAJOZ : Nata a réagi très fortement et avec des mots bien précis, mais comme notre objectif, c'était de passer inaperçus pour entrer dans la maison, je trouve que sa réaction nous a fait courir un risque inutile.

NATA NAPALM : Je suis d'accord, on a pris un risque, mais pas inutile.

BADAJOZ : Appelle ça comme tu veux. En tout cas c'était un risque excessif.

NATA NAPALM : Non, j'appelle pas ça comme je veux, Badajoz. Je l'appelle par son nom et son nom, c'est risque nécessaire. Un risque qu'il fallait courir pour que cette *okupation* qui était entre nos mains, censée être un outil émancipateur, ne se transforme pas en son contraire, c'est-à-dire en acte d'oppression envers une camarade. Rester silencieux devant cette agression, c'est en être complice, c'est devenir nous-mêmes les agresseurs. Et ça souille l'*okupation*, qui cesse d'être un outil émancipateur. Alors il arrive ce qui doit arriver : Oviedo l'a mal vécu, un euphémisme pour dire qu'elle s'est sentie opprimée, machistée, et qu'elle a senti aucune manifestation de solidarité à son égard alors que, pile au moment où elle a subi cette agression, elle était en train de se montrer solidaire avec l'*okupation* de Gari Garay. Quand tu dis que notre objectif était de squatter et qu'il fallait donc passer inaperçus, tu dis manifestement que la fin justifie les moyens, cette maxime machiavélique de la realpolitik que cet assassin d'anarchistes qu'était Trotski a si sagacement mise à terre en nous disant que, si la fin est la révolution, les moyens peuvent être que révolutionnaires. Si les moyens le sont pas, la révolution viendra jamais.

JAÉN : Mais c'était si grave que ça, ce qui a été dit à Oviedo ?

NATA NAPALM : Extrêmement grave, je trouve, mais je pense pas qu'on avait besoin de juger de sa gravité ou de sa légèreté pour intervenir. Quand il y a agression, on intervient, nan ? Vos locaux sont pas tapissés d'affiches qui disent DÉGAGEZ LES VICELARDS, peut-être ? Regardez, j'en vois deux d'ici. Bon, donc ce mec, il a pas dit quelque chose à Oviedo, il le lui a craché.

PALMA : Je trouve pas que déterminer la gravité de l'agression soit un sujet mineur. Je trouve que c'est à l'agressée de décider jusqu'où elle se sent agressée, à elle d'être à l'initiative de la réponse à l'agression, et ensuite, bien sûr, de pouvoir compter sur le soutien et la solidarité de ses camarades.

MURCIE : Écoutez, moi j'étais pas là au moment de l'agression machiste, mais je suis d'accord avec Palma. Sinon, si on n'attend pas que ce soit l'agressée qui juge de son agression, qu'elle soit elle-même à l'initiative de sa défense ou de son autodéfense, nous autres, on se la jouerait sauveurs, et d'autant plus si on est des mecs. On ferait ce qu'on a vu faire toute notre vie : un macho dit un sale truc à une meuf, et c'est le copain, le pote ou le frère de cette meuf qui réagit et alors ça devient un combat de coqs ou un duel au sabre.

NATA NAPALM : Je te rappelle que c'est moi qui suis intervenue et que je suis une meuf.

MURCIE : Je dis ça en général.

NATA NAPALM : Quand on a un peu de respect pour son interlocutrice, il vaut mieux pas parler en général.

MURCIE : Je voulais juste ouvrir un peu le débat, pareil que quand toi tu t'es mise à parler de Machiavel, de Bismarck et de Trotski. Je voulais pas te blesser.

NATA NAPALM : Sauf que Machiavel, Bismarck et Trotski, ça avait un rapport parce que leur pensée politique a influencé nos attitudes et notre pensée politique cet après-midi-là. Par contre, parler de combats de sabre alors qu'aucun pénis n'est intervenu pour prendre la défense d'Oviedo, ça n'a aucun sens.

MURCIE : C'est vrai, désolé, tu as raison.

NATA NAPALM : Ça va.

MAJORQUE : Je me répète, vu que ça concerne Oviedo, Murcie, Gari, Badajoz et moi, et que c'est Oviedo qui a été agressée et qu'elle est pas là, je propose qu'on avance un peu et qu'on parle de l'*okupation*. T'en penses quoi, Gari ?

GARI GARAY : D'accord.

NATA NAPALM : Pardon pardon mais dire que c'est Oviedo qui a été agressée, c'est pas non plus tout à fait vrai. Nous avons toutes été agressées. Vos murs ne sont pas couverts d'affiches qui disent TOUCHER À UNE, C'EST TOUCHER À TOUTES, peut-être ? C'est pas censé dire que quand une camarade est agressée toutes les autres le sont aussi ?

MAJORQUE : Si, bien sûr, toucher à une, c'est toucher à

toutes, mais comme c'est vrai aussi qu'on doit pas parler à la place de quelqu'un ni le représenter.

NATA NAPALM : On est d'accord, mais c'est moi qui délire ou à aucun moment j'ai parlé à la place d'Oviedo ? Est-ce que je passe pas mon temps à dire ce que moi je pense, ce que moi je perçois, ce que moi je lis sur vos affiches et dans vos fanzines ? Heureusement que Palma enregistre et qu'on pourra compter le nombre de fois où je me suis censément exprimée à la place de quelqu'un d'autre !

PALMA : Ah, enfin quelqu'un qui prend en compte mon boulot !

NATA NAPALM : Grave, meuf, c'est super que tu enregistres. Tu vas voir comment on va se marrer quand on s'écoutera tous dire nos conneries.

BADAJOZ : On avancera jamais si on pinaille autant sur chaque mot prononcé.

NATA NAPALM : Si *on* pinaille ? Faux pluriel, pluriel pacificateur ! Tu voulais pas dire plutôt si *tu* pinailles, en faisant référence à moi ?

BADAJOZ : Et toi, tu voulais pas dire plutôt quand *vous* écouterez vos conneries ? Puisque apparemment t'es la seule à parler en ton nom propre ici.

NATA NAPALM : Eh ben, c'est possible, je m'en étais pas aperçue mais je vais pas te dire le contraire. Toutes les deux, on est des abruties, Badajoz, et là j'utilise bien le faux pluriel pacificateur. En tant qu'anarchistes, ayons la décence d'aller jusqu'au bout de notre conflit.

TARRAGONE : Je vous comprends plus depuis un bon moment.

MAJORQUE : Les amis, sujet suivaaaant.

BADAJOZ : D'accord, Nata, notre conflit reste ouvert. Mais comme nous sommes tous concernés par cette assemblée, je propose que notre conflit ne la monopolise pas et que nous le traitions entre nous.

GARI GARAY : Oui, Nata, parce que si tu rentres trop tard à l'appartement on va se mettre à te soupçonner et à te poser des questions.

NATA NAPALM : Ce que tu appelles notre conflit n'est pas uniquement un conflit entre toi et moi, désolée. C'est un conflit qui parle de tout le groupe, d'un sujet et d'attitudes qui affectent aussi les autres. L'interpréter comme un conflit personnel entre toi et moi revient à le réduire à ce que les bourgeois appellent intimité, c'est le priver de son potentiel politique et c'est nous éloigner de la collectivisation de tous les domaines de la vie, ou comme l'a si joliment et justement dit La Corogne tout à l'heure : nous éloigner du communisme libertaire.

BADAJOZ : Tu l'as dit, meuf. Si ça tenait qu'à moi, on continuerait à débattre jusqu'à après-demain, mais peut-être que les autres communistes libertaires de la salle préfèrent parler d'un autre sujet, parce que je te rappelle que ceci est une assemblée d'*okupation*, c'est-à-dire que nous toutes qui sommes là, nous le faisons en prenant sur notre temps, notre énergie et notre engagement en faveur du squat. Toi, tu veux imposer un sujet de débat et tu fais passer ton intérêt pour ce sujet au détriment de l'intérêt de neuf autres camarades.

CEUTA : Je cherche ni à pacifier ni à jouer les arbitres. Ce que je veux, c'est continuer à parler du déroulé factuel de l'*okupation* de Gari Garay.

TANGER : Je suis d'accord avec Ceuta.
MAJORQUE : Moi aussi.
MURCIE : Moi aussi.
PLUSIEURS CAMARADES : Moi aussi moi aussi moi aussi…
GARI GARY : Allez, Nata.
NATA NAPALM : Vous voulez que je me soumette au pouvoir de l'assemblée ?
BADAJOZ : Meuf, c'est de la démagogie complète, là, qu'est-ce que tu racontes !
TANGER : C'est pas ça du tout, Nata. On parle organisation. L'organisation collective est une composante super importante de l'anarchisme. L'organisation collective, c'est ce qui nous assure qu'on sera toutes écoutées et que personne n'imposera son opinion aux autres.
TARRAGONE : Et ça assure la circulation des savoirs et leur collectivisation.
NATA NAPALM : Assurer, c'est un grand mot, nan ?
TARRAGONE : Bon d'accord, ça *essaie* d'assurer.
MURCIE : Deux secondes, deux secondes. Toi, t'étais bien intéressée par le sujet de l'*okupation* de ta cousine et c'est pour ça qu'on l'a fait remonter à l'ordre du jour, non ?
NATA NAPALM : Si.
MURCIE : Alors quoi ? Tu pourrais reconnaître qu'on s'est adaptés à tes besoins et à tes préférences. Cette adaptation de nous vis-à-vis de toi, je trouve qu'elle devrait être réciproque et donc que tu lances pas de nouveaux sujets de réflexion, d'autant qu'on est nombreuses ici à aimer les préparer et y réfléchir chacune en amont. Donner la réciproque à la générosité qu'on t'a offerte, pour moi, ça fait aussi partie de l'anarchisme. C'est nous reconnaître

comme des égaux et prendre en compte les désirs et les besoins de l'autre. Si une seule des parties reconnaît les désirs de son interlocutrice, ou si l'une des parties sous-évalue les désirs de l'autre, ou les oublie, ou les méprise, fini notre horizontalité et bonjour la chefferie et la condescendance, ce qui est un premier pas vers l'assistanat, le grand blanchisseur de l'argent et des consciences capitalistes. Et désolé d'en rajouter une couche, je crois qu'on en a déjà mis un bon paquet, mais j'ai l'impression qu'on emploie communisme libertaire et anarchisme comme synonymes, sauf que moi je suis pas très d'accord avec ça et je voulais le dire.

NATA NAPALM : Tu dis la vérité. C'est bien Murcie que tu t'appelles ? Tu dis la vérité, Murcie. C'est pas que tu m'aies convaincue ni que tu aies raison. Mais tu dis la vérité, et moi, mue par un individualisme plus proche du libéralisme que du communisme libertaire, je le voyais pas. J'étais dans le mensonge du capital, tu m'as fait voir la vérité de la société anarchiste. Mes portillons commençaient à se fermer mais dès que t'as commencé à dire ces vérités, ils se sont rétractés.

MURCIE : Je m'en suis aperçue.

PLUSIEURS CAMARADES : Oui, on s'en est aperçues…

NATA NAPALM : Quelle joie.

CEUTA : Toute la joie est pour nous de t'avoir comme camarade.

TARRAGONE : Je voudrais creuser une chose qu'a dite Tanger, parce que j'ai comme l'impression que Nata trouve que la structure collective de ce groupe est autoritaire. J'ai comme l'impression que, pour Nata, l'organisation de cette assemblée, avec ses comptes rendus, ses points et son ordre du jour, est autoritaire et limite la liberté d'expression et la spontanéité du débat. Je te pose donc la question : est-ce que c'est bien ce que tu penses ?

NATA NAPALM : C'est bien ce que je pense, sauf ce que tu as dit sur la liberté d'expression. La liberté d'expression est une dénomination légaliste qui relève de la notion de droit, du droit à la liberté d'expression, comme si le droit, dont la nature, l'extension et les limites sont toujours configurées par le pouvoir, était préalable à notre expression, comme si on ne s'exprimait que parce que le pouvoir, via le droit, nous y autorisait. Donc oui, je pense que cette assemblée est bureaucratique, c'est-à-dire autoritaire, mais je pense pas qu'elle limite la liberté d'expression : c'est juste qu'elle ne tolère purement et simplement pas de voix discordantes chez elle, et par voix discordantes je parle pas de celles qui posent des questions sur des détails du style à combien on vend les bières ou quel film on passe au ciné-forum, mais celles qui questionnent les bases de l'assemblée, voire son existence même.

TARRAGONE : Eh bien, moi je trouve cette façon de penser très naïve. Je m'explique. D'après mon expérience et les quelques trucs que j'ai pu lire dans ma vie, dans chaque groupe, consciemment ou inconsciemment, il y a des structures qui se forment. Prétendre qu'on en a aucune, ça équivaut à balayer la question du fonctionnement interne du groupe, à pas la penser. Les réunions non structurées et spontanées où tout le monde parle quand ça lui chante ne sont pas exemptes de relations de pouvoir. On vient toutes en réunion et en assemblée pleines de la merde hiérarchique et compétitive qu'on nous a inculquée chez nous, à l'école, à la télé et ailleurs. La foi dans la spontanéité de l'expression et du comportement conduit souvent à la reproduction, on en est un bon exemple, des rapports de domination qui nous contaminent et qu'on cherche à fuir. Et je m'arrête là pour qu'on passe enfin à l'*okupation* de Gari.

NATA NAPALM : Je te réponds quand même avant, non ? Puisque tu as parlé de droits, il me semble que même au Congrès des députés y a un droit de réponse.

PLUSIEURS CAMARADES : Oh là là, ça chauffe, ah ah ah…

NATA NAPALM : C'est bien Tarragone que tu t'appelles ? Alors écoute, Tarragone, je crois que toi aussi tu as dit un certain nombre de vérités émancipatrices, par exemple le fait qu'on rapporte toujours du linge sale de chez soi et qu'il faut savoir le reconnaître et l'identifier pour pouvoir lutter contre. Mais tu as dit aussi un certain nombre de mensonges dominateurs. Le plus flagrant étant le double parallèle que tu as fait en assimilant d'un côté la spontanéité à l'autoritarisme, et de l'autre l'organisation à l'anti-autoritarisme. C'est de la simplification à la truelle. Mais, comme toi, à mon tour maintenant de me taire pour qu'on puisse passer à l'*okupation* de Gari.

PLUSIEURS CAMARADES : Oui, merci, oui, moi aussi je suis pour qu'on avance…

MAJORQUE : Bien, on en était où ? Ah oui, les déguisements. Donc on était déguisées. Gari et La Corogne étaient habillés normalement mais en un peu plus soignés, comme deux membres d'une même famille qui auraient appelé un serrurier pour ouvrir leur porte parce que quelqu'un leur a mis du silicone dans la serrure ou quelque chose dans le genre, c'est bien ça ?

GARI : Oui, je m'étais douchée et lavé les cheveux juste avant.

LA COROGNE : Et moi je m'étais rasé, j'avais mis un polo et un pantalon à pinces.

TARRAGONE : J'aurais adoré voir ça.

LA COROGNE : J'avais une sacrée allure. J'avais même mis mes chaussures des enterrements.

JAÉN : Trop fort, mec.

MAJORQUE : Bref, on était sapés comme une vitrine Zara. Et Badajoz et Nata faisaient le guet chacune à un bout de la rue.

CEUTA : Elles aussi elles étaient déguisées ?

BADAJOZ : Euh oui, moi juste un peu plus discrète que d'habitude, j'ai fait une queue-de-cheval avec mes dreads, j'ai mis un slim et un tee-shirt qui faisait un peu bourge avec un dessin d'oiseaux.

NATA NAPALM : Et moi j'avais mes collants de danse, des baskets et mon sac à dos.

BADAJOZ : Donc la petite mise en scène a commencé. Tu veux raconter, Gari ?

GARI GARAY : Ben, on est arrivés devant la porte et tout était normal comme la veille, mais on a revérifié au cas où.

LA COROGNE : C'était une vieille serrure avec une porte en bois normale, pas blindée ni rien, et le bois était déjà un peu rongé de petits trous. On a eu peur qu'elle soit sécurisée de l'autre côté avec des planches et que tout le cinéma du serrurier serve à rien.

MAJORQUE : Ouais, parce qu'on a repéré une porte par où les proprios auraient pu sortir en condamnant l'entrée principale.

LA COROGNE : Nous, on pouvait pas entrer par cette deuxième porte parce que ça donnait sur une cour commune avec d'autres voisins et on aurait été très exposés. Cette porte, on l'a découverte en montant sur le toit-terrasse d'un autre immeuble, le bâtiment d'un collège, et franchement, c'était un peu galère.

GARI GARAY : Oui.

MAJORQUE : Tu veux bien nous donner ton point de vue, Gari ? Toi qui étais sur place quand j'ai commencé à me servir de la perceuse.

GARI GARAY : Ben, Majorque a sorti une perceuse et il a donné un coup dans le trou de la serrure. Ça faisait beaucoup de bruit. Oviedo était là debout, avec moi et La Corogne, et on regardait tous Majorque penché sur la porte. Des fois, j'étais tentée de regarder sur les côtés pour voir si quelqu'un nous repérait parce qu'on avait l'air stressé. Mais il fallait que je me retienne. Nata et Badajoz s'en occupaient.

JAÉN : Tout ça, c'était après l'agression machiste ?

PLUSIEURS CAMARADES : Oui oui oui…

JAÉN : Ah non, c'était au moment où vous êtes entrées.

PLUSIEURS CAMARADES : Non non non…

LA COROGNE : L'agression, c'était entre ici et la maison, rue Olzinelles, au niveau de l'herboristerie.

BADAJOZ : En vrai, personne regardait, les parents et les enfants de l'école nous passaient devant tranquilles. À un moment donné, une voiture de la Guardia Urbana est passée à côté de moi et on a un peu flippé, j'ai donné le signal en bipant Oviedo et ils se sont écartés calmement de la porte en faisant comme s'ils avaient oublié quelque chose et ils ont remonté la rue en tournant le dos aux flics. La voiture les a dépassés à une vitesse normale, elle s'est pas arrêtée devant la porte, elle a tourné au coin et elle continué en direction de la plaza de España comme si de rien n'était.

TARRAGONE : Le gros flip, non ?

BADAJOZ : Grave.

NATA NAPALM : Mais dès que la voiture a tourné à l'angle où j'étais, Gari, Oviedo, Majorque et La Corogne sont revenus vers la porte, pareil, sans se presser, tranquilles.

MAJORQUE : Le coup de la serrure, c'était facile, en dix minutes on avait fini. Avec une mèche de deux millimètres, j'ai réussi à faire sauter toutes les goupilles d'un coup.

NATA NAPALM : C'est quoi, les goupilles ?

MAJORQUE : Des espèces de cylindres alignés qu'il y a à l'intérieur du coffre de la serrure, là où les petites dents de la clé viennent s'encastrer. Quand toutes les dents sont encastrées, les goupilles s'alignent, la clé tourne et la porte s'ouvre. C'est plus compliqué à expliquer qu'en vrai. Si ça t'intéresse, je te montrerai avec des serrures que j'ai chez moi.

NATA NAPALM : D'accord, merci.

MAJORQUE : Une fois que t'as compris le mécanisme, même crocheter une porte c'est pas difficile. C'est à cause de l'urgence habitationnelle de Gari que j'ai pas eu le temps de lui apprendre et que j'ai ouvert la porte moi-même.

JAÉN : Euh, franchement, c'est pas si facile que ça. Faut pas mal s'entraîner quand même.

MAJORQUE : Naturellement, c'est comme pour apprendre à lire et à écrire, faut pas mal s'entraîner. Mais bon, ouvrir une porte, c'est pas non plus une opération à cœur ouvert et ça implique pas de faire des études de serrurerie, si vous voyez ce que je veux dire. Et avec la perceuse, je te dis même pas comment c'est facile. Faut juste bien la tenir pour que la mèche se barre pas dans tous les sens.

LA COROGNE : Ouais, et on a aussi eu de la chance que la porte soit pas condamnée de l'autre côté.

TARRAGONE : En vrai moi je trouve qu'on a agi sur un mode d'assistanat. Pendant ce temps-là, la camarade Gari faisait absolument rien, comme si vous étiez de vrais serruriers.

MAJORQUE : De l'assistanat ou de la générosité ?

GARI GARAY : Vous pouvez pas imaginer à quel point je vous remercie pour tout ce que vous avez fait.

TARRAGONE : Vous voyez ?

BADAJOZ : Tu fais chier, Tarragone, on va quand même pas commencer à dire que remercier c'est réac, ce serait le pompon !

JAÉN : C'est faux de dire que Gari a rien fait, Tarragone. Qu'elle sache pas ouvrir les portes et qu'elle ait pas eu le temps d'apprendre, ça signifie pas qu'elle a rien fait pour son squat. Elle a inspecté les logements, elle a observé les alentours pendant plusieurs jours pour savoir à quelle heure y avait le plus de monde pour qu'on passe inaperçus… Dire que squatter, ça consisterait qu'à ouvrir une porte, c'est assez macho et ça revient à dire que l'usage de la force est fondamental.

TANGER : C'est quand même pas dingue de dire qu'ouvrir la porte, ça reste l'opération la plus risquée et la plus casse-gueule. Celle qui nous met le plus en danger, qui peut entraîner une accusation de vol avec effraction ou de violation de domicile.

GARI GARAY : Bon, si je peux me permettre, je voudrais dire que je connaissais les risques et je vous en remercie doublement, même triplement.

NATA NAPALM : Eh beh, les anarchos, vous la vendez cher votre solidarité !

BADAJOZ : Alors là, je suis obligée de donner raison à Nata, c'est quoi cette connerie de se demander si la personne qui va *okuper* doit être celle qui ouvre la porte ? Occuper avec deux c, ça, ce serait une tâche individuelle et libérale, mais *okuper* avec un k, c'est une tâche collective où chacun s'engage et prend des risques en fonction de ses putains de possibilités et de désirs. Vous me faites vraiment halluciner là, merde.

NATA NAPALM : Un grand merci réactionnaire, Badajoz.

PLUSIEURS CAMARADES : Ha ha ha ha…

MURCIE : Bon d'accord, Badajoz, mais les possibilités et les désirs de chacun, s'ils sont pas politisés au sens anarchiste, ils peuvent bien s'accommoder de ce qu'on disait tout à l'heure sur les rôles, la professionnalisation, tout ça.

NATA NAPALM : Personnellement, au nom de la vérité anarchiste sur l'organisation que tu as toi-même énoncée plus tôt, je souhaite arrêter d'écouter cette histoire de porte parce que comme je l'ai dit tout à l'heure, je dois partir tôt.

PALMA : Vous inquiétez pas, je marque dans le compte rendu que le sujet est pas clos mais au contraire bien, bien ouvert.

MURCIE : Je suis d'accord avec Napalm.

Pause : rires et remarques diverses.

LA COROGNE : Bon, donc, comme la perceuse avait déjà bien bossé en faisant ses petits trous dans la serrure, Majorque a glissé dedans l'embout d'un tournevis plat, il l'a fait tourner et puis voilà.

OVIEDO : C'était trop cool quand la porte s'est ouverte.

MAJORQUE : J'ai beau l'avoir fait souvent, à chaque fois qu'une porte cède sous ta main et que tu vois cette frange noire d'obscurité intérieure grandir et grandir jusqu'à ce que le rectangle noir soit complet et qu'il y a cette odeur de renfermé et de froid qui s'échappe, putain, je kiffe.

JAÉN : Chez moi, quand on a ouvert, c'est plutôt la peinture que ça sentait, ha ha ha ha ha. Un bâtiment tout neuf qui venait d'être construit, en pleine crise, avec à peine quatre ou cinq appartements qui avaient réussi à se vendre.

CEUTA : Ha ha ha ha ha, trop balaise.

GARI GARAY : Oui, donc, je suis entrée. Je suis entrée avec Oviedo, on a jeté un coup d'œil vite fait et ça m'a paru bien.

OVIEDO : D'après moi, ça ne l'était pas. Le plancher gondolait de partout, et dans le toit, ça on en a déjà parlé, y avait un trou grand comme la table. Mais bon, niveau logement, ce qui est bien pour les uns et pas bien pour les autres, on en a déjà parlé en assemblée y a deux ou trois semaines, et Gari trouvait que le logement était bien, et d'ailleurs c'est toujours le cas, donc c'est réglé.

MAJORQUE : Moi aussi je suis entré un petit moment, pour poser la nouvelle serrure, et c'est vrai que le toit est défoncé, mais en deux matinées ça se répare.

MURCIE : Il reste toujours le risque d'expulsion administrative, je veux dire qu'ils peuvent te virer avec une procédure de péril.

PALMA : Enfin, là tu te ferais expulser pour ton bien, ha ha ha ha…

PLUSIEURS CAMARADES : Ha ha ha ha ha ha…

GARI GARAY : J'ai compris ce que ça veut dire sur le plan administratif. Mais jusqu'à maintenant, il s'est rien passé. Et je suis ravie.

JAÉN : Finissez de nous raconter comment tu t'es installée, et le reste.

GARI GARAY : Bah c'est tout, je me suis installée et les autres sont partis. J'ai fermé à clé avec la nouvelle serrure.

CEUTA : Et donc pas de voisin ni de flic ni rien ?

GARI GARAY : Rien. J'ai été complètement seule ces trois derniers jours, sauf le soir de l'arrivée où on a fait le coup de la pizza pour avoir un ticket avec la date. Comme j'ai pas de téléphone, c'est Badajoz qui a appelé. Par contre, c'est moi qui ai mis les sous pour la pizza.

NATA NAPALM : C'est quoi le coup de la pizza, Gari ?

GARI GARAY : Le coup de la pizza, c'est que le jour où tu arrives dans le squat ou le lendemain tu commandes une pizza, parce que quand tu te fais livrer à domicile, le livreur te donne un ticket avec l'adresse et la date. Ça donne une preuve que tu habites là. Si tu habites quelque part plus de trois jours d'affilée, on peut plus t'expulser aussi rapidement, c'est bien ça ?

PLUSIEURS CAMARADES : Oui oui oui…

TARRAGONE : Oui. Si tu prouves que t'es là depuis plus de soixante-douze heures, t'es plus sous le coup de l'expulsion immédiate et personne peut plus dire qu'on t'a prise en flagrant délit.

GARI GARAY : Tu peux commander autre chose qu'une pizza, mais il te faut le ticket.

NATA NAPALM : OK, OK.

GARI GARAY : Voilà, c'est tout, après comme j'avais plus d'argent parce que j'ai tout donné au livreur, le lendemain Nata est venue m'apporter de la nourriture et de l'eau, et hier pareil, aujourd'hui j'ai pu sortir, alors on est allées ensemble acheter de quoi faire le ménage et à manger.

LA COROGNE : Tu as de quoi cuisiner ?

GARI GARAY : J'ai une gazinière mais j'ai pas de gaz.

LA COROGNE : Comme c'est juste pour toi toute seule, je propose qu'on donne à Gari la moitié de la bombonne qu'il y a ici à l'*ateneo*, en plus comme elle est à moitié vide, ce sera pas trop lourd et on pourra la transporter facilement jusqu'au passage Mosén Torner.

TANGER : Je suis pas d'accord, rapport à ce que j'ai dit tout à l'heure sur l'assistanat. Je pense qu'on doit avoir ce débat avant de continuer.

LA COROGNE : OK, du coup je vais te donner la moitié de la bombonne que j'ai chez moi, Gari.

TANGER : Ça me semble parfait.

LA COROGNE : Ça a pas à te sembler parfait ou imparfait, je m'en bats les couilles, je fais ce que je veux avec mes bombonnes de gaz.

PLUSIEURS CAMARADES : Ha ha ha ha ha…

OVIEDO : L'assistanat, vous avez dû en parler quand j'étais dehors, non ? J'ai pas compris.

TARRAGONE : Oui, mais c'est le débat habituel.

OVIEDO : Ah, OK.

BADAJOZ : Les amis, il est 23 h 30, on doit encore aborder l'autre *okupation* en cours et aussi le sujet de la fonction des comptes rendus.

MAJORQUE : Soit l'un soit l'autre, parce qu'on n'aura pas le temps de parler des deux en profondeur. Personnellement, je suis pour les comptes rendus, car l'autre *okupation*, et c'est la mienne, elle est en stand-by vu que mon camarade de squat a dû partir en voyage pour une histoire de famille et qu'on reprendra pas l'affaire avant une semaine.

TANGER : Puisque t'es le principal concerné… Avant de passer au sujet des comptes rendus, quelqu'un veut dire quelque chose sur l'*okupation* de Gari ?

GARI GARAY : Moi je voulais juste vous remercier encore une fois et vous dire que vous êtes invités quand vous voulez.

PLUSIEURS CAMARADES : Pas besoin de remercier, on est là pour ça, merci à toi pour l'invitation…

PALMA : J'imagine que t'as ni eau ni électricité ?

GARI : Non.

PALMA : Quand tu voudras régler ça, dis-le-nous et on viendra t'aider. Là, ça va avec le trou parce que c'est l'été, mais imagine-toi en novembre, Gari.

NATA NAPALM : Un grand merci réactionnaire, Palma, je voulais justement aider Gari avec ça mais j'ai aucune idée de comment on fait du béton.

PALMA : De rien, de rien. Bon, je précise : que ceux qui veulent t'aider, ils t'aident, et ceux qui veulent pas, eh ben ils t'aident pas. Et cette fois je parle à titre individuel.

TARRAGONE : Merde, Palma, parce qu'on a ouvert ce putain de débat sur l'assistanat, maintenant ça veut dire que Tanger et moi on n'aide jamais personne, sérieux ?

PALMA : Est-ce que j'ai dit ça ? Mec, c'est à toi de voir pourquoi tu te sens visé.

MURCIE : La pique était très claire, Palma.

PALMA : Sur la vie de mes morts, c'était pas une pique, j'ai vraiment dit ça pour pas utiliser de pluriel sachant qu'entre nous y avait une division là-dessus ! Qui se sent morveux se mouche, nan ?

CEUTA : Écoutez, moi je crois que Palma ferait une très bonne écrivaine ou écrivaillonne ou écriveuse de comptes rendus, je sais pas comment on dit, parce qu'elle capterait pas les petites piques. Elle les capterait pas, elle écrirait ce qu'elle entend, et tout serait super authentique.

MURCIE : Moi franchement cette histoire de comptes rendus, je trouve pas ça si important. Surtout si personne les lit, enfin moi en tout cas je les lis pas.

JAÉN : Ah, donc j'écris pour rien, génial.

OVIEDO : Qu'est-ce que tu racontes, Murcie ? Moi je les lis.

PLUSIEURS CAMARADES : Moi aussi moi aussi moi aussi…

CEUTA : Quand tu lis un compte rendu de Jaén un mois après l'assemblée, t'as des flash-back comme si t'y étais.

OVIEDO : Nan, un compte rendu de Jaén, c'est comme un article sur l'anarchisme dans *Aversion* ou dans *Subversion* ou dans *Cul-de-sac*, c'est hyper-chiadé, sérieusement.

CEUTA : Les comptes rendus de Jaén sont mieux que les assemblées elles-mêmes.

JAÉN : Merci, merci.

CEUTA : Il faut croire qu'on parle mieux dans les comptes rendus que dans la vraie vie, ha ha ha ha !

PALMA : C'est vrai, mec, tu rends tout super cohérent et super clair. Moi je les lis et je me dis, purée, ce truc tellement bien dit à l'assemblée, c'est de moi, alors que j'arrivais du taf explosée de chez explosée ?

JAÉN : Forcément, c'est parce que je fais pas de transcription littérale, parce qu'à titre personnel, je crois qu'un compte rendu n'a pas à être une transcription littérale. J'enlève les répétitions, j'enlève ce qu'on dit plusieurs fois ou quand quelqu'un hésite ou balbutie… Mais sans modifier le contenu ni l'intention, vous voyez ?

MAJORQUE : Ma foi, moi ça m'est déjà arrivé de lire dedans des choses que j'ai jamais dites. Mec, pourquoi c'est écrit que je fais référence à une autrice, hein ? Ou à une théoricienne, ou même pas forcément à une théoricienne d'ailleurs, mais à une autrice qui raconte son expérience, alors que je sais même pas qui c'est, cette meuf ! Mais Jaén, c'est de la balle, mec, c'est tout sauf une critique, parce que, au final, qu'est-ce que tu fais en ajoutant ces références ? Tu clarifies, nan ? Tu clarifies le discours, c'est ça, pas vrai ?

JAÉN : Je crois que oui, c'est ça.

TARRAGONE : Eh bien moi j'en suis pas si sûr. Comme disait Oviedo, il faudrait clarifier si c'était pour un article ou un fanzine, ou pour un communiqué ou une conférence de presse, quelque chose qui sort de l'*ateneo*. Mais un compte rendu, c'est un document interne, alors vaut mieux rester fidèles à ce qu'on dit.

NATA NAPALM : Je comprends pas ce que vous dites quand vous parlez d'authenticité et de fidélité.

CEUTA : Tu sais ce que ça veut dire, authentique et fidèle ?

NATA NAPALM : Je sais pas ce que ces mots veulent dire quand ils sont appliqués à l'écriture.

TARRAGONE : Moi je trouve ça très clair.

JAÉN : Les amis, désolé, mais comme d'hab il est 23 h 50 et je dois y aller avant le dernier métro. Le sujet m'intéresse beaucoup et je propose qu'on le traite en priorité à la prochaine assemblée.

PALMA : C'est noté.

PLUSIEURS CAMARADES : Ha ha ha ha ha…

LA COROGNE : Jaén, mec, trouve-toi un vélo.

JAÉN : J'y travaille.

MURCIE : Moi aussi j'y go, les amis, en plus je vais jusqu'à Sant Andreu donc si je me bouge pas le cul maintenant je vais devoir me taper ce putain de bus de nuit qui s'arrête partout.

NATA NAPALM : Dommage, c'était tellement intéressant cette discussion sur les comptes rendus. Tous vos avis sont très précieux.

JAÉN : Bon bon bon, on continuera un autre jour. *Adéu.*

PLUSIEURS CAMARADES : *Déu, déu, déu…*

MURCIE : *Déu.*

NATA NAPALM : Bon, mais nous on peut continuer sans compte rendu, si c'est ce procédé de bureaucrates qui vous chiffonne.

CEUTA : Note la pique, Palma !

PLUSIEURS CAMARADES : Ha ha ha ha ha ha…

LA COROGNE : Il vaut mieux attendre que tout le monde soit là, les autres camarades aussi, ça les intéresse, et Jaén en particulier, hein ?

TANGER : Oui et il est tard, faut fermer.

NATA NAPALM : Bon, mais avec ceux que ça tente, on

pourrait juste aller au bar et continuer à discuter, ou alors choper des canettes et se trouver un banc, nan ?

BADAJOZ : Mais tu devais pas partir, toi ?

NATA NAPALM : Si, mais ce sujet-là, c'était le plus intéressant de toute la soirée donc maintenant j'ai plus envie de partir. Tu vois pas que je suis une fervente partisane de la spontanéité et de la liberté d'expression ?

CEUTA : Pique, Palma, note.

NATA NAPALM : Merde, ce que vous pouvez être chiants et casse-couilles. Y a personne qui boit ici ? Même pas toi, Badajoz ? Ou Tarragone ? Je vous ai gonflés à ce point ?

PALMA : Allez, c'est bon, je note, je ferme et on va aller discuter de cette histoire de bières *off the record*, sinon je vais encore avoir vingt pages à me taper.

ROMAN

TITRE : MÉMOIRES DE MARÍA DELS ÀNGELS GUIRAO HUERTAS

SOUS-TITRE : SOUVENIRS ET PENSÉES D'UNE FILLE D'ARCUELAMORA (ARCOS DE PUERTO CAMPO, ESPAGNE)

GENRE : LECTURE FACILE

AUTRICE : MARÍA DELS ÀNGELS GUIRAO HUERTAS

CHAPITRE 3 : L'ANCIEN CRUDI ET LA CRISE DE LA CRÉATIVITÉ

L'ancien CRUDI de Somorrín était une
maison très grande et très belle.
L'ancien CRUDI de Somorrín était sur la grande place.

Je dis l'ancien CRUDI parce qu'il y a eu un déménagement
et un nouveau CRUDI quelques années après.
Maintenant il y a le nouveau CRUDI de Somorrín.
Dans ce chapitre, je vais parler de l'ancien
CRUDI mais sans dire ancien CRUDI.
Quand je parlerai du nouveau CRUDI,
je le dirai clairement au début pour que
le lecteur ne confonde pas les deux.

La page 73 de Lecture facile. Méthode de rédaction
et évaluation dit : « Évitez les choses qui portent à confusion. »

Dans l'ancien CRUDI il y avait trois étages.
À chaque étage il y avait trois chambres.
Dans chaque chambre il y avait deux
ou trois personnes qui dormaient.
Sauf dans la chambre de l'assistante qui dormait toute seule.

Dans les autres chambres il pouvait y avoir deux
ou trois garçons ou deux ou trois filles.
Mais jamais les filles et les garçons mélangés.
Ma chambre était au premier étage et il y avait deux lits.
J'avais de la chance parce que je dormais avec Encarnita.
Encarnita était très belle et très gentille.

Dans la chambre avec un seul lit il y
avait toujours une assistante.
L'assistante était différente chaque nuit.

Je n'avais jamais vu des baignoires aussi grandes.
Il y avait toujours de l'eau chaude dans les
baignoires du CRUDI de Somorrín.
J'ai un peu honte de le dire mais je vais le dire quand même.
Pour que tout le monde sache que ce que je dis est vrai.
Quand je suis arrivée au CRUDI de Somorrín je
n'avais jamais vu de W.-C. ni de bidet.
Au début cela me dégoûtait.
Parce que c'était tout blanc et on voyait
tout ce qu'on faisait dedans.

Pas comme à la campagne.
À la campagne tes besoins se mélangent
à la terre et tu ne vois rien du tout.
Mais après je me suis habituée.
Parce que Mamen m'a appris à les utiliser.
Et aussi à utiliser du papier hygiénique.
Je n'ai plus jamais fait mes besoins à la campagne.
Sauf une fois pendant une balade.

C'était comme la maison des riches
du village sauf que c'était à nous.
Des riches avaient vendu cette maison à Mamen
et aux quatre assistantes du CRUDI.

Les anciens propriétaires de cette maison
ne devaient pas être des riches très riches
parce qu'ils ne l'ont pas vendue cher.
Sinon Mamen et les assistantes n'auraient pas eu
la subvention du gouvernement pour l'acheter.

Subvention du gouvernement signifie que
le gouvernement te donne de l'argent pour faire
une chose que le gouvernement trouve bien.
Mais pour réussir à l'avoir c'est comme
pour les allocations.
Il faut que le CRUDI ouvre un compte
à la BANCOREA comme une personne.
Alors le gouvernement donne l'argent à la BANCOREA
et la BANCOREA le donne au CRUDI.

Mais le CRUDI n'était pas une personne, c'était une maison.
Donc les assistantes ont dû faire les papiers
puis aller chercher l'argent à la BANCOREA
parce qu'elles sont des personnes.
Mais l'argent n'était pas pour elles, il était pour le CRUDI.

Je suis sûre de moi parce que quand tu vas chercher
l'argent, après il faut envoyer une lettre au gouvernement
pour justifier que tu l'as dépensé dans ce que
tu avais dit que tu le dépenserais et pour dire que
tu n'as pas dépensé l'argent dans autre chose.
Si tu ne justifies pas, tu dois rendre l'argent.
Et après on ne t'en donne plus.

Justifier signifie montrer des papiers signés qui
disent que tu as vraiment fait quelque chose.
Justifier est un mot qui a deux sens.
Je l'ai déjà dit dans le chapitre 1.
Justifier signifie aussi faire une colonne
parfaite avec les phrases que tu écris.
Même si certaines phrases sont plus
courtes et d'autres plus longues.
Cela veut dire que le mot justifier est de la polysémie.

La page 71 de la Méthode dit que la polysémie est
un accident sémantique et qu'il faut l'éviter.
La polysémie, c'est quand un mot a plusieurs sens.
Cela n'a rien à voir avec la poliomyélite, qui est une maladie.
Ni avec la police, mais c'est pas la peine d'expliquer
ce qu'est la police parce que tout le monde le sait.

La polysémie n'a rien à voir non plus avec les
salles polyvalentes où on organise des fêtes.

C'est un accident comme un accident de
voiture ou de moto ou d'avion.
Ou comme un accident du travail comme l'accident
de ma cousine Natividad à l'université.
Son accident à l'université l'a rendue
handicapée intellectuelle sévère.
C'est son accident qui lui a donné
son syndrome des Portillons.
Sémantique veut dire le sens que les mots ont.

Je sais que syndrome des Portillons c'est des mots
compliqués que pas beaucoup de gens connaissent.
Mais en Lecture facile, il faut raconter seulement
ce que le lecteur a besoin de savoir.
Et comme je raconte l'histoire de ma vie, le lecteur
n'a pas besoin de savoir les maladies de ma cousine.
Je disais juste cela pour donner un exemple d'accident.

Avant je ne savais pas ce qu'était la polysémie.
Je ne savais pas non plus ce qu'étaient
les accidents sémantiques.
J'ai cherché sur mon téléphone mais
je ne comprenais toujours pas.
Alors j'ai demandé à ma référente.
Ma référente a regardé sur son téléphone
et elle m'a expliqué.
Maintenant moi aussi je peux l'expliquer à mes lecteurs.

La page 73 de la Méthode dit que « il ne faut jamais
considérer comme acquise une connaissance préalable ».
Connaissance, c'est ce qu'on sait.
Préalable veut dire avant.
Considérer comme acquise veut dire partir du principe.
Comme je ne peux pas partir du principe
que les lecteurs ont lu le livre des Directives
ni que les lecteurs ont lu le livre de la Méthode
de Lecture facile, je dois tout expliquer.
On ne peut pas tout savoir.

Les accidents sont des choses tragiques.
C'est pourquoi les Directives disent qu'il faut
éviter les accidents sémantiques.
Avant je me sentais coupable d'utiliser
l'accident du mot justifier.
Je pensais que personne ne le comprendrait
même si je l'expliquais mille fois.
Je pensais que s'il y avait cet accident
dans le livre de ma vie, tout serait raté.
Comme quand on a un accident et qu'on
est paralysé même si on ne meurt pas.

Mais après j'ai lu à la page 72 de la Méthode que
« il faut utiliser un langage en cohérence avec
l'âge et le niveau culturel du destinataire.
Si ce sont des adultes, le langage doit être
adapté et respectueux de cet âge.
Évitez le langage infantilisant ».
En cohérence signifie en accord.

Le niveau culturel, c'est si on est allé à l'école
ou à l'université ou si on est analphabète.
Destinataire signifie lecteur.
Adulte signifie avoir plus de dix-huit ans.
Adapté signifie ce qui est bien.
Infantilisant, c'est quand on te traite
comme si tu étais un enfant.
J'ai pensé que le mot justifier était un mot pour les adultes.
Parce que seuls les adultes peuvent
demander des subventions.

Au CRUDI on ne manquait jamais de rien.
Même si les assistantes sortaient de la BANCOREA
avec des liasses de billets grosses comme des briques,
je suis sûre qu'elles ne gardaient rien pour elles.
Sauf pour leur salaire et pour l'essence des voitures.
Mais les voitures étaient à moitié à elles et à moitié pour
emmener les pensionnaires où ils devaient aller.

Cela voulait dire que tout était justifié.
Cela voulait dire que le gouvernement aimait ce qu'on faisait.
Donc cela voulait dire que le gouvernement
nous donnerait encore des subventions.
Voilà pourquoi les assistantes demandaient
toujours des factures signées et tamponnées
dans les magasins où elles faisaient des courses.
Pour la nourriture.
Pour les choses de la salle de bains.
Pour les vêtements.
Pour les médicaments.

Pour les choses qui servent au ménage.
Pour les choses qui servent aux travaux manuels.
Pour les outils.
Pour les vis.
Pour la peinture…

Les assistantes devaient demander une facture même pour la nourriture de la perruche et des poissons.
Les assistantes devaient demander des factures même à Noël pour la crèche et les gâteaux de Noël.
Et pour la galette des Rois, le jour des Rois mages.
L'été, elles demandaient des factures pour les maillots de bain, pour les bouées, pour les brassards, pour les matelas gonflables et pour les glaces.
À Carnaval, des factures pour les déguisements.
La Semaine Sainte, des factures pour les gâteaux de la Semaine Sainte.
Le Jeudi Saint, le Vendredi Saint, le jour du Christ Attaché, le jour de la Vierge de Puertocampo et le jour de la Saint-Jacques, des factures pour les bougies et les cierges.
Le jour de Castilla y León, des factures pour les drapeaux de Castilla y León qu'on accrochait aux balcons.
Le jour de l'Hispanité, le jour de la Constitution et les jours où jouait l'équipe d'Espagne, des factures pour les drapeaux d'Espagne qu'on accrochait aussi aux balcons.
Le jour où le Barça jouait, des factures pour les drapeaux du Barça pour les supporters du Barça.
Le jour où le Real Madrid jouait, des factures pour les drapeaux du Real Madrid pour les supporters du Real Madrid.

Mais ceux-là on n'avait pas le droit
de les accrocher aux balcons.

Pour la Journée de la Paix, les assistantes
allaient à la mercerie.
Cela ne coûtait que 20 pesetas mais elles
demandaient la facture des trois mètres de bande
pour fabriquer les rubans blancs.
Pour la Fête des Mères, c'étaient des rubans violets.
Pour la Journée du Sida, c'étaient des rubans rouges.
Pour la Journée du Cancer, c'étaient des rubans verts.
Pour la Journée de la Croix-Rouge,
c'étaient aussi des rubans rouges.
Pour la Journée du Cancer du Sein,
c'étaient des rubans roses.
Et les jours où l'ETA tuait quelqu'un, les
assistantes demandaient aussi une facture
à la mercerie pour les rubans noirs.

Pour la Journée Sans Tabac, les assistantes
allaient au bureau de tabac.
Au lieu d'acheter des cigarettes, les assistantes
achetaient des chewing-gums et elles demandaient
une facture pour les chewing-gums.
Ce jour-là, les assistantes ne fumaient pas
et les pensionnaires qui avaient le droit de fumer
de temps en temps n'avaient pas le droit de fumer.
Comme ma cousine Patricia.
On lui enlevait sa cigarette de la bouche.
On la cassait en deux sous son nez.

On la jetait par terre.
On l'écrasait.
Et on lui donnait un chewing-gum en vérifiant
qu'elle le mettait bien dans sa bouche.
Mais ça, c'était au nouveau CRUDI.

À la Saint-Valentin, une facture pour les roses rouges.
À la Toussaint, une facture pour les fleurs des morts.
À la Journée de la Lecture, une facture pour les livres,
même si beaucoup de pensionnaires ne savaient pas lire.
Moi je savais lire mais je dois dire que je
lisais très mal à cette époque.
Même si je lisais, je ne comprenais pas ce que je lisais.
Pour ma première Journée de la Lecture
au CRUDI, comme pour toutes les autres
Journées de la Lecture après, les assistantes
nous ont emmenés à la bibliothèque.
J'ai tellement aimé la bibliothèque et la bibliothèque sentait
tellement bon et il y avait tellement de jeunes qui étudiaient
que cela m'a donné envie d'apprendre à bien lire.
Alors on m'a emmenée dans une école pour les adultes.
Mais je n'aimais pas du tout cette école.
Parce qu'il n'y avait pas de jeunes,
seulement des vieilles et des vieux.
La plus jeune, c'était moi.
Mais après cela a changé grâce à ma cousine Natividad.

Maintenant oui, je vais parler de Natividad.
Parce que cela a un rapport avec l'histoire de ma vie.

Avant d'avoir son syndrome des Portillons,
ma cousine Natividad lisait beaucoup de livres.
Parce que ma cousine aimait beaucoup étudier.
Elle allait à l'école et aussi au conservatoire de danse.
Après elle est allée au lycée et aussi
au conservatoire de danse.
Après elle est allée à l'université et elle
a continué aussi à aller au conservatoire de danse
et en plus elle allait à des cours d'anglais.
Le conservatoire de danse est l'endroit
où les gens vont apprendre à danser.

Pendant les vacances, ou pendant le week-end,
ou pendant la semaine, Nati venait à Somorrín
pour faire la fête avec ses amis du lycée.
Elle en profitait pour me rendre visite au CRUDI.
D'abord à l'ancien CRUDI.
Après au nouveau CRUDI, quand j'étais
avec Patricia et Margarita.

Pendant ses visites, Natividad lisait avec moi.
C'était plus amusant qu'à l'école pour les adultes.
À l'école pour les adultes, on ne faisait que des
lignes d'écriture dans des cahiers d'écriture.
Ou alors on lisait des livres pour les enfants.
Même si cela s'appelait l'école pour les adultes.

Nati et moi, on lisait des vrais bons livres.
Des vrais bons livres avec des choses
qui arrivaient vraiment aux gens.

Pas des histoires fantastiques pour les enfants
qu'un adulte ne croirait jamais.

La Méthode dit : « Utilisez des marqueurs de
politesse, comme “s'il vous plaît” ou “merci”. »
Marqueur signifie mot ou chose
qui sert à faire une marque.
Mais pas une marque de boisson ou de vêtement
ou de voiture ou de téléphone, comme
Coca-Cola ou Zara ou Seat ou Samsung
Galaxy 5G comme mon téléphone.
Attention, je ne fais pas de publicité pour des marques.
Je les écris juste pour donner des exemples.

Marque ne signifie pas marque comme une entaille
quo tu fais dans du bois avec un couteau.
Ou la marque du maillot quand tu as été au soleil.
Ou la marque au fer rouge sur les fesses des vaches.

Dans ce cas-là, marque signifie : écrire un mot
qui signifie quelque chose.
Et dans ce cas-là, cela signifie politesse.
Il faut faire très attention avec le mot marque.
Parce qu'il y a encore plus de polysémie
que dans le mot justifier.
Politesse veut dire bonne éducation.

Je remercie Natividad Lama Huertas de m'avoir
appris à bien lire et à bien écrire et à trouver
de vrais bons livres à la bibliothèque.

Grâce à elle j'ai commencé à aimer
les écrivains et à aimer écrire.
C'est pourquoi aujourd'hui j'essaie de devenir écrivaine.

Cela me fait de la peine que Nati ne puisse
pas lire ce marqueur de politesse à cause
de son handicap intellectuel sévère.

Ma cousine Natividad a eu son accident et après elle
est devenue pensionnaire du nouveau CRUDI.
Quand c'était la Journée de la Lecture et qu'on nous
donnait des livres, Natividad les lisait toujours.
Mais après dix secondes de lecture,
ses portillons se fermaient.
Elle jetait le livre par terre.
Ou elle lui donnait des coups de pied.
Ou elle le lançait sur la personne qui lui avait
donné et elle se mettait à l'insulter.
Ou elle arrachait les pages.
Ou elle le brûlait.
Ou elle le mordait.
Ou elle le passait sous l'eau et elle criait
aux autres pensionnaires de ne pas lire ce livre.
Elle criait cela aussi à ceux qui ne savaient pas lire.

Même si ce ne sont pas des manières,
je comprends pourquoi elle faisait cela.
Natividad faisait cela parce que c'étaient
des livres pour les enfants.
C'est vrai qu'il existe aussi des bons livres pour les enfants.

Par exemple « Harry Potter »
ou « Le Seigneur des anneaux » ou « Twilight ».

Je n'ose pas montrer à Nati le roman que j'écris
sur WhatsApp, au cas où elle ferait pareil avec mon téléphone.
Mais quand mon livre sera publié, je ferai avec
elle pareil que ce qu'elle a fait avec moi.
Je m'assiérai à côté d'elle pour lire et
je lui ferai aimer lire à nouveau.

Aujourd'hui on a de la chance parce
que la Lecture facile existe.

La page 21 de la Méthode dit : « La Lecture facile
représente un outil de compréhension de l'écrit et un outil
d'encouragement à la lecture pour attirer des personnes
non habituées à la lecture ou qui s'en sont vu privées. »

C'est exactement le cas de ma cousine Natividad.

Après il est écrit : « Cet outil se propose comme
une solution pour faciliter l'accès à l'information,
à la culture et à la littérature, en tant que droit fondamental
des individus, égaux en droits, peu importe leurs capacités.
Mais ce n'est pas là seulement un droit : c'est un droit
qui permet de faire valoir d'autres droits, comme celui
de la participation, afin d'avoir le choix de décisions
pouvant se révéler importantes dans la vie
de chacun ; de même que la possibilité de fonctionner
en autonomie dans l'environnement actuel qui produit

un volume de textes sans précédent historique,
sur support papier comme en numérique.
Parler d'accessibilité des contenus écrits ne signifie
pas seulement parler d'accès à la littérature,
aux journaux, aux encyclopédies, aux agendas,
mais aussi d'accès aux lois, aux documents
administratifs, aux rapports médicaux, aux contrats
et à tout autre texte présent dans la vie quotidienne.
La compréhension de l'écrit est une capacité que n'ont
malheureusement pas tous les êtres humains. »
J'ai recopié cette partie très longue parce
qu'elle me semble très importante.
Mais je ne l'ai pas recopiée exactement pareil.
Les mots sont pareils mais la forme est différente.
Parce que dans ce livre sur la Lecture facile,
les lignes ont presque toutes la même longueur.
Les lignes vont toutes d'un côté à l'autre
de la page sans presque laisser de trous.
Cela signifie que ce sont des lignes justifiées.

Maintenant je me rends compte que c'est un peu bizarre.
L'écrivain de ce livre dit qu'en Lecture facile
il ne faut pas justifier ni faire d'alinéas.
Mais il justifie et il fait des alinéas.

Il y a aussi une autre chose que je trouve bizarre.
Dans ces lignes, il y a beaucoup de mots difficiles.
Par exemple : représente, compréhension,
encouragement, capacités, participation,
choix de décisions, fonctionner en autonomie,

environnement, numérique, texte, accessibilité,
accès, lois, administratifs, rapports, contrats.
L'écrivain n'explique aucun de ces mots
difficiles comme je le fais.
Moi je les explique presque tous.
Les mots que je n'explique pas, c'est pour ne pas faire
trop de digressions.
Et pour apprendre aux lecteurs à utiliser le dictionnaire.

Mais cet écrivain n'explique aucun mot.

C'est une contradiction parce qu'à la page 70
il dit : « Expliquez les mots moins communs
ou complexes à travers la contextualisation,
à l'aide d'images et en expliquant le sens. »
Mais l'écrivain n'écrit pas sans justifier
ni faire d'alinéa comme je l'ai recopié.
L'écrivain justifie et il fait des alinéas.
Et il n'explique pas ce que veut dire contextualisation.

En lisant les pages du PDF de la Méthode,
je me rends compte que tout le livre est justifié.
Il y a des alinéas partout et très peu
de mots difficiles sont expliqués.
Un PDF est un livre que tu télécharges sur Internet.

Et il y a encore une chose plus grave.
Dans cette partie que j'ai recopiée,
il y a un accident sémantique de polysémie.
Cet accident est le mot outil.

Parce qu'il y a énormément d'outils mais
l'écrivain n'en explique aucun.

Si cet écrivain a écrit un livre sur comment
écrire en Lecture facile, on suppose qu'il sait
très bien ce qu'est la Lecture facile.
Non?
Alors pourquoi le fait-il aussi mal?
Ou peut-être que c'est moi qui ne le fais pas bien?
C'est très bizarre parce que ma référente
qui lit tous mes messages sur le groupe
WhatsApp Roman de María dels Àngels
met toujours beaucoup d'émojis.
Des émojis qui disent que c'est bien.
Les émojis sont les petits dessins sur WhatsApp.
Ma référente envoie toujours des têtes qui sourient,
des pouces en l'air, des applaudissements, des têtes
surprises, des bisous, des chapeaux pointus, etc.
D'autres camarades du groupe aussi
m'envoient des émojis.
Mais ces camarades ne sont pas
des spécialistes de la Lecture facile.
Ce sont des personnes non habituées
à la lecture ou qui s'en sont vu privées.
Privé n'a rien à voir avec une maison ou un terrain.
Une maison ou terrain qui est à toi et où personne
ne peut entrer sans ton autorisation.
Cela n'est pas non plus comme la vie privée.
La vie privée, c'est ta vie intime et tes secrets
que personne ne peut connaître.

Dans ce cas-là, priver signifie tout le contraire.
Cela signifie qu'on t'a enlevé quelque chose.
Il faut faire très attention avec la polysémie du mot priver.

J'ai écrit cette dernière explication
de la polysémie sans plaisir.
Je suis peut-être en train de vivre une crise de la créativité.
Comme en vivent tous les écrivains
à un moment de leur carrière.
Crise de la créativité signifie ne pas avoir d'inspiration.
Cela n'a rien à voir avec la crise de l'économie,
du chômage, des banques et des coupes budgétaires.
Être créatif veut dire inventer des choses
avec l'art et la culture.
Inspiration signifie art, imagination
et envie d'inventer ces choses.
Dans ce cas-là, la carrière veut dire ton travail.
Pas la carrière avec des pierres dedans.
Je me rends compte que ce chapitre de mon roman
a deux fois plus de pages que les autres chapitres.
Peut-être que je travaille trop et que j'aurais
besoin de déconnecter.
Je partirais un week-end dans un endroit tranquille.
J'irais faire une promenade, prendre un café,
retrouver de vieux amis et lire des vrais bons
livres qui me donneront de l'inspiration.
Je vais demander conseil à ma cousine
Natividad, comme avant.
Parce que même si maintenant elle est handicapée
intellectuelle sévère, cela fait plusieurs jours

qu'elle apprend à lire à ma cousine Margarita
et à d'autres gens du Groupe Autogestionnaire.
Elle leur apprend à lire avec des cahiers.

Je pense que ce ne sont pas des cahiers
d'écriture pour les enfants.
Parce que Natividad peut les lire sans
que ses portillons se ferment.

Ceci n'est pas un adieu, chers lecteurs et chères lectrices
du groupe WhatsApp Roman de María dels Àngels.
Ce n'est qu'un au revoir.

Au revoir.

D'INTERPRÉTATION
DE SAN SEBASTIAN
2009
DANCE FILM FESTIVAL
2010
PRIX DU PUBLIC
2010
MEILLEURE ACTRICE
GOYA 2010
TOI AUSSI
découvre comment faire à la
Xarxa de biblioteques Municipals
de Barcelone
Ou en assistant à la prochaine harangue hétéropatriarcale RÉGURGITÉE PAR
Paco ALAMEDA
le héros du film
Moi aussi
YO TAMBIÉN
JE VEUX ÊTRE
UN MACHO
à la Résidence Urbaine pour Déficients Intellectuels RUDI-Barceloneta
mardi prochain 5 sept. 2018 à 18 H

COMMUNIQUÉ à l'attention des recluses hebdomadaires du Groupe

Chères camarades de captivité,

Comme si on n'en soupait déjà pas assez d'être confinées
tous les mardis après-midi dans cette salle blanche et
hygiéniste à néons blafards,
un fasciste va venir nous tenir le crachoir.
C'est un macho de la droite catho la plus
pelliculeuse, qui a joué dans un film
et écrit un bouquin.
Son nom est **Patxi Pereda**.
Le film étant celui que notre geôlière **Laia Buedo**
nous a forcées à regarder il y a 15 jours.
Ça s'appelle **"Moi aussi je veux être un macho"**.

La geôlière ne voyant pas son sadisme assouvi
(typique des gens payés pour exercer
la violence capitaliste/institutionnelle)
sur nos visages ennuyés ou indignés ou stupéfaits,
elle nous a forcées à lire à voix
haute plusieurs extraits du laïus machiste
intitulé **"Élever son gosse handic : Manuel du parfait petit macho"**.

Comme vous pouvez le constater rien que par ces titres,
l'œuvre de ce néolibéral autoritaire tourne autour de <u>la machisterie</u>
et des bénéfices à en tirer.

Autogestionnaire d'Entraide Mutuelle de la Barceloneta

et du Club de lecture en LECTURE FACILE

Devant la présence imminente du macho-facho-néolibéral **Pepo Pallás**,
accompagné de la geôlière **Buedo** et de la maire **Gómez**
le **5 septembre 2018 à 18 heures**,
ce fanzine souhaite soulever une série de questions
et proposer une série de réponses.
Son objectif est de générer un vrai débat
et pas ces interrogatoires que **Laia Buedo** appelle débats
et qu'elle nous force à faire après avoir lu Les 3 petits cochons à la con
ou un article sur ces conneries de corruption ou d'élections,
comme si la collusion des élites nous intéressait trois secondes.
Les seuls débats qui nous intéressent, nous recluses, sont au nombre de 2 :
1. Les conditions favorisant la domination et le contrôle
d'absolument tous les aspects de notre vie.
2. Les moyens de dépasser, éliminer ou esquiver de telles dominations ;
c'est-à-dire de nous émanciper du joug de nos multiples polices :
directeurs de prison, idéologues, patrons, gardiens, briseurs de grève,
docteurs, professeurs, régents, proxénètes, stylistes et parents
autoritaires.

Nous en avons marre qu'elles décident y compris de nos sujets de discussion
du mardi après-midi de notre Groupe Autogestionnaire.
Aujourd'hui c'est nous qui posons les questions, mais pas à elles,
car nous connaissons déjà leurs réponses mensongères soufflées par le capital.
Aujourd'hui nous nous interpellons nous-mêmes,
sans avoir besoin d'un modérateur qui, comme son nom l'indique,
s'occupe de modérer, de calmer et par conséquent de censurer
notre manière d'exprimer nos inquiétudes.

1) Pourquoi Pepo Pallás est-il un macho fasciste néolibéral ?

2) Pourquoi nos geôlières sont-elles si ENTHOUSIASTES à l'idée que Pepo Pallás vienne nous parler EN PERSONNE ?

3) Nous, recluses de la RUDI-Barceloneta, devons-nous/pouvons-nous prévoir quelque chose à l'occasion de sa visite ?

Pepo Pallás : *Des familles qui ont une responsabilité énorme envers leurs enfants et leurs proches trisomiques et qui me considèrent comme une référence. Donc, moi, pour eux, je dois rester une référence. Je ne peux pas faiblir. Non, je ne peux pas… je ne peux pas faiblir.*

Intervieweur : *Vos jambes ne doivent pas trembler.*

Pepo Pallás : *Mes jambes ne doivent pas trembler. Je dois rester un Don Quichotte des trisomiques et des familles trisomiques* (sic). *Car élever un enfant trisomique, avoir confiance en eux… c'est dur. C'est très dur. Et bien sûr, il doit y avoir quelqu'un qui vous serve d'exemple, de référence pour pouvoir garder foi en l'éducation de votre enfant.*

BRÈVE INTRODUCTION AUX PIÈGES DE L'IDÉOLOGIE

1. LA NÉGATION DE L'UNITÉ DE TOUS LES RÉPRESSEURS

La distinction entre les trois catégories suivantes : macho, fasciste et
néolibéral
proposée par ce fanzine n'a de sens qu'à des fins pédagogiques.
Nous utilisons cette différenciation méthodique et analytique
afin de donner accès à ces termes aux recluses
qui ont été privées du plaisir de la politisation
et qui, vivant dans une société capitaliste, sont une majorité.

(La politisation est le processus par lequel nous nous débarrassons de
l'idéologie et nous nous approprions la réalité.
Nous tâcherons d'expliquer plus bas ce que sont l'idéologie et la réalité)

Cependant, les attributs du macho, du fasciste et du néolibéral
sont quotidiennement indissociables,
c'est-à-dire dans notre réalité quotidienne, soit la seule existant
en tant que seule susceptible d'avoir raison de nous
ou d'être modifiée par nous.

Ainsi donc, la réalité nous indique que tous les machos sont des fascistes
et que tous les fascistes sont des néolibéraux
et donc que tous les néolibéraux sont des machos.
Tout lien identitaire entre ces trois concepts est avéré.

Il est logiquement corroborable, en plus d'être irréfutable.

Hors de notre réalité quotidienne, il n'y a que virtualité
ou idéologie, ce qui revient au même.

L'idéologie est l'ensemble du foutage de gueule
dont se servent les machos fascistes néolibéraux et leurs complices
pour nous convaincre toutes
que la férule/domination qu'ils exercent sur nous est une bonne chose,
quand la réalité nous indique pourtant que cette férule est,
en ce qui nous concerne, une mauvaise chose, car elle nous fait souffrir.
La férule n'est une bonne chose que pour ceux qui l'exercent.

Tandis que nous éprouvons du plaisir dans la politisation,
eux en éprouvent dans l'accumulation de pouvoir matériel et symbolique
à nos dépens (exploitation), à leurs propres dépens (autoexploitation)
ou aux dépens de ces deux exploitations combinées.

(Ceci est un résumé et une adaptation de ce qu'ont dit, en 1845,
ces papis Mougeot de Karl Marx et Friedrich Engels.)

Et ceci, camarades, ceci est l'idéologie de la férule.
En ayant dit idéologie, il n'est d'ailleurs pas la peine de parler de férule,
car autant économiser un mot.

Pour elle (l'idéologie), les machos, les fascistes et les néolibéraux
sont des catégories parfaitement dissociées, en théorie comme en pratique,
partant du principe que les machos ne sont pas forcément tous fascistes

et/ou néolibéraux, et vice versa, et vice-versa, et vice versa.
Nous égrainerons sommairement ici les distinctions idéologiques qui brisent l'unité réelle du macho/facho/suppôt du capital.
Briser ainsi cette unité est stratégique pour l'idéologie :
elle veut nous faire croire que, dans ce que l'on appelle des sociétés démocratiques, le Léviathan dominateur n'existe pas.
L'existant, ce sont des individus, des entreprises, des groupes ou des partis avec une ou plusieurs préférences personnelles ou politiques qui doivent être respectées pourvu qu'elles respectent l'ordre institutionnel.
Cela, l'idéologie l'appelle « pluralisme démocratique » ou « liberté idéologique ».

L'idéologie en appelle donc au respect des machos fascistes néolibéraux tandis que, pour avoir ébranlé l'ordre institutionnel susmentionné, nous sommes estampillées irrespectueuses, déraisonnables, folles, haineuses et féminazies.
D'après l'idéologie, les fascistes ce seraient nous, les prisonnières.

Un argument très récurrent et répandu au sein de l'idéologie
consiste à dire qu'il y a plusieurs idéologies,
dont deux plus importantes qui structureraient le reste :
l'idéologie de gauche et l'idéologie de droite.
L'idéologie de gauche par antonomase serait le communisme,
et l'idéologie de droite par antonomase serait le fascisme.
Entre les deux, il y aurait ce que l'on appelle la démocratie représentative.

Cependant, ce que la réalité nous montre clairement,
c'est qu'entre un extrême et un autre, il n'y a que des fachos, qui

se différencient uniquement par leur usage rhétorique du discours,
de sorte que nous pouvons parler de fachos de gauche et de fachos de droite.
Il n'est d'ailleurs pas rare d'entendre parler d' « unité de tous les démocrates ».

(Pour l'idéologie, la rhétorique est l'oratorio virtuose du politicien institutionnel.
Pour la réalité, la rhétorique est la stratégie de communication du dominateur visant à diffuser sa tyrannie et les mensonges du capital.)
Pour l'idéologie, le fascisme est une idéologie parmi d'autres,
correspondant exclusivement à deux périodes historiques :
celle de l'entre-deux-guerres et celle de la seconde guerre mondiale.
Mais la réalité montre que le fascisme va beaucoup plus loin.
Le fascisme est une technique de contrôle des populations et des territoires appliquée par tous les États et Empires du monde
depuis la création des premiers partis bourgeois au milieu du XIXe siècle
et jusqu'à nos jours.

Et puisque nous mentionnons ici le capital, nous dirons que, pour l'idéologie,
le néolibéralisme est la proposition économique de la droite impérialiste.
La réalité, cependant, met régulièrement en évidence que le néolibéralisme est de nos jours la proposition économique commune de tous les dominateurs.
Les fascistes de gauche l'appellent collectivisme ou capitalisme d'État,
et les fascistes de droite libre marché ou concurrence libre et non faussée.

En dernier lieu, pour l'idéologie, « mâle » n'est pas une catégorie politique,
mais biologique, et qui se réfère à la fonction reproductrice des espèces.
Pour l'idéologie, il n'y a pas de mâles mais des machistes.

Un machiste serait quelqu'un qui méprise, nie ou chosifie les femmes,
plus répandu chez les fachos de droite que les fachos de gauche,
d'après la supercherie différencialiste des modalités de férule.
Mais dans la réalité, le mépriseur de femmes va beaucoup plus loin :
sera considéré comme mépriseur tout individu qui ne baise pas *comme* il
voudrait baiser, *quand* il voudrait baiser et *avec qui* il voudrait baiser.
Nous voyons ainsi clairement que le mâle politique fonde sa domination
sur la fonction reproductrice niée par l'idéologie
et au nom de laquelle il humilie, viole et assassine.
Machiste est le mot employé par l'idéologie
pour favoriser l'assimilation des femmes au néolibéralisme,
ce que l'idéologie appelle « suffrage universel », « insertion dans le marché du travail », « conciliation de la vie professionnelle et familiale », « parité », « égalité », « dépassement du plafond de verre », « accès aux postes à responsabilité » ou « égalité des chances ».

2. LA CRÉATION D'UNE FAUSSE COMMUNAUTÉ D'INTÉRÊTS

Nous venons de voir que l'idéologie nie le fait
que son désir de domination soit unique et indivisible
et qu'il soit présent chez tous ses agents.
Nous avons également vu comment elle nie l'évidente convergence
des attributs du mâle (ou macho), du fasciste et du néolibéral
afin de pouvoir exercer, reproduire et perpétuer sa domination.

Il se trouve en outre que, de même que l'idéologie se pense plurielle
et nie son unité ou hégémonie (comme l'appellent certains fachos de gauche,
avec en tête Axelrod, Lénine et Gramsci),
elle affirme que les dominateurs et les dominés

font partie d'une seule et unique communauté.
Dans cette communauté, dominateurs et dominés
partageraient les mêmes besoins et les mêmes désirs.
Pour nous, prisonnières, tout ceci est évidemment faux, virtuel ou idéologique
car, ainsi que nous venons de le voir,
le plaisir des dominateurs réside dans l'exercice de leur emprise
et le plaisir des dominées ou prisonnières réside dans la politisation.
Les intérêts des dominateurs et ceux des dominés
sont non seulement différents, mais aussi contradictoires.
Eux veulent nous soumettre,
tandis que nous voulons en finir avec notre soumission.
Eux veulent exercer leur violence sur nous,
tandis que nous voulons nous émanciper de leur violence.
Par conséquent, cette communauté d'intérêts partagés
inventée par les dominateurs
est clairement une fausse communauté d'intérêts.
Il est facile de reconnaître grâce aux noms donnés par les dominateurs
cette communauté et ses membres, dans laquelle il n'y aurait ni dominateurs
ni dominés, ni geôlières ni prisonnières.
Actuellement, l'idéologie relais du macho-facho-néolibéral
appelle cette fausse communauté d'intérêts « État démocratique »
et ses membres, qu'ils soient prisonniers ou geôliers,
s'appellent « citoyens » et « citoyennes ».
En d'autres périodes et en d'autres lieux du monde, l'idéologie de l'oppression a appelé
« peuple » cette fausse communauté d'intérêts
et ses membres « ouvriers », « classes populaires » ou « honnêtes gens ».
On l'appelle aussi souvent « nation », et ses membres
« nationaux » de la nation concernée si c'est une nation avec un État,
ou « combattants pour l'indépendance » si c'est une nation sans État.

La fausse communauté d'intérêts la plus vaste de toutes

est « l'humanité »,

constituée par « les êtres humains ».

Il existe des fausses communautés d'intérêts à plus petite échelle.

L'une des plus fameuses s'appelle « l'entreprise », et ses membres « une équipe ».

Ou encore « le parti »,

dont les membres sont « les démocrates », « les travaillistes » ou « les patriotes », selon qu'il s'agisse de fachos de gauche ou de fachos de droite.

Une autre de ces communautés très répandue s'appelle « la famille »,

et ses membres « les proches ».

Dans notre situation concrète de prisonnières,

la fausse communauté d'intérêts RUDI-Barceloneta

est appelée « communauté pour l'intégration » par nos geôlières,

qui nous considèrent, elles et nous, comme « membres d'une grande famille ».

De la même manière qu'avec la rupture de l'unité idéologique,

la fausse communauté d'intérêts est aussi stratégique pour l'idéologie.

Celle-ci s'en sert pour nous faire croire qu'il n'existe que de petites différences entre dominateurs et dominés, autrement dit, entre geôlières et prisonnières.

Actuellement et dans notre zone géographique, ces différences

sont censées être propres au pluralisme dont nous avons déjà parlé,

c'est-à-dire, de fausses différences résolues via des procédés démocratiques,

c'est-à-dire, via des jeux de société inventés par les dominateurs

afin de maintenir les dominés dans leur état de dominés.

Il n'est pas étonnant que les règles écrites et non écrites de tels procédés

s'appellent « le jeu démocratique ».

3. TROIS EXEMPLES D'IDÉOLOGIE

Exemple n° 1

(Interview de Juan Soto Ivars,
journaliste et auteur de *Arden las redes*
[~~Les réseaux brûlent ?~~ Brûlez les réseaux ?])
La Vanguardia, 11 mai 2017, dernière de couverture

La post-censure nous fait-elle taire ?

La parole libre génère du bruit, l'offense libre génère du silence. Nous devenons de plus en plus lâches… et nous nous taisons, au cas où ! La post-censure fait du mal au pluralisme, elle vous fait du mal à vous, à moi… à tout le monde !

Qu'est-ce que la post-censure ?

La censure postmoderne : elle n'est plus verticale, elle est horizontale.

Horizontale ?

Elle ne vient plus d'en haut, elle n'a pas besoin d'état totalitaire : c'est la société qui l'exerce, vos égaux, des groupes de toute sorte.

Quels groupes ?

Des groupes de belliqueux animalistes, féministes, catholiques, de gauche, de droite, chauffeurs de taxi, indépendantistes, espagnolistes… Dites quelque chose qui leur semblera faux : ils se sentiront blessés… et ils vous lyncheront.

Du lynchage virtuel ?

Tous les jours quelqu'un est montré du doigt et insulté, on récolte des signatures pour le faire virer, on boycotte son spectacle, on retire ses livres de la vente…

Avez-vous déjà lynché quelqu'un ?

Non, car la libre opinion ne me fait pas peur, que ce soit celle d'un nazi ou d'un machiste : je l'exécrerai, mais je préfère qu'il l'exprime plutôt qu'il la taise et devienne un martyr ou un Trump.

Et si quelqu'un vous lynchait ?

C'est déjà arrivé, et je n'ai pas pris la peine de passer du statut de victime à celui de bourreau.

Pourriez-vous me donner des exemples de harcèlement virtuel ?

On a lynché l'humoriste Jorge Cremades, les twittos Casandra Vera ou Justine Sacco, l'auteure de littérature jeunesse María Frisa, le cuisinier Jordi Cruz…

Quel était leur crime ?

D'avoir dit quelque chose. Quelque chose d'incorrect pour quelqu'un. Casandra, à cause d'une blague sur Carrero Blanco. Justine, sur les Noirs. Le politiquement correct croit que ce que dit quelqu'un – plaisanterie, blague, opinion… – façonne la réalité. Et qu'en changeant sa représentation, on change le monde : censurer serait donc constructif.

On pourrait censurer comme cela la moitié de l'art et de la littérature universelle…

90 % ! Et le censeur s'estimera juste, et non censeur.

Est-ce qu'une blague machiste produit du machisme ?

On aura beau silencier toutes les blagues machistes, le machisme continuera… et on en aura fini avec le mot liberté.

On va vous traiter de machiste pour ça…

On m'a déjà collé les étiquettes « machiste », « raciste », « bisounours », « podémiste », « extrêmo-centriste », « fasciste », « bas du front »… Les étiquettes sont la clé de la post-censure : « Ne lisez pas Untel parce qu'il est (+ étiquette) ». Et alors là plus personne ne vous défend.

Sommes-nous plus susceptibles que jamais ?

Oui, à cause du filtre des bulles virtuelles.

Qu'est-ce qu'une bulle virtuelle ?

Les algorithmes des réseaux vous mettent en lien avec des gens qui ont les mêmes affinités que vous, alors vous vous habituez à un discours monocorde, vous oubliez le pluralisme… et vous

Juan Soto Ivars considère que les opinions des nazis,
les blagues sur Carrero Blanco, les blagues sur les noirs
et les blagues sur les femmes
font toutes partie de ce qu'il nomme pluralisme, démocratie ou *parole libre.*

Observons comment l'interviewé estime que les
attaques dirigées contre un dictateur bien précis
et les opinions des partisans d'un courant fasciste
aussi facilement reconnaissable que le national-socialisme
cohabitent dans le même panier pluriel, démocrate et libre
que les attaques dirigées contre deux catégories vastes
qu'il appelle « les noirs » et « les femmes ».

Ainsi donc, un nazi qui insulte un noir ferait
exactement la même chose qu'un noir qui insulte un nazi :
utiliser sa *parole libre.*
La réalité, cependant, est édifiante lorsqu'elle nous montre
que quand les nazis insultent les noirs
ils utilisent leur position de pouvoir au sein de l'idéologie,
laquelle, étant comme eux, les protège et leur bénéficie.

Prenons un exemple simple :

Rappelons-nous la Garde Urbaine de Barcelone
qui insulte de manière raciste et frappe les *manteros*,
les vendeurs à la sauvette.
Ces agents ont reçu le soutien de leur cheffe, la maire Ada Colau,
et n'ont jamais été inquiétés.

Or, quand un noir insulte un nazi, l'idéologie le réprime et le censure.

Rappelons-nous ces mêmes *manteros* se défendant de cette même Garde Urbaine
et la façon dont la municipalité de Barcelone, sa cheffe Ada Colau en tête,
s'est constituée partie civile contre les *manteros* lors du procès.

Fait également partie de ce pluralisme loué par Juan Soto Ivars
la simple existence de *groupes belliqueux animalistes, féministes, catholiques,*
de gauche, de droite, indépendantistes, chauffeurs de taxi, espagnolistes...,
la liste restant ouverte.

(Notez bien le sarcasme de Soto Ivars considérant les chauffeurs
de taxi comme une idéologie parmi d'autres, laissant ainsi entendre,
d'une part qu'il y a bien d'autres idéologies que celles déjà citées,
et d'autre part que tous les taxis pensent la même chose et sont
particulièrement « belliqueux »).

Pour Soto, chacun de ces individus ou groupes d'individus possède
une manière propre de comprendre le monde qui se doit d'être respectée.

[L]a libre opinion ne me fait pas peur, que ce soit celle d'un nazi ou d'un machiste :
je l'exécrerai, mais je préfère qu'il l'exprime plutôt qu'il la taise.

Voici donc le respect dû aux macho-fachos-néolibéraux
que nous énoncions en introduction et que Soto corrobore.

S'ils ne sont pas respectés, le pluralisme/la démocratie/la parole libre vacillent,
et ce vacillement *vous fait du mal à vous, à moi... à tout le monde !*

C'est-à-dire qu'il fait du mal à une communauté à laquelle appartiennent
l'intervieweur (*vous*), l'interviewé (*moi*) et n'importe qui d'autre (*tout le monde !*).

On hait indistinctement. Il est difficile de haïr avec précision. Avec la précision viendraient la tendresse, le regard ou l'écoute attentifs, avec la précision viendrait ce sens de la nuance qui reconnaît chaque personne, avec ses inclinations et ses qualités multiples et contradictoires, comme un être humain. Mais une fois les contours estompés, une fois les individus rendus méconnaissables comme tels, il ne reste que des collectifs flous pour destinataires de la haine. On peut dès lors diffamer et rabaisser, hurler et fulminer à l'envi contre *les* juifs, *les* femmes, *les* mécréants, *les* noirs, *les* lesbiennes, *les* réfugiés, *les* musulmans, ou encore *les* États-Unis, *les* politiciens, *l'*Occident, *les* policiers, *les* médias, *les* intellectuels[1]. La haine façonne son objet. Il est fabriqué sur mesure.

Exemple

n° 2

On hait vers le haut ou vers le bas, dans tous le
un axe de vision vertical, vers « ceux d'en haut »
d'en bas » ; c'est toujours la catégorie de l'« A
opprime ou menace le « soi-même », l'« Autre »
comme puissance menaçante ou comme objet
ment inférieur –

Emcke C., *Contre la haine*, trad. Élisabeth Amerein-Fussler, Seuil, Paris, 2017, p. 12-13 (édition de poche Points Essais).

L'autrice de ces lignes est Carolin Emcke, journaliste et écrivaine comme Juan Soto Ivars qui dans un article publié 20 jours après l'interview précédente la cite comme l'une de ses références :

Dans son essai intitulé « Contre la haine », **Caroline Emcke** nous rappelle que la seule façon d'arriver à l'égalité, ou de nous en approcher, est de mieux nous connaître les uns les autres. Cesser de nous voir comme des groupes qui s'opposent – Blanc, Noir, Musulman, Femme – et nous voir comme des individus.

Soto Ivars J., « Un festival réservé aux femmes noires, ou le ghetto volontaire des minorités », dans *España is not Spain*, blog du journal *El Confidencial*, 31 mai 2017.

La maîtresse à penser de Soto est une machotte-fachotte-néolibérale
certes plus fine que son disciple :
là où Soto admet l'existence de collectifs afin de mieux s'en affranchir,
Emcke nie jusqu'à leur existence.
Elle pense que tous ces groupes humains énumérés
ne sont que des sommes d'individus, de personnes ou d'êtres humains
aux *caractéristiques et inclinations diverses et contradictoires.*
Emcke, comme Soto, met dans le même panier *les lesbiennes* et *les* policiers,
Les politiciens et *les femmes*, *les États-Unis* et *les noirs.*
Elle cherche ainsi à nous faire avaler la rupture de l'unité idéologique
d'une manière plus sibylline que celle de Soto Ivars.

Carolin Emcke veut nous faire croire que « la diffamation », « le
mépris », « les cris » et « le chahut » réservés aux lesbiennes,
aux noirs, aux juifs ou aux musulmans
sont équivalents à ceux prodigués à la police, aux pays occidentaux,
aux moyens de communication, aux politiciens et aux États-Unis.
Pour Emcke, insulter un policier pour le fait qu'il soit policier est aussi
injuste qu'insulter un musulman pour le fait qu'il soit musulman.
D'une part, elle fait ainsi une comparaison fallacieuse
entre une personne définie par sa profession et une autre par son culte
religieux ; d'autre part, elle omet ce qu'omettent tous les humanistes,
qui est la différence de position de pouvoir (et non de caractéristiques
personnelles) qu'occupe un policier parce que agent de l'autorité ou un
musulman parce que pratiquant une religion diabolisée,
ou une femme parce que non-homme,

ou une lesbienne parce que non-homme et baisant avec des femmes.

L'humanisme néolibéral d'Emcke est si exacerbé et éloigné de la réalité qu'il dote le service administratif et politique nommé État de qualités humaines (les fameuses « caractéristiques diverses et contradictoires »), de la même manière que Disney fait parler les théières.

qui tendrait vers l'homogénéité. Le pluriel, dans l'acception de Hannah Arendt, naît au contraire de la diversité des particularités individuelles. Tous se ressemblent, mais aucun et aucune n'est équivalent à un ou une autre, voilà l'« étrange » et merveilleuse condition et possibilité de la pluralité. Toute introduction de normes visant à une « purification » des individus contredit cette conception de la pluralité.

Ibid., p. 198

Il nous faut également souligner son utilisation particulièrement idéologique du mot haine pour justifier la fausse communauté d'intérêts.

Ce n'est que si les schémas de haine sont remplacés, « si l'on découvre des similitudes là où auparavant l'on ne voyait que des différences », que l'empathie pourra naître[1].

Ibid., p. 196

Ce que Soto considérait être belliqueux ou du lynchage provoqué par le mensonge pluraliste de la différence d'opinions est pour sa maîtresse à penser de la haine *à volonté.*
Carolin Emcke cherche ainsi à dépolitiser les attaques que nous, prisonnières, lançons contre nos geôliers et désidéologiser celles que nos geôliers nous lancent.
Grâce à la haine, Emcke sentimentalise et universalise les attaques, en laissant entendre que toutes, d'où qu'elles viennent, sont provoquées par une tare de notre humanité commune qui ordonne que nous nous aimions tels les êtres humains que nous sommes.

Si j'attaque le policier, c'est par haine, non pas parce que le policier m'attaque.
Si le policier m'attaque, c'est aussi par haine, non pas parce qu'on le paie pour cela.

Ibid., p. 196

Le racisme et le fanatisme n'appellent pas seulement une résistance sur le fond, mais aussi dans la forme. Cela suppose précisément de *ne pas* se radicaliser soi-même. Cela suppose précisément de *ne pas* promouvoir par la haine et la violence le scénario fantasmé d'une guerre civile (ou d'une apocalypse). Nous avons besoin d'actions économiques et sociales dans les lieux et les structures où naît ce mécontentement qui sera détourné en haine et en violence. Si l'on veut prévenir le fanatisme, il faut se demander pourquoi tant de personnes tiennent si peu à leur vie qu'elles sont prêtes à la quitter pour une idéologie.

Il n'est pas étonnant
que la publication de son livre
Contre la haine
coïncide avec celui de
la campagne
Stop djihadisme
du Ministère de l'Intérieur

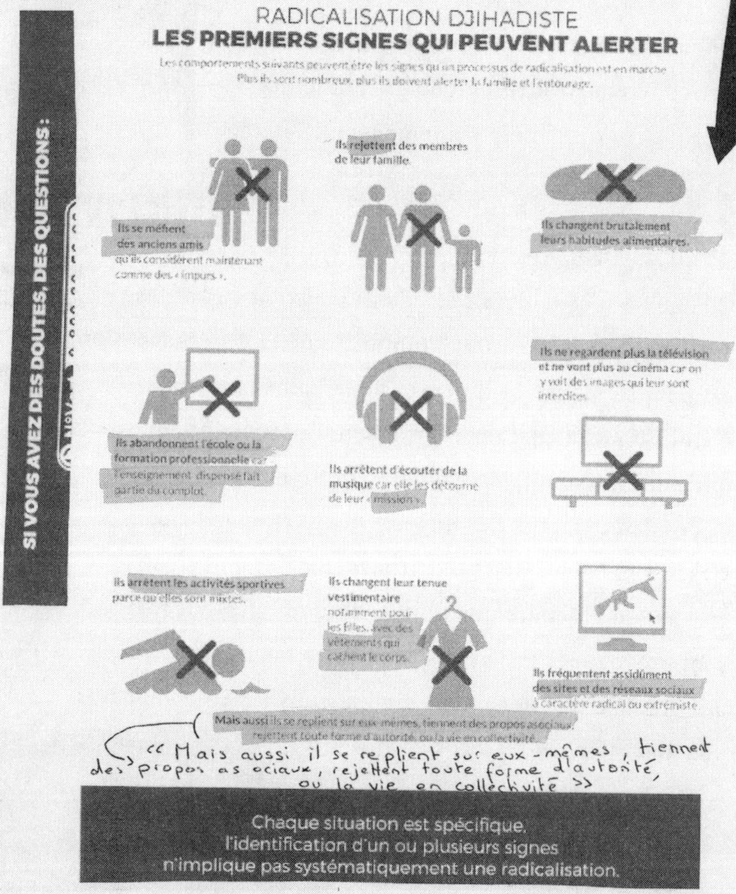

Que dit donc Carolin Emcke, Prix pour la Paix des Libraires Allemands, lorsqu'elle se proclame en faveur de la liberté de pensée et d'expression ? Elle dit que nous pouvons absolument tout questionner ; tout sauf la structure macho-facho-néolibérale qui soutient son État idéal.

Par conséquent, elle dit que nous ne pouvons être en désaccord avec rien de rien concernant *les pratiques et les conceptions déviantes de la vie bonne, de l'amour et du bonheur*,les divers *projets de vie*.., *les traditions ou les convictions religieuses*

écrit-elle littéralement à la page 199.

Et dans le paragraphe suivant, à la page 200 de l'édition de poche de son feuilleton primé *Contre la haine*, la pacificatrice Emcke prend la peine d'énumérer une douzaine de fêtes allemandes auxquelles elle assiste ou n'assiste pas, et qui sont la preuve vivante que nous pouvons tous vivre en cohésion dans une société laïque, ouverte et libérale où règne la diversité culturelle, sexuelle et religieuse.

À titre personnel, la diversité religieuse, culturelle ou sexuelle dans un État de droit laïque me rassure. Aussi longtemps que je vois ces différences dans l'espace public, je sais que sont préservés les espaces de liberté où je suis protégée en tant qu'individu avec toutes mes particularités, mes aspirations, mes pratiques et mes convictions éventuellement divergentes. Je me sens moins vulnérable lorsque la société dans laquelle je vis accepte et supporte des visions de la vie, des convictions religieuses ou politiques variées. Dans cette perspective, les modes de vie ou d'expression dont je suis moi-même éloignée me rassurent également. Elles ne m'importunent pas. Elles ne me font pas peur non plus. Au contraire, les rites ou les fêtes, les pratiques ou les habitudes diverses me réjouissent. Que les gens préfèrent les fanfares ou le festival de Bayreuth, sortent au stade du FC Union Berlin ou au café Südblock à Kreuzberg pour voir *Pansy presents*...[1],

[...] C'est même précisément cette ouverture qui crée un lien affectif avec une société qui défend et protège mes particularités individuelles, même si elles ne sont pas majoritaires, qu'elles soient désuètes, « branchées », étranges ou de mauvais goût.

Vivre réellement dans la pluralité suppose le respect mutuel de l'individualité et l'unicité de tous.

Ibid., p. 199-200- 201

Cette banalisation des possibilités de dissensus en les réduisant aux fêtes populaires et aux « particularités individuelles » constitue un excellent exemple de ce que l'idéologie construit sa conception du monde mâlo-facho sur les bases de la logique capitaliste que sont l'accumulation et la consommation :
plus il y a d'options sexuelles, mieux c'est ;
plus il y a d'options religieuses, mieux c'est ;
plus il y a d'individus et de projets de vie, mieux c'est ;
autrement dit : voir la vie et parler d'elle comme d'un supermarché répugnant.

Exemple n°3

PINEDA Pablo, *Niños con capacidades especiales. Manual para padres* [Comment élever son gosse handic : Manuel du parfait petit mâle], éditions Hércules, La Corogne, 2015, p. 52-53.

POURQUOI PÍO PALOMEQUE EST UN MACHO ?

Contrairement à la mère, le père se concentre davantage sur les aspects culturels et scolaires, et il est par conséquent celui qui doit se rendre compte que cet enfant « handicapé » ne l'est pas, et que, par conséquent, il faut le stimuler, le plus tôt possible.

Parce que pour lui, « BONNE MÈRE » = rôle traditionnel de subordination attribué à la femme consistant à :

1. Soin à la famille
2. Souffrance & abnégation
3. Élevage des enfants

CHAPITRE 2

La mère, pierre angulaire de la famille

Parce qu'il se permet d'expliquer aux femmes comment être de bonnes mères.

oui, Élevage

VOUS VENEZ D'AVOIR UN ENFANT

Si quelqu'un constitue l'âme de la famille – car cette personne l'a créée, a su gérer ses problèmes et ses ennuis, et porté cette responsabilité sur ses épaules – et fait en sorte qu'elle tienne, c'est bien la mère.
Vous les mères êtes celles qui prenez en charge l'éducation et le savoir-vivre de vos enfants, vous aussi qui passez le plus de temps avec eux, c'est pourquoi vous êtes si importantes pour [...]

vos enfants. Car d'abord ils dépendent de vous, mais ils pourront à leur tour devenir très importants pour vous dans le futur, car vous deviendrez peut-être dépendante de vos enfants.

Quand les enfants sont petits, votre rôle est crucial car vous devez les élever et les éduquer. [...]

Mais lorsque l'enfant grandit et arrive à l'adolescence, vous devez vous armer de patience, lui apprendre à être discipliné et continuer à lui transmettre des valeurs. Puis l'enfant finit par atteindre la maturité et alors on pense souvent que « le travail de la mère est

Ibid. p. 26

Il existe bien d'autres raisons de considérer que PéPé est un macho-ennemi. Rappelons ce que faisait son alter ego Daniel dans le film *Yo, también quiero ser un macho* [Moi aussi je veux être un macho], suite à ses tentatives ratées pour choper cette collègue qui lui plaît tellement lors d'une soirée chaud-bouillante où ladite collègue finit tout de même par lui foutre un râteau :

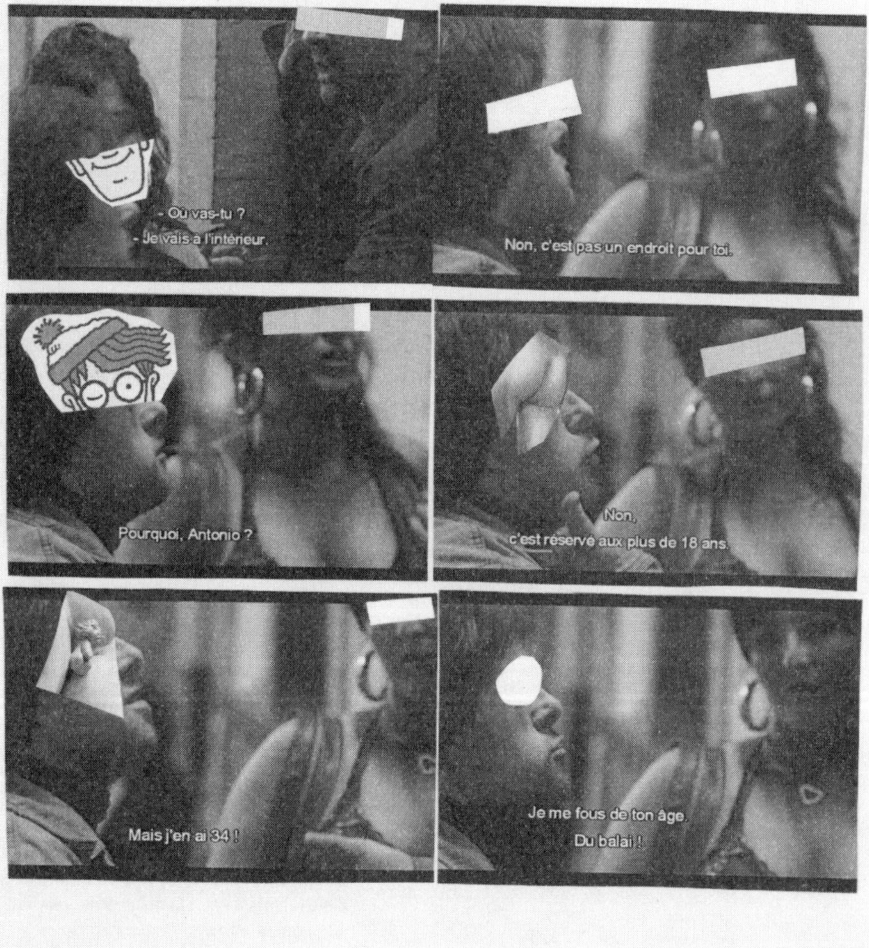

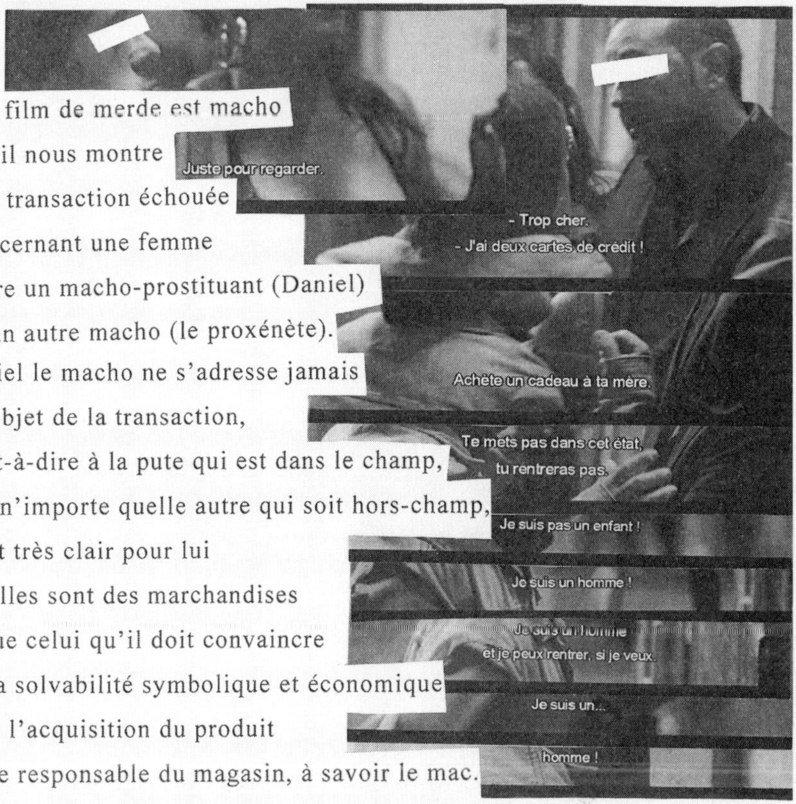

Ce film de merde est macho
car il nous montre
une transaction échouée
concernant une femme
entre un macho-prostituant (Daniel)
et un autre macho (le proxénète).
Daniel le macho ne s'adresse jamais
à l'objet de la transaction,
c'est-à-dire à la pute qui est dans le champ,
ni à n'importe quelle autre qui soit hors-champ,
il est très clair pour lui
qu'elles sont des marchandises
et que celui qu'il doit convaincre
de sa solvabilité symbolique et économique
pour l'acquisition du produit
est le responsable du magasin, à savoir le mac.

Il est également très clair pour la prostituée
qu'elle n'a pas à négocier directement avec le prostituant.

Les deux seules fois où elle intervient,
elle le fait en s'adressant à la figure de l'intermédiaire qu'est le proxénète, en essayant vaguement de l'influencer pour qu'il conclue l'affaire avec le prostituant.
Bien entendu, son avis n'est pas pris en compte.

Si une telle scène est d'une répugnante machisterie
c'est que, face à cette situation de prostitution,
elle promeut le message que c'est le porstituant
que l'on traite injustement en ne lui permettant

pas d'accéder au produit sexuel qu'il a choisi.
La scène nous montre que c'est injuste
car Daniel a plus de dix-huit ans et assez d'argent pour payer.
Au sein de la morale macho-facho-capitaliste du film,
deux droits de Daniel sont en train d'être bafoués :
celui du consommateur et celui de l'honneur masculin.

En tant que bons vieux machos, ni les réalisateurs ni les scénaristes
ni l'acteur principal dans les louanges qu'ils ont ensuite fait du film
n'auraient songé à envoyer un message de réalité au lieu
d'un message d'idéologie.
Quand on nous a obligées, nous, prisonnières de la RUDI-Barceloneta,
à regarder ce film, nous avons aussitôt tiqué sur le fait que
celui qui souffre de l'injustice macho-capitaliste
est le prostituant et non la prostituée.
La réalité étant que ce sont les femmes présentes ou mentionnées dans
cette scène qui sont traitées comme des objets par deux mâles
exploiteurs,
et par conséquent elles qui méritent notre empathie.

Néanmoins, l'idéologie cherche à dire que nous devons
avoir de l'empathie pour l'homme qui perd son duel en machisterie
car il ne peut satisfaire son désir sexuel ni se réaffirmer en tant que mâle
aux dépens de femmes qui n'expriment ni leur désir sexuel
ni le prix qu'elles souhaiteraient éventuellement demander pour leurs
services.

Le comble de toute cette collusion idéologique étant que
la pute nous est montrée comme compréhensive
à l'égard des velléités sexuelles du prostituant.
On cherche ainsi à nous cacher l'injustice réelle : la pute machistée,
en nous vendant à la place le fantasme idéologique de la
pute volontaire et bien traitée par son prostituant et son proxénète.

Pascual Pérez : Virer ? Moi, franchement, je ne vire personne, parce qu'ici tout le monde est nécessaire, non ? Et encore plus aujourd'hui. Chacun doit mettre la main à la pâte. (...) Il y a des politiciens... Oui, et en plus ils l'ont dit publiquement, qui cherchent à s'enrichir. Ça existe. Bien sûr que ça existe. Mais attention, il y a aussi des politiciens honnêtes.
Un membre du public : Beaucoup.
Pascual Pérez : Et sincères, et engagés. Donc il n'est pas bon de généraliser sur n'importe quel collectif, y compris les politiciens.

Pascual Pérez est un fasciste parce qu'il croit que les dominateurs, et
par conséquent la domination/férule qu'ils exercent sur nous, « est nécessaire ».

Mais comme c'est un idéologue et pas un réaliste comme nous, il ne le dit pas clairement, mais emploie plutôt la rhétorique occultante que l'idéologie lui a apprise.
Il nous tend le piège n°1 vu dans l'introduction
et dont Soto Ivars et Carolin Emcke sont de si bons exemples, et
qui consiste à prétendre qu'il y a de bons dominateurs et de mauvais dominateurs,
niant par conséquent l'unité qui existe entre eux ainsi que la domination même.

Cette vision négationniste de la domination met en exergue le fait
que pour Pascual Pérez la seule dimension problématique chez un politicien
serait de s'enrichir illégalement dans l'exercice de ses fonctions.
Sous-entendu que le fait qu'il existe des professionnels de l'autorité
qui exercent une violence légale dans tous les aspects de notre vie,
faisant de cette dernière une série infinie de soumissions,
n'est pas problématique.
Tout ceci reste donc non problématique pourvu que le dominateur
le fasse avec « honnêteté, sincérité et engagement ».

Ce facho de Pérez est dans un déni tel de l'existence de nos dominateurs
(et en niant leur existence, il nie la nôtre en tant que dominées)
qu'il les considère comme faisant partie d'un collectif, le *collectif des politiciens*,
en utilisant la rhétorique facho-démocratique de l'atomisation de la société
en groupes différenciés par des caractéristiques superficielles
et non par le volume de pouvoir qu'ils détiennent et, par conséquent,
de la férule plus ou moins importante qu'ils peuvent exercer sur nous.
(Nous politiserons cela dans les pages suivantes
quand nous regarderons ce facho de Pérez parler de « minorités »).

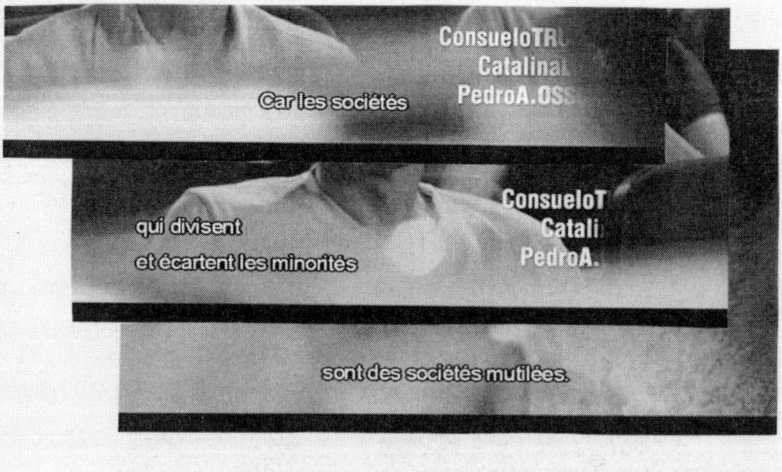

Comme vous vous le rappellerez, le coup de nous mettre toutes dans le même panier

est une stratégie de la part de l'idéologie pour neutraliser tout type de conflit,
en créant une fausse communauté d'intérêts,
en l'occurrence, *les personnes*.

Le coup des « personnes » est une autre des petites notes de bas de page
qu'il dissémine un peu partout là où il va.
Il en use afin de nous donner à entendre que lui, nous et n'importe qui d'autre,
faisons partie d'un même collectif
qui nous rend tous égaux : les personnes.

Voyons à quel point Pascual Pérez nie l'existence
des différences réelles entre *les personnes* :

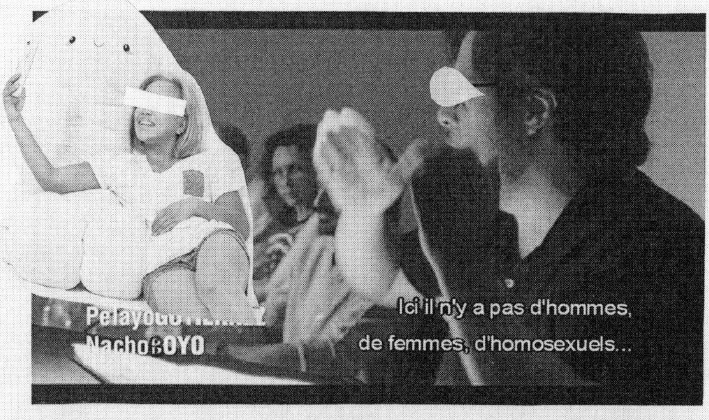

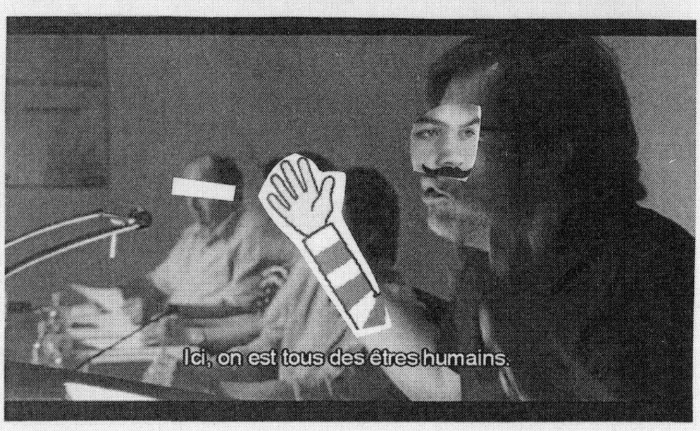

Après visionnage de ces deux photogrammes de *Moi aussi je veux être un macho* nous comprenons mieux à quoi Pascual Pérez fait référence lorsqu'il parle de minorités :

rien de moins que les minoritaires femmes,

les minoritaires noirs,

et les minoritaires homosexuels.

Le concept de minorité à protéger, à tolérer et à intégrer naît par opposition au concept de majorité protectrice, tolérante et intégratrice.

Si les femmes, les noirs et les homosexuels sont des minorités,
la majorité est constituée d'hommes blancs hétérosexuels.

Pour l'homme blanc hétérosexuel qu'est Pascual Pérez,
tout ce qui n'est pas un homme blanc hétérosexuel
(la classe active et émettrice de valeurs)
est un sujet passif, réceptacle des valeurs de l'homme blanc hétérosexuel.
Lorsqu'il y a du laisser-aller dans la fonction émettrice de l'homme blanc hétéro,
dit un Pascual Pérez au regret, alors nous nous trouvons face à
« des sociétés mutilées qui divisent et écartent les minorités ».

EN QUOI PLINIO PACHECO EST-IL NEOLIBERAL?

À l'heure de parler du néolibéralisme de Pacheco,
distinguer son amour du capital
de son amour pour sa variante fasciste qu'est la démocratie
s'avère particulièrement difficile.

Voyons comment dans les photogrammes suivant ceux des pages précédentes
Pascual Pérez assimile le travail avec le fait de « compter dans cette société ».
Il considère que seuls les créateurs de valeur économique sont
par ailleurs les créateurs de la valeur morale qui les autorise à prendre la parole.

Il prétend que le labeur capitaliste du travail est nécessaire
non plus uniquement pour être un membre effectif
de la fausse communauté d'intérêts appelée « société démocratique »,
mais aussi pour « sentir » qu'on lui appartient,
et que ce sentiment d'appartenance suffirait à créer la communauté.

La fausse communauté d'intérêts requiert, en effet,
non seulement des membres actifs et de plein droit,
mais surtout tous les membres qui, par leur sentiment communautaire
acquis via leur soumission au travail,
obéissent et rendent légitime ceux qui, au lieu de sentiments, possèdent le pouvoir.
La légitimation des puissants et des dominateurs est une autre des raisons
qui font de Plinio Pacheco un facho.
Que cette légitimation du pouvoir démocratique se justifie
par l'exercice capitaliste consistant à être exploité
en tant que source de production pour l'enrichissement des autres
est une autre des raisons qui font de Plinio Pacheco un néolibéral.

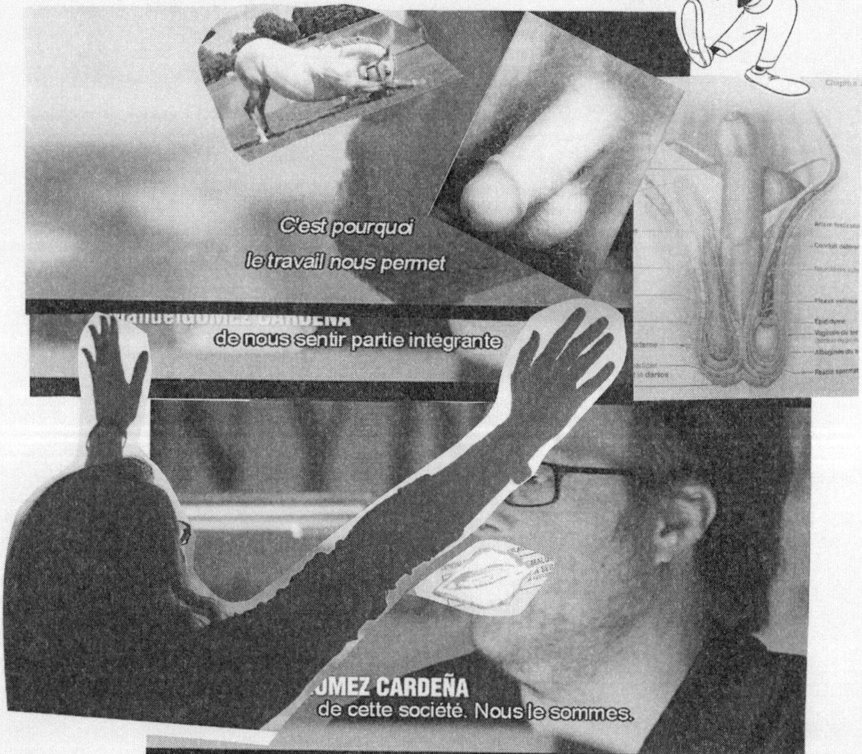

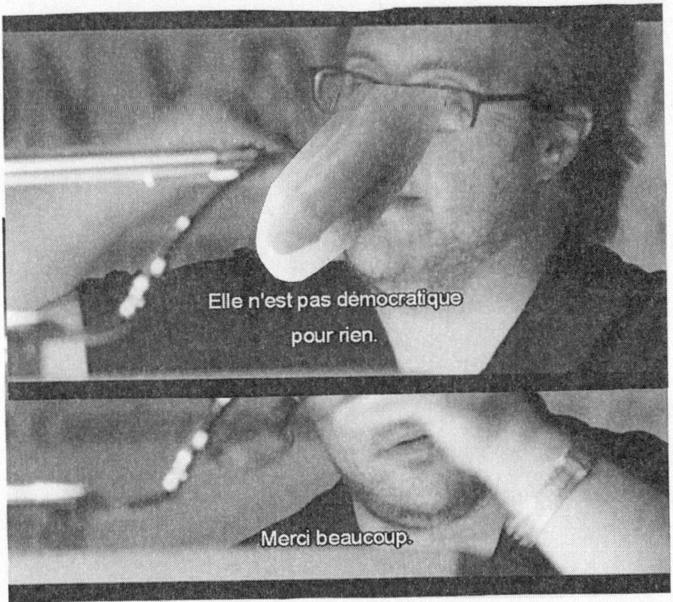

POURQUOI NOS GEÔLIÈRES SONT-ELLES SI RAVIES QUE PORFIRIO PÁEZ VIENNE NOUS PARLER EN PERSONNE ?

Vu le bois dont est fait le muson
et protagoniste du film qu'on nous a obligées à regarder
et le livre et l'auteur du livre qu'on nous a obligées à lire,
nous, recluses de la Rudi-Barceloneta, pouvons nous faire une idée
de pourquoi nos geôlières le font venir au Groupe Autogestionnaire.

Nos geôlières considèrent que Porfirio Páez est un exemple à suivre
et que sa présence nous incitera à suivre son exemple.
Elles mesurent l'exemplarité de Porfirio Páez
au fait qu'il soit parfaitement intégré à la société.

Tous les geôliers ont appris à l'université, en DUT ou en DESS spécialité vigile,
que l'intégration à la société des reclus sous leur protection
est l'objectif ultime de leur profession.

Nos geôlières détiennent grâce à Porifio Páez
la preuve vivante du bon fonctionnement de leur travail répressif :

un reclus maté qui, grâce à l'effort d'intégration des institutions,
est aujourd'hui devenu à son tour un geôlier star,
comme les serial killers qui sortent de prison transformés en prédicateurs.

En quoi a donc consisté cet effort d'intégration
qui a donné de si bons résultats concernant Porfirio Páez,
et qui devrait également être porté sur nous, recluses n'ayant pas encore été matées ?

Cet effort d'intégration consiste, comme vous l'aurez deviné,
à faire de nous des machottes,
à faire de nous des fachottes,
et à faire de nous des néolibérales.

Dès que nos geôlières et leurs show-men tel Porfirio Páez
parlent d'intégration,
il est aussitôt question dans leur bouche de normalisation.
L'intégration des recluses n'est possible que si celles-ci se normalisent.
Se normaliser signifie, comme son nom l'indique, devenir normale.

Et que veut dire être normal selon les critères de Porfirio Páez ?
Bravo !
Normal signifie macho ; normal signifie facho ; normal signifie néolibéral.

Ce n'est qu'en possédant ces attributs et en les utilisant pour exercer de la domination/férule que nous, recluses, pourrons vivre dans cette ville de merde vendue au tourisme sans faire front devant chaque comportement macho,
chaque comportement facho et chaque comportement néolibéral
qui croiseront notre route.

NOUS, RECLUSES DE LA RUDI-BARCELONETA, DEVONS-NOUS ET/OU POUVONS-NOUS PRÉVOIR QUELQUE CHOSE À L'OCCASION DE CE GRAND JOUR ?

Les geôlières et Porfirio Páez
veulent inhiber l'irréfrénable volonté de conflit des recluses
et qui se trouve être notre seule planche de salut face à la domination/férule systématique de nos geôlières.

Mais en quoi le fait de déclencher un conflit
nous sauverait-il de nos dominateurs ?

N'est-il pas plus logique de penser que, si nous ne sommes pas conflictuelles,
nous ne serons pas non plus réprimées par ces dominateurs ?

Effectivement, nous, recluses, avons de bonnes raisons
de rester soumises et dépolitisées,
et parmi ces bonnes raisons se trouve celle de faire
en sorte qu'on ne nous rende pas la vie encore plus impossible qu'elle ne l'est déjà ;
ce qui arrive lorsque nous désobéissons à nos dominateurs.

Citons quelques-uns des nombreux cas avérés :
notre camarade qui aimait baiser avec beaucoup de gens,
contrevenant ainsi à la prohibitive morale macho-facho-capitalo
selon laquelle la femme ne doit pas être en possession de l'initiative sexuelle
sauf si c'est une prostituée,

a été gavée de cachets et de lavages de cerveau pour inhiber toute initiative de sa part.

La camarade qui ne voulait pas passer 30 heures par semaine à remplir des barquettes de nourriture pour 150 euros par mois a été mise 10 heures par semaine dans une salle de la Rudi pour faire des travaux manuels avec des feuilles bristol et de la mie de pain afin de décorer toute la Rudi comme le terrain de golf des Télétubbies, et ce sans toucher le moindre centime.

Quant à cet autre camarade n'ayant daigné collaborer avec ladite camarade réprimée pour l'élaboration de ces travaux pratiques, il a été collé devant la télévision pour regarder l'émission qui chantait à la geôlière sans que celle-ci ne lui laisse ni le choix ni l'usage de la télécommande,
le tout en l'empêchant de sortir de ladite salle télé.

Celle qui refuse de prendre ses cachets est immobilisée par 3 personnes qui lui bouchent le nez et l'obligent à les avaler.

Celle qui ne change pas de chemise tous les jours
est moquée pour son odeur et ses auréoles
et on ne la laisse pas sortir dans la rue.

Celle qui reste quelques mètres derrière le groupe pendant la promenade sur la plage est incitée à aller plus vite.
Celle qui marche quelques mètres devant est incitée à ralentir ;
et si la première ne presse pas le pas et que la seconde ne décélère pas,
les geôlières les prennent par la main pour leur imposer leur rythme.

Dans ces conditions, comment créer un conflit pourrait-il s'avérer salvateur ?
Créer un conflit nous condamne, cela ne nous sauve pas !

Cela est vrai si l'on suit la logique du langage courant ou établi.
Mais utiliser le langage courant ou établi
revient à parler suivant la logique des dominatrices.
À parler depuis la compréhension acritique de mots
que les dominatrices emplissent de sens pour nous.

Mais nous, les recluses,
Par le simple fait de nous appeler nous-mêmes recluses,
avons déjà commencé à révéler le rapport de domination
que recèlent les mots administratifs que sont « professionnels » et « usagers ».
Nous savons très bien que nous ne sommes pas des usagères
et qu'elles ne sont pas des professionnelles.
Si elles sont les professionnelles de quelque chose,
c'est de notre séquestration et de notre enfermement.

La première chose que nous avons faite en tant que recluses
a été de cesser d'appeler les choses par le nom que leur a donné l'idéologie
et de nous mettre à les appeler par leur nom réel.

Ainsi, là où le langage établi énonce « Si tu n'obéis pas, nous te punirons »,
nous recluses avons commencé à comprendre autre chose :
« Si tu ne nous permets pas de t'imposer notre façon de voir le monde,
et tant que tu ne nous le permettras pas,
tu continueras de saboter l'exercice de notre domination ».

Le langage établi cherche à sauver les meubles et nous prévient :
« Si vous vous tenez mal quelques heures, vous gagnerez des jours et des semaines de punition, voire des punitions définitives ».

Ne vous laissez pas embobiner par les menaces, camarades !
Quand le langage établi se soulage avec de glaçantes menaces
nous ne devons pas penser que les dominatrices sont surpuissantes
mais plutôt qu'elles ont peur
et que cette peur, c'est nous, les recluses, qui l'avons provoquée.

C'est-à-dire que nous recluses sommes en train de cesser de l'être et
de nous éloigner des machottes-fachottes-néolibérales qui nous gouvernent.

C'est-à-dire qu'un acte de désobéissance envers nos geôlières
ouvre la porte à de plus en plus d'actes de désobéissance.

Les punitions ne seront pas bannies pour autant
mais du moins seront-elles relativisées et dépossédées du pouvoir absolu
via lequel nos geôlières justifient tous leurs actes répressifs.

Il ne s'agit pas de dire qu'une punition en « vaudra la peine »,
moyennant cette journée de désobéissance, de conflit et d'émancipation
que nous aurions gagnée.

Cet « en valoir la peine » ne sont que des mots
appartenant au langage établi,
lequel s'adresse à nous en ces termes :
« Est-ce que ça vaut la peine de désobéir si après on est puni ? »

Mais nous, recluses, nous démasquons le langage du pouvoir
et nous disons que les punitions n'en valent jamais la peine
et que la peine n'a aucune valeur positive.

Nous ne sommes pas des martyrs, nous ne voulons pas souffrir.
Quand nous désobéissons et créons les conditions d'un conflit
nous ne le faisons pas « pour » le statut de souffreteuses engagées
que nous confère la punition.
Nous le faisons « malgré lui »
et nous essayons par tous les moyens d'éviter la punition.

Nous recluses ne parlons pas le langage établi du héros responsable
qui traite de lâches ceux qui « jettent le caillou puis cachent leur main ».
Nous prisonnières pensons, bien au contraire,
que cacher sa main après avoir jeté le caillou
est la seule façon de s'assurer de ne pas se la faire couper
et de pouvoir en jeter un autre quand cela nous chantera.

Nous ne commettons pas d'actes héroïques, nous tendons des embuscades.
Nous n'agissons pas pour rendre visible la cause de notre oppression, c'est au contraire tout l'inverse : nous voulons être invisibles afin que nos oppresseurs ne puissent nous montrer du doigt.

Vous n'avez jamais été attiré par une femme trisomique ?

Bonne question. C'est l'un des gros inconvénients d'être pionnier : je n'ai jamais eu de relations avec des trisomiques, et c'est vrai que ce n'est pas bien parce que je sens que j'ai raté quelque chose, et parfois je tombe dans les mêmes préjugés que je combats. Je vais dans la rue et je les vois cramponnés à la main de leur mère ou de leur père et je sens qu'un gouffre nous sépare, parce qu'ils sont éduqués d'une manière discriminante et déterministe, et c'est pour ça qu'ils n'ont pas évolué ni appris. Et au contraire, avec les gens normaux de mes cercles habituels, je me sens tellement à l'aise.

PITA, Elena, « Un jour avec Pablo Pineda », Expansión.com, 15/09/2015.

Ceci est exactement ce que nos geôlières veulent faire de nous.
Que nous nous sentions à l'aise avec elles
et que nous nous méprisions entre nous.

C'est là une tactique classique
appliquée par tous les dominateurs du monde entier et à toutes les époques
afin d'étouffer toute union des dominés entre eux
et garantir l'adhésion desdits dominés à l'égard des dominateurs.

Nous soupçonnons que c'est ce qui s'est passé avec Ponce Pilate lorsqu'il
était lui-même reclus, et que la tactique a fonctionné à merveille, puisqu'ils
ont fait de lui l'incarnation parfaite de l'intégré normalisé servant leurs intérêts.
Mais les circonstances qui mené le macho dont nous parlons
à devenir un autre de nos geôliers ne nous intéressent pas.

Les chaînes que nous voulons briser à la scie sauteuse sont les nôtres
et non celles des individus qui tirent bénéfice de notre oppression.

Tu as été un pionnier de la diffusion de la doctrine macho-
facho-capitaliste via les Rudis et les Crudis du monde entier ?
Nous n'avons « pas évolué ni appris »
d'après les préceptes du néolibéralisme ?
Il y a un « gouffre » qui nous sépare ?
Tu te sens à l'aise avec les gens normaux mais pas avec nous ?

OUI à tout, Ponce Pilate de la couille,
et sache que niveau malaise ça va pas s'améliorer.
Tu t'es trompé sur notre compte.

Nous n'étudions ni ne travaillons,
nous ne voulons ni travailler ni étudier.
Nous conchions la niche votive où tu as placé
tes sacro-saintes usine et école
puis nous refermons sa petite porte vitrée
pour y laisser exhibés nos excréments
aux côtés de ce poème de la recluse assassinée par la police
nommée Patricia Heras :

Jeune surqualifiée NI NI
Ni ne s'offre comme rouage
ni prostituée de l'État
Ni ne se vend comme messager
de la putain d'Inquisition.
Jeune NI NI surqualifiée
pisse sur vos coins
lassée de ne pas digérer.

HERAS Patricia, « Poète Morte »,
éd. Capirote, Barcelone, 2014.

À chaque fois qu'elles applaudissent Ponce Pilate pour avoir parlé de l'accessibilité universelle et de faire tomber les barrières dans tous les aspects de la vie démocratique, nous saurons qu'elles applaudissent l'accessibilité universelle
à la soumission et l'établissement de nouvelles barrières encore plus sophistiquées contre la vie réelle. La seule accessibilité universelle que nous souhaitons, nous prisonnières, est l'accessibilité universelle à la jouissance, à la politisation et à la
vie désirant être vécue et non médiatisée par les dominateurs.

Nous sommes des jeunes NINIS
surqualifiées pour ôter l'envie de vivre à quiconque voudra
nous enterrer vivantes et semer dans la terre retournée et encore fraîche
de notre fosse commune ces arbres où poussent des billets.

Interview de Plinio Pacheco

UNE COMÉDIE REMARQUÉE SUR LA DIFFÉRENCE ET LE HANDICAP

Que pensez-vous de la réforme de l'avortement ?

C'est un sujet délicat et important. Nous parlons du futur de cette société. Je ne veux pas paraître moralisant. Je n'aime pas juger les femmes car chacune d'entre elles est un monde en soi. Je ne veux pas ni ne dois les juger. Chacune a ses raisons. Ce que je dis en revanche c'est que, si leur vient l'idée d'avorter, qu'elles réfléchissent aux expériences dont elles se priveront peut-être si cet enfant ne naît pas. Si vous le tuez, vous vous privez vous-mêmes de tout ce que vous auriez pu vivre avec lui, de la joie qu'il pourrait vous procurer. J'ai procuré beaucoup de joie à ma mère, beaucoup.

Le ministre Gallardón a dit que la souffrance psychologique de la femme due à une malformation du foetus « autorisera l'interruption de grossesse ». Pensez-vous que cela ouvre la porte à l'avortement pour malformation ?

C'est très délicat. Comme dit la chanson « *La donna è mobile* », on ne sait jamais comment elle va réagir, et d'autant plus si on entrave ses facultés, si elle a été violée, si elle a eu une expérience traumatique. Il est vrai aussi que « les lois sont faites pour être transgressées » et elles peuvent invoquer ça, comme elles invoquent la maltraitance, même si je crois aussi qu'on ne peut pas s'inventer une difficulté psychologique.

« La société commet un génocide contre les trisomiques », Intereconomia.com, 05.02.2014.

RAIE RÉUSSITE » LE PARISIEN

Que pensez-vous de l'acte de passer un test pour savoir si votre enfant est atteint de trisomie 21 ?

L'origine de l'avortement est dans l'Amniosynthèse. Je n'aime pas l'idée des enfants à la carte. L'enfant qui naît reste votre enfant. Peu importe ce qu'il a. La mère, si c'est une bonne mère, doit accepter qu'il naisse, donc je ne vois pas pourquoi faire un test ou des analyses. C'est de la folie. Vous empêchez de naître ce qui va naître. Qu'est-ce que ça peut vous faire ? S'il est trisomique, qu'est-ce que vous allez faire ? Le tuer ? Laissez-le naître. Il n'y a rien de plus tendre qu'un bébé. Je suis pour la vie et pour la vie saine. Je

LES BONUS

OUIN-OUIN

SNIFF

AVEC LOTION ENRICHIE À L'EXTRAIT D'ALOE VERA

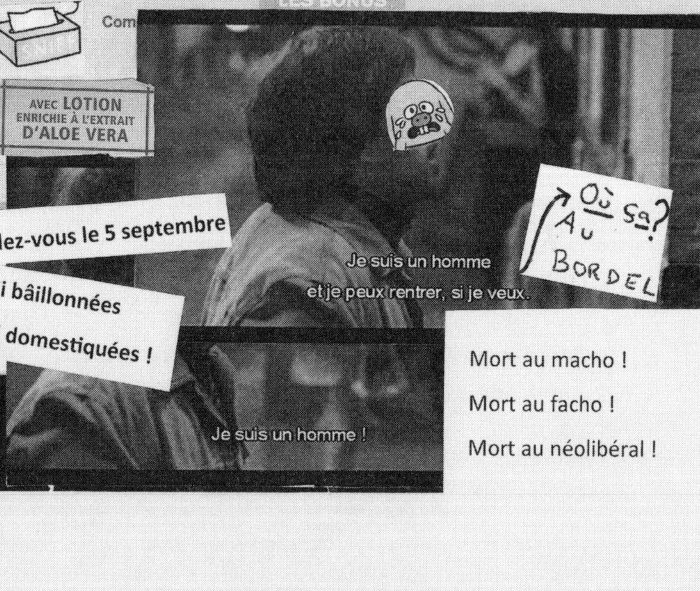

Où ça ? Au BORDEL

Rendez-vous le 5 septembre

Ni bâillonnées

Ni domestiquées !

Mort au macho !

Mort au facho !

Mort au néolibéral !

L'exercice comportait trois phases successives et silencieuses, unies par des transitions imperceptibles, sans que la danse s'arrête. Pendant la première phase je restais immobile, pendant la deuxième les autres me faisaient plus ou moins bouger, et pendant la troisième je ne touchais carrément plus terre, ou alors juste un très court instant pour prendre une impulsion ou me sortir d'une posture difficile et reprendre mon envol. Avec moi et contre moi, il y avait treize danseurs, soit la moitié des participants du stage intensif du Multiplexe. Ce programme s'appelle (faisant de la création et de l'enseignement dansistiques une attraction touristique de plus) Summer Stage, soit SS, ce qui vient à point nommé vu que pendant ces deux semaines de juillet le Multiplexe est bourré à craquer de dansofascistes et de touristodanseurs, ce qui est la même chose. Cette année, le SS se consacre pour moitié à l'Inclusive Dance, ce qui a l'air cool même si en fait c'est de la saloperie de danse intégrée. En plus des habitués du jeudi, on nous a collé des étudiants du conservatoire et des danseurs professionnels, dont certains viennent de loin. Il semble que les professeurs-animateurs soient des fascistes très renommés et que ça débouchera sur un spectacle.

La première phase de l'exercice était une manipulation simple : debout et immobile, je me laissais toucher par les autres. Quand tu te fais toucher par autant de mains à la fois, ta tête se laisse aller et tu finis par la perdre complètement, même s'il y a quatre ou cinq mains qui la tiennent. Cette façon de toucher n'est pas forcément de l'ordre de la caresse ou du massage. Parfois, c'est juste un balayage, une main qui passe très rapidement sur tes vêtements ou sur ta peau; parfois, des petits pincements, des ongles qui t'effleurent doucement, des doigts qui t'appuient sur un os ou au contraire sur un endroit charnu; et parfois, ce sont juste des mains immobiles qui te réchauffent. Alors ça te donne la sensation que ton corps ne t'appartient plus tout en étant plus que jamais à toi. Ton talon communique avec ton téton, ta mâchoire avec ta raie des fesses, ton cou avec ta cheville, ton nez avec ton poignet, et il y a des centaines d'autres combinaisons simultanées. Non seulement tu t'appropries ton corps entier mais tu te dilates comme si tu avais pris du peyotl : tout le temps qu'on te touche, ton corps possède vingt-trois mains supplémentaires (il y avait une danseuse manchote et deux autres avec la moitié droite du corps insensible). Mais si une seule de ces vingt-trois mains arrête de te toucher, elle se met à te manquer comme si on te l'avait amputée.

Le chorégraphe avait anticipé ce problème et il avait donné l'ordre aux toucheurs de bien se serrer, de se disposer par hauteurs, de négocier physiquement les uns avec les autres et de se débrouiller pour que toutes les mains soient toujours en contact avec la personne touchée, sauf pendant les brefs changements de position nécessaires à ce que le toucheur puisse continuer de toucher. Vus de l'extérieur (et je le sais parce que moi aussi, après, j'ai manipulé et je me suis un peu écartée pour regarder), les toucheurs ont l'air de prédateurs dévorant férocement la proie (la personne manipulée) qu'ils viennent d'abattre mais verticalement. Le chorégraphe donne alors un autre ordre : les toucheurs doivent éviter d'être brusques pour ne pas te faire tomber, et toi tu dois rester enracinée dans le sol et ne faire que les pas indispensables pour consolider cet enracinement.

Alors ta mâchoire se décroche et tes yeux se ferment, tes genoux flanchent et tu te mets à soupirer. Parfois, tu tangues et tu dois déplacer tout ton poids sur une jambe parce que les mains sont plus actives d'un côté et ça te déstabilise, et parfois tu perds complètement l'équilibre et tu es obligée de faire deux pas pour revenir à la verticale.

C'est là un cadeau que l'on te fait : vingt-trois mains te donnent la pleine conscience de ton propre corps. La totalité de l'exercice est expliquée au début pour que, pendant son exécution, le silence des mots règne et laisse place au bruit du mouvement et de la respiration. Pendant cette première phase de l'exercice, le chorégraphe donne aux treize manipulateurs un nouvel ordre : Explorez le corps de la manipulée, traitez-la avec curiosité, comme des médecins légistes. Cherchez quelles parties sont dures, lesquelles sont molles, les endroits où il y a des tensions, de la flaccidité, de la douceur, de la sécheresse, et à quel degré. Faites ça avec tendresse et sans lui faire mal. Quant à moi, l'ordre qu'il m'a donné était : Si tu as mal, tu le dis.

La danse contemporaine, comme je l'ai déjà expliqué, est une pratique très conservatrice. Personnellement, j'avais déjà fait cet exercice plein de fois, bien qu'avec moins de manipulateurs, et des moins intelligents que ceux que j'ai eu la chance de tâter ce jour-là, c'est le cas de le dire. Chaque fois que je l'ai fait, que ce soit en tant que manipulatrice ou en tant que manipulée, les parties génitales, les seins, l'anus et même les fessiers étaient évités. Ça, ça arrive aussi en improvisation de danse contact : le contact est sélectif et l'improvisation réglementée. On peut grimper sur absolument tout le corps de son partenaire, mais dès qu'on sent la mollesse d'un testicule, d'un sein ou d'un pénis flasque ou le moelleux d'une vulve, on retire aussitôt sa main. Se déclenche alors notre alarme anti-contact interdit et anti-improvisation hors des clous.

À un cours de danse contact à la GAPABA, ce macho de prof nous avait divisés par sexe pour l'exercice du culbuto : il y en a un qui se met au milieu des autres, placés en cercle très compact autour de lui, avec les épaules qui se touchent. Ensuite ils doivent pousser puis retenir celui du milieu en provoquant chez lui une oscillation continue, sans qu'il arrête de se tenir à la verticale, sans le laisser tomber, et si possible sans qu'il décolle les pieds du sol.

J'avais interrogé sur cette ségrégation sexuelle ce macho de prof de la GAPABA, qui m'avait répondu : « C'est bon, allez, mettez-vous comme vous voulez, par couleur de vêtement, par taille, comme vous voulez, pourvu que vous ne me traitiez pas de machiste. » Comme ce prof est un machiste très réputé et très beau, tous les élèves mecs et bien entendu toutes les élèves meufs avaient gloussé. Puis on avait formé des groupes mixtes et le prof nous avait demandé, à moi et à l'autre fille qui allait se mettre au milieu, de croiser les bras sur la poitrine. L'autre s'était aussitôt mise en mode Toutânkhamon et elle avait fermé les yeux. C'est une camarade très douce que j'aime beaucoup et avec qui je me tape des bons trips parce que ensemble on improvise vraiment. La voir en Toutânkhamonne m'avait fait de la peine.

— Pourquoi, Antón ? Techniquement c'est mieux ? lui avais-je demandé, les portillons encore au repos.

— C'est pour celles qui auraient mal aux seins, si jamais on vous pousse ou si on vous retient par la poitrine. – Le rideau de fumée classique pour justifier la répression sexuelle : si tu te masturbes trop tu deviendras aveugle, si tu baises avec plein de gens tu attraperas plein de maladies.

— Et pourquoi les hommes ne pourraient pas avoir mal aux seins ?

Le prof avait sifflé, il avait souri et il n'avait pas répondu, comme un galant surpris à quitter la chambre de l'une pour aller dans la chambre de l'autre. Mes portillons, encore rangés, s'étaient préparés à une éventuelle fermeture.

— Tu crois vraiment que quelqu'un pourrait avoir mal aux seins à cause du culbuto, qui est l'exercice le plus doux du monde ? Et dans tous les cas, chacun ne devrait pas décider de ce qui lui fait mal et de ce qui ne lui fait pas mal ?

— Bon d'accord, allez, faites comme vous voulez. – Le galant avait bien été obligé d'avouer d'où il venait et où il allait, et ses élèves mecs et meufs, tel un escadron de petits aspirants à la galanterie et de jouvencelles attendant leur tour d'être prises, avaient tous ri, complices de l'espièglerie machiste.

— Moi je n'ai aucun problème avec le fait qu'on me touche les seins, avais-je dit ce jour-là à ce macho d'Antón et à mes camarades de cercle qui, bien entendu, avaient ensuite évité de les toucher, obéissant à cette répression millimétrée. Moi je n'ai aucun problème avec le fait qu'on me touche les seins, les parties génitales, les fesses ou l'anus, me suis-je vue obligée de répéter au chorégraphe et aux élèves du SS après avoir reçu l'ordre inutile, comme c'est le cas de la plupart des ordres : Si tu as mal, tu le dis. En fait, je veux que vous me touchiez partout parce que je suis convaincue qu'on dansera tous mieux comme ça.

Il y a eu des sourcils arqués comme pour reproduire un cloître de couvent, ainsi que quelques commentaires et des petits rires étouffés de machos/machottes :

— Dis-le si t'aimes ça.

— Ce qu'elle peut être bête, la Nati.

— Pas besoin de me le dire deux fois ! a osé lancer un harceleur en se frottant les mains.

— Vous trois, là, vous ne toucherez pas un seul de mes cheveux, leur ai-je répondu très calmement, toujours au milieu du cercle.

Les trois qui venaient de parler étaient une bipède qui danse toujours comme si elle sautait par-dessus des flaques ou si elle faisait la ronde toute seule, et deux types en fauteuil, l'un motorisé et l'autre pas. Le non-motorisé étant le harceleur qui s'était frotté les mains. Lui, il danse bien parce qu'il descend de son fauteuil et qu'il se traîne par terre, c'est-à-dire qu'il prend un risque dans sa recherche du plaisir. En revanche, le motorisé est moins bon, parce que sa danse consiste à faire la petite voiture youplaboumtralala pour les bipèdes youplaboumtralala qui s'assoient sur ses genoux youplaboumtralala ou sur ses accoudoirs ou sur le moteur de son fauteuil, elles se mettent à califourchon ou elles se vautrent sur lui comme des pin-up-épouvantails qui font des moulinets avec la pointe des pieds dans des verres à cocktail géants. Lui, il se contente d'actionner la télécommande de son fauteuil pour faire des tours de salle avec ses petites bipèdes juchées sur lui, comme un char du défilé Playboy. Parmi ses bipèdes habituelles, il y a celle qui fait la ronde toute seule.

— On te plaît pas, ou quoi ?

— Oh là là, ce qu'elle peut être aimaaaable…

— Allez, tu vas kiffer !

— J'ai dit que je ne voulais pas faire l'exercice avec vous trois. Vous rigolez du fait que j'ai demandé que vous me touchiez partout. – J'étais calme parce que je me sentais épaulée par les treize danseurs que ma remarque n'avait pas fait bouger, et s'ils avaient bougé, c'était dans le bon sens : en me regardant, en me faisant un clin d'œil et en acquiesçant.

— Nati, c'était une blague.

— C'était une façon de parler.

— Te vexe pas, on voulait pas te blesser, tu sais.

— Je sais que vous riez parce que vous concevez la danse comme un service social administré par des acteurs économiques du public ou du privé, au lieu de la voir comme une occasion de dynamiter vos mouvements routiniers et d'en apprendre de nouveaux qui vous apporteraient plus de plaisir. Autrement dit, pour vous, un cours de danse, c'est pareil qu'un paquet de chips : un produit parmi d'autres dans l'interminable chaîne d'actes consuméristes à laquelle vos vies se résument.

Les élèves qui ne me connaissaient pas m'écoutaient attentivement et regardaient les deux machos-fachos et la machotte-fachotte qui secouaient la tête, soufflaient et bredouillaient des choses inaudibles. Leurs bredouillements ont activé mes portillons encore invisibles sur leurs rails. La plupart de mes camarades habituels ont montré qu'ils en avaient ras le bol de m'écouter : maintenant, ils voulaient commencer l'exercice et rentabiliser les 260 euros qu'ils avaient dépensés pour officiellement participer à ce stage intensif et officieusement passer ce casting caché dans l'espoir que le chorégraphe leur donne un bon rôle dans le spectacle censé conclure ces deux semaines de cours. Ils regardaient le chorégraphe avec cet air des subalternes devant l'autorité, cet air qui la supplie de sévir et de rétablir l'ordre, à savoir de me faire taire, car c'était à lui qu'ils avaient délégué, outre la définition du cadre acceptable de la danse, et ce moyennant 260 euros, la résolution de toute forme de conflit.

Mais le chorégraphe semblait être l'un de ces rares professionnels de la danse qui ne voient pas d'inconvénient à ce qu'on parle de danse pendant un cours de danse, et il m'écoutait. L'autorité qui lui avait été conférée rendait son écoute hégémonique, de sorte qu'aucun des aspirants à un bon rôle dans le spectacle n'osait sortir du chœur formé par ces trois rangées autour de moi, tout en s'écartant cependant un peu les uns des autres. Seul le longiligne et circonspect Bruno, le meilleur du groupe, qui ne danse que ce que son corps exigeant lui demande, a rompu le rang pour aller faire ses tours solitaires de derviche. Sa sortie silencieuse a déclenché les questions stupides typiques du chef défié :

Tu as dit que tu ne voulais pas faire l'exercice avec ces trois-là ?

— Tu as bien entendu. C'est exactement ce que j'ai dit.

— Peux-tu nous expliquer pourquoi ? m'a-t-il demandé très lentement et avec beaucoup d'attention, en se plaçant au premier rang du chœur de manipulateurs.

C'est un grand maigre presque chauve, avec de petits yeux, des cils courts et un nez aquilin. Sa tenue de répétition, il pourrait très bien dormir avec : tee-shirt troué à manches longues et pantalon large qui bouloche, effiloché en bas. Il a la peau bronzée typique d'un homme très blanc qui aime marcher dans la nature, avec des taches sombres qui trahissent les soixante ans d'un corps qui pourrait en avoir trente-cinq.

La proximité d'un détenteur du pouvoir posant une question devrait mettre en alerte quiconque n'est pas fasciste. Mes portillons se sont fermés et je lui ai répondu :

— J'ai déjà expliqué pourquoi. Visiblement, les autres élèves n'ont toujours pas commencé à me toucher parce qu'ils attendent de toi que tu valides mon refus de danser avec ces trois camarades. Ou alors que tu l'invalides et que je sois expulsée pour ne pas avoir voulu danser avec ces trois camarades. Parce que tu es le chef et, sans ton aval, ici rien ne se fait. Pourtant c'est nous qui t'avons payé, et par conséquent c'est toi qui devrais être à nos ordres, non ?

Il y a eu des rires incrédules et étouffés. Étouffés, parce que aucun aspirant à un bon rôle dans le spectacle n'osait critiquer le chorégraphe. Ce qui devait arriver allait arriver, comme quand j'ai été virée de la GAPABA. Les fascistes se mettent du côté des fascistes, et l'agressée est purgée. Bizarrement, ce n'est pas ce qui s'est passé. Victoire antifasciste ! Amère victoire néanmoins, car c'est l'autorité et non les subalternes qui a expulsé les fascistes. En gros, c'était donc tout sauf une victoire, en fait. Juste le soulagement de ne pas les avoir dans les pattes un petit moment.

— S'il vous plaît ! Pour cette fois, vous trois, vous ne faites pas l'exercice, a ordonné le chorégraphe.

Alors les trois machos-fachos-néolibéraux qui aiment l'autorité et qui, même s'ils ne sont pas d'accord avec les décisions judiciaires, les respectent comme de bons démocrates, eux qui ont payé 260 euros pour montrer à quel point ils savent être obéissants, sont sortis du cercle tels des martyrs de la bonne ambiance, conscients que leur seul délit avait été de s'exprimer spontanément, et en pestant intérieurement contre le Multiplexe où on se la joue centre de création du mouvement quand en réalité on y censure la liberté d'expression à laquelle tout facho, tout macho, et tout néolibéral a droit.

L'assistante du chorégraphe est venue à la rencontre des trois damnés. Le chorégraphe les a rejoints, il s'est accroupi dans un craquement de genoux sonore pour se mettre à hauteur des deux en fauteuil roulant et il leur a dit quelque chose que nous autres n'avons pas pu entendre. Il les consolait, ça ne faisait aucun doute. Consoler ceux qui m'avaient ridiculisée et traitée comme un objet sexuel. En leur donnant une bonne raison d'aller demander à la direction du Multiplexe à être remboursés, arrêter le SS et remettre en cause les deux maximes de la danse intégrée selon lesquelles tout le monde doit se bouger le cul pour danser, et se bouger le cul pour le faire avec tout le monde. Quoi qu'il ait bien pu leur dire, ils sont restés assis à l'extérieur du plateau, près des sacs à dos, des vêtements, des chaussures, des bouteilles d'eau et des éducs-flics des élèves qui, comme Ibrahim, étaient venus escortés de leur RUDI, et de là ils ont observé la manipulation à laquelle je me suis livrée pendant vingt-cinq minutes.

C'est le chorégraphe qui te dit à la fin combien de temps ça a duré parce que personne, ni les manipulateurs ni la manipulée, ne doit regarder l'heure. J'insiste là-dessus, étant donné le moment historique que nous vivons : cette jouissance, on ne peut l'éprouver en regardant son téléphone.

Au bout de dix minutes à faire les prédateurs et la proie, le chorégraphe a dû intervenir sur mon corps pour donner le signal, et le toucher s'est transformé en manipulation proprement dite. Les treize danseurs se sont mis à me toucher plus vigoureusement, en mobilisant les parties articulées de mon corps. Voilà l'ordre qu'ils ont reçu : articuler tout ce qui est articulable, de ma première cervicale jusqu'aux dernières phalanges de mes orteils, avec leurs mains, mais aussi n'importe quelle partie du corps, à des vitesses et des intensités différentes. Par exemple, pousser sur mon bras aussi fort que l'articulation de mon épaule leur permettait d'aller, ou me plier par la taille jusqu'à ce que mes cheveux traînent par terre, puis me remonter lentement, vertèbre par vertèbre. Ils pouvaient aussi articuler mes genoux et mes chevilles pour me faire marcher, ou m'allonger par terre et me faire rouler ; ainsi, la manipulée cessait d'être enracinée et pouvait se déplacer, mais seulement là où les autres la guidaient.

Impossible désormais pour ces treize corps de continuer à m'actionner simultanément avec leurs mains. Ils devaient donc se passer le relais et, le temps où ils étaient séparés de la manipulée, rester visuellement connectés à elle et aux autres, guettant le meilleur moment pour intervenir. Ce meilleur moment pour intervenir, c'est celui où on reconnaît les intentions de l'autre et où on l'aide à les réaliser ou, même si on ne les reconnaît pas, on imagine des manières possibles de poursuivre le mouvement en suspens. Par exemple, si un manipulateur cale ses fesses contre ton pubis, s'il attrape tes poignets et colle ta poitrine à son dos dans l'intention de te porter, un manipulateur-observateur peut se placer derrière la manipulée, appuyer sur son dos et faire en sorte que le premier manipulateur, sous la pression exercée, s'arque un peu plus vers l'avant pour que les pieds de la manipulée se soulèvent du sol. C'est un porté.

Si le deuxième manipulateur continue d'exercer sa pression, le premier finit par se pencher, alors les mains pendantes de la manipulée touchent le sol. Le deuxième manipulateur, profitant que le premier et la manipulée sont très bas, peut se mettre à califourchon, sans s'asseoir complètement, sur les lombaires de la manipulée puis relever le torse en tirant sur ses épaules et provoquer la courbure concave de son dos, opposée à la courbure convexe précédente. Le premier manipulateur, ou porteur, peut alors se dégager. Fin du porté.

Un troisième manipulateur aura préalablement assuré les jambes de la manipulée en immobilisant ses genoux par terre ; un quatrième profite alors de ce maintien et de ces bras qui pendent, de cette poitrine ouverte et de cette tête en arrière, la gorge comme une gouttière et la bouche ouverte, il profite donc, disais-je, de cette posture de sacrifice pour y mettre fin, pour sauver la manipulée de la toux qui la prendra tôt ou tard. Le deuxième manipulateur, celui qui était à califourchon, se dégage ensuite pour que la courbure de cobra s'adoucisse quand il lâchera les épaules de la manipulée. Le manipulateur-sauveur, qui ne doit pas oublier que, même s'il va la sauver, il devra le faire sans cesser de manipuler ses articulations, peut se mettre épaule contre épaule avec la manipulée, la prendre par la taille d'une main, et avec l'autre lui lever le bras opposé et la porter ainsi sur le côté. C'est ce que m'a fait María qui, vu qu'elle n'a pas de jambes et que du coup on ne fait pas du tout la même taille, même quand je suis à genoux, m'a portée non pas sur le côté mais sur les deux côtés, c'est-à-dire sur la totalité de son dos, comme si j'étais une étole. Encore un porté. J'ai touché le sol avec le haut de mon crâne, j'y ai posé mes deux paumes bien ouvertes, et un autre manipulateur est venu écarter mes hanches du dos de María, alors je me suis mise à faire le poirier puis, en tenant mes hanches en l'air, il m'a fait redescendre tout doucement avec ses mains tandis que d'autres manipulateurs m'aidaient à garder l'équilibre. Cette deuxième phase de l'exercice a duré quinze minutes qui, vues de l'extérieur, ne faisaient plus penser au festin d'une horde dévorant un cerf, mais à une partie d'échecs géante où chaque joueur attendrait son tour pour avancer une pièce.

Moi, je devais me laisser faire, comme avant. J'allais devenir un pantin, mais un pantin pourvu du neurone de la survie, lequel devait m'empêcher de m'écrouler quand je ne serais plus soutenue par personne et qui me permettrait de résister ou de dire si j'avais mal quelque part. Encore cet ordre absurde anti-douleur. Le chorégraphe en pyjama devait être tellement habitué aux protestations des élèves de danse intégrée qui démontrent qu'ils se bougent le cul pour suivre les consignes qu'il se sentait obligé de leur donner l'autorisation de se plaindre.

Sauf que ça fait mal si tu ne sais pas te laisser faire. Ça fait mal si tu ne fais pas confiance aux inconnus qui te touchent. Avec les muscles et les articulations tendus, n'importe quel contact fait mal parce que l'autre corps, aussi doux soit-il en te manipulant, trouve en toi une résistance et, au lieu de communiquer avec toi, il bute contre toi. Quand tes muscles et tes articulations sont détendus, le corps de l'autre entre en toi comme une langue dans une crème glacée, alors on ne peut même plus parler de manipulation, parce que comme disait un prof de danse contact très intelligent que j'ai eu, le concept de manipulation implique un rôle actif et un rôle passif qui, dans cet exercice, pour peu qu'on l'effectue avec le plaisir du vertige, disparaissent pour faire apparaître de la danse. S'il y a plaisir, l'attitude réceptive du manipulé conditionne l'action émettrice du manipulateur, au point que l'injustement nommé manipulé puisse être celui qui guide, via les simples réactions de son corps, les actions de l'injustement nommé manipulateur.

— Comme quand on est violée, Nati ? m'a demandé l'une du groupe autogestionnaire du mardi quand est venu mon tour de parole et que je leur ai raconté tout ça.

— Ah, comme c'est intéressant ce que tu racontes sur la danse ! N'est-ce pas ? Allez, Nati, explique-nous comment on fait le poirier ! – Ma sœur Patricia frappait le sol du talon comme une danseuse de flamenco dans les starting-blocks.

— Patricia, s'il te plaît, respecte le tour de parole de Remedios. – La psycho-sergente Laia Buedo jouait les bons flics en prenant des notes, le tronc penché vers l'avant en signe d'attention maximale.

— Eh bien, Rémé… je ne sais pas, je pense que oui. Moi je n'ai jamais été violée, encore que je n'en mettrais pas non plus ma main au feu parce que nous, les femmes, il faudrait voir combien de fois on baise avec des hommes sans en avoir envie, pourtant ça nous semble super normal et on n'appellerait pas ça un viol. Je m'en souviens de beaucoup, des comme ça ; d'avoir baisé avec un mec sans désir ; d'avoir perdu l'envie de baiser en plein milieu ou même avant de commencer, ou même de n'en avoir jamais eu envie du tout ! Et pourtant, je me suis forcée à commencer à baiser ou à continuer à baiser, pourvu que le mec ait du plaisir et que je ne passe pas pour une coincée ou une allumeuse…

— C'est trop bien quand on fait un vœu et que ça se réalise ! Hein, Laia ? – Patricia m'avait interrompue en levant la main, avec une telle crispation que son bras tremblait.

— Moi, l'autre jour, j'ai fait le vœu qu'il ne soit pas encore 23 heures pour ne pas devoir déjà rentrer à la RUDI, j'ai regardé mon portable et le vœu s'est réalisé, a dit un autre autogestionnaire.

— Ben, moi, j'ai fait le vœu qu'il arrête de faire aussi chaud mais ça ne s'est pas réalisé. (Une autre.)

— Moi j'ai fait le vœu de danser un jour avec Nati et ça s'est réalisé. (Ibrahim.)

— Ce n'est pas la chaleur qui donne le plus chaud. C'est l'humidité. (Encore une autre.) – Tous les autogestionnaires se sont mis à parler en même temps et j'ai fait pareil en prenant Rémé à part. La psycho-sergente a dû faire l'usage proportionné de la violence attendu de son autorité.

— Nous parlerons des vœux après, car c'est aussi un sujet très intéressant, mais avant, nous devons finir d'écouter nos camarades Remedios et Natividad ! – Laia Buedo avait ainsi coupé tout le monde en parlant au-dessus du brouhaha. Dès qu'elle devient explicitement autoritaire, c'est-à-dire toute la journée, elle nous appelle par nos prénoms entiers : Natividad, finis de répondre à Remedios, s'il te plaît, m'a-t-elle ordonné quand tous les autogestionnaires ont fini par se taire.

— J'avais fini.

— Et toi, Remedios, y a-t-il quelque chose de plus que tu voudrais dire à Natividad ? – On aurait dit une vraie salope-rie de curé en train de nous marier, la Buedo.

— Je lui ai déjà demandé, a répondu Rémé – et ça l'a bien fait chier, la psycho-sergente, que personne ne lui soit reconnaissant d'avoir rétabli le silence et qu'on ne lui donne plus rien de croustillant à noter dans son petit carnet.

— Moi, j'ai une question pour Nati. Une allumeuse, qu'est-ce qu'elle allume ? Et avec quoi ? Un briquet, ou autre chose ? a demandé le petit beau gosse de service, mort de rire, ce qui a réactivé le brouhaha sans tour de parole.

— Pardon, Laia, mais j'avais levé le bras en premier et Antonio ne l'a pas fait. (Ma sœur qui chouine auprès de la Buedo, qui la regarde avec son autoritarisme implicite.)

— Écoute-moi bien, Antonio : une allumeuse, c'est une femme qui prend son briquet, qui l'allume, et qui fout le feu à la bite des mecs comme toi.

— Eh bah ouais, je suis un mec, espèce de dégueulasse ! m'a-t-il répondu, alors Laia Buedo a dû se lever de sa chaise et frapper dans ses mains pour réfréner ce festin de gros mots que les autogestionnaires bâfraient désormais à pleine bouche.

La seule qui ne disait rien, c'était ma cousine Angelita, qui avait profité de l'ébranlement de l'ordre autogestionnaire pour passer outre l'interdiction d'utiliser son téléphone portable et s'y agrippait comme la fille normalisée qu'elle était devenue.

— Là, tu devais avoir les portillons qui se refermaient, affirme Marga en m'écoutant, impatiente, vautrée sur sa chaise en plastique rouge Estrella Damm, le seul siège qu'il y avait dans son *okupa* quand elle est arrivée.

Elle est en culotte et soutien-gorge, avec les fesses qui collent à la chaise. Quand elle se lève, la chaise en plastique se soulève avec elle de quelques centimètres, et quand elle croise les jambes la peau de ses cuisses qui se décolle du plastique fait un bruit de succion. Maintenant, il y a deux sièges en plus qu'elle a récupérés hier aux encombrants du lundi. On n'a pas du tout l'impression qu'elle est là depuis une semaine.

— Ils se sont refermés, c'est vrai, et ils ne se sont pas rouverts avant la fin de la réunion, quand j'ai enfin pu aller reparler à Rémé cinq minutes, pendant le seul créneau non surveillé à disposition des détenues avant que le fourgon d'éducs-flics les ramène à leur RUDI/centre pénitentiaire.

Moi je suis assise par terre parce que, pour venir voir Marga, j'ai dû partir du SS sans m'étirer. Pendant qu'on discute, j'étire mes quadriceps et je fais rouler mes lombaires contre le sol ; un sol de dalles brisées qui dessinent des figures géométriques par-dessus le béton rugueux. Dans les interstices, il y a plein de moisissure accumulée que Marga s'amuse à retirer avec la pointe d'un couteau. C'est donc ce qu'elle était en train de faire, à quatre pattes sous une ampoule nue, quand je suis arrivée, et j'ai cru qu'elle était en plein dans l'exercice masturbatoire sans les mains que je lui ai appris. J'étais venue lui apporter des vêtements et à manger après le SS, en profitant du fait que j'y vais toujours avec un sac à dos et que j'avais pu prendre des choses à l'appartement sans me faire voir d'Angelita et Patri. La bière, je l'avais achetée en route chez un Pakistanais : bien fraîche, et avec des chips, c'est ce qui passe le mieux après une répète.

— Tu ne dois pas être rentrée à l'appart pour le dîner ? me demande Marga après une longue gorgée de Xibeca qui m'a laissé le temps de voir ses poils châtains aux aisselles, du coup je cherche des yeux son pubis et je le trouve bien touffu lui aussi, avec même quelques poils drus qui passent à travers le tissu de sa culotte.

Comme je suis assise par terre, quand elle écarte les jambes, je vois une petite tache toute fraîche de fluide, encore humide.

— Pas depuis que je fais partie du spectacle du SS. Parce que les répètes finissent à 22 heures.

J'arrête de regarder sa chatte et je m'allonge sur le dos en attrapant mes pieds avec les mains, comme un bébé. Je roule sur le côté pour que ma tête reste orientée vers Marga et pas vers le mur d'en face. À la deuxième expiration, j'en profite pour écarter encore plus les jambes et me remettre à parler :

— Je suis censée rentrer avant 23 heures, mais c'est pas très grave si je rentre plus tard parce que la contremaîtresse est déjà passée hier soir et comme j'étais super ponctuelle, elle ne reviendra pas faire sa ronde de nuit avant deux semaines au moins. Pas comme le jour où elle a débarqué à 10 heures du matin alors que je venais de rentrer et qu'après elle est revenue vingt matins de suite.

Marga se lève, sa chaise l'accompagne jusqu'à ce que la peau et le plastique terminent doucement de s'embrasser. Elle va dans la cuisine, allume une autre ampoule qui illumine du carrelage très blanc, très propre et très cassé, puis elle rapporte une coupe en terre cuite pleine de fruits. Elle la pose sur la table du salon, récupérée elle aussi aux encombrants du lundi, ce qui me force à me lever pour regarder ce qu'il y a dedans. J'en profite pour d'abord passer à quatre pattes, puis je tends les jambes pour ensuite remonter le tronc, sans le redresser d'un coup mais en déroulant la colonne, comme un store. Là, tu relèves la tête, tu replaces tes épaules en arrière et tu accomplis le premier pas vers ton objectif en faisant de la marche le privilège qu'elle est véritablement.

— Merci, Nati, mais c'est pas la peine de m'apporter à manger et des vêtements. La nourriture, je la récupère à la *charcha d'aliments*, c'est la banque alimentaire qu'il y a dans d'autres *okupas*. Et les vêtements, au magasin gratuit de Can Vies, me dit Marga en croquant un bout de pomme qu'elle fait descendre avec de la bière.

— Mais c'est absolument génial, Marga ! – Je décline son offre de pommes et de pêches plates parce que aujourd'hui j'ai plutôt envie d'un sandwich, si possible au jambon. Je tire sur les coins du paquet de chips pour verser les miettes directement dans ma bouche, et je lui demande : *Charcha* comme le mot catalan pour dire réseau ? Comme la *Xarxa de metro* ou la *Xarxa de Biblioteques munipals* ?

— Je ne sais pas, Nati, je te le dis comme je les entends le dire en catalan : *charcha*, quoi. Je ne sais pas lire, moi.

— Et ça marche comment ?

— La plus grosse *charcha*, c'est celle du squat d'Entrebancs. On se retrouve genre à quinze avec des caddies de supermarché, à l'heure de la fermeture, et après on fait la tournée d'une dizaine de magasins et de conteneurs à ordures. On récupère de tout, de la viande, des fruits, du pain, des gâteaux… et même des pizzas ! Les gens jettent tellement de pain et tellement de gâteaux qu'on remplit toujours deux caddies entiers. Une fois que chacun a pris ce qu'il voulait, il reste encore des trucs qu'on laisse sur un banc dans un parc pour que quelqu'un les récupère.

Marga me parle de nourriture et ça me donne faim. Alors je vais dans la cuisine blanche déglinguée pour fouiller. Je trouve des sacs plastique remplis de pain et de gâteaux. Les baguettes sont dures, mais les miches et les gros pains aux céréales qui tiennent plus longtemps sont encore moelleux. J'en prends un noir, petit mais dense, lourd comme un pavé, avec des graines de tournesol, des graines de sésame, des noix… Du genre à coûter 4 balles à la boulangerie. Marga, la maligne, elle l'a eu gratuitement.

— Tu es rentrée dans un conteneur, toi ? je lui demande en cherchant un couteau pour le pain.

Les rares ustensiles de cuisine sont propres et alignés sur une plaque de marbre ébréchée, tellement polie qu'on la croirait en ivoire. Je trouve un couteau à bout rond avec des petites dents. Me voyant avec ça, sans se lever de son trône rouge Estrella Damm, Marga me tend le couteau affûté avec lequel elle grattait le sol, et elle me répond :

— Dans les conteneurs réservés aux commerces, ceux avec leur nom écrit dessus, il ne faut pas rentrer parce qu'ils sont plus petits. Pour ceux-là, tu sors directement les sacs et tu les ouvres par terre. Ceux où on peut entrer, c'est les grands, là où tout le monde jette ses poubelles. Parce qu'il y a des magasins qui n'ont pas de conteneurs à eux. Comme tout le monde, je suis rentrée dedans.

Et c'est vraiment dégueulasse ? je demande en lui ten dant une tranche de pain qu'elle inspecte sous toutes les coutures, parce que ce doit être la première fois qu'elle en mange, de celui-là.

— Pas plus dégueulasse que d'être obligée de faire la queue au supermarché. – L'immédiateté et l'intelligence de sa réponse interrompent ma mastication. Marga croit que je trouve le pain mauvais et me dit : Ne le mange pas si tu n'aimes pas, goûtes-en un autre. Il y en a plein, tu vois. – Je finis par avaler ma bouchée puis par recroquer dedans. Ce pain est vraiment bon.

— Il est très bon ton pain, Marga. C'était à cause de ce que tu as dit sur la dégueulasserie et le supermarché. Je viens de me prendre un uppercut en plein dans ma bouche bourgeoise, auquel je dois répondre en t'embrassant avec cette bouche ensanglantée par toi. Voilà une réponse politisée qui me politise et qui me fera sortir de chez toi différente de ce que j'étais en entrant, réponds-je, bien que mon raisonnement ne soit pas encore tout à fait abouti.

Il y a des politisations progressives, comme celle qui a eu un effet sur moi, et sur Marga aussi je crois, après plusieurs visites à l'*ateneo*, à parler avec les anarchistes et à lire leurs fanzines. Et il y a des politisations radicales, comme celle-ci, où l'un pose une question orientée par le capital et l'autre lui répond par une vérité anarchiste. Seule une machotte-fachotte-néolibérale en sortirait indemne et ne donnerait pas raison à celle qui a la réalité, et non l'idéologie, de son côté.

— Le conteneur pue grave, c'est vrai, mais la nourriture est presque nickel dans les sacs, en plus c'est facile de reconnaître ceux qui viennent des magasins. Ils sont noirs et énormes, et pas noués avec des petits cordons. Pour sortir des barquettes de viande qui périment le jour même, ou des yaourts, des plats préparés ou ces jus de fruits qu'ils gardent au frais, ça aide bien d'aller dans le conteneur avec une lampe frontale, comme les mineurs.

— Combien de fois tu fais une queue interminable pour payer alors qu'il n'y a même pas de vigile et que tu n'as rien pris qui porte un antivol ! Et pourtant tu te fades la queue et tu payes parce que tu as peur, cette peur merdique des représailles imaginaires, la peur d'être balancée par un bon Samaritain de client qui t'a grillée et qui ne supporte pas que tu aies les ovaires de partir sans payer, contrairement à lui ! Peur de te faire gauler par une caissière, alors qu'il est prouvé que les caissières ne gaulent jamais personne vu que c'est elles qui sont fliquées, avec des caméras au-dessus de leur tête pour vérifier qu'elles passent bien cent codes-barres à la minute! Faire la queue pour payer alors que c'est eux qui devraient faire la queue pour que tu les payes, voilà le fondement de l'ordre oppresseur dans lequel on vit!

Quand je m'excite, ma cousine décroche. Elle ne se considère pas comme politisée. Ce qu'elle considère, en revanche, c'est qu'elle fait bien ce qui lui passe par la chatte, attitude qui fait d'elle une dissidente d'autant plus insaisissable, plus difficile à détecter, plus discrète et plus puissante. Pareil que La Banda Trapera del Río et que Los Saicos, qui faisaient du punk dix ans avant que l'industrie lui donne ce nom : les premiers fringués comme des dandys de fête foraine, et les seconds avec des pulls en V et des pantalons à pinces, et qui luttèrent ensuite contre l'insistance des punks à les mettre dans le même sac qu'eux.

Marga retourne dans la cuisine puis revient avec un plat en terre cuite du même service que sa coupe à fruits, gentiment abandonné au pied d'un conteneur où elle l'a récupéré. Elle le rapporte donc rempli de ce qui semble être une salade *pipirrana*. Elle coupe deux tranches de pain noir et en met une cuillérée sur chacune. J'en salive déjà.

— Poivrons, tomates, concombres et oignons de la *charcha*. L'huile, le vinaigre et le sel, ça vient de l'*ateneo*.

— C'est un vrai festin. – Je finis ma tartine en deux bouchées et je m'en prépare aussitôt une autre. Nous sommes maintenant toutes les deux assises à table. Elle a rapproché son trône et moi une chaise avec un dossier très haut et tapissé de velours, ce genre de sièges inconfortables où les familles s'assoient pour le dîner de Noël.

— Il faudrait que je me trouve un réchaud ou une mini-plaque de cuisson, pour pouvoir me faire cuire des légumes de temps en temps.

— Je t'achèterai ça chez le Chinois en bas de chez nous. Je lui demanderai de me le faire passer en bristols et en feutres sur la facture, vu tout ce que j'ai colorié ces derniers temps.

— D'accord, merci.

— Ça coûterait dans les combien ? 20 euros ? – Je parle la bouche pleine de joie ; la joie d'étouffer ma faim.

— À peu près.

— Dans ce cas, je lui ferai ajouter de la colle, des ciseaux et plusieurs règles.

— Merci beaucoup, Nati.

— Pas besoin de dire merci. Et au fait, ce fameux trou dans le toit ? je demande en lui passant le litre de bière.

— C'est dans la chambre, me répond-elle en éclusant la Xibeca et en me remontrant son impressionnant dessous de bras. Finissons de dîner et puis je te montre.

Je n'ai pas réussi à faire qu'on me touche partout pendant l'exercice, mais quand même, pendant la troisième phase, la plupart des manipulateurs ont laissé leurs mains là où le chaos de cette improvisation de masse les avait posées. Lorsqu'une main tombait sur mon sein, j'arrivais à faire en sorte qu'elle ne soit pas retirée, et qu'au contraire ce mouvement soit prolongé à partir de mon sein, empaumé et malaxé, provoquant une torsion simultanée de ma côte correspondante. À un moment, un manipulateur audacieux, involontairement tombé sur l'un de mes seins, m'a touché l'autre dans une recherche de symétrie. En les écrasant comme ça dans ses paumes, il provoquait sur mes seins soit un affaissement soit l'inverse, à savoir une posture de cobra, selon qu'il les poussait vers le haut en les faisant remonter comme dans un corset, ou vers le bas, comme si un nourrisson tirait sur mes tétons. Le cas du manipulateur aux deux paumes rencontrant mes seins et les pressant au lieu de les aplatir restait exceptionnel.

Pour cette troisième phase de l'exercice, le chorégraphe en pyjama avait ordonné que je bouge librement et que les autres me fassent bouger librement. Je pouvais opposer une résistance à leurs stimuli, ou les suivre, ou les éviter, ou faire la morte. Voire les quatre en même temps, avec l'intensité que je voulais, en impliquant ou en dissociant les parties de mon corps que je voulais.

De leur côté, les manipulateurs devaient me faire bouger en me touchant avec l'élan imprimé par leur propre corps ; que ce soit en me caressant ou en me massant comme pendant la première phase, ou en m'articulant comme pendant la deuxième, ils devaient maintenant prendre en compte mes mouvements ; des mouvements censés, selon les ordres, impliquer des déplacements dans l'espace et être impulsés, stoppés ou redirigés par moi ou par eux. L'éparpillement des danseurs dans l'espace allait faciliter les choses car chacun pourrait venir à ma rencontre et moi aller à la rencontre de chacun. Pendant cette troisième phase, les négociations tacites se déroulant in situ entre manipulateurs, au sujet de comment, quand et dans quel ordre s'allier pour manipuler mon mouvement et ma trajectoire, seraient sous-tendues par une attention accrue envers la manipulée, comme dans les première et deuxième phases, mais en ajoutant autre chose : il fallait emmener la manipulée jusqu'où elle ne serait jamais allée seule, et celle-ci devait être prête à faire ce voyage. Autrement dit, je devais danser comme ça me chantait en utilisant les autres danseurs, et les autres danseurs devaient interpréter ma danse selon mes désirs.

Cette dernière phrase n'est pas du pyjaman, elle est de moi, parce que le chorégraphe s'est bien gardé de prononcer les mots danse ou danseur en expliquant son exercice. Dans la géographie de la danse contemporaine, cette zone de pudeur est bien connue : le concept de danse est à écarter à cause de ses connotations formelles, académiques et limitantes, et on lui substitue le concept de mouvement, considéré comme pur, scientifique, voire démocratique. Pur, car d'après les habitants de cette vaste région qu'est le petit monde du contemporain le simple fait de bouger est naturel. Scientifique, car toujours d'après ces habitants le mouvement est une catégorie artistique englobant une multitude d'actions, qu'elles soient typiquement dansistiques, c'est-à-dire effectuées par quelqu'un dont tout le monde s'accorde à dire qu'il danse, ou qu'il s'agisse d'autres actions non identifiées comme pas de danse, par exemple se curer les oreilles ou préparer une omelette. Et démocratique, car cette région dont nous parlons n'est pas le simple cadre territorial physique du contemporain mais une nation entière, de même que ses habitants ne sont pas simplement les occupants d'un territoire matériel et symbolique sur lequel la nation étend sa souveraineté, mais des citoyens avec des droits et des devoirs. La notion de mouvement est démocratique en cela que tout citoyen peut bouger, que tout citoyen a accès au mouvement : par exemple, tourner le poignet pour regarder sa montre. Face à cette valorisation du mouvement unissant tous les citoyens, on trouve le concept de danse, rance et élitiste, selon lequel tout citoyen ne peut pas accéder à l'apprentissage de la danse, tout citoyen n'est pas danseur, car tous les citoyens ne sont pas capables de faire un porté-poisson ou de s'allonger au sol en *flying low*. C'est pourquoi le Multiplexe ne s'appelle pas École de Danse mais Fabrique de Création de Mouvement et qu'on se croirait dans les locaux du Bauhaus ou de la Phalange.

— Bauhaus, comme les magasins de bricolage ? me demande un autogestionnaire en forme de poire, avec des épaules très étroites et des hanches très larges.

— Plus ou moins, Vicente. Ces magasins s'appellent comme ça à cause d'un autre Bauhaus d'il y a cent ans : c'était une école de fachos de gauche qui construisaient des meubles et des baraques de bourges en disant que c'était pour le bien de l'humanité.

— C'est vrai que le Bauhaus du Paseo de la Zona Franca fait un peu bourge, a dit Vicente.

— Tu vois.

— Ça fait bourge seulement si tu y cherches des trucs de bourge. Là-bas, il y a des choses chères, mais aussi des plus abordables. C'est moi qui te le dis, parce que j'habite à côté et que j'y vais souvent pour acheter des pièces pour ma perceuse, ou d'autres outils, des vis, un peu de tout. Et puis c'est de la qualité, ça vient d'Allemagne, pas de Chine, du coup c'est peut-être un peu plus cher, mais ça dure plus longtemps. Il faut savoir bien acheter, a sorti Antonio, le facho-macho-capitalo autogestionnaire un peu beau.

Il se la racontait tellement, mais tellement. Et moi, franchement, plus il se la raconte en rabâchant ses discours de plateau-télé, mieux il les prononce et moins il plisse les yeux avec ses cils de chameau, plus ça me fait marrer. Sa vanité est tellement grande qu'il ne se doute même pas que je rigole parce qu'il est ridicule. Dans le groupe d'autogestionnaires, quand quelqu'un rit, il y en a toujours un pour prendre le relais, y compris pour rigoler d'autre chose ou juste pour le plaisir de rigoler. La psycho-sergente Laia Buedo s'est hâtée de questionner une telle rigolade injustifiée, mais sur un ton très bas de dignitaire estimant ne pas avoir à élever la voix pour se faire entendre, et du coup personne n'a entendu ce qu'elle disait.

— C'est de toi qu'on rit, Antonio, parce que ta machomanie t'empêche même de capter que tu parles comme dans une pub à la radio ! lui ai-je dit sans que mes portillons s'activent, puis j'ai laissé mon rire caquetant crépiter comme une salve de mitraillette en atteignant ma cible machiste et en incitant les autres autogestionnaires à la viser eux aussi.

Mais vu que, comme tous les fachos, ce petit mec se la joue moi y a rien qui m'atteint et celui qui me critique c'est qu'un con, eh bien il ne m'a pas répondu. Il s'est contenté de regarder sa supérieure Buedo et de faire ce geste énervant : plier les bras, orienter les paumes vers le plafond, hausser les épaules et pincer les lèvres pour faire une ligne avec sa bouche. Et ma sœur Patricia qui l'imite ! Elle qui ne disait plus rien depuis un bail ! Quels capitalo-fachos du dimanche, ces deux-là ! Il avait suffi que la Buedo leur reproche de m'avoir coupé la parole ou traitée de dégueulasse pour qu'ils ne mouftent plus.

— Ils devaient avoir une idée derrière la tête, Nati. Comme toi, maintenant que tu y vas tous les mardis. Tu crois que tout le monde va aux réunions d'entraide par plaisir ? me demande la sagace Marga, éclairée par la lumière des lampadaires qui passe par le trou de la toiture.

— Marga, moi je n'y vais pas avec une idée derrière la tête. J'y vais dans un but de politisation.

— Eh bien, moi je crois que si Laia te laisse autant parler en réunion, c'est qu'il y a une raison.

— Évidemment. C'est pour que je leur dise où tu es.

La lumière orangée qui baigne délicatement la chevelure et les épaules de Marga devient alors un foyer ardent qui dévore son visage d'ombres et, sous les bonnets blancs de son soutien-gorge, trace deux demi-lunes noires qui lui mangent le ventre.

— Natividad ? – La psycho-sergente m'avait appelée par mon prénom. – Tu finirais de nous raconter ton cours de danse intégrée ? C'était très intéressant, je trouve. – Marga, sérieusement, ça m'énervait tellement qu'elle m'adresse la parole alors que moi je m'éclatais en riant du petit macho-facho. Du coup, j'ai essuyé mes larmes, j'ai respiré à fond et, avec mes portillons fermés, je me suis forcée à me rappeler que si je me pliais à cette séquestration hebdomadaire, c'était pour une noble cause, et je lui ai répondu :

— La danse intégrée est un territoire de la nation du mouvement, même si paradoxalement la danse intégrée s'appelle danse et pas mouvement intégré. Pour les gens qui en tirent du fric et des privilèges, un tel paradoxe n'est pas un problème. Au contraire, les partisans de la danse intégrée y trouvent un bénéfice, puisqu'ils revendiquent qu'elle soit justement intégrée aux circuits traditionnels : théâtres, cours, universités, prix. Bien qu'ils aient colonisé les terres appartenant à la nation démocratique du mouvement, leur objectif n'est pas de se mouvoir, selon les prescriptions de la métropole, mais de danser. Danser, avec toutes les connotations formelles, académiques et élitistes du terme dont les habitants de la métropole se démarquent, sans oublier cette autre connotation dont la danse contemporaine s'est pourtant débarrassée depuis cinquante ans : l'esthétique. Les danseurs intégrés veulent à tout prix être esthétiques. Ils ne veulent jamais se permettre de mal faire ou de faire moche. Les danseurs intégrés tueraient pour fouler le sol d'une salle de répétition ou monter sur une scène et prouver qu'ils sont aussi beaux et raffinés que Pina Bausch et Vaslav Nijinski.

J'arrête là mon récit autogestionnaire parce que je suis trop énervée par le souvenir de mon énervement. Marga s'allonge sur son lit, je l'imite. C'est un double matelas posé à même le sol, recouvert d'un drap qui traîne. Je sens un ressort, mais on ne s'enfonce pas car le matelas est ferme.

— Donc, on me cherche, me dit-elle.

— Évidemment, Marga. Mais ne t'inquiète pas, je ne lâcherai rien, je lui réponds en me mettant sur le côté, cherchant son regard.

— Comment tu sais qu'on me cherche, Nati ? me demande-t-elle en tournant la tête vers moi.

— Elles sont toutes comme des folles après toi, Marga. D'abord, ç'a été Patri et Angelita, ensuite Diana et Susana, et maintenant il y a même une paire de *mossas* sur le coup. Le premier jour où tu n'es pas rentrée, Patri et Angelita n'ont pas fermé l'œil et elles ont passé la nuit à me poser des questions. Patricia nous a fait son petit craquage en balançant des assiettes et même qu'elle a levé la main sur moi ! J'ai dû la stopper avec le bras et elle s'est mise à chialer. Tu te rends compte ?

— Et qu'est-ce que tu leur as dit ?

— Moi ? Mais rien, Marga. Rien du tout. Je te l'ai déjà dit.

— Tu n'as pas répondu, ou tu as menti ?

— Je n'ai pas arrêté de leur répéter la même chose : que cet après-midi-là, tu m'avais accompagnée au Multiplexe comme tous les mardis, qu'on avait pris le métro, qu'il y avait plein de touristes à la con, comme toujours sur la ligne jaune en été, et puis que d'un seul coup tu avais disparu. Ensuite que j'étais allée à mon super cours de danse intégrée, super contente que j'étais d'aller pointer au SS et qu'est-ce que c'est beau Barcelone et qu'est-ce que cette ville offre comme possibilités !

— Bon, mais tu dois quand même être contente, non ? Tu ne m'as pas dit qu'on t'avait prise pour le spectacle ?

— On ne m'a pas prise, Marga. Dans ce spectacle, tu joues si tu payes, à la seule différence que certains ont des rôles plus visibles que d'autres. Alors d'accord, on m'a donné celui de la manipulée pour la scène de manipulation de masse, ce qui est très bien, mais bon, contente, n'exagérons rien. Je serais contente si les danseurs n'obéissaient pas aux ordres du chef et de son assistante, et si danser avec ou à partir de ses seins et de ses parties génitales n'était pas une exception. – Marga croise les mains derrière la tête, son aisselle poilue se retrouve collée à mon nez. Ça sent la bonne sueur, pas celle qui a macéré dans du synthétique. Ça sent la journée passée toute nue. – Tu veux que je finisse de te raconter comment c'était quand ils ont dansé avec mes seins et ma chatte pendant le SS ?

— Allez, me répond-elle en souriant et en pointant son menton vers l'avant. – C'est la première fois de toute la soirée qu'elle me sourit la bouche ouverte, et ça aussi ça me rend contente ; hyper-contente, même.

— Quand tu me souris, là, je suis contente, Marga. – Son sourire s'agrandit encore plus ! Sûrement à cause du trou dans le toit, on entend le boucan des camions-poubelles comme s'ils passaient à l'intérieur de la maison. Marga se bouche les oreilles et crispe tout son visage, mais son sourire ne disparaît pas pour autant. J'attends que le bruit cesse, puis je reprends : Donc je te disais que deux manipulateurs qui sont tombés involontairement sur mes seins me les ont soulevés avec les mains, comme ça. – Je montre à Marga, mais comme je suis allongée et que je n'ai pas de soutien-gorge, mes seins tombent sur les côtés. Je dois les saisir et les ramener au milieu en forçant la pression. – Elle, c'était une des nouvelles. Ah ! ce que c'est bien de danser avec des inconnues qui n'ont aucune sympathie ni aucune antipathie pour toi, et avec qui tu communiques seulement par les pulsations émises par vos deux corps. Bref, donc je te disais qu'après, un autre manipulateur s'est retrouvé involontairement avec mes seins dans les mains, comme l'autre fille, mais au lieu de les aplatir, il les a empoignés. – Là, je les remonte en les prenant à pleines mains.

— Il t'a pelotée, précise Marga.

— Du jamais vu dans un cours de danse ! Non seulement il m'a peloté les seins mais il les a orientés et il a tiré dessus comme ça. – Je tire mes seins vers le haut comme pour les mettre en pointe. – Le manipulateur voulait danser avec mes seins. Il a changé un peu sa façon de faire parce qu'il s'est rendu compte que ce n'était pas facile de les tirer-peloter sans qu'ils se barrent. Alors il a changé de prise : les pouces dessous, posés entre mes côtes, et les autres doigts par-dessus, calés en haut de mon sternum, au-dessus du tissu tendu de ma brassière de sport. C'était comme s'il essayait de les détacher de mon buste, avec dans chaque main une boule de sein. – J'essaie de lui montrer sur moi mais impossible de me le faire toute seule. Je me redresse, je m'assieds et je le fais avec ceux de Marga.

— Aïe, geint-elle, alors automatiquement, je les lâche.

— Pardon. Mais les tiens sont plus gros et il faut serrer plus pour qu'ils ne se barrent pas.

— Fais-le plus doucement.

— J'ai dû t'enfoncer l'armature du soutif avec le pouce, je ne suis pas douée, pardon, lui dis-je en caressant à peine les bonnets de son soutien-gorge, tout doucement, si doucement que je ne sens que le tissu. Marga redresse un peu le buste en s'appuyant sur ses coudes, elle dégrafe son soutien-gorge, l'enlève puis se rallonge.

— Essaie comme ça.

— Ils sont beaux, tes seins, dis-je en lui refaisant une très légère caresse mais seulement sur les tétons.

— Les tiens aussi, me dit-elle en passant sa main sous mon tee-shirt pour la promener d'un sein à l'autre.

J'amplifie et j'intensifie la caresse sur ses tétons, longs et dressés comme ceux d'une mère qui allaite. Je les plante dans mes paumes et je les frotte en cercle. Marga aussi intensifie sa caresse sur les miens, m'en attrape un, le tire vers elle et dit dans ma bouche : Fais-moi le truc que tu m'as raconté, là, de l'attraper. – Son haleine sent l'oignon de la *pipirrana* avec une lointaine odeur de bière, comme la mienne, j'imagine. On se lèche la langue. Elle me parle depuis l'intérieur du baiser : Fais-le-moi, Nati.

Les ordres de Marga ne sonnent pas comme des ordres mais comme une supplication, elle n'exige pas de moi de l'obéissance mais de l'empathie envers son plaisir ; une solidarité avec son désir. Je reste assise. Je dois attraper ses seins fermement parce qu'ils sont gros, et comme elle est couchée, ils partent sur les côtés, comme les miens tout à l'heure. Je fais un puits avec mes mains, je les remonte vers le milieu et, de là, je les presse et tire dessus. Marga ne geint plus, elle gémit. Au début, son gémissement me perturbe, je me demande si ça lui fait mal, mais elle m'ôte vite le doute en me demandant de continuer. La chair qui ne tient pas dans mes paumes déborde entre mes doigts, lissée et durcie sous la pression. J'écarte un peu les doigts pour laisser dépasser ses tétons comme des reclus agrippés à leurs barreaux et pouvoir les lécher. Je réussis à en faire dépasser un complètement, que je suce et mordille. Marga gémit, elle glisse ses mains sous mon tee-shirt. Du bout des doigts, elle joue avec mes tétons en les pinçant dès qu'elle en atteint la pointe. Je gémis, son téton à l'intérieur de ma bouche. Je voudrais lécher l'autre, mais sans abandonner le premier captif. Je serre plus fort ce sein-là et recommence à le tirer vers le haut. Les gémissements de Marga se font plus rauques. Je desserre un peu l'étau et me penche pour lui donner un bisou d'excuse et de réconfort, au cas où je lui aurais fait plus mal que prévu. Cette fois, le baiser est plus sec, plus rapide, car le plaisir est pressant. Je lui susurre :

— Je ne t'ai pas fait mal, Marga ?

— Non, non, continue, me murmure-t-elle, et son appel à la solidarité me redresse illico, entraînant avec moi le buste entier de Marga et un cri étouffé qui s'achève dans mon oreille.

Nous sommes maintenant assises. Je ne peux pas enlever mon tee-shirt parce que je suis collée à elle, alors elle le retrousse au-dessus de mes seins. Elle les regarde et les caresse, la bouche entrouverte, les narines dilatées. Elle se courbe pour s'en rapprocher et les lécher avec toute sa langue, comme une mammifère lavant son nouveau-né. Quand elle atteint la courbure de mon sein, elle pointe sa langue, le soulève un peu et le fait tressauter en le lâchant. Voir mes seins brillants de salive me fait saliver la chatte. Plus elle me lèche, plus je tire sur ses seins, et plus je tire, plus Marga lèche les miens et les suçote, les mord et les tire. Nous tirons l'une sur l'autre et nos gémissements sont tantôt plus aigus ou plus graves en fonction de la traction ; nos dos s'arquent ou s'arrondissent, nos coudes se tendent ou se plient en fonction du va-et-vient des seins de l'autre, nous nous embrassons et nous nous mordillons les lèvres et le cou. Assise à côté de Marga, je me mets à califourchon sur elle. Nos mains en étau sont maintenant prisonnières de nos poitrines prises en étau, et quand chacune lâche celle de l'autre, nos quatre seins s'embrassent avec la bave que Marga a laissée sur les miens.

Elle glisse une main dans ma culotte, la dirige directement vers ma vulve, qu'elle trouve du premier coup. Elle pourrait le faire mais elle ne me pénètre pas tout à fait : elle plie un doigt, l'index je suppose, et appuie sur ma fente avec sa phalange. Je remue le bassin et lui demande de l'enfoncer. Marga se solidarise, je desserre un peu notre étreinte pour la laisser faire, je baisse ma culotte et mon short sous mes fesses, et comme ils sont élastiques je peux continuer à entourer Marga avec mes jambes. Je penche les épaules en arrière en m'appuyant sur mes bras tendus. Marga entoure ma taille avec un bras et pose la main sur ma hanche. Avec cette main-là, elle régule mes coups de bassin pour faciliter la pénétration. La paume de son autre main tournée vers le haut, elle m'enfonce son majeur dans la chatte. Les premières allées et venues me font gémir très fort, un gémissement qui est un remerciement, une exclamation bienvenue, un cri de surprise. Bien que Marga ne soit pas pénétrée, elle gémit et remue le bassin aussi, augmentant l'intensité de mes gémissements et de mes coups de hanches. Je gémis encore, soupirant sur un ton plus grave. Le gémissement de Marga est un *a* oscillant mais infini, dont le ton et le timbre sont identiques à sa voix. En poussant ses *a*, elle plisse le front en une expression de Mater dolorosa. Mon expression à moi est plus vaporeuse, la tête rejetée en arrière. Mais les coups de bassin de Marga, à cause de sa posture courbée afin de pouvoir explorer ma chatte, ne sont pas très amples. Vu de l'extérieur, on croirait qu'elle se frotte la raie des fesses sur le lit, mais moi je sais parfaitement ce que Marga est en train de faire : la masturbation sans les mains que je lui ai apprise. Elle active son appareil masturbatoire central sans même avoir besoin de se mettre à quatre pattes. C'est un va-et-vient précis et constant qui commence dans la moelle du bassin pour finir dans le dernier poil de sa chatte.

En un geste qui ne dure pas plus de deux secondes, Marga lâche toutes ses prises pour retirer ma culotte et mon short qui commencent à nous gêner, puis elle me bascule à califourchon sur elle pour retrouver notre position d'avant. Elle serre plus fort notre étreinte puis me gobe les seins dès qu'ils atteignent sa bouche, car pour les attraper elle aurait eu besoin de ses mains. Ses seins à elle frôlent et viennent parfois toucher le haut de mes cuisses écartées.

Lors de ses pénétrations successives, Marga ajoute un

doigt puis un autre jusqu'à, je crois, m'en glisser trois, et elle incite mes hanches à cogner de plus en plus fort jusqu'à ce que mon vagin donne de vrais coups dans sa main, qui ne se contente plus de me pénétrer, mais vibre aussi latéralement. Cette vibration me fait atteindre un point de non-retour direction l'orgasme. Ce point qui, si tu as le malheur de le perdre de vue, ne te laissera plus jouir quoi qu'on te fasse, sans parler de la tristesse qui t'envahira ensuite. J'entends le clapotis de ses doigts dans mes fluides. Je laisse reposer tout mon poids sur le bras où je m'appuyais et, de ma main libre, j'actionne mon clitoris à mille tours par minute.

— Je vais jouir, Marga.

Alors que je suis en pleine frénésie masturbatoire, Marga lâche ma taille, suce deux de ses doigts, glisse sa main dans sa culotte et se masturbe à son tour, tout en continuant de me pénétrer. Comme elle n'a pas réussi à enlever sa culotte, sa main a l'air d'une prisonnière qui cherche à s'évader. À ce moment-là, je jouis, je jouis, je jouis, je jouis et je jouis, la vache! dans des convulsions de chaise électrique. Je relâche alors le bras qui avait supporté mon poids et mes mouvements pendant ces cinq dernières minutes de baise. J'ai à peine le temps de lui mettre un doigt, ou bien c'est justement cette très brève insertion qui précipite son orgasme, que ses *a* gémissants s'unissent en un seul cri étouffé. Son vagin courbe aspire mon index, je le sors dégoulinant puis le renfonce; Marga a joui. Elle me retient à l'intérieur en serrant fort mon poignet.

— J'en veux un autre, me dit-elle.

Elle se met sur le dos, j'enlève sa culotte. Je me mets à quatre pattes et, avec mon doigt encore en elle, je lui lèche l'intérieur des cuisses puis la chatte. Je suis étonnée que celle-ci soit si compacte, symétrique et étroite, vu la sacrée baiseuse que c'est, la Marga, et aussi qu'elle soit si bien épilée, sachant que Patricia n'est pas là pour l'obliger à le faire.

D'abord je lui donne de grands coups de langue de haut en bas, le long de la fente. Elle sent la bite, ces bites qui sentent le barbecue. Je savais déjà que Marga avait passé sa journée à baiser.

Ma main se coordonne naturellement avec ma langue et l'introduction progressive des deux, trois, puis quatre doigts qu'elle me réclame. Je les mouille beaucoup et lui soulève les fesses, je crache longuement dans son vagin puis les repose sur le lit. Avec ma main libre, je serre ses cuisses et tends le bras à la recherche de ses seins, et en les atteignant, je tombe sur les mains de Marga en train de les pétrir et de les lécher.

Elle est concentrée, son visage ressemble encore plus à une Vierge dolorosa, elle pousse ses petits *a*, et ses va-et-vient redevenus millimétrés, super efficaces, accompagnent ma langue. Les petits mouvements de bassin de Marga se synchronisent avec ceux de mon appareil masturbatoire qui, puisque je suis à quatre pattes, tourne avec une totale et sereine liberté.

Je troque mes grands coups de langue contre une activation frénétique de son clitoris, un clitoris décalotté comme un gland minuscule, et tombe aussitôt sur les deux doigts de Marga qui se sont joints à ma stimulation. Nous cohabitons un moment mais elle atteint vite une rapidité telle (la rapidité propre à la masturbation solitaire) que ses doigts cognent contre mon visage et finissent par déloger ma langue.

— Tu jouis ? je lui demande, et elle acquiesce sans lever la tête de l'oreiller, avec une expression d'infinie douleur.

Je lâche ses seins et guide ma main vers mon clitoris tout en gardant mes quatre autres doigts en elle. Spontanément, les deux vitesses se synchronisent : celle de la pénétration de ma cousine et celle de ma masturbation. Mes rotations et mes va-et-vient se font maintenant autour de l'axe de mon doigt, qui a trouvé mon clitoris impatient et mûr. Rien qu'en dessinant un cercle dessus, je sens déjà la petite larme de l'orgasme glisser sur le toboggan de mon vagin. Marga et moi, on s'accompagne dans un gémissement mutuel qui prolonge nos jouissances ; la mienne étant moins intense car c'est la deuxième, et la sienne, je ne sais pas.

Nous nous reposons quelques secondes, allongées face à face, formant un losange avec nos jambes écartées. À nouveau, on entend distinctement les bruits nocturnes du quartier qui entrent par le trou du toit comme dans une oreille. Des œufs qu'on bat, une télévision allumée, des couverts qui cognent contre des assiettes, le pot d'échappement d'une moto débridée genre marteau-piqueur, une conversation lointaine, une sonnette, une voix robotisée dans un interphone, un bip électrique qui ouvre une porte. Il y a aussi beaucoup de fraîcheur qui entre.

— Marga, et pour aller faire pipi ? je lui demande en me levant.

La tête sur l'oreiller, elle me répond à moitié endormie :

— Les toilettes sont à droite en sortant, mais il n'y a pas d'eau. Il faut que tu verses celle du bidon posé par terre.

— D'accord.

— Et tu m'apportes l'autre bidon qui est à moitié vide, d'accord ? J'ai soif.

— D'accord.

— Il n'y a pas de lumière, il faut allumer celle du salon pour y voir quelque chose.

— Parfait.

— L'interrupteur est près de la porte qui donne sur la rue, là où tu as mis ton vélo.

J'y vais à poil, comme je suis. Le trou du toit de la chambre laisse passer assez de lumière du dehors pour qu'on puisse marcher sans craindre de buter contre l'un des rares meubles. Les motifs et la fraîcheur laquée du vieux revêtement sont agréables sous mes pieds nus. Marga a dû le frotter comme une Cendrillon, à quatre pattes, le chiffon à la main, avec son appareil masturbatoire activé.

Grâce à la lumière de l'ampoule nue du salon, j'arrive à apercevoir la grande baignoire, haute et carrelée ; le lavabo grand et carré comme un piédestal, le miroir grand comme une fenêtre, le bidet assez grand pour y laver un bébé et les toilettes assez grandes pour s'endormir dessus. Posés tout le long du mur, il y a de vieux bidons de cinq litres d'eau. Ça sent un peu les canalisations, mais mes pieds nus avancent sans vraiment tâter de moisissure. Je lâche quelques pets et je pisse confortablement installée, je cherche du papier et j'en trouve, judicieusement posé sur la chasse d'eau. Ce sont des serviettes de bar très rêches. Je m'essuie avec, je les jette dans la cuvette, je me relève, j'attrape le bidon le plus proche et je verse un bon volume d'eau. Je prends une autre serviette pour essuyer les gouttes qui ont éclaboussé la lunette. Comme il doit rester moins d'un litre dans le bidon et que ce sera facile de boire au goulot, je l'emporte dans la chambre pour moi et Marga.

— Éteins la lumière du salon, Nati, s'il te plaît, me dit-elle, dos au mur. – Je pose le bidon par terre puis retourne au salon éteindre la lumière. – C'est par précaution, m'explique-t-elle. – En revenant, je ramasse le bidon, m'installe à côté d'elle et le lui tends. – Désolée, je suis chiante, merci.

— Pas de problème, je comprends. Ta salle de bains est très pratique, lui dis-je en m'allongeant.

Marga soulève le bidon à deux mains au-dessus de sa tête. Dans le mouvement, ses seins remontent comme deux montgolfières à l'envers et ses longs tétons pointent horizontalement, parallèles au sol. Je lèche l'eau qui coule le long de son cou et ça la fait tousser, elle manque de s'étouffer et finit par me tremper moi aussi.

— Pardon, pardon, pardon ! je chouine en serrant son bras. Ce que je suis gourde !

Marga se décolle du mur et tousse en souriant. Je lui donne des tapes dans le dos jusqu'à ce que sa toux se calme.

— Tu veux remettre ça ? me demande-t-elle, interrompue par un dernier toussotement.

— La baise appelle la baise, Marga.

Avec mes mains, j'essuie l'eau sur ses seins, faisant mienne son humidité.

— Tu as baisé avant, c'est pour ça que tu en veux encore, me dit-elle.

— À part avec toi ?

Des soupirs se glissent entre mes mots rien que d'avoir Marga si près de moi qui me parle de baiser, d'avoir baisé et de continuer à baiser.

— Oui.

— Comment tu le sais ?

— Parce que tu sens la baise.

— Pourtant on ne s'est même pas frottés, Marga, et il y a à peine eu pénétration. C'est impossible que l'odeur me soit restée collée comme à toi. Ta chatte sent le barbecue. – Quand je dis ça, Marga renifle les doigts avec lesquels elle s'est masturbée, et d'après sa moue ça ne sent rien du tout.

— C'était avec qui ?

— Un type du SS. Et celui du barbecue, c'était qui ? Le faux indic ?

— Tu ne te souviens pas qu'il s'est fait virer du quartier ? Non, un mec de l'*ateneo*.

— De l'*ateneo* anarchiste ? Bravo, Marga.

— Raconte-moi ton histoire de baise sans se frotter, Nati, si ça se trouve, ça va m'exciter et on va recommencer.

Déclaration de Mme Margarita Guirao Guirao par-devant le tribunal d'instance numéro 4 de Barcelone, le 15 juillet 2018, dans le cadre de la procédure de demande d'autorisation de stérilisation d'individu frappé d'incapacité émanant de la *Generalitat* de Catalogne concernant la déclarante.
Juge des tutelles : Me Guadalupe Pinto García
Greffier : M. Sergi Escudero Balcells

Par décision n° 377/2016 du 19 mars 2016 du tribunal d'instance, Mme Margarita Guirao Guirao a été déclarée majeure incapable.
Dans le cadre de la procédure 12/2018 relative à sa stérilisation, le tribunal procède à l'audition de Mme Margarita Guirao Guirao, conformément à la première disposition additionnelle du code pénal tel que modifié par la loi organique 1/2015.
La déclarante étant atteinte d'un handicap affectant ses capacités volitives, Mme Diana Ximenos Montes, représentante de la *Generalitat* de Catalogne, assiste à la présente audition en qualité de tutrice de la déclarante.
Mme Susana Gómez Almirall, éducatrice spécialisée ayant

cohabité avec la déclarante dans l'appartement de tutelle accordé par la *Generalitat* de Catalogne, assiste également à l'audition.

Mme Margarita Guirao Guirao refuse toute déclaration, ainsi que de répondre à toute question posée par Mme la juge, par la représentante de la *Generalitat* et par l'éducatrice. Encouragée par Mme Susana Gómez à ne répondre qu'à ce qu'elle jugerait opportun, la déclarante persiste néanmoins dans son refus. Dans ces conditions, la séance est suspendue par Mme la juge.

La juge des tutelles	La déclarante	Le sténographe/ transcripteur
Guadalupe Pinto		Javier López Mansilla

Déclaration de Mme María de los Ángeles Guirao Huertas par-devant le tribunal d'instance numéro 4 de Barcelone, le 25 juillet 2018, dans le cadre de la procédure de demande d'autorisation de stérilisation d'individu frappé d'incapacité émanant de la *Generalitat* de Catalogne concernant Mme Margarita Guirao Guirao.
Juge des tutelles : Me Guadalupe Pinto García
Greffier : M. Sergi Escudero Balcells

Avant de répondre aux questions posées par Mme la juge, la déclarante lui demande si tout ce qu'elle dira sera écrit. Mme la juge lui répond par l'affirmative.

La déclarante demande si ce sera écrit « en normal » et « en lecture facile ». Mme la juge lui répond que tout sera très facile à comprendre et que la déclarante peut prendre le temps dont elle aura besoin pour répondre, et que s'il y a quelque chose qu'elle ne comprend pas, qu'elle le dise et Mme la juge lui expliquera tout dans les détails, de même qu'il n'y a aucune raison d'être nerveuse car ici tout le monde est là pour aider.

La déclarante répond qu'elle est bègue de naissance et que c'est peut-être pour cela que Mme la juge pense qu'elle est nerveuse, or elle ne l'est pas car la déclarante affirme être une personne très calme.

Mme la juge lui dit que si elle est calme, tant mieux, nous allons pouvoir commencer. Elle demande à la déclarante comment celle-ci s'entend avec sa cousine Margarita Guirao, ce à quoi la déclarante répond qu'elle lui avait posé une question et que Mme la juge n'y a pas répondu.

Quelle question, María de los Ángeles ? lui demande Mme la juge.

Je vous ai demandé si tout ce qu'on va dire sera écrit « en normal » et « en lecture facile », répond la déclarante.

Mme la juge lui demande ce que veut dire « lecture facile ». La déclarante s'étonne que Mme la juge ne sache pas ce que « lecture facile » veut dire puisque que cela figure dans la loi sur l'accessibilité votée par le Parlement de Catalogne en 2014 et qu'en tant que juge elle est censée connaître toutes les lois.

Mme la juge lui dit qu'on ne peut pas tout savoir dans la vie mais qu'elle veut bien qu'elle lui explique car cela l'intéresse beaucoup.

La déclarante lui dit que la « lecture facile » désigne des livres, des documents administratifs et juridiques, des sites Internet ou autres, écrits d'après les directives internationales d'inclusion Europe et de l'IFLA, l'acronyme anglais pour Fédération internationale d'associations de bibliothèques et d'institutions.

La déclarante poursuit ainsi : Les directives sont des règles ; internationales signifie de nombreux pays. Les acronymes sont les premières lettres de plusieurs mots que l'on colle ensemble pour résumer.

Une fédération est un ensemble d'associations qui s'unissent ; une association est un ensemble de nombreuses personnes qui se retrouvent parce qu'elles aiment les mêmes choses, en l'occurrence les bibliothèques et les institutions.

Inclusion Europe est comme la FEAPI mais au niveau de toute l'Europe et écrit en anglais, même si au niveau de l'Espagne cela ne s'appelle plus FEAPI mais Pleine inclusion. FEAPI est un acronyme qui signifie Fédération espagnole d'associations pour les infirmes.

Mme la juge dit à la déclarante qu'elle a expliqué beaucoup de choses intéressantes mais qu'elle ne lui a toujours pas dit comment étaient ces documents « en lecture facile ».

J'y venais, lui répond la déclarante, et elle lui dit que la « lecture facile » est une façon d'écrire pour les personnes ayant des difficultés à lire passagères ou permanentes, comme les immigrés ou les personnes ayant eu une scolarité déficiente ou un accès tardif à la lecture, ou comme les personnes atteintes de troubles de l'apprentissage ou de diversité fonctionnelle, ou encore les personnes séniles.

Avoir des difficultés à lire signifie que tu sais lire mais que cela te demande beaucoup d'efforts. Passagères veut dire que ce n'est pas pour toute la vie, permanentes veut dire que c'est pour toute la vie. Un immigré est quelqu'un qui vient de l'extérieur.

Scolarisation déficiente veut dire que tu es allé à l'école mais que tu as eu des mauvaises notes ou que tu as redoublé plusieurs fois.

Accès tardif veut dire arriver tard et la lecture signifie lire, donc il s'agit de gens qui n'ont jamais eu le temps de lire.

Troubles de l'apprentissage signifie que tu as une maladie qui t'empêche d'apprendre les choses qu'on te dit à l'école.

La diversité fonctionnelle est ce que la déclarante a personnellement et qui correspond à un certain degré de handicap intellectuel. Les personnes séniles sont des vieux *gagas*.

Mme la juge demande s'il s'agit d'une façon d'écrire plus facile pour que ces personnes puissent lire.

La déclarante lui répond que oui, mais pas seulement pour qu'elles puissent lire, aussi pour faire respecter le droit universel d'accès à la culture, à l'information et à la communication qui se trouve dans la Déclaration universelle des droits de l'homme. La déclarante demande à Mme la juge si elle connaît cette Déclaration ou s'il faut aussi lui expliquer. Mme la juge lui répond qu'elle la connaît.

La déclarante dit que la « lecture facile » existe aussi parce que beaucoup de textes présentent un excès de technicismes, une syntaxe complexe et une présentation peu claire.

Excès veut dire trop. Les technicismes sont des mots très difficiles que seuls peu de gens ayant fait des études comprennent. Syntaxe n'a rien à voir avec les taxes, ce sont les phrases. Complexe veut dire difficile.

C'est pourquoi, afin que les choses écrites soient « en lecture facile » et que soient respectées la Déclaration des droits de l'homme et la loi d'accessibilité catalane, ainsi que la Convention relative aux droits des personnes handicapées que la déclarante dit avoir oublié de citer tout à l'heure, il faut utiliser des mots simples, et ceux qui ne sont pas simples, les expliquer pour que tout le monde les comprenne.

La déclarante dit qu'il y a énormément de règles pour écrire « en lecture facile » et qu'elle se contentera par conséquent de n'en citer que quelques-unes à Mme la juge :

Il ne faut pas trop utiliser de verbes aux temps composés. Temps composés, c'est quand on dit « j'ai fait » ou « tu as mangé », mais il y en a d'autres encore plus difficiles.

Il vaut mieux utiliser la voix active plutôt que la voix passive. La voix active étant « je mange du pain » et la voix passive « le pain est mangé par moi ». Cette règle étant un peu difficile, la déclarante dit avoir eu du mal à la comprendre. Elle souhaite l'expliquer à Mme la juge du mieux qu'elle le peut. Dans la voix active, c'est toi qui es actif parce que c'est toi qui manges le pain, c'est toi qui fais quelque chose, c'est-à-dire manger le pain. Dans la voix passive, le pain ne fait rien car c'est un pain et non une personne. Le pain ne peut pas te manger toi alors que toi tu peux manger le pain ; cela doit se voir dans la phrase, qui doit être une phrase active dans laquelle il est clair que c'est toi qui manges le pain.

Mme la juge dit à la déclarante avoir très bien compris et qu'il est maintenant temps de commencer à parler de Mme Margarita. La déclarante lui dit en avoir presque terminé. Mme la juge lui répond que dans ce cas elle peut poursuivre, bien entendu.

Il ne faut pas mettre de périphrases, ce qui signifie qu'il ne faut pas dire « je dois manger du pain » ni « je devrais manger du pain ». Les périphrases, il n'y a qu'à voir leur nom, sont très difficiles.

Une autre règle très importante de la « lecture facile » est que les phrases doivent être courtes : sujet, verbe, complément, et terminé. Il ne doit y avoir qu'un seul message par phrase, et non plusieurs messages agglutinés. Par exemple, si on dit « je mange du pain », la phrase comporte déjà un message. Il ne faut pas mélanger « je mange du pain » avec quelque chose qui n'a rien à voir, comme « j'habite à Barcelone ». On ne peut pas mélanger et dire « je mange du pain et j'habite à Barcelone » car ce sont deux messages distincts ; le pain et Barcelone n'ayant aucun rapport.

Mme la juge remercie la déclarante pour son excellente explication qui lui a permis de comprendre ce qu'est la « lecture facile », mais la déclarante insiste pour lui parler d'une règle très, très importante, sans doute la plus importante de toutes : il ne faut pas justifier ni faire d'alinéas.

En « lecture facile », il ne faut pas mettre d'espace quand on va à la ligne ni justifier son texte, ce qui n'a rien à voir avec la pêche à la ligne ni avec le fait de donner des explications. Cela signifie que les lignes commencent toutes à gauche de la page. Cela veut dire ne pas faire d'alinéas.

Et comme les lignes vont vers la droite, il faut les laisser chacune aller jusque-là où elles vont même si elles sont plus ou moins courtes ou longues et même si le texte ne fait pas une colonne parfaite. Cela veut dire ne pas justifier.

C'est comme écrire sur WhatsApp. *(La déclarante sort son téléphone portable de son sac et le montre à Mme la juge.)*

Mme la juge remercie la déclarante pour son explication et la déclarante lui répond qu'il n'y a pas de quoi.

Mme la juge l'interroge sur la santé de Margarita Guirao Guirao : comment l'a-t-elle trouvée dernièrement ? La déclarante lui répond qu'elle avait posé une question à Mme la juge mais que Mme la juge ne lui a toujours pas répondu.

À quoi n'ai-je pas répondu, María de los Ángeles ? lui demande Mme la juge.

À la question qui demandait si tout ce qu'on va dire sera écrit « en normal » et « en lecture facile », c'est pour cela qu'elle lui a expliqué ce qu'était la « lecture facile ».

Mme la juge lui répond que tout sera écrit ainsi que nous l'avons prononcé, d'où la présence à ses côtés de cette personne assise devant un ordinateur qui tape sans arrêt sur son clavier, et qui s'appelle un sténographe. Ce que le sténographe écrit étant la copie conforme de ce que nous disons, la déclarante n'a pas à s'inquiéter car rien ne sera inventé. Qui plus est, lorsque la déclaration sera terminée, le sténographe l'imprimera sur l'imprimante posée sur la table et la déclarante pourra la relire ; si elle trouve une chose qui ne va pas, le sténographe corrigera autant de fois que nécessaire.

La déclarante dit que tout cela lui paraît très bien mais que ce n'est pas ce qu'elle lui a demandé. Elle lui a demandé si la déclaration serait écrite « en normal » et « en lecture facile », c'est-à-dire d'après les règles d'écriture expliquées tout à l'heure. Mme la juge n'aurait-elle pas compris la question de la déclarante ?

Si, elle l'a comprise. Donc ? lui demande la déclarante. Eh bien, le sténographe écrira comme il écrit d'habitude, ce qu'il fait du reste très bien.

Et aussi « en lecture facile » ? Demandez-le-lui vous-même, lui répond Mme la juge, et la déclarante de demander au sténographe s'il écrira son texte « en normal » et « en lecture facile » ; ce à quoi le sténographe répond qu'il n'écrira qu'en normal.

La déclarante se propose de traduire le texte normal en

« lecture facile » lorsque la déclaration sera terminée, en expliquant tous les mots difficiles et en enlevant les alinéas et les justifications, car la déclarante dit être une écrivaine en « lecture facile à lire » qui écrit des romans.

Mme la juge lui dit que cela ne sera pas possible car ceci n'est pas un roman mais la réalité, et que pour rester fidèle à la réalité il faut respecter la littéralité de tout ce qui est dit dans le cadre juridique. De plus, les déclarations dans le cadre des procédures concernant les personnes en situation d'incapacité comme Mme Margarita sont confidentielles et ne peuvent être diffusées.

N'êtes-vous pas favorable à ce que les personnes ayant une diversité fonctionnelle bénéficient d'informations accessibles sur les choses qui les entourent ? Ne pensez-vous pas que si nous ne bénéficions pas de ces informations accessibles, nous serons ignorés et que d'autres décideront et choisiront pour nous ? Je comprends que vous ne sachiez pas le faire parce que écrire « en lecture facile » est très difficile, mais pourquoi n'acceptez-vous pas l'aide que la déclarante vous propose, elle qui en étudie les règles depuis si longtemps ? demande la déclarante à la juge et au sténographe.

Mme la juge lui demande de ne pas s'énerver, qu'ils pourront reparler de cela plus tard, mais qu'il est maintenant important de parler de sa cousine Margarita Guirao Guirao, qui traverse actuellement une période très difficile et a besoin que la déclarante l'aide en disant la vérité.

La déclarante lui répond qu'elle n'est pas énervée, qu'elle est bègue et consciente qu'elle met plus de temps à parler, puis elle demande à Mme la juge si ce n'est pas plutôt elle qui est énervée par la façon de parler de la déclarante.

Mme la juge lui répond qu'elle n'est pas énervée car elle est en train de faire son travail exactement comme elle le fait depuis dix ans.

María de los Ángeles, pouvez-vous me dire si Mme Margarita a déjà été en couple ? demande Mme la juge.

Nous pourrons reparler de cela plus tard, répond la déclarante. Mais si elle n'est pas assurée que sa déclaration sera écrite « en lecture facile », elle ne compte pas déclarer quoi que ce soit.

Mme la juge dit que cela ne sera pas écrit « en lecture facile », et la déclarante de lui répondre que dans ce cas elle ne fera aucune déclaration, au revoir.

La juge des tutelles	La déclarante	Le sténographe/ transcripteur
Guadalupe Pinto	María dels Àngels Guirao	Javier López Mansilla

Déclaration de Mme Natividad Lama Huertas, faite à la résidence urbaine pour déficients intellectuels de la Floresta à Barcelone, le 15 juillet 2018, dans le cadre de la procédure de demande d'autorisation de stérilisation d'individu frappé d'incapacité émanant de la *Generalitat* de Catalogne concernant Mme Margarita Guirao Guirao.

L'état de santé fragile de la déclarante l'empêche de se rendre au tribunal, d'après l'expertise du Dr Neus Fernández Prim, psychiatre à l'hôpital Vall d'Hebron, n° ADELI 14233.

Juge des tutelles : Me Guadalupe Pinto García
Greffier : M. Sergi Escudero Balcells

T'es rien qu'une *machotte*, une *fachotte* et une néolibérale qui se *branle* et se *torche le cul* avec le même billet de 100 *balles* roulé en tube qui te sert à sniffer la *coke* confisquée aux dealers du Raval. Les types qui ont fait l'attentat l'été dernier sur les Ramblas sont des blanches colombes comparées aux terroristes éradicateurs de la moindre manifestation de vie que vous êtes, toi et ton tribunal. Toi, la seule manifestation qui t'intéresse, c'est la *manif* festive, pacifique et dominicale contre les coupes budgétaires dans la fonction publique pour préserver tes privilèges de Cerbère de l'État et du capital. J'espère que tu recevras une lettre de menaces de mort de la part des femmes ou des internés des RUDI dont tu as classé les plaintes pour maltraitance, j'espère que tu en recevras plein des comme ça et que tu vivras la peur au ventre, et j'espère qu'un jour ils mettront leurs menaces à exécution. Bien que tu sois déjà une morte-vivante. Même la *coke* n'arrive pas à faire couler le sang dans tes veines, ton sang qui comme celui de tant d'autres goutte au rythme de la marche silencieuse pour les victimes de violences machistes que tu as toi-même favorisées, assassin, assassin, assassin.

Séquestrer ma cousine Marga pour la soumettre aux examens des médecins, aux interrogatoires des psychologues et des juges, la forcer à entrer dans un bloc opératoire pour subir une ligature des trompes n'est qu'un acte terroriste de plus sur la longue liste des tâches terrifiantes que tu dois réaliser contre la population dissidente. Ce que votre hypocrisie vomitive a cru bon d'appeler « protéger la personne en situation d'incapacité des conséquences d'une potentielle grossesse non désirée » n'est que de l'eugénisme camouflé derrière la loi que tu te charges de faire respecter. Vous ne voulez pas que des femmes radicalement capables d'être libres comme Marga se reproduisent, mais même si tu décides finalement d'aller à l'encontre de ta consœur la *Generalitat* et de ne pas autoriser sa ligature des trompes, même si tu *gobes* cette rhétorique avec laquelle toi et tes petits *écrivaillons* constitutionnels essayez de nous faire *avaler la soupe* des droits fondamentaux, et même si tu finis par juger Marga « capable d'autodétermination sexuelle », le calvaire de son expulsion, de l'éloignement de ses amants, de sa médicalisation, de son isolement, des interrogatoires et des analyses psychiatriques et gynécologiques que vous lui avez fait subir n'aura rien à voir avec cet autre ingrédient du breuvage que vous appelez « le bon fonctionnement d'un État de droit » mais avec votre besoin de réprimer et de doucher les ardeurs émancipatrices d'une femme qui vous crache ce breuvage à la figure.

Ligaturer les trompes, vous devriez le faire aux pondeuses du système dans ton genre, vous qui vous laissez féconder par la horde de violeurs et de signataires de cette variante du contrat d'achat-vente qu'est le contrat de sexe-amour, et que vous autres, ses femelles, afin de ne pas perdre vos *privilèges machistoïdes*, signez aussi.

Ça me plaît que tu aies peur de moi et que tu restes à la porte, bien que tes *majordomesses* m'aient mis un élastique de gym pour contenir mes portillons et qu'elles m'aient attachée au lit.

La juge des tutelles	La déclarante	Le sténographe/ transcripteur
Guadalupe Pinto		Javier López Mansilla

Déclaration de Mme Patricia Lama Guirao par-devant le tribunal d'instance numéro 4 de Barcelone, le 25 juillet 2018, dans le cadre de la procédure de demande d'autorisation de stérilisation d'individu frappé d'incapacité.

Je dirai à Votre Excellence tout ce que Votre Excellence me demandera, mais aussi ce qu'elle ne me demandera pas, comme je le fais depuis le premier jour où vous m'avez convoquée il y a de cela un mois, parce que je sais aussi que vous avez convoqué mes trois parentes il y a peu et qu'aucune d'entre elles n'a daigné vous dire quoi que ce soit, c'est la directrice de l'appartement sous tutelle Mme Diana Ximenos qui me l'a raconté. Ai-je manqué un seul de mes rendez-vous au bureau de Votre Éminence ? Jamais.

Cela étant, et avant de continuer, ainsi qu'avec tout le respect que je vous dois, j'aimerais insister sur le fait que nous ne devrions pas *mélanger les torchons et les serviettes*, pas plus que les petits carnets de « la » Nati avec l'opération de la *zézette* de « la » Marga. D'abord et avant tout parce que « la » Marga ne sait pas lire. *Baiser*, ça oui, elle sait faire.

Mais lire, non. Alors oui, c'est vrai que, avant sa *big crise*, « la » Nati passait beaucoup de temps avec elle et ses petits carnets, mais soyons honnêtes, Votre Éminence pense-t-elle vraiment qu'une *pauvre petite créature* handicapée à 66 % puisse apprendre à lire en deux semaines ? Et « la » Nati, comment aurait-elle pu y arriver avec « la » Marga ? Quand on sait que « la » Nati est encore plus handicapée qu'elle ! Et la *pauvre chérie* qui croyait qu'on la laissait aller et venir toute seule de la nouvelle école de danse, alors que c'est si loin, là-bas, à Camp Nou. Vu que « la » Marga avait déjà fait sa *big crise* et qu'elle ne pouvait plus s'en occuper, et vu que « la » Nati s'était très bien comportée en classe, qu'on ne la renvoyait plus, qu'elle ne se disputait plus avec personne et qu'elle allait jouer dans un spectacle, *eh ben*, Mme Laia, Mme Susana et Mme Diana ont voulu lui donner un prix : le prix de l'autonomie. Avec beaucoup de *jugeote*, elles se sont dit qu'il ne valait mieux pas *jeter de l'huile sur le feu* de la *big crise*, avec toutes ces allées et venues de la police et tous ces gens qui demandaient où était « la » Marga, alors elles ont dit à « la » Nati qu'à partir de maintenant elle irait seule à ses répétitions mais qu'elle devrait rentrer au plus tard à 23 heures, et qu'elle pouvait y aller à vélo, sachant qu'elle n'aimait pas prendre le métro et encore moins en été, mais qu'elle devait mettre des lumières et une sonnette et porter un gilet fluo. Pauvre *petite chose* ! Ce que ses portillons brillaient quand on lui a dit ça ! Et même qu'ils se rétractaient au fur et à mesure qu'elle écoutait. Elle est descendue chez *le Chinois*, elle a acheté les lumières, elle a acheté le gilet, elle a acheté la sonnette…

(Mme la juge interrompt la déclarante pour lui rappeler qu'elle a déjà parlé de Mme Natividad au cours de ses déclarations antérieures, au demeurant parce que Mme la juge le lui avait elle-même demandé afin de mieux connaître l'entourage familial de Mme Margarita, requête à laquelle la déclarante a très aimablement répondu avec force détails, ce dont, au passage, Mme la juge la remercie à nouveau ; cela étant, le moment est maintenant venu de parler plus particulièrement de Mme Margarita car la procédure de demande d'autorisation de stérilisation doit être bientôt conclue.)

Ce que je suis en train de vous raconter a un rapport avec « la » Marga, Excellence, un vrai rapport, mais sans doute Votre Éminence ne connaît-elle pas très bien le syndrome de ma demi-sœur Natividad et risque par conséquent de penser qu'elles sont *de mèche*. Quand vous avez le « syndrome des Portillons », c'est comme si deux plaques se mettaient devant votre visage et vous le bloquaient complètement du front jusqu'au menton, comme un Power Ranger mais en transparent [*sic*]. Cela a beau se voir de l'extérieur, celui ou celle qui le vit de l'intérieur n'arrive plus à entendre raison et trouve que tout est *pourri*, que tout est *merdique* et que tout le monde l'attaque. Cela ressemble à une classique dépression avec délire de persécution, mais au lieu de rester seule chez toi comme tous les dépressifs et les maniaques, tu dis aux autres que tu as des solutions pour tout et tu les forces à t'écouter parce que tu as réellement des solutions pour tout, puis tu te mets à les expliquer à tout le monde. Bref, c'est bien possible que « la » Nati ait des solutions pour tout mais *sur ce coup-là* elle ne s'est pas rendu compte de ce qui se passait de l'autre côté de ses portillons : la récompense de la laisser autonome, c'était pour de faux, elle croyait aller à son école à vélo toute seule, mais en fait une éducatrice de la RUDI la suivait de loin à vélo aussi, c'est une fille très *pro* mais aussi très *alterno* et partisane de la nouvelle politique et ça ne la dérangeait pas d'attendre « la » Nati dans les parages pendant ses trois heures de répétition et de la resuivre [*sic*] de loin jusqu'à la porte de notre immeuble. Alors franchement, pensez-vous qu'avec si peu de *jugeote* ma sœur serait capable d'aider « la » Marga à disparaître sans que nous soyons toutes au courant ?

(Mme la juge interrompt la déclarante et la remercie pour ses commentaires, qui ont certainement dû être d'une aide non négligeable pour la police durant la procédure de recherche de Mme Margarita, mais elle lui demande de se concentrer maintenant sur l'état d'esprit de celle-ci, étant donné que, elle le répète, le tribunal en est désormais à cette seconde procédure, laquelle ne devrait pas durer plus d'un mois, deux mois tout au plus, en prenant également en compte le contexte du mois d'août qui s'approche et le fait que Mme la juge souhaite émettre son jugement avant les vacances judiciaires.)

Effectivement, Votre Éminence et moi avons parlé de la *zézette* de ma cousine avant l'irruption de la *big crise* ; vous venez vous-même de le reconnaître. Et maintenant, que se passe-t-il ? Parce que « la » Marga a *pété un câble* ce jour-là, va-t-on en conclure que « la » Nati non plus ne reçoit pas assez d'amour et de compréhension pour pouvoir habiter dans l'appartement sous tutelle et qu'il faut les mettre chacune dans une RUDI différente, le plus loin possible l'une de l'autre ? Moi, je comprends tout à fait que, pour leur faire passer tous les tests et mettre à jour leurs traitements et pour qu'elles récupèrent après l'angoisse de la *big crise* et de la police, ça leur a fait du bien de passer quelques jours à l'hôpital, puis quatre ou cinq jours de plus *au chaud* dans une RUDI, entourées par les plus grands professionnels. Ça, je le comprends très bien. Quatre ou cinq jours, Excellence, je comprendrais, mais on en est presque à un mois. Alors je vais vous dire la vérité, Votre Éminence, comme je l'ai toujours fait. Au début, avec l'appartement rien que pour nous deux, on était ravies, « la » Àngels et moi, enfin, ne vous faites pas de fausses idées, Excellence : « la » Àngels était sur son portable et moi occupée devant ma télévision avec mes ongles et mes cheveux sans faire de *boucan*. Mais ce qui devait durer seulement quelques jours, d'après Mme Laia et Mme Diana et Mme Susana, ça fait déjà trois semaines et demie, Excellence. Et en plus, après elles viennent faire leurs inspections et elles disent que la maison est sale. Mais comment voulez-vous qu'elle soit, la maison, si deux parentes sur quatre ne font pas leur tour de ménage puisque vous en avez emmené une à la RUDI de la Floresta et l'autre à celle de Sant Gervasi au lieu de les avoir mises à la RUDI de la Barceloneta, ce qui aurait pu leur permettre de venir de temps en temps ? De l'amour et de la compréhension, elles en recevront encore moins si « la » Àngels et moi on est à la plage, « la » Nati chez les *bourges* de Sarriá et « la » Marga en pleine montagne ! Le métro ne va même pas jusque-là, Excellence… !

(Mme la juge interrompt la déclarante pour lui dire qu'elle est au courant des moments difficiles par lesquels sont passées la déclarante et sa famille par suite de la disparition de

Mme Margarita, mais que celle-ci a heureusement réapparu et que tout reviendra peu à peu à la normale.)

Que Dieu vous entende, Votre Éminence, Dieu et Mmes Laia Buedo, Diana Ximenos et Susana Gómez, qui s'acharnent à penser que nos caractéristiques personnelles ne sont pas compatibles avec l'immersion dans la vie sociale que représente le fait de vivre dans un appartement sous tutelle. Écoutez plutôt, Excellence : s'il n'y avait pas eu l'appartement sous tutelle, « la » Nati n'aurait jamais recommencé à danser ni à lire. « La » Nati ne dansait plus depuis sa lésion cérébrale qui l'a rendue *gogole* un mois avant de passer sa thèse, il y a quatre ans déjà, quatre ans sans danser pour une fille qui danse depuis qu'elle en a six ! Je me souviens encore des petits collants roses et du tutu si mignons que « la » Nati portait à l'époque ! *Eh ben*, c'est parce que notre appartement sous tutelle se trouve à cinq mètres du centre socioculturel de la Barceloneta qu'elle a pu s'inscrire à des cours et recommencer à danser. Et aujourd'hui, elle a même été prise pour jouer dans un spectacle…

(Mme la juge interrompt la déclarante pour lui rappeler qu'elle a déjà parlé de Mme Natividad lors de cette même déclaration ainsi qu'au cours des précédentes, et la prie instamment de lui parler de la santé et du comportement de Mme Margarita Guirao ; dans le cas contraire, Mme la juge se verra obligée de suspendre la déclaration.)

Comment ça, suspendre la déclaration ? On ne va rien suspendre du tout ! Votre Éminence sait bien que je vais droit au but, et le but ici, c'est qu'il n'y a aucune raison de ne pas croire à la pleine immersion dans la vie sociale que « la » Marga, « la » Nati, « la » Àngels et moi avons expérimentée grâce à l'appartement sous tutelle. Notre respect mutuel et notre capacité à vivre en communauté se sont améliorés, de même que notre autonomie et notre autodétermination au quotidien. Pourquoi « la » Nati s'est-elle remise à lire, à votre avis ? Si je vous reparle encore [*sic*] de « la » Nati, c'est parce que ça a un rapport avec « la » Marga, Éminence ; ce n'est pas par plaisir. Parce que si « la » Nati a recommencé à lire, c'est bien grâce aux interactions bienfaisantes qu'elle a nouées avec sa cousine Marga, car c'est bien « la » Marga qui a commencé à lui amener [*sic*] ces fameux carnets dont elle pouvait se servir vu comme ils sont faciles ceux-là, parce que le club de lecture facile, clairement, c'était trop difficile pour « la » Nati : elle finissait par jeter, faire voltiger et déchirer tous les livres que Mme Laia lui donnait. Au point que le dernier livre qui nous a été prêté, celui d'un jeune trisomique qui raconte son expérience de dépassement de soi et qui viendra nous rendre visite à la RUDI très bientôt après l'été, celui-ci, « la » Nati ne l'a pas jeté par terre, Votre Excellence, au contraire elle le ramenait [*sic*] même à l'appartement pour continuer à le lire. Et oui, Votre Éminence, « la » Marga, ça la concerne ; ça la concerne parce que le changement vécu par cette intransigeante de Nati est dû à l'atmosphère de motivation personnelle et d'écoute de l'autre rendue possible par l'appartement sous tutelle. Je vais vous donner un autre exemple…

(Mme la juge interrompt la déclarante pour lui dire qu'elle ne remet pas en question les bienfaits du lieu d'habitation de la déclarante et de sa famille, qui lui semble être très intéressant et même un exemple à suivre, mais elle lui rappelle que ce qui les réunit ce matin, la déclarante et elle, dans ce bureau, c'est la

procédure qui décidera finalement si est autorisée ou non la stérilisation de Mme Margarita, et elle la prie de limiter son récit à ce qui a strictement à voir avec celle-ci et son comportement sexo-affectif, car, et Mme la juge insiste là-dessus, la déclarante parle du contexte dans lequel évolue Mme Margarita depuis maintenant de nombreuses audiences, très précieuses au demeurant.)

Eh ben, si vous trouvez que notre appartement sous tutelle est un exemple à suivre, et pardonnez-moi si je me permets de donner des conseils à Votre Éminence, *eh ben*, il me semble que Votre Éminence devrait faire quelque chose, non ?

(Mme la juge demande à la déclarante pour quoi, ou à propos de quoi, faire quelque chose.)

À votre avis ? Ce que je veux dire par là, c'est que j'ai beau avoir 52 % de handicap, il est rare qu'on me prenne pour une idiote…

(Mme la juge interrompt la déclarante pour lui dire qu'elle l'a toujours traitée avec considération et un respect absolu, au point de modifier le modus operandi habituel de ce type de procédures afin que la déclarante puisse s'exprimer librement et sans entraves, en se passant de sténographe et en enregistrant sa déclaration avec un dictaphone, la bande étant ensuite remise à un transcripteur professionnel qui s'entretiendra deux jours plus tard avec la déclarante pour que celle-ci puisse lire la transcription. Un respect et une considération tels dans ses rapports avec la déclarante que Mme la juge a fait ce qu'aucun autre juge ne ferait, et qui a consisté à enregistrer plus de déclarations que le nombre préconisé par la loi pour ce type de procédures, en l'occurrence la loi organique 1/2015 de modification du

code pénal, et ceci parce que Mme la juge considère l'intégrité physique et l'autodétermination sexuelle de Mme Margarita Guirao Guirao comme un sujet de tout premier ordre, pour lequel Mme la juge a suspendu d'autres affaires antérieures afin de donner la priorité à celle-ci. Car Mme la juge estime que l'on ne peut décider de l'intégrité physique et de l'autodétermination sexuelle d'une personne à partir de deux simples expertises et un rapport du parquet, puisque l'examen obligatoire de la personne concernée par cette éventuelle stérilisation, Mme Margarita, ne peut être effectué, la concernée se refusant à toute déclaration. Voici donc, ainsi que Mme la juge le rappelle à la déclarante, la raison pour laquelle la déclarante a été entendue quatre fois au total dans le bureau de Mme la juge : au nom de l'intérêt supérieur de la personne en situation d'incapacité Margarita Guirao Guirao, devant régir tout acte impliquant sa personne et ses biens.

Sanglots de la déclarante.

Mme la juge lui dit de se calmer, qu'il n'y a rien de grave et qu'elle peut poursuivre sa déclaration si elle le souhaite.)

Je demande pardon à Votre Éminence, qui m'a toujours traitée avec une politesse et un respect auxquels je n'ai jamais eu droit de la part de personne, et regardez comment je vous remercie, avec des impertinences. Je vous prie de m'excuser d'avoir offensé Votre Éminence avec cette histoire de me faire traiter d'idiote, je ne voulais pas dire ça, pardonnez-moi, s'il vous plaît, s'il vous plaît…

(Mme la juge interrompt la déclarante en lui disant que ce n'est pas grave ; elle lui demande de se calmer et si elle souhaite un verre d'eau, puis l'encourage à poursuivre.)

Vous me pardonnez, ou vous ne me pardonnez pas ?

(Mme la juge lui pardonne.)

Il faut dire que ces derniers jours ont été très durs pour la famille Lama Guirao Huertas, Votre Excellence, ma cousine Àngels et moi ayant été séparées de notre Marga et de notre Nati, obligées de supporter les reproches de Mme Laia, Mme Diana et Mme Susana pour ne pas les avoir prévenues que « la » Marga n'était pas rentrée à l'appartement ce jour-là. Merci *(pour le verre d'eau)*. Leurs reproches et les accusations d'avoir été complices de sa *big crise*, de l'avoir mise inutilement en danger en ne les prévenant pas le jour où « la » Nati est rentrée sans elle alors que « la » Marga était censée être allée la chercher à son cours de danse…

(Mme la juge interrompt la déclarante pour lui demander si elle veut encore de l'eau.)

Oui, s'il vous plaît. Éminence, nous ne les avons pas prévenues le jour de sa disparition parce que nous faisons confiance à « la » Marga et nous respectons son autonomie ; cette même autonomie que Mme Diana, Mme Susana et Mme Laia nous enseignent depuis deux ans en nous emmenant au groupe autogestionnaire d'entraide mutuelle et depuis que nous habitons dans l'appartement sous tutelle. Ou bien est-ce anormal qu'une jeune femme de trente-sept ans comme « la » Marga, qui est belle et qui n'a pas de petit copain, sorte un vendredi soir ? Est-ce anormal qu'une jeune femme sorte un vendredi soir, qu'elle *s'éclate* et qu'elle ne rentre pas chez elle le samedi non plus ? Vous ne vouliez pas que « la » Marga se trouve un petit copain ? Or je ne vois là rien de plus normal : quand vous sortez un soir et que vous ne rentrez pas chez vous, c'est que vous êtes restée dormir chez un *mec*. N'est-ce pas, Excellence ? Parce que, avant qu'il devienne votre petit copain, il faut bien *tirer un ou deux coups* avec le *mec* en question, enfin, moi je dis ça, je dis rien [*sic*].

Comment aurions-nous pu penser que « la » Marga n'était pas en train d'avoir des relations affectives et sexuelles mais qu'elle était planquée dans une *porcherie* avec un *giga-trou* dans le toit ? Et comment ces professionnelles avec lesquelles nous avons partagé tant de moments de notre quotidien ont-elles pu penser que moi, « la » Àngels et « la » Nati n'étions pas capables de comprendre la gravité de l'absence de « la » Marga ? Et même penser que nous la comprenions parfaitement mais que nous la leur cachions, à elles, représentantes légales de notre tutrice, cette chère Mme la *Generalitat* de Catalogne ! Et c'est pour ça qu'elles veulent nous renvoyer de l'appartement, Éminence, nous renvoyer ! Que « la » Marga et « la » Nati soient renvoyées, à la rigueur, puisqu'elles ont participé à la situation traumatique du jour où « la » Marga a été retrouvée, avec « la » Nati qui était avec elle, et ça demande une importante récupération mentale, physique et sociale. Mais il n'y a aucune raison qu'on nous renvoie, « la » Àngels et moi, et surtout qu'on me renvoie moi, qui suis la seule à m'être *tapé* toutes les *putains* de réunions du groupe autogestionnaire, la seule à n'être pas allée une seule fois chez le psychiatre depuis notre arrivée à Barcelone, la seule pendant la *big crise* à avoir répondu à toutes les questions posées par la police, la seule à avoir montré aux *mossas* et à la directrice de l'appartement où « la » Marga rangeait ses affaires et la seule à être venue dans votre bureau pour faire des déclarations chaque fois que Votre Excellence me l'a demandé. « La » Nati ne répond pas à cause de son handicap intellectuel sévère. « La » Àngels ne répond pas parce que, en tant que bègue, si elle s'énerve, les mots ne veulent plus sortir ou alors ils mettent *dix ans* à sortir. J'ai été la seule à collaborer systématiquement avec la justice et les autorités, Excellence. Et je ne tirerais donc aucun bénéfice de cette collaboration avec la justice ? C'est à ça que je faisais référence quand je vous disais de ne pas me prendre pour une idiote, car Votre Excellente Éminence me connaît bien et elle sait comment je me comporte mais malgré ça personne ne prend ma défense dans cette histoire de renvoi d'appartement, alors moi j'espérais, j'espérais humblement de Votre Sérénissime Excellence que Votre Éminence Sérénissime le fasse.

(Mme la juge lui dit qu'elle a très bien fait d'aider la police du mieux qu'elle l'a pu, car s'agissant de retrouver une personne disparue toute aide est bienvenue, pour ne pas dire indispensable, et il est de notre devoir de citoyen de collaborer. La déclarante a également très bien fait de toujours répondre aux sollicitations de Mme la juge et celle-ci l'en remercie à nouveau, car sans ses déclarations elle n'aurait jamais pu se faire une image fidèle de la situation réelle de Mme Margarita quant à son éventuelle stérilisation. La déclarante peut en outre être fière de s'être comportée avec une telle exemplarité. Mme la juge comprend les préoccupations de la déclarante à propos de l'appartement sous tutelle dans lequel elle vit, mais ce sujet ne relève pas de sa compétence, pas plus qu'il n'est l'objet de cette procédure. La compétence de Mme la juge se limite à autoriser ou non la stérilisation involontaire de Mme Margarita sollicitée par sa tutelle qui, comme le sait bien la déclarante, est la Generalitat *de Catalogne, représentée en la personne de*

Mme Diana Ximenos, directrice de l'appartement sous tutelle. Le cas de l'appartement sous tutelle dépendant du ministère régional du Travail, des Affaires sociales et de la Famille, il est par conséquent tributaire d'une procédure administrative ou d'une décision politique. Or la déclarante et Mme la juge ne sont pas engagées dans une procédure administrative mais dans une procédure juridique, et la déclarante doit savoir qu'en démocratie il existe la séparation des pouvoirs, c'est-à-dire que les affaires gérées par le pouvoir judiciaire, c'est-à-dire ce qui se passe dans les cours de justice, ne peuvent être mêlées aux affaires gérées par le pouvoir exécutif, c'est-à-dire ce qui se passe dans les ministères régionaux. De même que, en dernier lieu, le pouvoir législatif, c'est-à-dire celui qui fait les lois, ne peut pas non plus être mêlé avec l'exécutif ni avec le législatif. Telle est la raison pour laquelle Mme la juge ne peut parler ni en bien ni en mal de la déclarante pour ce qui concerne l'appartement sous tutelle. Mais que la déclarante soit rassurée, car le ministère des Affaires sociales prendra sans nul doute la meilleure décision qui soit pour la déclarante et pour sa famille.)

Vous êtes en train de me dire que Votre Excellence ne s'occupe pas de l'affaire de l'appartement sous tutelle ?

(Mme la juge lui répond par l'affirmative.)

Vous vous en occupez, ou vous ne vous en occupez pas ?

(Mme la juge lui répond qu'elle ne s'occupe pas de cette affaire.)

Ah, *eh ben* si ce n'est pas vous qui vous en occupez, Votre Excellentissime Excellence pourrait-elle se donner la peine d'en parler à l'Excellentissime Excellence qui s'en occupe ? Si c'est vous, qui êtes juge, qui en parlez à un autre juge, il n'y aura pas de ce mélange de pouvoirs dont Votre Éminence parlait, si ?

(Mme la juge regrette de ne pas pouvoir aider la déclarante sur ce point et lui demande si elle a quelque chose à ajouter à sa déclaration, car il faut maintenant clore la séance.

Sanglots de la déclarante. Mme la juge lui demande de se calmer, elle lui propose de l'eau, la déclarante accepte.)

La juge des tutelles	La déclarante	Le sténographe/ transcripteur
Guadalupe Pinto	Patricia Lama	Javier López Mansilla

ROMAN

TITRE : MÉMOIRES DE MARÍA DELS ÀNGELS GUIRAO HUERTAS

SOUS-TITRE : SOUVENIRS ET PENSÉES D'UNE FILLE D'ARCUELAMORA (ARCOS DE PUERTOCAMPO, ESPAGNE)

GENRE : LECTURE FACILE

AUTRICE : MARÍA DELS ÀNGELS GUIRAO HUERTAS

CHAPITRE 4 : PARADOXES AU NOUVEAU CRUDI

Chers lecteurs et lectrices, je suis de retour.
Merci d'avoir attendu que mon inspiration revienne.

Tous les écrivains savent qu'il est important de
laisser reposer un peu ses textes dans un tiroir.
Cela permet de les relire en prenant du recul et c'est
beaucoup mieux pour le texte et pour soi-même.

Prendre du recul veut dire que tu lis ton texte et
que tu vois des choses que tu ne voyais pas avant
parce que tu étais très concentré en l'écrivant.

Le tiroir est une métaphore car avant les écrivains écrivaient sur du papier et après ils prenaient les papiers et ils les mettaient dans des tiroirs.

Une métaphore signifie comparer une chose avec une autre chose qui lui ressemble beaucoup pour que la première chose se comprenne mieux ou bien qu'elle soit plus jolie.

Mais comme j'écris mon roman sur WhatsApp, pour prendre du recul je pouvais seulement ne pas regarder le groupe Roman de María dels Àngels.

C'était dur parce qu'à chaque fois que j'entendais le bip de WhatsApp je croyais que c'était un lecteur du groupe qui me donnait son avis sur mon roman ou qui me demandait la suite de l'histoire.

Mais vous avez été des lecteurs très respectueux. Vous avez parfaitement compris l'histoire du tiroir et du recul et vous ne m'avez pas mis la pression. Merci beaucoup.

Avec du recul, je vois que je n'ai pas dit assez clairement qu'on s'amusait bien à l'ancien CRUDI. Vivre dans le centre d'un grand village comme Somorrín était très amusant. On rencontrait plein de gens nouveaux, on allait au marché tous les samedis, aux fêtes de l'été, à la discothèque, à la messe, aux processions et à un tas d'autres choses avec nos nouveaux copains.

Ça, c'était à l'extérieur de l'ancien CRUDI.
Mais à l'intérieur aussi c'était amusant parce qu'on habitait avec nos nouveaux copains dans la même maison.
Tu pouvais aller dans le dortoir de quelqu'un pour lui raconter tes histoires ou faire des blagues ou jouer à cache-cache ou te déguiser et faire du théâtre.
On regardait aussi la télévision ensemble.
C'était très amusant parce qu'on était beaucoup à ne jamais avoir regardé la télévision.
On mettait les films qu'on voulait et on regardait les informations, le football, les dessins animés et les publicités.
On parlait de ce qu'on aimait et de ce qu'on n'aimait pas.
Il y avait du bon et du mauvais.

Parfois nos villages nous manquaient.
Leur village manquait tellement à certains pensionnaires qu'ils s'enfuyaient et il fallait appeler la Guardia Civil.
D'autres pensionnaires se mettaient à crier.
Ils tapaient les assistantes ou leur tiraient les cheveux.
Alors elles devaient leur donner une baffe, les punir et les enfermer à clé.
Mais en général tout était amusant.

Moi c'était la Agustinilla qui me manquait.
Et aussi les chats et les chiens d'Arcuelamora, mais pas au point de taper quelqu'un.

Tout a changé quand on est allées dans le nouveau CRUDI.
Le nouveau CRUDI était une maison beaucoup

plus grande et plus moderne qui se trouvait aussi à Somorrín mais pas dans le centre, à l'extérieur.

Il y avait déjà beaucoup de choses à l'ancien CRUDI mais encore plus au nouveau CRUDI. Au nouveau CRUDI il y avait une piscine, un potager, une serre, un gymnase, des jardins, des ateliers, une salle de massage, des caves, des garages, des cagibis et assez de salles à manger et de cuisines pour nourrir tout Arcuelamora. Il y avait aussi un aquarium tellement grand qu'il rendait ridicule l'aquarium de l'ancien CRUDI. Ce grand aquarium prenait la moitié du mur. Dedans il y avait des poissons qui rendaient ridicules ceux de la rivière. Mais pas à cause de leur taille. À cause de leur beauté et de toutes leurs couleurs.

Avec toutes ces choses grandes et modernes, il y a un paradoxe. Parce que tout aurait dû s'améliorer alors que cela s'est empiré.

Un paradoxe veut dire une chose qui est à l'envers ou qui est blanche alors qu'elle devrait être noire.

On ne pouvait plus aller se promener dans Somorrín parce qu'on était trop loin du village. Il fallait traverser une route et longer une autre route. Mais les assistantes avaient peur.

On pouvait se promener seulement avec
elles et quand elles décidaient.

Pour nous occuper, elles nous emmenaient
à la piscine et à tous ces nouveaux endroits.
On pouvait aller à la piscine en été et en hiver parce
que c'était une piscine couverte ou découverte,
comme une voiture décapotable.

La voiture décapotable, c'est une autre métaphore.

Se baigner dans la piscine quand il pleut et
qu'il fait froid dehors alors qu'on est en maillot
de bain dedans, c'était très amusant.
Même les pensionnaires en fauteuil roulant pouvaient
se baigner dans la piscine parce qu'il y avait
des professeurs de natation et des secouristes.

La piscine, c'était très amusant
parce que c'était nouveau.
Comme la télévision à l'ancien CRUDI.
Au début, cela t'intéresse mais au bout d'un moment
tu te lasses parce qu'ils passent toujours la même
chose et tu connais les publicités par cœur.

Les jardins et le potager, c'était mieux parce que les
fleurs et les tomates sont différentes à chaque fois.
Mais ce n'était pas amusant parce que tu pouvais
y aller seulement quand c'était ton tour.
On ne pouvait planter que les choses que les assistantes

avaient décidé de planter et quand on les ramassait
on n'avait pas le droit de les manger après.
Il fallait les donner aux cuisinières pour qu'elles les préparent.

Comme tu devais attendre que les assistantes te
disent que tu avais le droit d'aller au potager ou
au jardin, il y a des salades qui ont été gâchées.
Parce que les assistantes ne se rendaient pas compte qu'il
fallait les ramasser ou les arroser ou leur mettre du produit.

Après les assistantes ne faisaient jamais leur autocritique
et elles disaient que ce n'était pas grave parce qu'il
y avait beaucoup d'autres choses plantées.

Autocritique signifie dire que tu as mal fait quelque
chose et que tu demandes pardon de l'avoir mal fait.
Moi cela me dérangeait beaucoup que
les assistantes ne demandent pas pardon quand
elles avaient mal fait quelque chose.
Parce que si toi tu faisais mal quelque chose,
les assistantes t'obligeaient à demander pardon
et si tu ne le faisais pas, elles te punissaient.

J'attends toujours que Mamen me demande pardon de ne
pas m'avoir laissée aller au potager parce que ce n'était plus
l'heure et d'avoir laissé rachitiquer toute la rangée de salades.
Moi je sème des salades depuis que je suis petite
et je savais qu'elles étaient très fragiles.
Mais personne n'a voulu m'écouter.

Un autre problème du nouveau CRUDI était qu'il y
avait beaucoup plus d'assistantes qu'avant.
Il y avait les assistantes de l'ancien CRUDI mais en
plus des psychologues, des infirmières, des cuisinières,
des aides-soignantes, des professeures de natation
et des secouristes, comme je l'ai déjà dit, et aussi des
physiothérapeutes et des thérapeutes occupationnels.
En plus d'un chauffeur de minibus qui amenait
et ramenait les gens qui venaient au CRUDI
la journée mais qui rentraient dormir chez eux.

Un physiothérapeute est une personne qui te fait
des massages si un muscle te fait mal ou te fait faire
de la gymnastique pour que ce muscle arrête de te faire mal.

Un thérapeute occupationnel est une personne qui te fait
faire des travaux manuels avec du bristol, avec de la pâte à
modeler ou avec de la terre ou qui te fait planter des choses
dans des pots de fleurs ou t'occuper du potager.
Mais après tu ne peux rien garder pour toi et tu dois le donner
aux cuisinières ou le vendre dans une brocante ou à une fête.

Tous ces gens qui s'occupaient des pensionnaires,
cela aurait dû être une bonne chose.
Mais en fait c'est encore un paradoxe parce que au lieu
d'être une bonne chose c'était une mauvaise chose.

Le soir, on ne pouvait plus aller dans la chambre des
autres pensionnaires ou discuter avec des copains
même si on ne discutait pas fort du tout.

Au nouveau CRUDI on ne pouvait pas lire parce
qu'il y avait toujours deux assistantes de garde.
À l'ancien CRUDI non plus on n'avait pas le
droit de ne pas dormir à l'heure de dormir.
Mais il n'y avait qu'une seule assistante qui dormait toujours
et parfois elle faisait venir son petit copain qui était très gentil.

Au nouveau CRUDI il y avait tellement
d'assistantes qu'elles étaient toujours au courant
très rapidement de ce que tu faisais.

Par exemple, quand je ne voulais pas manger de chou bouilli
parce que je n'aime pas ça et que je l'échangeais avec
un camarade contre une poignée d'éperlans frits parce que
j'aime beaucoup ça, il y avait toujours une dame de la cantine
pour se rendre compte qu'on échangeait nos assiettes et
elle ne nous lâchait plus du regard pendant tout le déjeuner.

Un jour elles m'ont mise au régime et ça m'a énervée.
Je ne comprenais pas pourquoi elles insistaient pour me
donner à manger des choses que je n'aimais pas alors que
moi je ne faisais de mal à personne avec ma nourriture.
La psychologue me disait que c'était pour
que je me sente mieux dans ma peau.
La physiothérapeute me disait que c'était pour mes genoux.
L'infirmière me disait que c'était pour ma santé.
Mamen me disait que c'était pour être plus
belle et les cuisinières me disaient que c'était
parce que Mamen leur avait dit.

Moi je leur répondais que cela ne me
dérangeait pas d'être grosse.
Je leur répondais que je savais qu'il existe des gros paresseux qui ne peuvent plus bouger à cause de leur graisse mais que ce n'était pas mon cas parce que moi je suis costaude comme d'autres gros dans ma famille et que je n'ai jamais eu de problème.
J'ai travaillé au champ, j'ai escaladé des rochers, j'ai cousu, j'ai fait le ménage, j'ai cuisiné, j'ai dansé aux fêtes d'Arcuelamora et des villages voisins.
En résumé, j'ai fait tout ce qu'il faut faire quand on vit.

Comme les assistantes ne comprenaient pas et me faisaient mourir de faim, avec mon argent de poche j'allais m'acheter des choses que j'aimais comme des sandwichs au chorizo et du pain perdu.
Mais c'était difficile.
Parce que comme je l'ai déjà dit on n'allait presque plus au village, et autour du nouveau CRUDI il n'y avait pas de magasin ni de bar.
Il y avait un champ mais ce champ n'était pas à moi alors je ne pouvais pas semer ce que je voulais ni élever des animaux pour les manger.

En plus on nous donnait beaucoup moins d'argent parce que Mamen n'allait plus à la BANCOREA chercher l'argent de nos allocations pour payer ce dont on avait besoin à l'ancien CRUDI et nous en donner une partie pour qu'on le dépense comme on voulait.

L'argent de nos allocations arrivait
directement au CRUDI parce que le CRUDI
de Somorrín fait partie d'un consortium.

Consortium signifie que le gouvernement
ne donne plus nos allocations à la BANCOREA
pour que la BANCOREA nous les donne.
Au nouveau CRUDI, le gouvernement donnait
nos allocations à la BANCOREA et la BANCOREA
les donnait directement au CRUDI.

À l'ancien CRUDI, les comptes à la banque
des pensionnaires étaient au nom du CRUDI donc
Mamen pouvait aller chercher nos allocations.

Mais au nouveau CRUDI on ne voyait jamais les billets
parce que Mamen ne devait plus aller chercher l'argent
à la banque ni demander des factures.
On n'avait presque plus besoin de billets ni de pièces
parce qu'on payait presque tout par virement.

Un virement signifie qu'une banque donne
ton argent à une autre banque au lieu qu'une
personne le donne à une autre personne.

Quand j'ai demandé à Mamen pourquoi au lieu de
me donner 1 000 pesetas on me donnait 4 euros pour
tout le week-end, elle m'a dit que c'était parce qu'il ne
restait plus rien de mon allocation parce que la CAF
d'Arcos gardait tout pour payer ma place au CRUDI.

CAF signifie Caisse d'Allocations Familiales et ce sont les bureaux qui organisent les CRUDI et les RUDI dans toute la région d'Arcos, dans toute la région de Somorrín et dans toute la province.

Mamen m'a aussi dit que je n'avais pas besoin de plus d'argent parce qu'il y avait tout ce qu'il fallait au CRUDI et que si j'avais besoin de quelque chose je pouvais demander et qu'on me le donnerait.

J'avais besoin de sandwichs au chorizo et de pain perdu mais je savais très bien que si je demandais on ne m'en donnerait pas.

Comme on me donnait si peu d'argent et comme le coût de la vie a tellement augmenté avec l'euro, je ne pouvais plus m'acheter que des Haribo et des paquets de pipas. Mais comme ça se voyait moins que les sandwichs, je les cachais dans mes poches le jour où on prenait le minibus pour aller au village.

Tout cela n'était pas bien du tout.
Mais le pire paradoxe c'était que les assistantes ne pouvaient plus mettre de baffes aux pensionnaires même quand les pensionnaires levaient la main sur elles pour leur donner des baffes.

Une loi a interdit les baffes.

Cela aurait dû être bien mais en fait ce n'était pas bien.
Plus aucune éducatrice, psychologue,
thérapeute occupationnelle, aide-soignante
ou infirmière ne pouvait te taper.
Même pas Mamen, qui était devenue la directrice.
Mais au lieu de te taper, elles te poussaient et elles
te donnaient des cachets pires que les baffes.

Si le pensionnaire ne lâchait pas une assistante ou
un autre pensionnaire avec qui il s'était disputé en la
ou en le tenant par les cheveux ou par autre chose
et que les autres assistantes n'arrivaient pas à pousser
le pensionnaire comme quand on essaie de séparer des
personnes qui se bagarrent, alors l'infirmière lui plantait
directement une seringue qui le faisait dormir.
Et après le pensionnaire était puni.

Même si ce n'était pas bien, les baffes c'était mieux.
Parce qu'on t'en donnait une et après on t'enfermait
un peu à clé mais quand la punition était finie
tu sortais et on tournait la page.

Mais les cachets et les piqûres,
c'était la pire chose du monde.
Les cachets et les piqûres te rendaient bête
et après tu faisais tout très lentement, même avaler
la nourriture ou tousser quand tu t'étranglais.

Comme c'est très dangereux parce que si tu ne
tousses pas quand tu t'étrangles tu peux t'étouffer

et mourir, les assistantes mixaient la nourriture
des pensionnaires qui prenaient des cachets.
Vu comme déjà ce n'était pas bon le chou bouilli,
cela devait être vraiment dégoûtant une fois mixé.

Je l'ai déjà dit, moi je n'ai jamais levé la main sur personne,
même si ce n'est pas l'envie qui me manquait.
Donc on ne m'a jamais donné de cachets
et on ne m'a jamais fait de piqûres.
Mais je voyais très bien ce qui se passait
quand on le faisait aux autres.

Même si cela ne me semblait pas bien,
je ne disais rien pour éviter les embrouilles.
Je ne disais rien aussi parce que cela faisait
dix ans que j'étais avec Mamen et le CRUDI
et je commençais à m'habituer.
Les assistantes étaient gentilles avec moi et après
plusieurs années j'ai réussi à être l'une des seules
pensionnaires qui pouvaient descendre toutes seules
au village pour aller boire un café après manger.
Il fallait être de retour à 16 heures.
Si tu arrivais en retard, tu n'avais pas le droit de descendre
boire ton café au village pendant deux jours.
Au début j'en profitais et au lieu de boire
un café je mangeais un sandwich.
Mais comme tout devenait de plus en plus cher
et qu'on ne me donnait pas plus d'argent, j'ai
fini par juste prendre un café avec un biscuit
ou un café avec une goutte de cognac ou un café

avec une anisette parce que les gens au bar nous
en payaient souvent mais jamais des sandwichs.
Alors j'ai fini par maigrir.

Mais quand mes cousines Margarita, Patricia et Natividad
sont arrivées au nouveau CRUDI et que j'ai vu qu'on
leur donnait des cachets parce que la psychiatre avait
dit qu'elles avaient des troubles du comportement,
cela a commencé à vraiment m'énerver.

Patricia et Margarita sont arrivées en même temps parce
qu'elles avaient dépassé l'âge limite pour être en ÉREA.
C'est-à-dire dix-neuf ans.

Natividad est arrivée en dernier après son
accident du travail dans son bureau à l'université,
quand elle a eu sa séquelle du syndrome des Portillons
et qu'elle a reçu son invalidité permanente.

Invalidité permanente signifie qu'avant tu pouvais
travailler mais qu'à cause d'un accident qui te rend
fortement handicapé, tu ne peux plus travailler.
Mais même si tu ne peux plus travailler, tu continues à
toucher presque le même salaire que quand tu travaillais.

Je crois que cela a commencé à vraiment m'énerver
parce que même si je les avais très peu vues depuis
qu'on était toutes parties d'Arcuelamora, mes cousines
et moi on est du même sang et je me souvenais de quand
on était petites et qu'on jouait ensemble au village.

Je me souvenais aussi de quand Natividad
m'avait appris à lire des vrais bons livres avant
d'avoir son syndrome des Portillons.

Quand on a commencé à leur donner les cachets
et à leur faire les piqûres, j'ai voulu les aider
à bien apprendre les règles du CRUDI.
Pour que Patri et Nati arrêtent de crier et de taper
les assistantes et pour que Marga arrête de se toucher
les parties génitales et d'embrasser tout le monde.
Parce que comme ça on arrêterait
de leur donner des cachets.

Mais avec les années je me suis rendu compte
que les cachets étaient une chose normale.
On en donne à beaucoup de gens et pas seulement
quand ils embrassent ou quand ils tapent ou
quand ils sont malpolis avec quelqu'un.
J'ai compris que c'était normal parce que la violence
c'est mal et parce que se toucher devant tout le monde
ça met la personne en risque d'exclusion sociale.

Je suis d'accord qu'on m'ait privée du plaisir de manger.
Je suis d'accord qu'on ne m'ait pas
laissée m'occuper du potager.
Je suis d'accord qu'on ne m'ait pas augmenté ma
paye du week-end et je suis d'accord qu'on m'ait
obligée à me doucher chaque jour que Dieu fait
même quand je n'avais pas mis de terre sur moi
vu qu'on ne me laissait pas aller au potager.

Mais ce que je n'ai pas supporté, ça a été qu'on me menace de me faire des piqûres à moi aussi.
Alors que je n'avais jamais embrassé personne.
Alors que je n'avais jamais tapé personne.
Même pas moi-même.

Ateneu Llibertari de Sants. Acta assemblea grup okupació. Reunió extraordinària 10 juliol 2018.

MURCIE : Aujourd'hui, si vous êtes OK, je m'occupe du compte rendu.

TOUT LE MONDE : OK…

MURCIE : Je vais le faire à la Palma, c'est plus facile pour moi qu'à la Jaén qui écrit tout en mode bouquin.

JAÉN : Tu exagères.

OVIEDO : Pas de fausse modestie, Jaén, tu es un grand écrivain.

MURCIE : Donc je mets le dictaphone et je recopierai après.

TOUT LE MONDE : OK…

JAÉN : Tu vas voir, retranscrire c'est trois fois plus chiant et plus long qu'en mode bouquin, comme tu dis, parce que tu t'arrêtes, tu reviens en arrière, tu réavances… Alors qu'en mode bouquin tu prends des notes et puis tu les mets bout à bout, point final.

MURCIE : Ouais, on verra bien.

JAÉN : Voilà.

LA COROGNE : En tout cas, si on fait comme ça, c'est avec un vrai magnéto, pas un téléphone.

TOUT LE MONDE : Oui bien sûr…

LA COROGNE : Et en mode avion, c'est mort aussi, hein.

TOUT LE MONDE : Ouais, mec, ouais…

JAÉN : Tout le monde a bien rangé son machin ?

TOUT LE MONDE : Mais oui mais oui…

OVIEDO : En même temps, Jaén, quand on organise des assemblées extraordinaires à 11 heures du matin en plein mois de juillet, faut pas s'étonner qu'il n'y ait pas un rat.

MURCIE : Badajoz a dit qu'elle venait mais qu'elle serait en retard.

JAÉN : Même si on est que quatre, il fallait la faire. La Corogne est déjà au courant. C'est à cause de la fille qu'on a aidée à *okuper* récemment.

OVIEDO : Gari ?

MURCIE : Qu'est-ce qui s'est passé ?

JAÉN : Hier après-midi, on était ici à ranger un peu avec La Corogne quand deux *mossas* ont débarqué.

MURCIE : Déconne pas, Jaén.

OVIEDO : C'est quoi ce délire ?

JAÉN : Ce que je viens de vous dire. Deux *mossas* sont venues demander des infos sur elle en montrant sa photo.

OVIEDO : C'est la merde.

JAÉN : Imaginez un peu nos tronches quand on les a vues entrer. La porte était ouverte parce qu'il faisait hyper-chaud.

LA COROGNE : Les *mossas* n'ont même pas eu besoin de sonner, enfin elles ont quand même toqué à la porte ouverte en disant « on peut entrer ? ». J'ai grave flippé.

JAÉN : Moi je me suis dit, ça y est, au bout de cinq ans, il y a eu une plainte, on va se faire expulser. Mais comme les *mossas* ont demandé la permission d'entrer, je me suis dit qu'on n'allait quand même pas leur donner alors on leur a dit que non, c'était pas possible d'entrer.

OVIEDO : Bah ouais, c'est clair, ha ha ha ha ha…

MURCIE : Mais qu'est-ce que vous foutiez avec cette putain de porte ouverte ?

OVIEDO : Murcie, mec, tu n'as que le mot putain à la bouche. Je te l'ai déjà dit plein de fois : tu utilises l'adjectif putain dans un sens péjoratif, tu méprises les putes. Trouve quelque chose d'un peu moins machiste, d'un peu moins bourgeois, d'un peu moins tout. OK ?

MURCIE : Tu as raison, ça m'échappe tout le temps quand je me chauffe. Je m'en rends compte moi-même au moment où je le dis.

OVIEDO : Si tu t'en rends compte au moment où tu le dis, le dis pas, non ? Rattrape-toi aux branches et reconnais que t'as merdé. Là, ouais, ce serait la putain de classe.

TOUT LE MONDE : Ha ha ha ha ha ha…

OVIEDO : Ah, mais moi je le disais dans un sens positif !

LA COROGNE : On sait, on sait, c'est juste que c'était drôle.

OVIEDO : Bon, en même temps, Murcie a raison de dire que vous avez déconné en laissant la porte grande ouverte. Avant, quand on louait un local, d'accord, on pouvait la laisser ouverte été comme hiver, mais maintenant il faudrait être un poil plus malins.

LA COROGNE : Écoute, Oviedo, non seulement il faisait une chaleur à crever, mais en plus en août les tribunaux ferment et tous les procès s'arrêtent.

JAÉN : Bon, on s'en fout en fait, vu que personne n'est venu nous expulser.

LA COROGNE : Donc oui, elles ont pris nos identités, mais pas pour nous expulser.

MURCIE : Et donc ?

JAÉN : Ben ça, elles sont venues nous poser des questions sur Gari Garay avec une photo d'elle plastifiée et, tiens-toi bien, avec aussi une pile de zines de l'infokiosque !

MURCIE : De notre infokiosque ?

JAÉN : De l'infokiosque de l'*ateneo*, oui !

LA COROGNE : Bon, ça pouvait venir du nôtre comme de n'importe quel autre endroit où il y a des fanzines anarchistes. Ça pouvait venir par exemple du squat de Gracia ou d'Entrebancs, de la Rosa de Foc, de Lokal, de Can Batlló…

JAÉN : Des fanzines anars à Can Batlló ?

LA COROGNE : Ah ah ah, en effet, ça ne venait sûrement pas de Can Batlló. De Can Vies, peut-être.

JAÉN : Les zines de Can Vies, c'est les nôtres, c'est nous qui leur apportons des copies.

MURCIE : Attends, des fanzines anarchistes, s'il y en a, c'est bien à La Clandestina de la Sagrada Familia, à La Púa d'Hospitalet et presque partout, à l'*ateneo* de Besòs, à Manresa, à Viladecans…

JAÉN : Ouais, d'accord, mais moi je vous dis que ces fanzines-là ils faisaient partie des derniers que moi j'avais rangés à l'infokiosque, je m'en souvenais très bien. J'en ai fait des copies que j'ai distribuées. Celui de María Galindo sur le bâtardisme, *Brûle ton portable*, *Sexe collectif*, celui sur l'autofabrication de serviettes réutilisables, celui sur l'insurrectionnalisme… Tous sauf un qui m'a beaucoup étonné, celui-là, il ne venait pas d'ici, c'était un qui s'appelait *Moi aussi je veux être un macho*.

OVIEDO : C'était ça le titre ? Ha ha ha ha ha ha ha…

MURCIE : Mais qu'est-ce qui s'est passé ? Les *mossas* ont débarqué en vous demandant « ils sont à vous ces fanzines » ?

LA COROGNE : Attends. Jaén et moi on a arrêté ce qu'on était en train de faire et on est allés les trouver dans l'entrée, elles avaient juste avancé d'un pas, c'est tout. Tous les deux, on s'est regardés mais on n'a rien dit. Il y a vingt mille trucs qui nous sont passés par la tête mais on n'a rien dit.

JAÉN : Les *mossas* ont enlevé leurs casquettes et elles les ont mises sous leurs bras. Genre « on vient en paix ». Elles ont dit bonjour et La Corogne les a saluées aussi, ha ha ha ha ha ha… Manquait plus qu'il se mette au garde-à-vous, celui-là, ha ha ha ha ha ha ha…

TOUT LE MONDE : Ha ha ha ha ha ha ha ha…

LA COROGNE : Attendez, je pétais de trouille, moi. Pas toi, Jaén ?

JAÉN : Moi, j'ai pensé, ça y est c'est mort, elles viennent pour commencer le processus d'expulsion, bam, ça tombe sur nous et il n'y a plus qu'à assumer.

OVIEDO : Mais donc c'était pas pour ça ?

JAÉN : Non. Elles sont entrées et elles nous ont dit…

LA COROGNE : Ce n'était pas pour ça, mais à la fin elles nous ont quand même contrôlés.

MURCIE : Eh oh, les gars, pourquoi ?

OVIEDO : Tu leur as pas dit bonjour, Jaén ?

LA COROGNE : Ce connard leur a fait comme dans les films. Un problème, madame l'agente ?

TOUT LE MONDE : Ha ha ha ha ha ha ha…

JAÉN : Et là, elles nous sortent qu'elles cherchent une fille handicapée qui s'appelle Margarita Guirao Guirao qui est portée disparue, elles nous montrent sa photo et elles nous demandent si on l'a déjà vue. Vous croyez que ça se voit sur ta tête quand tu essaies de ne pas avoir l'air surpris ?

LA COROGNE : Je pense qu'on a fait ça très bien, Jaén, on a fait des têtes normales, comme si on nous avait montré la photo d'une inconnue. Toi, t'as même pas haussé les sourcils.

JAÉN : Évidemment, on a dit que non, on ne savait pas qui était cette personne.

LA COROGNE : C'est là qu'elles nous ont sorti les fanzines d'une pochette en disant qu'elles les avaient trouvés dans ses affaires, et elles nous ont demandé si on les avait déjà vus.

MURCIE : Bien sûr, vous avez répondu non.

JAÉN : Non, parce que ça n'aurait pas été crédible vu que les *mossas* étaient devant la porte de l'infokiosque et que ça se voyait que là-dedans il y avait des tas de fanzines dans le genre. Alors moi j'ai dit qu'il y en avait certains qu'on connaissait et d'autres pas.

LA COROGNE : Jaén a été très fin sur ce coup-là.

JAÉN : Je les montrais un par un, celui-là oui, celui-là non, celui-là… attendez… non… celui-là oui…

LA COROGNE : Moi, au début, j'ai cru que c'était une nouvelle opération Pandora III pour confisquer des publications comme ça s'est passé avec le livre *Contre la démocratie*, et que les *mossas* suivaient la piste de Gari pour retrouver les auteurs des fanzines. Mais pas du tout. Elles pensaient que Gari avait peut-être trouvé ces fanzines ici, et que du coup nous on l'avait peut-être vue.

JAÉN : On leur a répété que non, que sa tête ne nous disait rien et alors là c'est leur tête à elles qui a changé et elles nous ont dit que la personne portée disparue avait un grave retard mental et des problèmes psychiatriques, qu'elle avait besoin de son traitement, qu'elle avait été déclarée juridiquement incapable, et que pour cette raison c'était une disparition à haut risque, qu'elles la cherchaient dans tout Barcelone parce que c'était une personne qui ne savait pas se gérer seule, qui ne comprenait pas la portée de ses actes et qui pouvait faire n'importe quoi, à commencer par se blesser.

OVIEDO : Les sales paternalistes ! Fascistes de merde !

JAÉN : Pendant tout ce temps, il y en avait une qui parlait et l'autre qui prenait des notes dans un calepin.

LA COROGNE : Tu vois, Oviedo. Moi je faisais oui comme un petit chien derrière le pare-brise, tu sais, ceux qui remuent la tête, genre « cassez-vous vite, arrêtez de nous poser des questions », et Jaén pareil, genre petit chien.

JAÉN : Après, elles nous ont dit que tout le monde chez Gari était très inquiet, que la collaboration citoyenne était fondamentale, et que si on la voyait ou si on connaissait quelqu'un qui l'avait vue, merci de le signaler à la police. Quand j'ai entendu collaboration citoyenne, là, j'imagine que quelque chose a dû se voir sur ma tête, parce que je croyais qu'elles avaient fini de nous prendre le cul mais en fait…

LA COROGNE : Jaén, je te redis ce qu'Oviedo a déjà dit à Murcie. Utiliser péjorativement des expressions liées à l'homosexualité revient à juger négativement tout ce qui n'appartient pas à la norme hétérosexuelle.

JAÉN : Désolé, je suis complètement d'accord, d'autant qu'ici, celui qui s'en est le plus pris dans le cul et qui en a le plus donné, c'est moi, non ? Ha ha ha ha ha ha ha ha…

TOUT LE MONDE : Ha ha ha ha ha ha ha…

OVIEDO : OK, mec, mais ça n'a rien à voir, même quand on croit que notre sexualité va contre le patriarcat, on a encore un sacré paquet de merde idéologique chevillé au corps et qui nous trahit, qui fait de nous les auto-boycotteuses de notre propre lutte pour la liberté sexuelle.

JAÉN : Tout ce que tu dis est vrai. Donc non, les keufs ne nous ont pas pris le cul. Parce que ça, on se le fait entre nous et là ouais c'est grave le pied.

OVIEDO : Ha ha ha ha ha ha, calmos Jaén, ici personne ne prend le cul de personne même si ça s'est décidé en assemblée, ha ha ha ha…

TOUT LE MONDE : Ha ha ha ha ha…

JAÉN : Eh ben, si on peut même plus se le faire entre nous, c'est pas la flicaille qui va s'y mettre ! Donc la flicaille ne nous prenait pas le cul, elle nous pourrissait la journée, elle nous réduisait au silence et elle cherchait à nous effrayer, parce que la dernière chose que les *mossas* ont dite avant de partir, et d'ailleurs je pense que c'est à cause du dégoût qu'elles ont lu sur ma gueule au moment de la collaboration citoyenne, c'était que couvrir ou favoriser la disparition d'une personne frappée d'incapacité revenait à séquestrer ou à couvrir la séquestration d'un mineur. Elles ont dit ça comme ça.

LA COROGNE : Donc les flicardes nous ont demandé nos cartes d'identité pour leur rapport, soi-disant.

MURCIE : Oui, c'est toujours comme ça. Pour n'importe quelle intervention de police on te demande tes papiers.

LA COROGNE : Ça a beau être toujours comme ça, maintenant on est fichés et elles n'ont plus qu'à se servir de leur rapport pour nous expulser ou faire ce qui leur passera par la chatte.

OVIEDO : Ouais, c'est clair.

LA COROGNE : Enfin bon bref, on leur a montré nos cartes, celle avec le calepin a noté nos numéros et l'autre s'est mise à regarder dans le fond, sur les côtés…

MURCIE : Mais sans rentrer, si ?

LA COROGNE : Sans rentrer, tout ça depuis la porte, en levant le menton pour essayer de mieux voir, la meuf, et nous on restait là les bras croisés sans bouger d'un millimètre. Bref, à la fin elles remettent leurs casquettes et moi je commençais à me détendre de les voir partir. Je me disais ouf elles se cassent. Et là, attends deux secondes d'entendre ce que Jaén leur a dit avant qu'elles se barrent. Jaén a été magique.

JAÉN : Arrête, tu exagères.

LA COROGNE : Ouais c'est ça, j'exagère ! Donc le gars, il leur demande s'il peut rejeter un œil aux fanzines, les *mossas* rouvrent illico la pochette et les sortent, et là ce champion de Jaén se met à les passer en revue comme s'il allait leur donner une info sortie de son chapeau, comme s'il allait avoir une illumination soudaine, je te dis pas comment elles étaient contentes, ces connasses, à attendre de voir ce qu'elles allaient pouvoir tirer de cette collaboration citoyenne, ha ha ha ha ha… Et là, le père Jáen qui leur demande s'il peut garder le zine qu'il ne connaissait pas, celui qu'il ne connaissait vraiment pas avant : *Je veux être un macho.*

JAÉN : *Moi aussi je veux être un macho.*

MURCIE : Quoi, mec ? Tu leur as vraiment dit ça ?

LA COROGNE : Ha ha ha ha ha ha… Texto, ouais.

JAÉN : C'était un super zine, les gars.

OVIEDO : T'es complètement perché, toi.

LA COROGNE : Là, les flics lui demandent : « Et on peut savoir ce que vous comptez en faire ? » Et Jaén qui leur répond très exactement ça : « Rien, c'est juste que c'est un super zine. »

OVIEDO : C'est ça que t'as dit, Jaén ? T'as dit aux flics que c'était un super zine ?

MURCIE : Ou c'était pour autre chose que tu le voulais ?

JAÉN : Non, les gars, je leur ai dit la vérité, vraiment il était hyper-bien fait.

MURCIE : C'est dingue.

OVIEDO : Et qu'est-ce qu'elles t'ont dit après, les *mossas* ?

LA COROGNE : Allez, Jaén, raconte ce qu'elles t'ont dit et ce que tu leur as répondu !

JAÉN : Ben, elles m'ont dit : « Comme vous le comprendrez bien, nous ne pouvons pas vous le donner. »

LA COROGNE : Et là, le Jaén leur dit qu'il comprend parfaitement mais qu'ici on a une photocopieuse et qu'on pourrait en faire une copie vite fait.

MURCIE : Noooooon… Donc elles sont venues avec vous à l'intérieur ?

JAÉN : Calmos, elles m'ont dit non.

OVIEDO : Bah elles sont bien connes parce que si elles t'avaient dit oui elles seraient allées jusqu'à la photocopieuse et elles auraient pu en découvrir de belles.

LA COROGNE : Tais-toi, Oviedo, tais-toi, heureusement que les *mossas* ont apporté un peu de raison au délire de notre ami.

TOUT LE MONDE : Ha ha ha ha ha ha ha ha…

OVIEDO : Bon, c'est marrant tout ça, mais le cas de Gari est très sérieux.

JAÉN : Carrément. Hier, dès que les *mossas* sont parties, on a appelé les potes des autres centres qui distribuent les fanzines pour savoir si la police était venue leur demander pareil qu'à nous.

LA COROGNE : Tranquille, on a appelé d'un cybercafé.

OVIEDO : Ah OK.

MURCIE : Et ils vous ont dit quoi ?

JAÉN : Eh ben que oui. À CV, elles n'ont pas pu demander parce que, en juillet, c'est encore plus désert qu'une école. Par contre, à l'AG si, et aussi à l'APS, et à la RF et à LK.

MURCIE : C'est dingue.

LA COROGNE : Vous avez oublié que Gari habitait à la Barceloneta ? Les flics ont élargi les recherches à partir de là, d'abord ce qu'il y avait de plus près, le Raval et Poblenou, et ensuite vers Poble Sec jusqu'à Sants. Dans tous ces squats, on nous a dit que oui, c'était le même duo de *mossas* : une blonde à queue-de-cheval plutôt grosse et très grande, et l'autre avec une coupe garçonne et une frange asymétrique qui retombe sur les yeux, plutôt blonde elle aussi, même si elles avaient les cheveux teints toutes les deux. La grande, très maquillée avec beaucoup de fond de teint, et l'autre avec plein de taches de rousseur et les yeux très bleus. La grande est plus jeune, dans les quarante ans maximum, avec un accent très catalan, et celle avec les taches de rousseur a un accent très andalou, ou alors d'Estrémadure, et elle est un peu plus âgée, dans les cinquante, cinquante-cinq ans.

MURCIE : Et elles sont allées partout en uniforme ?

LA COROGNE : Partout.

MURCIE : OK.

OVIEDO : Mais vous avez prévenu Gari ?

JAÉN : Comme on est partis du principe que les deux *mossas* allaient sûrement traîner dans le quartier un bon moment, j'ai attendu quelques heures avant d'aller chez elle.

OVIEDO : Oui, je crois qu'on devrait s'intéresser d'abord à ça plutôt qu'au parcours des flics. La priorité devrait être de monter une action pour aider Gari.

LA COROGNE : Connaître le parcours des flics est indispensable pour avoir toutes les cartes en main, Oviedo. On ne fait pas ça pour jouer aux gendarmes et aux voleurs.

OVIEDO : Bah, on dirait un peu quand même vu qu'on est là-dessus depuis une heure.

MURCIE : Bon, donc tu es allé chez elle, tu lui as dit et puis quoi ?

JAÉN : C'est justement l'une des choses que je voulais vous raconter. Je suis allé chez elle, je lui ai dit que des *mossas* la cherchaient dans toute la ville, que là elles étaient dans le quartier et qu'il fallait faire gaffe, mais quand je lui ai proposé de venir passer la nuit chez moi le temps qu'on trouve une solution collective, elle m'a dit non.

MURCIE : C'est pas vraiment bizarre, ça, si ?

OVIEDO : Un peu quand même, non ? Je sais pas, moi, on vient me voir en me disant que la police me cherche, on me propose un endroit où me cacher et ça ne m'intéresse pas ?

JAÉN : Le truc, c'est que ce n'est pas juste à ça qu'elle m'a dit non, elle a aussi refusé n'importe quel type d'action. Je lui ai dit qu'on pouvait par exemple tous venir pour empêcher la police d'entrer, comme quand on bloque une expulsion. Ou alors qu'on pouvait l'aider à trouver un autre logement à *okuper*, pas à Barcelone, mais dans un village à l'extérieur.

OVIEDO : Et elle a dit non à tout ?

JAÉN : À tout. Elle a dit qu'elle nous remerciait beaucoup pour notre aide mais qu'elle voulait rester dans cette maison-là, que les dix jours qu'elle venait d'y passer, c'étaient les meilleurs de ses vingt dernières années, depuis qu'elle avait été placée en résidence.

LA COROGNE : C'est vraiment dingue ce qu'ils font à Gari et aux gens comme elle.

JAÉN : C'est bien ce que je lui ai dit. J'ai passé plus d'une heure à lui parler, d'ailleurs c'est hyper-propre chez elle et on ne peut pas en dire autant de chez moi, et à lui dire que cette maison-là était très bien mais que maintenant elle était en danger, non seulement de se faire expulser mais aussi d'être réenfermée dans une résidence ou un de ces appartements sous tutelle. Je lui ai dit que si elle avait eu le courage d'en sortir une bonne fois pour toutes pour aller *okuper* une maison, elle en avait forcément encore un peu pour en trouver une autre où elle serait plus en sécurité…

MURCIE : Arrête ton char, Jaén. Tu lui as vraiment dit ça ?

JAÉN : Oui. C'est quoi le problème ?

MURCIE : Le problème, c'est que ce n'est pas vrai. Pas vrai qu'on peut empêcher la police d'entrer chez Gari comme quand on empêche une expulsion, parce que, comme les *mossas* l'ont dit, Gari étant considérée comme une handicapée mentale et décrétée juridiquement incapable, toute action visant à soutenir sa fugue n'est pas simplement considérée comme une obstruction à la justice, comme quand on bloque une expulsion, mais comme un genre de séquestration, et là, c'est la voie pénale.

LA COROGNE : Mais Murcie, si c'est elle qui décide volontairement de rester dans cette maison, et imagine qu'elle le dise expressément à la police le jour où ils voudront l'emmener alors que nous on sera là devant la porte, comment veux-tu qu'ils parlent de séquestration ?

MURCIE : Parce que sa volonté ne compte pas, La Corogne. En tant que personne juridiquement frappée d'incapacité, elle n'a pas le pouvoir de décision sur sa propre vie. Tous les choix qui ont une incidence sur sa vie, c'est son tuteur légal qui les prend et, d'après ce qu'elle m'a dit, je crois que c'est la *Generalitat*. Les *mossas* ont été super claires là-dessus : c'est comme si Gari était mineure, or quand un mineur fait une fugue, même si c'est parce qu'il se prend des torgnoles à la maison ou à l'école, la police finit par le retrouver et le ramener par la peau du cul à ses tortionnaires. Une personne jugée incapable, pareil qu'un enfant, ne peut même pas porter plainte. Au mieux, elle pourra juste foutre le bordel quand on viendra la chercher en disant qu'elle ne veut pas rentrer parce que chez elle on la maltraite, et alors là, avec un peu de chance, ce sera la police qui ira porter plainte, si jamais ils daignent faire leur boulot. Et si ça arrive, le temps de la procédure, au lieu de la ramener dans son appart sous tutelle, on la refilera aux services sociaux d'urgence, et de là, on la mettra dans un autre appartement sous tutelle de la *Generalitat* ou une autre résidence, ce qui est précisément ce que Gari ne veut pas.

JAÉN : Donc une action de notre part est d'autant plus justifiée.

MURCIE : Oui, mais sachez qu'on s'expose toutes à une arrestation pour séquestration.

OVIEDO : Bon, au pire…

MURCIE : Euh, au pire, au pire…

OVIEDO : Moi je vois un autre problème dans ce que Jaén a dit, c'est que même si Gari trouve une nouvelle *okupa*, elle ne pourra jamais y rester. Je ne sais pas si vous avez conscience que si elle veut préserver sa liberté, elle devra vivre dans la clandestinité. Je suis très sérieuse, hein, ce que je veux dire, c'est que si Murcie dit vrai sur la façon dont on traite les gens en situation d'incapacité, Gari n'aura pas d'autre choix que de vivre cachée et fugitive, et pas seulement comme une squatteuse, mais comme une terroriste ou une trafiquante de drogue.

MURCIE : Ça paraît dingue et ça ressemble à un film, mais c'est exactement ça.

LA COROGNE : Mais qu'est-ce que vous racontez…

MURCIE : Je te jure que si, mec.

JAÉN : De toute façon, ça n'a aucune importance, vu que je vous ai déjà dit que Gari ne voulait pas bouger de son squat.

OVIEDO : Donc il va falloir qu'on y entre pour aller l'aider et pour que, quand la police viendra, elle tombe sur nous comme si c'était nous les squatteurs, et qu'avant on ait caché Gari quelque part dans la maison.

LA COROGNE : Mais combien de temps ça pourra durer, ça, Oviedo ? Il faudrait qu'on aille toutes habiter là-bas. Et si la police a des soupçons, elle débarquera avec un mandat de perquisition et il se passera ce que Murcie a dit : ils la sortiront par la peau du cul et nous, on se fera arrêter pour séquestration.

OVIEDO : Écoute, mec, la stratégie défensive, ça vient bien après. La stratégie défensive se dessine quand les choses ont mal tourné, quand tu t'es fait choper et quand les motifs d'accusation sont connus. Tu ne peux pas te mettre à penser direct à comment tu vas te faire réprimer, sinon on ne ferait plus rien et on passerait nos journées là, mortes de trouille. On sait très bien que notre lutte a toujours des conséquences, mais si c'est une chose de le savoir, c'en est une autre bien différente de se coller un bandage avant la blessure. C'est une chose de prendre de l'avance sur eux en sachant comment ils s'y prendront pour nous réprimer, ce qui nous donne un avantage, et c'en est une autre bien différente de rester paralysées en partant du principe qu'on va nous réprimer, ce qui donne l'avantage aux oppresseurs : l'avantage de notre inaction, le champ libre pour réprimer Gari à cause de sa courageuse fugue. Parce que si ça se trouve, notre action sera tellement réussie qu'on ne se fera même pas prendre, hein ? Pourquoi ne pas penser à nos chances de réussite ? Elles sont nombreuses.

MURCIE : Ouais, tu n'as pas tort.

JAÉN : Sauf que Gari ne veut rien faire du tout. Moi aussi je lui ai parlé de nos chances de réussite, du grand pas qu'elle avait fait vers la liberté et de sa capacité à en faire un deuxième, un pas difficile et plein de sacrifices, mais que notre soutien rendra plus léger. Je vous répète qu'elle m'a dit qu'elle nous remerciait beaucoup pour tout ce qu'on avait déjà fait pour elle et tout ce qu'on était prêts à faire, mais qu'elle voulait juste rester tranquille dans son squat.

LA COROGNE : Donc elle s'en fout de se faire choper ?

JAÉN : C'est pas qu'elle s'en fout, mais elle dit qu'elle ne veut pas y penser, qu'elle veut juste être bien là le temps qu'elle y sera, sans se prendre la tête. C'est aussi pour ça qu'elle n'a pas voulu venir à l'assemblée. Et encore, moi je lui ai dit qu'on pouvait faire ça chez elle si elle ne voulait pas sortir, mais elle a refusé.

MURCIE : Trop bizarre cette meuf.

JAÉN : Perso, je dirais pas ça, Murcie. Je crois que Gari sait parfaitement ce qu'elle veut. Je crois qu'elle a déjà prévu la répression, parce que ça ne lui est pas inconnu. La répression, elle l'a subie très souvent au cours de sa vie dans les résidences pour handicapés, autant de la part des soignants que de celle de la police alliée aux soignants. Elle a trente-sept ans, et depuis qu'elle a été internée à dix-huit ans, elle a développé des stratégies de résistance.

Ce n'est pas elle qui le dit, mais d'après ses mots, c'est comme ça que je le comprends. Gari ne hurlera jamais « On nous expulse, on *réokupe* ! » mais en vrai c'est ce qu'elle a passé sa vie à faire. On lui enlève un espace de liberté et elle attend le bon moment pour en conquérir un autre. Pareil que ce qu'on fait, nous.

LA COROGNE : À la différence fondamentale, Jaén, à la différence plus que fondamentale que Gari, elle, est prisonnière, comme on dit, elle vit entre quatre murs systématiquement surveillés par ses oppresseurs, ce qui n'est pas notre cas.

OVIEDO : Comment ça, pas notre cas ? On n'est pas prisonnières entre quatre murs mais on est prisonnières d'une ville entière sous domination absolue du totalitarisme de marché qui nous maintient dans un état zombique, obligées de bosser dix heures par jour en tant que serveuses ou stagiaires, d'encaisser l'exploitation et les humiliations, de se faire voler l'envie de vivre, de baiser, forcées d'utiliser l'argent comme intermédiaire pour être en lien les uns avec les autres.

LA COROGNE : Tu es en train de comparer ta situation de répression avec celle que Gari a vécu pendant vingt ans ? Sérieusement, meuf ?

OVIEDO : Sérieusement, oui ! Comment je pourrais me sentir solidaire de l'oppression de Gari si je ne la comparais pas à la mienne ? Que celui qui se sent plus libre que Gari du simple fait qu'il vit en dehors d'un système d'internement me jette la première pierre.

LA COROGNE : Eh bien moi, des pierres, je vais devoir t'en jeter un paquet, Oviedo, vraiment un bon paquet, parce qu'il y a une chose que tu ne peux pas évacuer comme ça, c'est que toi, moi, nous toutes qui sommes ici réunies en assemblée jouissons de privilèges concédés par un système dont Gari ne fait pas partie. Nous jouissons du privilège de ne pas avoir été déclarés légalement incapables et de pouvoir décider où on veut vivre. Déjà, pour commencer.

OVIEDO : Mon cul, La Corogne, mon cul qu'on décide où on vit ! Je te rappelle qu'en ce moment des centaines de Barcelonais se font expulser chaque jour parce que les loyers grimpent pour qu'il n'y ait plus que les touristes qui puissent se les payer ! Mais si les loyers augmentent alors que nos salaires baissent, si les recours d'expulsion express sont facilités et si les mesures répressives contre les *okupations* et les manifestations se durcissent, de quels privilèges tu me parles, là ?

LA COROGNE : Merde, Oviedo, bien sûr que c'est vrai. Mais quand même, tu ne penses pas que tu as un ou deux privilèges, comparée à Gari ? Un ou deux privilèges qui pourraient te servir à l'aider ? Le privilège par exemple de pouvoir travailler et décider comment tu dépenses ton fric ?

OVIEDO : Ha ha ha ha ha ha… Je rêve ou tu parles comme un réac du temps de la Transition démocratique qui croit encore que l'apogée de la liberté c'était quand les femmes ont enfin eu le droit d'ouvrir un compte à leur nom et de porter des minijupes ?

MURCIE : Moi je suis d'accord avec La Corogne. Ça ne veut pas dire que le fait de pouvoir travailler soit une bonne chose. Ses privilèges, il faut les mettre en perspective avec ceux que n'ont pas nos camarades, et pas dans l'absolu. Un privilège qui t'a été concédé par l'État ou par le Marché peut être merdique, voire être un instrument de soumission supplémentaire, mais il peut aussi servir à aider une camarade qui ne l'a pas. Par exemple, à nous qui sommes blanches et européennes, la police concède le privilège de ne pas se faire arrêter ni contrôler à la tête du client pour vérifier qu'on a une carte de séjour en règle et qu'on n'est pas sans-papiers, tout ça parce qu'ils voudraient nous expulser du territoire.

OVIEDO : Franchement, je n'ai pas la moindre espèce d'idée de quels privilèges vous parlez, surtout vous qui venez de dire que vous avez été contrôlés hier pour la simple raison que vous étiez à l'*ateneo* en train de passer la serpillière. Ils nous contrôlent et ils nous foutent en prison au simple motif qu'on a empêché une expulsion de squat, au simple motif qu'on a insulté les politiques qui vivent à nos crochets et les touristes qui nous virent de chez nous. Ils ne nous lâchent plus dès qu'on se rebelle contre le mode de vie qu'ils ont dessiné pour nous. Est-ce que vous êtes en train d'essayer de me dire que le fait de pouvoir rester chez moi à regarder la télé serait un privilège ?

LA COROGNE : Ce que j'essaie de te dire, c'est que toi tu as un passeport que la police de l'aéroport ne retourne pas cinquante fois avant de décider si elle te laisse passer ou si elle t'embarque.

JAÉN : S'il vous plaît, ce serait bien qu'on avance sur Gari.

LA COROGNE : J'ai un exemple de privilège encore meilleur, Oviedo. Toi, en tant que meuf, si tu vas à un concert ou à un match de basket ou à un combat de boxe, les vigiles ne te fouillent pas et ils ne regardent pas dans ton sac. Parfois, ils ne le font pas parce qu'il n'y a pas de vigiles femmes et que les vigiles hommes ne touchent pas le public féminin, et même s'ils pourraient fouiller à fond vos sacs, ils ne le font que superficiellement. Ce privilège que le système te concède, privilège qui n'est en réalité que de la sous-estimation, une conception de toi comme inoffensive parce que femme, eh bien, ce privilège, toi tu peux en profiter. Si cet abruti de pouvoir croit effectivement à ces préjugés qu'il a lui-même fabriqués, et qu'il considère que, parce que tu es une meuf, tu n'enfreindras jamais les règles et que tu n'auras jamais d'alcool ou de couteaux dans ton sac, tu peux profiter de sa stupidité pour avoir justement de l'alcool et des couteaux dans ton sac.

OVIEDO : On commence à mieux se comprendre.

JAÉN : S'il vous plaît, sérieusement, on joue un contre-la-montre avec la liberté de Gari, là.

OVIEDO : Moi j'ai dit ce que je pensais. Murcie, si tu peux noter clairement dans le compte rendu qu'il faudra reparler de ce sujet des privilèges, merci.

MURCIE : T'inquiète, je note tout.

JAÉN : OK, donc tu peux répéter ton opinion, Oviedo, s'il te plaît ?

OVIEDO : Je suis pour qu'on aille avec elle dans son squat.

JAÉN : Je vous ai dit qu'elle ne voulait pas.

OVIEDO : Eh bien, on va la convaincre, on va la rassurer et lui donner confiance.

MURCIE : Je suis d'accord, on pourrait essayer.

JAÉN : Elle ne veut pas, je vous dis. Même qu'on a tiré un

coup et qu'après on a rediscuté, et elle ne voulait toujours pas.

LA COROGNE : De quoi ? Vous vous êtes chopés ? Trop drôle.

JAÉN : Pourquoi trop drôle ?

LA COROGNE : Je sais pas, parce que toi d'habitude c'est plutôt les mecs, et parce que vous ne vous connaissez presque pas, si ?

OVIEDO : La Corogne, ce que t'es réac aujourd'hui, Dieu lui-même pourrait pas te blairer.

LA COROGNE : Merde, à la fin, on n'a plus le droit de poser des questions ?

JAÉN : On a baisé parce qu'on a fait ce que nos corps nous disaient, point. Vous voulez les détails ?

OVIEDO : Ouiiiiiiiiiiiiiiiiiiiiiiiiiiiii !

TOUT LE MONDE : Ha ha ha ha ha ha ha ha…

MURCIE : Pas de ça dans le compte rendu en tout cas, sinon je vais encore avoir cinquante pages à me farcir !

JAÉN : Tu verras comme c'est putain de chiant de retranscrire au lieu de rédiger. Oups, pardon pour le putain péjoratif. Bon, et les autres, vous en pensez quoi ?

MURCIE : De ton coup avec Gari ?

JAÉN : Oh, vous devenez complètement cruches dès qu'on parle de baise, c'est pire que dans une école de bonnes sœurs.

OVIEDO : Il faut dire qu'on baise pas beaucoup ici, Jaén.

LA COROGNE : Moi je pense que si elle ne veut pas qu'on organise une action, il faut respecter son choix.

OVIEDO : C'est-à-dire ne rien faire ?

JAÉN : Attendez, Gari a été super claire, elle veut qu'on ne fasse rien. Elle m'a dit : « Jaén, merci du fond du cœur, mais maintenant je ne veux plus de ton aide. Maintenant, la seule chose que je veux, c'est qu'on baise. »

MURCIE : Sérieusement ?

JAÉN : On ne peut plus sérieusement. Je viens pas de vous dire qu'on avait tiré un coup ?

LA COROGNE : Bonjour, les cruches et les bonnes sœurs.

OVIEDO : Cette meuf est juste incroyable.

MURCIE : Vous ne pensez pas que Gari puisse vraiment avoir un handicap mental qui l'empêche de comprendre que les flics sont à ses basques et ce que ça va vouloir dire, résister ?

OVIEDO : Pardon ?

MURCIE : Moi je n'y connais rien, OK ? Mais il paraît que beaucoup de personnes handicapées sont surtout obsédées par le sexe.

JAÉN : Putain, mais qu'est-ce que tu dis, Murcie ? Merde, désolé pour le putain péjoratif. Bordel, mais qu'est-ce que tu racontes ?

OVIEDO : Je ne peux pas croire ce que j'entends. Murcie et La Corogne, ce soir vous êtes bons pour un talk-show sur une radio réac.

MURCIE : Je t'emmerde, qu'est-ce que j'ai dit de si grave ?

LA COROGNE : Vous commencez à vous la raconter pas mal, tous les deux, nous on fait que donner les options envisageables, hein !

OVIEDO : Les gars, vous ne vous rendez même pas compte que vous parlez de Gari comme si vous étiez ses ravisseurs ? Les mêmes que ceux qu'elle fuit ? Comme quoi les retardés mentaux ne penseraient qu'à baiser et ne sauraient pas ce qui est le mieux pour eux ? Donc on va décider à sa place, c'est ça ?

LA COROGNE : Meuf, tu viens de dire que tu voulais aller chez elle pour la convaincre.

OVIEDO : Tu fais chier, La Corogne, c'est une chose d'aller la convaincre et c'est complètement différent d'aller lui expliquer la vie comme si elle était débile.

LA COROGNE : D'accord, Oviedo, Murcie a exagéré et en plus il a fait une généralisation pourrie sur les retardés mentaux. Mais si Jaén dit qu'il a parlé une heure avec elle en lui expliquant tout, et si vraiment on ne la prend pas pour une débile qui ne sait pas ce qu'elle veut, on devrait prendre ses mots au pied de la lettre : elle ne veut pas de notre aide, et ce qu'elle veut c'est baiser jusqu'à ce que la police la retrouve, non ? Comme ça s'est passé avec l'indic, avec qui elle baisait sans se demander si c'était un indic ou pas, alors qu'elle était en plein processus d'*okupation*.

OVIEDO : Les amis, on parle sérieusement. Je ne peux pas supporter que vous employiez les mêmes termes que le pouvoir normalisant qui nous opprime. Les retardés mentaux n'existent que pour le Marché/État-providence, OK ? Les retardés mentaux sont l'une des nombreuses catégories que le pouvoir utilise pour segmenter une partie de la population et justifier ses mesures répressives contre elle. Si ça, ce n'est pas clair entre nous, on ne va pas pouvoir continuer à discuter. Elle ne pense qu'à baiser, sérieux ? Pour qui vous vous prenez à juger comment, ou avec qui, ou à quelle heure Gari baise ? Vous feriez mieux de l'admirer, vous ne croyez pas ? Si seulement il y en avait une seule comme elle parmi nous, avec assez de trempe pour dire à un mec : arrête de nous coller ta bite à toutes les sauces, moi la seule chose que je veux c'est niquer !

JAÉN : Si tu veux, toi et moi, on va chez elle juste pour lui demander si elle va bien, si elle a besoin de quelque chose et basta.

OVIEDO : Ouais, c'est la moindre des choses. Les gardiens de la norme souhaitent-ils venir ?

LA COROGNE : Tu commences à devenir un petit peu casse-couilles, Oviedo.

OVIEDO : Écoute, La Corogne, je me passe très bien de toi, t'es incapable d'un minimum d'autocritique.

LA COROGNE : Madame ! Et moi je me passe très bien de vous deux.

OVIEDO : Donc toi aussi, Murcie, tu vas te casser pareil, comme un vrai bonhomme ?

LA COROGNE : Merde, Badajoz, c'est maintenant que tu te pointes ?

MURCIE : Bah, franchement je dois dire que je suis pas du tout à l'aise avec la façon dont on traite le sujet.

OVIEDO : Bon bref, Jaén et moi, on va chez Gari, parce que pour elle chaque minute de liberté qui passe vaut de l'or. Tu viens aussi, Badajoz ?

BADAJOZ : J'en reviens ! Désolée pour le retard, mais je me suis levée tard parce que j'ai pas fermé l'œil avant 4 heures du matin, et après je suis passée par le squat de Gari pour voir comment elle allait, je ne l'avais pas vue depuis qu'on l'a aidée pour ses meubles, et puis je voulais aussi savoir si elle venait à l'assemblée de ce soir. Puisqu'elle n'a ni portable ni WhatsApp ni Internet ni rien. Résultat, je suis super à la bourre. Vous avez déjà fini ?

JAÉN : Tu viens de chez Gari, là ?

BADAJOZ : Oui, mais elle n'était pas là. Il a dû y avoir du grabuge parce que la porte était défoncée et dessus il y avait du scotch noir et jaune. De l'extérieur, on voyait même des bouts de verre par terre et les meubles renversés. Je vous ai envoyé un message mais évidemment après j'ai réalisé qu'il n'a pas dû arriver puisque vous deviez avoir éteint vos téléphones. Ça ressemble méchamment à une expulsion et on n'était pas au courant. Vous l'aviez vue récemment, vous, Gari ?

MURCIE : Je coupe, terminé.

La première partie de l'exercice de manipulation consistait à dévorer la proie fraîchement abattue. La deuxième était la partie d'échecs géante. Quant à la troisième et dernière partie, celle qui a donné provisoirement son nom au spectacle, elle s'appelait La Raclée. Nous avons répété La Raclée jusqu'au jour où il a fallu imprimer les affiches ; le pyjaman et son assistante sont venus nous dire que certains participants n'aimaient pas ce nom et qu'il vaudrait mieux en trouver un autre qui satisfasse tout le monde.

— Parce que, au lieu de danser, on dirait qu'on se frappe, dit une danseuse qui penche systématiquement à droite.

— Oui, c'est exactement à ça que ça ressemble, je lui réponds, et c'est justement ce qui est drôle.

— Moi je ne trouve pas ça drôle du tout, parce que je suis venu ici pour faire de la danse, pas des arts martiaux, ajoute le mec pénible qui ne sait improviser qu'en hip-hop.

— Moi je crois qu'il n'y a que Nati qui trouve ça drôle parce qu'elle a le rôle principal, dit la fille qui penche à droite.

— Oui, moi je me prends la raclée et toi tu fais partie de ceux qui me la donnent. Tu préférerais qu'on échange ?

– J'avais posé cette question sincèrement ; sincèrement désireuse que d'autres personnes ressentent comme moi le plaisir de se prendre une raclée par treize danseurs.

— Mais moi je voudrais que personne ne s'en prenne et que personne n'en donne ! Je n'aime pas la violence ! dit la fille qui penche, alors j'ai éclaté de rire, la gorge déployée vers le plafond.

— Moi aussi je suis pacifiste, Julia, ici personne ne frappe personne, c'est assez évident, non ? a répondu le pyjaman.

— Pourtant on dirait, monsieur, on dirait vraiment. Moi je vois toujours ça de l'extérieur, et plus on répète plus ça ressemble à une raclée, dit le motorisé youplaboumtralala avec tout le ressentiment de celui qui est exclu de la scène.

— Eh bien moi j'aime que ça ressemble à une raclée, parce que c'est comme un jeu avec le spectateur, dit l'une des nouvelles, une bipède qui danse très lentement mais avec un toucher très ferme.

— Moi aussi j'aime bien, parce que même si ça donne l'impression qu'on est plusieurs à cogner quelqu'un, en fait on ne cherche pas à justifier la violence mais au contraire à la critiquer, et d'ailleurs à la fin du spectacle on finit sur une célébration, pas vrai ? La scène où on improvise tous ! – dit un autre nouveau bipède qui, bien que n'ayant pas fait le conservatoire et étant autodidacte, danse avec une précision fasciste de ballet classique. Ce débat me semblait si ridicule que j'ai dû me couvrir la bouche. Mes épaules se secouaient tellement que, comme ça arrive souvent ici dans le groupe autogestionnaire, plusieurs camarades ont été contaminés et ont commencé à rire aussi.

— Tu veux dire quelque chose, Nati ? m'a demandé le pyjaman, agacé. – J'ai respiré profondément pour calmer mon fou rire et, par-dessus les rires des prisonniers et les rappels à l'ordre de leurs éducs-flics, j'ai répondu :

— Eh bien, pour moi, c'est la scène finale où on improvise tous qui est violente, pas celle de la raclée. Violente, parce que plein de danseurs sont amenés sur scène par la main, autrement dit, ils sont escortés jusqu'à l'endroit que vous avez décidé, toi et ton assistante, mais bon, ce n'est pas étonnant vu qu'ici on est tous à tes ordres. Ce qui est violent, c'est que ces camarades sous escorte soient déposés là par leurs gardiens qui leur lâchent la main et leur disent de danser, alors ils dansent jusqu'à ce que ces gardiens fassent exécuter l'ordre que tu leur as donné d'arrêter de danser. Alors les gardiens reviennent les prendre par la main en leur disant que c'est bon, puis ils les font sortir de scène. Ce qui est violent, c'est d'appeler ça de l'improvisation, de mettre ces camarades à l'écart dans d'autres salles pendant les répétitions quand ce n'est pas à eux de danser, et en plus d'essayer de faire passer ça inaperçu en profitant qu'il y ait soixante danseurs sur scène et la musique à fond.

— Soixante danseurs, Nati ? m'a demandé la psycho-sergente Buedo. Vous n'étiez pas plutôt une vingtaine ?

— Au SS si, mais là, il y a aussi des groupes d'autres centres socioculturels de Barcelone qui répètent de leur côté avec le pyjaman. Une fois par semaine, on répète tous ensemble au Multiplexe pour le spectacle final. Cette danse collective s'appelle danse communautaire, ou danse sociale, et ce n'est qu'une transaction commerciale impliquant des danseurs qui payent pour se produire avec une compagnie où les seuls à toucher un salaire sont le chorégraphe, son assistante à la mise en scène, et bien sûr tout le personnel du théâtre le soir de la représentation, dont l'entrée peut être gratuite à condition que les salaires du chorégraphe, de son assistante et du personnel du théâtre soient entièrement subventionnés par des institutions publiques et/ou privées, ou coûter entre 6 et 12 euros en cas de subvention ou de financement partiel, ou si, outre que les danseurs ne touchent rien et sont exceptionnellement invités à boire de la piquette dans un gobelet en plastique le soir de la première, le chorégraphe et son assistante souhaitent gagner de l'argent sur la vente de billets. Ce qui ne veut pas dire qu'ils se gavent. Le chorégraphe et son assistante sont issus, ça ne fait aucun doute, de la classe moyenne. La danse communautaire est l'un des modes de subsistance engendrés par la crise. Les danseurs et les chorégraphes professionnels n'ont plus assez de public ni de subventions pour monter des spectacles comme avant. Pour pouvoir continuer à vivre de leur travail à la marge de circuits artistiques malingres, ils ont inventé une pratique de la danse comme bien social, comme outil d'intégration et comme service public-privé, soit gratuitement fourni par les administrations publiques et leurs alliés du monde de l'entreprise, soit cofinancé par ces administrations, ces entreprises et l'usager lui-même. Car les pratiquants de danse communautaire n'ont pas le même statut social qu'un danseur ou un étudiant en danse, indépendamment de leurs capacités artistiques. Les pratiquants de danse communautaire entrent dans la catégorie des usagers, de même qu'ils sont usagers de la piscine municipale ou du bus de ville, tandis que les artisans de ce cirque, à savoir les pyjamen et leurs assistantes, conservent leur respectabilité artistique de metteur en scène, de chorégraphe, de scénographe, de créateur lumières, de musicien, de graphiste et autres métiers artistiques. Parmi tout ce personnel, seuls sont payés le chorégraphe et son assistante, les autres ne participant qu'au nom du capital symbolique qui consiste à voir son nom et son prénom figurer dans le programme ; quant aux interprètes qui montent sur scène, qui dansent concrètement, eux restent anonymes. L'injustice est telle entre les catégories « artiste » et « non-artiste » que sur les affiches et les programmes des derniers spectacles de danse communautaire accueillis par le Multiplexe, les interprètes apparaissaient sous l'appellation « Habitants et habitantes des quartiers des Corts, Besòs/La Mina et La Sagrera » ou « Les Corts, La Teixonera et Bellvitge » ou « Les Corts, Trinitat Nova et El Guinardó ». Les Corts y est toujours car c'est le quartier du Multiplexe, qui est le vaisseau mère de tout ce cirque parce que là-bas les salles sont immenses, parce que l'école est parfaitement adaptée aux non-bipèdes et parce que c'est le siège du syndicat des professionnels de la danse.

— Ibrahim, qu'est-ce que tu en penses, toi qui es dans le même groupe de danse que Natividad ? Toi non plus, tu n'approuves pas qu'on aide les gens qui en ont besoin en les prenant par la main ? Et cela te semble être un manque de respect que d'appeler quelqu'un « habitant de tel ou tel quartier » ? a sorti la psycho-sergente dans sa posture d'écoute bien assimilée, le buste en avant. – Quelle démago, celle-là.

— Excuse-moi, Ibra, ai-je avancé. Avant que tu répondes, je dois répondre à Laia. Laia, sans même parler du fait que tu as posé cette question de façon absolument malhonnête, démagogique et en la sortant complètement de son contexte, je te répondrai que dans le milieu de la danse communautaire, personne ne s'offusque d'être appelé comme ça, voilà la vérité. Tous les danseurs acceptent leur condition d'usager et ce prétexte selon lequel soixante noms ne tiendraient pas sur l'affiche. Par contre, ce qu'ils ne comprennent pas, car ça ne viendrait à l'esprit de personne, c'est l'absence de leurs noms comme conséquence de la logique accumulative du capitalisme et de la démocratie. Plus il y a de gens qui s'inscrivent, quoi qu'ils fassent et quoi qu'ils dansent, mieux c'est, et même si on ne fait que promener les camarades comme des petits toutous, les planter sur scène et les inciter à danser dans un espace, un temps et des formes bien délimitées, et ce non pas dans le but de leur apprendre des techniques ni de leur enseigner à prendre plus de plaisir à danser sur scène, et donc un plaisir de meilleure qualité. À aucun moment on ne pense à ces camarades-là, juste à accomplir un rêve d'accessibilité universelle à la culture afin que leurs geôliers puissent justifier leur répression, leurs salaires, leur statut social et leur tranquillité de conscience. Pour ça, le prix national de danse de Catalogne a été décerné en 2012 à la compagnie du pyjaman ; mais rien pour les interprètes anonymes, bien entendu. Et puis ce n'est même pas une vraie compagnie, vu que ses danseurs ne sont que des dizaines de sans-nom qui changent chaque année. De fait, la Cie Pyjaman n'est que le cadre juridique dont se sert le pyjaman pour recevoir des aides et des subventions et se présenter comme un professionnel du monde de la danse. Mais écrire qu'il y a des gens qui viennent de partout, ça, c'est un mensonge ; la seule chose qui change, ce sont les lieux de répétition. Exception faite d'un ou deux paumés qui se retrouvent là par hasard, comme cette année moi et les autres danseurs du SS, ce sont toujours les mêmes qui viennent des garderies pour adultes disséminées dans Barcelone.

— Moi je suis du Raval et j'en suis fier, a dit Ibrahim.

— Et moi de la Sagrada Familia et j'en suis fier aussi ! a dit un autre autogestionnaire.

— Arrête un peu, c'est pourri la Sagrada Familia, il n'y a que des touristes ! (Un autre.)

— Ouais bah au Raval il n'y a que des putes et des camés ! (Une autre encore.)

— Il vaut mieux être une pute camée qu'un assassin ! Le tourisme tue le quartier ! Un touriste en plus, c'est un habitant en moins ! s'est exclamé Ibrahim en levant l'index. – À tous les coups, il a commencé à lire le fanzine.

— *Tourists go home ! Tourists go home !* a dit un autre.

— *Tourists go home ! Tourists go home !* a répété tout le monde en chœur, moi y compris.

— On ne dit pas de gros mots ! – Le beau bébé-macho, celui qui d'habitude est toujours le plus grossier, s'est allié à la psycho-sergente afin de garder ses privilèges en rejoignant illico les rangs de la police militaire.

— Merci, Antonio. – Sa maîtresse Laia lui a caressé le dos. – En tant qu'autogestionnaires, vous devez apprendre à imposer l'ordre et le respect entre vous. Cela ne peut pas être moi qui le fais en criant. Vous êtes d'accord ?

— Laia, Laia, Laia ! (Ma demi-sœur, la main levée.) Moi je voudrais dire quelque chose sur la danse de la Nati !

— Laissez parler Patricia ! (Le bébé-macho, avec son brassard blanc de la PM qui tranchait sur la manche de son maillot du Barça.)

— Merci beaucoup, Antonio. (Ma demi-sœur, qui tire sur sa minijupe.) Eh bien, moi je trouve que la Nati, même si elle a ses opinions bien à elle sur son groupe de danse, en vrai, elle est très bien intégrée, parce que même s'il y a certaines choses qu'elle ne trouve pas bien, la Nati, elle va toujours à ses cours, non ? Tous les jours elle répète parce qu'elle va jouer dans le spectacle qu'ils sont en train de préparer, et en plus dans un des rôles principaux. Et pourquoi ça ? Eh bien, parce que ma sœur, même si elle a ses opinions, elle sait les laisser de côté pour cette chose si magnifique qu'est la danse ; et c'est sa vocation depuis toute petite, pas vrai, Nati ? Parce que même si là-dedans il doit y avoir du mauvais, il y a surtout du bon, et moi je crois que l'attitude de la Nati est très positive et que nous devrions tous prendre exemple sur elle.

— Très bonne question, Patricia, a dit Laia.

— Réponds, Nati, m'a sommé le milichien.

— Toi, n'essaie même pas de me donner la moitié d'un ordre. T'as compris, sale macho de merde ? Et ne t'avise même pas de me regarder. – Le milichien a ravalé sa salive, et du regard il a demandé la permission à sa supérieure de me mater, mais elle a fait stop avec la main.

— Antonio, on dit s'il te plaît, d'accord ? – Antonio a croisé les bras et il a acquiescé en signe de respect.

— C'était quoi ta question, Patri ? je lui ai demandé.

— Je disais que la danse, c'est très joli, que tu aimes beaucoup ça et que tu vas jouer dans le spectacle, pas vrai ?

— En effet, très chère. Et vous êtes tous invités, sauf Antonio.

— Mais c'est quoi le rapport avec ton histoire de baise sans frottement que tu voulais me raconter ? ronronne Marga en me caressant les cheveux.

— Le rapport, c'est qu'aujourd'hui c'était notre premier jour de répétition avec tout le monde, chaque groupe regardait ce que les autres faisaient pendant que le pyjaman et son assistante s'occupaient de coller les différentes parties entre elles. C'est-à-dire que chaque groupe avait un public de soixante, soixante-dix personnes, en comptant les éducs-flics des camarades reclus. Et il s'est passé ce qui se passe souvent quand tu as du public, certains appellent ça grandir même si en fait c'est surtout que tu fais tout avec plus de nerf, ce qui personnellement ne m'était pas arrivé depuis des années, depuis que je ne m'étais pas retrouvée devant un public. Bref, donc, quand avec les gens du SS on s'est mis à faire La Raclée, j'étais plus excitée que d'habitude, moi mais aussi plusieurs autres camarades intelligents, j'imagine, parce que, au bout de quelques minutes sur les quinze qu'a duré la scène, une concentration particulière a gagné tout le groupe, une sorte d'état d'alerte et une solidarité tels que même les camarades capitalos, ceux qui vont aux cours de danse comme si c'était le Rotary Club ou une partie de bingo ou un thé dansant, même ceux-là, Marga, même ceux-là se sont décoincés. Leurs visages exprimaient le don de soi, leurs bouches respiraient, leurs regards s'étaient débloqués, tout en eux disait leur besoin de continuer.

— Tout ça en vous tapant dessus ? me demande Marga

en étendant sa caresse de mes cheveux à mon cou, ce qui me donne la chair de poule.

— On ne se tape pas dessus, Marga ! Ça y ressemble juste, vu de l'extérieur : moi je danse et je me déplace dans la salle, et comme les treize autres danseurs me suivent pour me faire bouger en même temps que je bouge, on dirait qu'ils me poursuivent et que j'essaie de leur échapper. Et d'ailleurs, Marga, c'est ce qu'il se passe. C'est une raclée dansée, ça n'a rien à voir avec des coups. Essaie d'imaginer : avant, pendant les manipulations, j'étais toujours calme, je bougeais et je me déplaçais seulement par l'intermédiaire des autres. Mais dans cette variante qu'on a appelée La Raclée, je bouge et je me déplace pendant que les autres me bougent et me déplacent. Je vais au fond à droite de la salle et là deux camarades m'interceptent pour me faire aller au fond à gauche, en chemin je tombe sur trois ou quatre autres danseurs qui m'arrêtent, me soulèvent ou m'écrasent au sol. Mais je peux aussi affronter ceux qui voulaient me faire dévier de ma trajectoire et ne pas les laisser faire, opposer une résistance, rester plantée là, aussi solide qu'un roc, si bien qu'ils ne peuvent ni me soulever ni me faire bouger, jusqu'à ce que j'aie envie de me ramollir et de m'écrouler, littéralement m'écrouler, et s'il n'y avait pas trois, quatre, cinq ou douze personnes autour de moi, je m'exploserais par terre. Sauf que, quand je tombe, ce ne sont pas dix mains mais dix corps-bouées qui empêchent ma chute. Ou alors je peux ne pas opposer de résistance et me livrer à eux, et dans ces cas-là je vole. L'un me soulève par la taille, un autre m'attrape une jambe, un autre les bras, un autre se met à quatre pattes sous moi comme un petit cheval, et cette fois c'est vrai qu'ils me manipulent de partout, Marga ! Il y en a même un qui m'a prise par le cou comme s'il allait m'étrangler. Qu'est-ce que c'était bien ! Ce qu'il m'a bien prise par le cou, ce grand bipède, enfin, plus que par le cou, par la mâchoire. Il a calé son index et son pouce là, juste sous ma mâchoire inférieure, et il m'a soulevée. – J'attrape mon cou de cette manière puis je le fais aussi à Marga, qui en profite pour guider ma main vers ses seins. – Ce porté ne pouvait marcher que grâce à ma propre impulsion, profitant de ce que d'autres mains me faisaient déjà voler. Me soulever par le cou sans élan, en mode dessin animé, aurait été impossible ou douloureux. Pour que ça reste de la danse et pas un étranglement ni un broyage de dents ou de langue, j'ai ouvert la bouche, j'ai penché la nuque en arrière en dessinant une courbe à partir des cervicales jusqu'en bas du dos. Certains moments de pause ou de transition peuvent donner des choses incroyables. Moi je reste au centre et les treize autres m'entourent en formant un grand cercle. On se déplace dans cette formation sans cesser de se regarder, certains sont essoufflés par toute cette agitation. – De temps à autre, comme c'est le cas maintenant, mes caresses deviennent des dessins expliquant nos mouvements sur la peau de Marga, qui gigote parce que ça la chatouille. – Le temps de calculer le bon moment pour reprendre le cours de la manipulation, on en profite pour souffler, mais ce qui est vécu de l'intérieur est très différent de ce qui se voit du dehors : un chœur de treize personnes guettant la seule au milieu qui réfléchit au moyen de s'échapper, c'est-à-dire de continuer à danser. J'étais tellement à fond dedans et tellement sûre que le plaisir était partagé que j'ai enlevé mes collants et ma culotte, je me suis retrouvée en tee-shirt et j'ai fait signe à mes treize guetteurs d'approcher comme un loulou qui chercherait l'embrouille. Qu'elles approchent si elles en avaient les ovaires, et eux, qu'est-ce qu'ils attendaient, ils n'avaient pas de couilles ou quoi ? La fête ne faisait que commencer, il fallait qu'ils se souviennent tous de ce premier jour où on avait dit qu'ils devaient me toucher partout.

— Donc vous avez baisé tous ensemble ? Comment c'est possible de baiser à quatorze sans se frotter ? me demande Marga en posant une jambe sur ma hanche, allongée sur le côté face à moi.

— Que dalle, Marga ! Si seulement ! D'abord, le public s'est mis à chuchoter, certains applaudissaient, d'autres leur ont demandé de se taire, et d'autres ont fait ce petit sifflement ridicule des machos quand il y a une bonne meuf qui passe. Certains de mes guetteurs se sont laissé gagner par la débilité du public scandalisé devant le moindre petit carré de peau, et ils avaient beau être encore physiquement là, ils ne dansaient plus avec la dépravation jouissive d'avant mais seulement pour le pyjaman, qui à ma grande surprise, au lieu de baisser la musique en comprenant qu'on ne dansait plus depuis longtemps et que donc l'impro était finie, a pris l'excellente décision de monter le volume sur un blues un peu concon qui aurait pu servir de bande-son à un duel de western. – Avec sa jambe posée sur ma cuisse, Marga m'attire vers elle. Nos deux chattes l'une contre l'autre forment comme une petite grotte, une tanière chaleureuse. – D'autres guetteurs conscients que les circonstances étaient défavorables, les intelligents, les jouisseurs, les meilleurs danseurs quoi, ont répondu à mon appel, ils se sont regardés avec un petit sourire et l'air de dire « elle va voir ce qu'elle va voir, la crâneuse ». Trois non-bipèdes ont retiré leur pantalon et leurs sous-vêtements et se sont retrouvés cul nu eux aussi. On a réentendu des petits sifflets dans le public mais globalement il y avait un silence attentif qui nous faisait grandir et nous aidait à prendre notre plaisir au sérieux. Le non-bipède avec une bonne mobilité des mains a aidé le non-bipède qui en manquait à se mettre la queue à l'air. Les guetteurs ont interprété ce déshabillage maladroit, décalé, presque ridicule, comme une manière discrète de reprendre les armes et ça a rendu le chœur grave et menaçant. À ce moment-là, les trois sexes pointaient vers le mien. Deux pénis flasques, un circoncis et l'autre avec des poils très blonds, et un pubis féminin plus carré que triangulaire, lustré et opaque. Alors les treize fauteuils roulants, électriques et manuels, les déambulateurs, les béquilles, les cannes, les prothèses, les bras et les jambes canoniques se sont jetés sur moi.

— Donc tu as baisé avec ceux qui se sont mis à moitié à poil ? me demande Marga à l'oreille, en m'embrassant dans le cou.

— Juste avec un, je réponds dans un soupir.

— Lequel ? (Marga me mord le lobe.)

— Le circoncis, mais c'était après, pas au milieu de la salle. Parce que l'excitation d'avoir dansé la chatte à l'air m'est restée après la répète, pareil pour ceux qui étaient dans le même cas, j'imagine, mais il n'y a que le circoncis qui a osé venir m'aborder dans les toilettes des handicapés – je passe ma main derrière son dos en soupirant et je lui pince les fesses. Nos hanches et nos chattes sont collées comme des moules à leur rocher. Nos pubis frottent l'un contre l'autre, ça fait un bruit de papier de verre. – Danser la chatte à l'air, c'est génial, Marga. Non seulement parce que tes camarades sont obligés de la toucher, et ton cul aussi, que ce soit volontaire ou involontaire, et ça déclenche des mouvements qui naissent de ces parties-là du corps que la danse fait taire d'habitude. – À parler de chattes, de culs et de mouvements si près de la bouche de Marga, nos frottements s'intensifient pour devenir des chocs entre pubis, et nos hanches retentissent comme si c'était des cloches. – Mais en plus, et sans même que l'autre te touche, le simple fait de ne plus avoir la chatte prisonnière de ta culotte fait danser ta vulve. Les lèvres internes et externes bougent, elles se touchent sans que tu aies besoin de rien faire, comme si tu avais un hochet entre les jambes. – La main de Marga s'ouvre un passage entre nos deux ventres collés pour saisir doucement ma vulve. Je la presse contre moi avec le pubis, mais Marga résiste et laisse un espace pour manœuvrer. – Tu as de l'air qui te rentre dans la chatte et, quand tu t'assois, le sol te rafraîchit ou te réchauffe en fonction de comment est le sol, et de comment toi tu es. – J'ai du mal à parler parce que les halètements m'étouffent et que je n'ai qu'une seule envie : dévorer la bouche de Marga, son cou, ses tétons. Elle reçoit mes baisers puis les stoppe car elle veut que ma bouche soit libre.

— Mais qu'est-ce que tu faisais dans les toilettes handicapés, avec tes belles jambes valides ?

— Je pissais vite fait avant de te rejoindre, Marga, parce que les toilettes handicapés sont au premier étage et comme ça je n'avais pas besoin de remonter aux vestiaires des bipèdes. – La main de Marga qui faisait comme une serre sur ma chatte se transforme peu à peu en traîneau glissant de haut en bas, du pubis au périnée. Lorsque la pulpe de ses doigts passe le long de mon vagin sans y entrer, c'est dramatique.

— Et comment ce type t'a accostée ?

— Je sortais des toilettes, il attendait devant la porte avec son déambulateur, complètement rhabillé, bien sûr.

— Ibrahim, le mec au déambulateur ?

— Ouais. J'ai vu son érection sous sa braguette et ça m'a chauffée grave.

— Ah ouais ? Ça t'a chauffée grave ? dit Marga en entrant enfin dans mon vagin.

— Grave. – Sa pénétration me fait gémir de gratitude. – Tellement que je me suis retrouvée paralysée dans l'encadrement de la porte coulissante des toilettes handicapés, je ne pouvais plus faire un pas, ni en avant ni en arrière, immobile mais avec le cœur battant.

— Et alors ? – Marga sort ses doigts pour faire monter l'excitation et que je l'embrasse goulûment, et ce faisant elle m'oblige à continuer mon récit, la bouche en feu.

— Ibrahim était rouge comme une tomate, il a lâché une poignée du déambulateur pour me toucher l'épaule avec sa main droite hypertonique. Ses doigts sont tellement raides et flexibles qu'il peut presque les mettre à quatre-vingt-dix degrés par rapport au dos de sa main. Il m'a poussée doucement à l'intérieur. Moi j'ai reculé, Ibrahim a avancé avec son déambulateur en regardant derrière lui. Il y avait des gens qui traînaient dans le hall du Multiplexe, mais soit personne ne s'est rendu compte de rien, soit si mais ils ont cru qu'Ibrahim entrait dans les toilettes avec quelqu'un pour l'aider à pisser ou à se doucher ; en tout cas personne n'a rien dit, ni à ce moment-là ni quand on nous a vus en sortir ensemble.

— Et ensuite ? – Cette fois Marga me donne un long baiser, quoique mesuré, réfrénant les miens assoiffés, dosant mon excitation d'une façon qui ne fait que l'attiser.

— Ibrahim a refermé la porte coulissante, il a mis le verrou, il a retourné son déambulateur et il s'est assis sur le siège intégré. Sa tête arrivait au niveau de ma taille. Je l'ai attrapée, elle était brûlante. Alors il a fermé les yeux et il a soupiré comme s'il avait retenu longtemps sa respiration, un soupir qui a détendu son dos et envoyé son front buter sur mon ventre.

— Tu es très belle, Nati, il m'a dit avec cette diction bien à lui qui ne l'oblige pas à décoller les lèvres.

— J'aimerais revoir ta bite, je lui ai dit.

— Moi aussi j'aimerais voir ta zézette.

Alors j'ai baissé mon collant et ma culotte. Il s'est voûté, il a fourré son nez dans mes poils, moi je me suis penchée pour l'attraper mais son érection était moins dure que ce à quoi je m'attendais. J'ai baissé son pantalon pour en sortir un membre qui bandait à moitié, style canne à pêche. Ibrahim a croassé. Perso, j'aime bien les bites comme ça parce que ça rentre en entier dans ma bouche et après je la sens durcir à l'intérieur.

— Donc tu l'as sucé ? me demande Marga en remontant l'un de mes tétons vers ma bouche pour que je le lèche.

— Oui, mais seulement à la fin. J'ai commencé par lui caresser le gland pendant qu'il me glissait l'un de ses doigts hypertendus. Il est entré vite et facilement, comme une flèche, mais il faut dire aussi que je mouillais à fond. En même temps je me tripotais le clitoris en gémissant, puis on a commencé à gémir tous les deux. De l'autre main, celle avec le muscle plus souple, il caressait mes jambes nues, et moi ses cheveux. – Je regarde Marga dans les yeux en me léchant le téton. – Du coup, je lui ai demandé qu'il en rajoute un et il m'en a glissé deux, mais ses doigts étaient tellement contractés qu'il n'arrivait pas à les coller, et son index et son majeur ont formé un U. Ça me faisait un peu mal, alors je lui ai dit et il a tout retiré en s'excusant mille fois. – Marga ajoute sa langue, nous léchons toutes deux mon téton puis nos langues s'entremêlent. Quand je m'arrête pour parler, Marga en profite pour le sucer et le mordre, et si je couine, même de plaisir, elle me fait taire en mordillant mes lèvres.

— C'est pas grave, Ibra, je lui ai dit. Tu ne veux pas me lécher la chatte, plutôt ?

J'ai basculé les hanches vers l'avant pour que l'entrée de mon sexe, et non plus mon pubis, se retrouve à hauteur de sa bouche. Il s'est voûté encore un peu, il a relevé la tête et il a sorti sa langue sur le côté, comme il fait toujours. Ce mec, sa langue, c'est comme une mine de crayon : pointue et précise. Il l'a rentrée dans mon vagin et on aurait dit une bite enthousiaste d'enfant. Ça appuyait sur mon clito comme un bouton d'appareil télégraphique. Mais autant lui que moi, on était dans une position inconfortable. Lui parce qu'il devait se tenir très voûté et que, même comme ça, sa langue n'entrait pas bien, et moi parce que je devais avancer les hanches et plier les genoux à fond. J'avais beau avoir les bras tendus, agrippée aux barres d'appui des W.-C., tout mon poids reposait sur mes jambes écartées aux dimensions du déambulateur d'Ibrahim, et c'était crevant.

— Viens, on va sur les chiottes, je lui ai dit.

Je me suis assise sur le couvercle et il s'est levé de son déambulateur pour s'agenouiller. C'était mieux comme ça : la sensation d'épuisement et le plaisir n'avaient plus à lutter l'un contre l'autre. Ibrahim pouvait mettre sa langue tout au fond et manœuvrer plus librement. Ses hyper-doigts en U rentraient maintenant très bien. Je remuais les hanches d'avant en arrière sur le couvercle des W.-C., les fesses de plus en plus hautes. Je lui ai demandé de me mettre son hyper-auriculaire dans le cul.

— Je n'ai jamais fait ça, il a dit en décollant sa bouche baveuse de ma chatte. – Ce que ça peut casser l'ambiance quand on arrête de te lécher pour te parler !

— Ça te dégoûte ? j'ai demandé à Ibrahim.

— Noooooooon ! Ça me fait peur.

— Suce-toi le doigt et mets-le dedans. Et continue de me pénétrer et de me lécher la chatte, s'il te plaît, j'aime beaucoup.

— D'accord. – J'avais donc, rien qu'au service de ma masturbation, la langue, l'hyper-main et la main normale d'Ibrahim, ainsi que ma propre main dès que j'en avais envie. De l'autre, je me tripotais le sein sous le tee-shirt et le soutien-gorge, que je n'avais pas enlevés.

— Donc il te l'a bien enfoncé ? me demande Marga en arrêtant de mordre pour me tirer doucement les cheveux, de cette façon qui vous donne des frissons partout. Je voudrais la dévorer mais elle ne me laisse pas faire. Elle pose mes mains exactement là où elle veut que je la touche. Je lui enfonce un doigt inattendu dans le vagin, ce qui la fait crier. Elle éclate de rire, l'air de dire bien joué ! Je la pénètre à un rythme anormalement lent qui la fait crier encore, tout en lui disant :

— Comme c'était sa première fois, c'était très doux, en fait. Je n'ai pas eu cette sensation d'étouffement qu'on a parfois quand on a le cul bloqué et l'impression de s'asphyxier. Il faut dire que l'hypertension musculaire d'Ibrahim facilite les choses. En plus, ce n'était que le petit doigt.

— Tu voudrais que je te mette un petit doigt, moi aussi ? me demande Marga, soudain prévenante.

— Oui ! je lui réponds. – Alors elle se libère de mon doigt à moi pour me mettre à quatre pattes.

— Nati, je dois te dire quelque chose, m'a sorti Ibrahim, décidément spécialiste en cassage d'ambiance. – Moi je continuais à me masturber avec mon doigt de secours pour ne pas rompre le crescendo.

— Dis-moi.

— J'ai mal aux genoux.

— Bon. – Je l'ai aidé à se relever en le soulevant par les aisselles et je me suis mise debout sur la cuvette. Ma chatte était trop loin de sa tête, et comme la cuvette était étroite je n'arrivais pas à écarter beaucoup les jambes ; le bon point, c'était qu'Ibrahim pouvait s'accrocher aux barres pour ne pas tomber. À ce moment-là, je me suis dit qu'il ne manquait plus qu'une pénétration bitale ; Ibrahim était assis sur la cuvette et moi j'étais au-dessus de lui. Je le lui ai proposé, sans cesser de me masturber, et il m'a répondu :

— Mais c'est que… elle ne devient jamais complètement dure.

— Comment ça se fait ? me demande Marga. – Ce n'est plus son petit doigt qui est dans mon cul mais l'intégralité de son majeur. Je suis maintenant sur trois pattes, le bras tendu entre mes jambes, à la recherche de la chatte de Marga qui l'a collée à mes fesses. Comme j'arrive à peine à la masturber, elle guide mon doigt comme si c'était un sex-toy.

— Comment ça se fait ? C'est justement ce que j'ai demandé à Ibrahim.

— C'est de naissance, il m'a répondu.

— Même si on te suce ? j'ai insisté.

— Suce-moi, s'il te plaît.

— Oui, mais je suis sur le point de jouir et je ne veux pas foirer mon orgasme. Je jouis, et après je te suce ?

— D'accord, il m'a dit, et j'ai alors eu l'idée d'utiliser à mon tour les rampes des W.-C. adaptés. Je me suis débarrassée de ma culotte et de mes collants, qui étaient restés sur mes chevilles. J'ai posé un pied sur chaque barre et je me suis accroupie comme une grenouille. Au début, je me tenais aussi avec les deux mains. Quand j'ai laissé tomber ma main masturbatrice de secours, je tenais encore en équilibre. J'ai lâché l'autre pour rapprocher de moi la tête d'Ibrahim. Les barres étaient très solides, elles n'ont pas du tout flanché.

— Vive l'accessibilité ! j'ai dit, toute contente. – Marga sort son doigt de mon cul et me redresse le buste en collant mon dos à sa poitrine, puis elle attrape mes seins. – Je ne sais pas si Ibrahim a compris ce que je lui ai dit, en tout cas il a compris que j'étais contente. Ma chatte était maintenant bien ouverte, il pouvait y balader aisément ses hyper-doigts et sa langue tout en restant cramponné à une barre avec son autre main ; quant à moi, je pouvais m'adosser au mur. Ses doigts montaient et descendaient comme un ascenseur, sa langue me pressait le clitoris comme si elle faisait une partie de sonnette dans un immeuble. Je me suis mise à tendre et à plier les genoux comme une grenouille. Ibrahim n'avait plus à monter et descendre ses doigts : c'était moi qui m'en chargeais. J'ai joui comme ça, en étouffant mon cri, la discrétion s'imposant, et j'en suis presque tombée des barres d'appui.

Marga me susurre à l'oreille à quel point elle est excitée et me demande si moi aussi j'ai envie de baiser. Je lui réponds :

— Reste là, j'ai dit à Ibra. Abandonnant ma position de grenouille, j'ai embrassé sa bouche baveuse, je me suis assise sur les chiottes et j'ai commencé à le sucer. Il avait les couilles rasées. Or les bites sans poils sentent souvent moins la bite, et plus l'adoucissant du caleçon. Vu qu'Ibrahim ne peut pas fermer complètement la bouche, étouffer un gémissement déjà sacrément étouffé par sa diction l'a fait s'étouffer vraiment : il toussait et ses postillons atterrissaient sur ma tête. Comme ça m'a fait peur, j'ai assumé de casser l'ambiance à mon tour :

— Ibra, tu vas t'étouffer.

— Non, t'inquiète.

— Bon. – J'ai remis sa bite-crochet dans ma bouche, j'avais recommencé à tripoter ses couilles veloutées quand quelqu'un a essayé d'entrer.

— Occupé, a dégluti Ibrahim.

— Grouille-toi, mec ! a-t-on dit derrière la porte.

— Je chie ! a-t-il redégluti, et sans cesser de le sucer j'ai levé mon bras libre au-dessus de ma tête pour lui faire un grand pouce en l'air.

— Qu'est-ce qu'il a dit ? ont demandé les deux derrière la porte avant de se répondre à eux-mêmes :

— Il lit.

— Grouille-toi de finir ta page, champion ! l'ont-ils encouragé, ce qui d'une manière ou d'une autre a dû faire son effet parce qu'à ce moment-là sa bite a commencé à s'épanouir dans ma bouche jusqu'à me caresser la glotte. Voyant le truc venir, je me suis mise à me branler à fond, mais avant que j'aie amorcé l'ascension vers mon deuxième orgasme, stimulée par les râles d'Ibrahim, ce dernier avait déjà déposé quelques gouttes de sperme dans ma gorge. Comme je ne savais pas s'il avait fini de jouir, j'ai pris sa bite dans ma main pour continuer à le masturber, et je lui ai demandé doucement :

— C'est bon ?

— Oui, a-t-il murmuré à son tour. – Son absence de voyelles est plus facile de comprendre quand il murmure.

— Je vais jouir encore une fois.

— Tu veux que je te relèche ?

— Mais tu vas avoir mal aux genoux.

— Bon, ça va, là ! – Dehors, ils recommençaient à nous presser.

— Je l'aide à s'essuyer ! j'ai répondu ; Ibrahim s'est empêché de rire et il a murmuré :

— Ça va être long ?

— Tu parles, je jouis déjà rien que d'y penser.

— Alors c'est parti, il a dit en s'agenouillant. Ibrahim

m'a léchée dans le cou avec sa langue hypertonique. Je l'ai interceptée et je l'ai prise une seconde dans ma bouche, puis je me suis installée sur la cuvette en position cunnilingus. Ibrahim a longé l'entrée de mon vagin en donnant quelques coups de langue, ce qui, ajouté au mécanisme style machine à coudre de mon doigt sur mon clito, m'a fait venir en quelques secondes à peine. Mon deuxième orgasme est toujours moins fort mais plus précis. Le courant électrique ne se contente pas de circuler dans mes jambes, il le fait à vitesse grand V.

— Il faut se dépêcher. – Ibrahim s'est mis à stresser et on s'est rhabillés.

Marga et moi sommes en plein 69 quand une sirène retentit, tellement près que je suis obligée de hausser la voix pour qu'elle m'entende.

— Est-ce que ton boulet d'éduc-spé catalaniste t'attend à la sortie ? ai-je demandé à Ibrahim.

— Qui ça ? m'a-t-il répondu en s'essuyant la bouche avec du papier toilette.

— Cette meuf qui m'avait pris le chou en t'utilisant comme prétexte.

— Ah ! Rosa !

— Ouais, Rosa.

— Non, non, elle m'avait juste accompagné ce jour-là parce qu'elle était obligée. Elle change toujours de personne. Aujourd'hui, c'est un autre éduc qui m'a amené.

— Ça ne m'étonne pas, tous les geôliers fonctionnent par tour de garde, ils n'ont pas de prisonnier attitré. Nous ne sommes qu'une marchandise parfaitement interchangeable, lui ai-je répondu en l'aidant à remonter son caleçon.

— Prisonniers… comme dans une prison, tu veux dire ?

— Oui, des prisonniers de la prison RUDI.

— C'est vrai qu'on ne nous laisse pas souvent sortir, même si on dit s'il te plaît.

— Tu votes toi, Ibra ?

— Voter… aux élections ?

— Oui, à ça ou au référendum sur l'indépendance, ou n'importe quoi d'autre où il y a une urne.

— Non, parce que j'ai été déclaré légalement incapable. Je n'ai pas le droit de voter. – Je te l'avais dit, Marga, que je ne baisais ni avec des Espagnols ni avec des gens qui votent. – J'entends toujours ces sirènes de très près mais je me dis que ce doit être à cause du trou dans le toit. Soudain, il y a quatre portières qui claquent et des radios qui grésillent.

— Marga, tu as entendu ? – J'ai sorti la tête de ses fesses en demandant ça très fort à cause du bruit des sirènes.

— J'ai pété ? crie Marga dans ma chatte sans cesser d'étreindre mes fesses ni de faire des va-et-vient avec les siennes, et ce bien que j'aie arrêté de la pénétrer en tendant le cou telle une antenne.

— C'est pas ça, Marga ! Il y a la police ! lui dis-je en abandonnant la position 69 : mes portillons se sont fermés, je ne peux plus sortir ma langue. Ils viennent te déloger !

— Ne crie pas, Nati, dit Marga, couchée sur le matelas comme une odalisque. – Je saute du lit toute nue. La porte d'entrée tremble, les flics essaient de l'enfoncer. Je les entends se donner des ordres.

— Aide-moi, Marga ! je lui crie en tirant la table contre la porte. Il faut les empêcher d'entrer ! – Mais Marga ne bouge pas.

— Ce sera pire si vous résistez ! Laissez sortir les filles handicapées ! hurle un mégaphone. – À cause des coups de bélier dans la porte qui cogne contre la table, je me plante un coin dans la hanche en lâchant bordel de merde.

— *Nativitat, Margarita, sóc la Rosa de la RUDI, no us preocupeu, tot sortirá bé!* C'est moi, Rosa de la RUDI, ne vous inquiétez pas, tout ira bien ! – hurle un autre mégaphone, et le temps des quelques secondes nécessaires pour me rendre compte que c'est l'éduc-flic catalaniste qui vient de parler, un *mosso* a déjà donné le premier coup de hache dans la fenêtre du salon condamnée par des planches. La lame de la hache transperce le bois comme dans *Shining*.

— Marga ! je lui crie, mais elle ne répond pas.

Je cours dans la chambre ; elle s'est recroquevillée en position fœtale.

— Faites sortir les filles ! répète le mégaphone, et le fait de ne pas comprendre de qui et de quel bordel ils parlent me fait hurler au point d'en avoir la gorge qui brûle.

— Mais de quelles filles vous parlez ?! Fascistes ! Tortionnaires !

— Si vous refusez d'ouvrir, vous vous exposez à une accusation de viol ! Nous savons que vous avez eu des relations sexuelles avec elles ! (Toujours le mégaphone d'un flic.)

— *Nativitat*, du calme, *estem aquí per ajudar-te*, on est là pour t'aider ! (Là, c'est le mégaphone de la catalaniste) – Le premier *mosso* entre alors par la fenêtre. Moi, toujours à poil, je lui balance la chaise Estrella Damm tellement dans le mille que je le fais reculer deux secondes dans le trou qu'il vient de faire, le temps que deux autres *mossos* finissent d'enfoncer la porte et entrent en criant halte-là, police, en me visant avec un flingue. Je leur balance mon vélo, ils se baissent pour esquiver alors j'en profite pour balancer aux deux qui entrent par la fenêtre les deux chaises qui restent et qui constituent tout le mobilier du salon.

— Mains en l'air ! – Tandis qu'une escouade de huit ou neuf *mossos* entre en courant par le trou de la porte, flingues en avant, je me rue dans la cuisine, j'attrape le couteau à lame tranchante avec lequel Marga grattait le sol et je le plante dans la cuisse du premier qui essaye de m'immobiliser par-derrière.

— Sortez de vos planques ! hurle un *mosso.*

— Attention, Marga, ils viennent te chercher ! – Je me libère en brandissant le couteau devant moi, protégée par le comptoir de la cuisine, et je balance le service en terre cuite sur le flic blessé et ses deux collègues venus à la rescousse. Ils ont beau se protéger avec les mains, l'un des plats s'explose sur le casque de l'un d'entre eux qui tombe par terre sur les fesses.

— Mains en l'air ! répètent les trois flingues qui me visent.

— Vous ne savez pas dire autre chose, grosses merdes ?

— *Compte! La que crida és una d'elles! La que té unes comportes a la cara!* C'est l'une d'elles ! Celle qui crie et qui a des portillons devant le visage ! hurle la catalaniste dans le mégaphone.

— Lâche ce couteau ! j'entends derrière un casque.

— Non mais j'hallucine. C'est toi qui lâches ce flingue ! je réponds derrière mes portillons.

— Lâche ce couteau et il ne t'arrivera rien ! (La bonne blague, le message hyper-rassurant.)

— Baissez les armes ! dit un autre casque, qui est sans doute le chef vu que les deux autres lui obéissent.

— Bravo, vous êtes bien obéissants ! je leur dis.

— Lâche-le et il ne t'arrivera rien ! C'est la dernière fois que je le dis !

— On verra bien si c'est la dernière fois !

— Lâche-le et il ne t'arrivera rien !

— C'est bien ce que je disais ! – Sans cesser de leur faire face ni de pointer le couteau vers eux, j'avance le long du comptoir vers l'entrée de la cuisine. L'un des Robocops s'interpose et me bloque le passage en levant sa matraque, je lui saute dessus le couteau brandi, et avant de recevoir le coup de matraque qui explosera mes portillons, celui qui me cassera une côte et me pliera en deux, mon couteau atteint son seul centimètre de bras non recouvert de protections antiémeutes.

ROMAN

TITRE : MÉMOIRES DE MARÍA DELS ÀNGELS GUIRAO HUERTAS

SOUS-TITRE : SOUVENIRS ET PENSÉES D'UNE FILLE D'ARCUELAMORA (ARCOS DE PUERTOCAMPO, ESPAGNE)

GENRE : LECTURE FACILE

AUTRICE : MARÍA DELS ÀNGELS GUIRAO HUERTAS

CHAPITRE 5 : VERS LA LIBERTÉ

Les portes des chambres du nouveau CRUDI étaient fermées à clé pendant la journée pour que personne ne puisse y aller avant l'heure de dormir.

Mais un matin, une assistante a oublié la clé sur la porte de la chambre de ma cousine Margarita et de ma cousine Patricia.

Elles se sont enfermées dedans, elles ont grimpé à la fenêtre, elles se sont assises sur le rebord et elles se sont mises à crier que soit on les faisait sortir du CRUDI soit elles sautaient.

Elles se tenaient par la main, elles criaient
et elles pleuraient comme des Madeleine.
Heureusement la fenêtre n'était pas très haute,
elles n'auraient pas pu se tuer si elles avaient sauté.
Mais elles auraient quand même pu se faire
très mal et Mamen et les assistantes du
CRUDI auraient été responsables.
La CAF les aurait dénoncées, elle aurait arrêté de leur donner
de l'argent et elles auraient même pu aller en prison.

Je dois reconnaître que moi, à cette époque-là, comme
j'étais fâchée contre Mamen et contre beaucoup d'autres
assistantes, j'aurais beaucoup aimé que Patri et Marga
sautent et que Mamen et les autres aillent en prison.

Je me suis souvenue de ce jour-là en voyant un spectacle
de danse joué par plusieurs handicapés tenus par la main
par des gens non handicapés, deux filles s'asseyaient
au bord de la scène en laissant pendre leurs jambes.
Pareil que Patri et Marga ce jour-là, mais sans pleurer
ni crier, juste en bougeant les bras comme si elles dansaient
une sévillane ou une jota mais sans se lâcher les mains.
C'est-à-dire comme si elles dansaient la sardane, qui est une
danse catalane comme la sévillane ou la jota, mais assis.
C'était le spectacle où aurait dû jouer ma cousine
Natividad mais entretemps elle a eu une très grave
crise portillonesque et il a fallu l'interner à la RUDI
de la Floresta, qui est spécialisée dans l'accueil des
handicapés intellectuels sévères.

La Floresta est un quartier de Barcelone où, comme son nom l'indique, il y a beaucoup de fleurs, mais aussi des arbres, des sangliers et même un petit ruisseau.

Handicapé intellectuel sévère signifie être au maximum possible du handicap intellectuel.

Mais comme Natividad m'avait donné les invitations avant d'avoir sa crise, j'y suis allée quand même. Et comme j'avais des invitations en trop parce qu'elle m'en avait donné trois, une pour Marga, une pour Patri et une pour moi, et que Marga est hospitalisée pour sa stérilisation et que Patri est en colère parce qu'on s'est fait renvoyer de l'appartement sous tutelle, j'y suis allée avec deux copains autogestionnaires, parce que même si Nati ne jouait plus dans le spectacle, Ibrahim si. Ibrahim est un autre membre de notre Groupe Autogestionnaire d'Entraide Mutuelle et cela nous faisait plaisir de le voir parce que c'est notre ami et quelqu'un de très bien.

Fin de la digression sur le spectacle de danse et la crise de ma cousine Natividad.

Je reprends sur Marga et Patri à la fenêtre du nouveau CRUDI.

Patri et Marga sont restées là un bon moment. Avec tous les résidents et toutes les assistantes, nous sommes sortis dans le jardin et nous avons regardé en l'air en leur disant des choses.

Moi je leur disais de faire attention, d'autres disaient qu'elles étaient folles, les assistantes leur disaient de rester calmes, de ne pas s'énerver et que si elles descendaient elles s'assiéraient autour d'une table pour écouter leurs revendications.

Ma cousine Natividad leur disait de tenir le coup, de ne pas sauter mais de ne pas descendre non plus parce qu'elles étaient sur la bonne voie pour sortir d'ici.

Plusieurs résidents se sont mis à leur dire pareil, à les applaudir et à crier en chœur leurs prénoms.

Les mots de Nati n'étaient pas exactement ceux-là parce que son handicap dû au syndrome des Portillons l'empêchait de parler normalement. Elle utilisait des mots très bizarres que personne ne comprenait. Moi j'ai écrit ce que ces mots signifient pour que tous les lecteurs et toutes les lectrices de mon roman les comprennent.

Les assistantes lui demandaient de se taire mais Nati ne se taisait pas à cause de son handicap.

Et même si les assistantes du CRUDI étaient censées être des professionnelles du handicap mental, elles n'avaient

pas l'air de comprendre Natividad vu qu'elles se sont
aussitôt mises à essayer de lui rouvrir ses portillons
par la force et qu'elles l'ont traînée à l'intérieur.

Quand je l'ai revue, ses portillons étaient dévissés
et elle était déjà abrutie par les cachets.

Patri et Marga n'ont pas sauté, mais pas parce
qu'on les a laissées partir du CRUDI.
Parce que Mamen et les assistantes leur ont dit
beaucoup de choses d'en bas, certaines vraies, certaines
fausses, et d'autres qui étaient des paradoxes.

Elles les ont toutes crues et elles ont fini par retourner
à l'intérieur, elles ont rouvert la porte de leur chambre,
on les a emmenées à l'infirmerie, on a pris leur
tension et on leur a fait une piqûre à chacune.

On les a envoyées s'asseoir autour d'une
table avec Mamen, la psychologue et moi,
et elles se sont mises à parler.

Mais mes cousines ne pouvaient presque pas
parler, elles ne disaient que oui ou non parce
qu'on venait de leur faire la piqûre.
Même Patri ne parlait presque pas alors que
son handicap à elle c'est la logorrhée.

La logorrhée est une maladie qui vous fait parler sans arrêt.
Les seules qui parlaient c'étaient Mamen et la psychologue.

Moi non plus je ne parlais pas parce que j'étais très nerveuse
et je n'arrivais à finir aucun mot à cause de mon bégaiement.
C'était comme si on m'avait fait la piqûre à moi aussi.
La seule chose que j'ai réussi à dire c'était
que je pensais que mes cousines n'étaient pas
en état de parler à cause des piqûres.
Je l'ai dit en bégayant beaucoup, mais je l'ai dit.

Mamen m'a répondu qu'il fallait régler
les problèmes dès qu'ils arrivaient.
Je lui ai répondu que ce n'était pas comme cela
qu'on réglerait le moindre problème puisque
mes cousines ne pouvaient pas parler.
Je l'ai redit en bégayant beaucoup, mais je l'ai dit.

Elle et la psychologue m'ont dit que c'était
évident qu'elles pouvaient très bien parler vu
qu'elles étaient justement en train de parler.
« Oui, mais là elles ne parlent pas comme elles
parlent d'habitude, leur ai-je répondu en bégayant
très fort, parce que vous leur avez fait la piqûre. »
« Elles parlent comme elles parlent d'habitude,
Angelita, mais en plus calmement, parce que sinon
on ne pourrait vraiment pas leur parler parce qu'elles
seraient très énervées », a dit la psychologue.
« Alors vous devriez vous faire la piqûre à vous aussi pour
pouvoir parler calmement toutes les quatre », ai-je dit.

Quand j'ai fini cette phrase que j'ai eu beaucoup
de mal à dire, elles m'ont regardée à moitié

en rigolant, à moitié énervées, et c'est là qu'elles m'ont dit la phrase qui a changé ma vie : « Peut-être bien qu'on va te faire une piqûre à toi aussi. »

À ce moment-là je n'ai plus rien dit et Mamen et la psychologue ont continué à faire comme si on avait une conversation à cinq alors qu'elles étaient les deux seules à parler.

J'ai repensé pendant plusieurs jours à cette phrase qu'elles m'avaient dite puis j'ai pris la décision de quitter moi aussi le CRUDI comme Marga et comme Patri, et puisque si on partait toutes les trois on ne pouvait pas laisser Nati toute seule, j'ai décidé qu'on la prendrait aussi avec nous.

Je me suis dit : « Angelita, tu ne peux pas mal te comporter parce que sinon elles vont te donner les cachets à toi aussi ou te faire les piqûres, tu vas devenir abrutie et à moitié endormie et tu ne pourras pas sortir d'ici. Il faut que tu te comportes bien en profitant d'avoir juste un handicap intellectuel léger, rester bien éveillée et attentive à tout. »

C'est comme cela qu'a commencé ma lutte pour l'autonomie et l'égalité des droits et que j'ai fait mes premiers pas d'autogestionnaire, même si je ne savais pas encore que cela existait, mais maintenant je me rends compte que j'avais déjà l'égalité des chances dans le sang.

Après plusieurs jours à réfléchir sur ce qui me passait
par la tête et sur les sentiments qui me rendaient
triste, je me suis posé les questions suivantes :
Peux-tu aller où tu veux ?
Quelqu'un peut-il te dire de ne pas aller où tu veux ?
Peux-tu aller où tu veux avec qui tu veux ?
Les autres veulent-elles aller là-bas avec toi ?
Où veux-tu aller ?

Réfléchir signifie penser beaucoup.

Maintenant je peux répondre très facilement
à ces questions, mais à ce moment-là je n'avais
aucune idée de ce qu'était le libre développement de la
personnalité garanti par la Constitution Espagnole
et par la Déclaration Universelle des Droits de l'Homme.
Et je ne savais pas non plus ce qu'était le droit à
l'autodétermination dans tous les aspects de la vie garanti par
la Convention relative aux Droits des Personnes Handicapées.

La Constitution Espagnole est la loi
la plus importante d'Espagne.
La Déclaration Universelle des Droits de l'Homme
est la loi la plus importante de l'univers.
La Convention relative aux Droits des Personnes
Handicapées est la loi la plus importante pour
les personnes atteintes d'un handicap.

À cette époque-là, je ne savais pas répondre aux questions
en utilisant la loi alors je répondais comme je pouvais.

Par exemple, je ne pouvais répondre à la
question « puis-je aller où je veux ? » que
par le paradoxe « oui mais non », même si
je ne savais pas encore ce qu'était un paradoxe.
Je savais seulement qu'il y avait quelque chose de bizarre.

Je pouvais aller où je voulais parce que j'étais majeure et
parce que je n'avais pas été déclarée juridiquement incapable.
Mais je ne pouvais pas aller où je voulais parce que Mamen
ne me le permettait pas et parce que je lui obéissais.

La réponse à la deuxième question « quelqu'un peut-il ne pas
me laisser aller où je veux ? » était un autre paradoxe.
Parce qu'on ne pouvait m'en empêcher qu'en
m'attachant à mon lit ou en m'enfermant.
Or je n'étais ni attachée ni enfermée
ni même abrutie par les cachets.
Cependant Mamen pouvait ne pas me laisser aller
où je voulais parce que je ne protestais pas.

La troisième question « pouvais-je aller où je voulais
avec qui je voulais ? » était plus difficile.
Parce que quand je suis allée demander à mes
cousines un jour qu'elles étaient normales et pas
abruties par les cachets si elles voulaient venir avec
moi vivre hors du CRUDI, elles m'ont toutes dit oui.
Alors je leur ai demandé où et chacune
m'a répondu une chose différente.
Marga voulait rentrer à Arcuelamora, comme moi.

Patri voulait habiter à Somorrín, mais pas là
où on était avant, dans le centre du village.
Et Nati disait que cela lui était égal pourvu
que ce ne soit pas le CRUDI.

C'était un problème et il fallait qu'on se mette d'accord. Mais
avant, je me suis dit qu'elles étaient peut-être juridiquement
incapables puisqu'elles étaient plus handicapées
que moi et qu'on ne les laisserait pas venir avec moi.

Je leur ai demandé si elles étaient allées voir
un juge et si elles étaient allées au tribunal.
Elles m'ont répondu que non mais j'avais peur
qu'elles n'aient pas compris ce que je leur demandais
ou de ne pas avoir été assez claire dans ce que
je leur disais, parce qu'à ce moment-là moi non plus
je ne connaissais pas encore bien ces sujets.
J'en avais juste entendu parler.

Ceci est de l'autocritique.

Je n'osais pas non plus demander à Mamen, de peur qu'elle
découvre mon projet et se mette à me donner des cachets.

Je trouvais important qu'on soit toutes ensemble pour
être plus fortes quand l'heure viendrait de partir.
Parce que comme je l'ai déjà dit, à cette époque-là,
je ne connaissais pas la force de la loi et je ne pensais
qu'à la force quand on est fort ou qu'on est nombreux.

C'est alors qu'il s'est passé une autre chose
qui a changé ma vie pour toujours.

Le Jour des Familles qui a lieu chaque année au CRUDI, quand les parents des pensionnaires viennent voir le CRUDI et les travaux manuels et les pièces de théâtre qu'on faisait, mon oncle Joaquín et mon oncle José sont venus et j'ai eu une conversation très importante avec eux.

Je vous rappelle que mon oncle Joaquín était l'oncle chez qui j'étais allée habiter et je vous rappelle que mon oncle José était le père de ma cousine Marga.

À ce moment-là, Patri et Nati étaient en situation d'orphelanité absolue.
L'une parce qu'on n'a jamais su qui était son père.
L'autre parce que même si on savait que son père était le jeune Gonzalo, il ne l'a jamais reconnue.
Et toutes les deux parce que leur mère, ma tante Araceli, même si elle n'était pas morte, c'était comme si elle était morte parce qu'elle vivait dans une maison de retraite et depuis que Patri et Nati avaient rejoint le nouveau CRUDI on ne l'avait plus revue.

Donc pour le Jour des Familles, j'avais réussi à ne pas jouer dans le spectacle de théâtre et mes cousines n'y jouaient pas non plus parce qu'elles étaient fâchées avec les assistantes.
J'ai profité que mon oncle Joaquín et mon oncle José n'étaient pas obligés de regarder le spectacle

vu qu'aucun membre de leur famille ne jouait
dedans et je suis sortie de la salle avec eux.

« Tontons, est-ce que les cousines sont
incapables ? » leur ai-je demandé.
Mon oncle Joaquín m'a répondu :
« Oui, comme toi. »
Encore un qui ne comprenait pas.
Mon oncle confondait incapable et handicapé.
« Tonton, handicapées, on l'est toutes, mais
déclarées juridiquement incapables, non. »

Alors j'ai regardé mon oncle José et je lui ai demandé :
« Tu as emmené la cousine Marga au tribunal
pour qu'ils la rendent incapable ? »
« Ce n'est pas une voleuse ! »
m'a répondu mon oncle José.
À l'intérieur de moi, je me suis dit : « Parfait ! »
Je leur ai redemandé :
« Vous savez si quelqu'un d'autre a emmené Patri
et Nati au tribunal pour les déclarer incapables ? »
Ils m'ont dit qu'ils ne savaient pas mais qu'ils pensaient
que non parce que tout se sait à Arcuelamora
et que cela leur serait revenu aux oreilles.

Je n'avais jamais autant parlé à mes oncles de ma vie.
J'ai profité qu'ils étaient de bonne humeur et que la pièce
de théâtre venait de commencer pour poser à mon oncle
Joaquín la deuxième question que je voulais lui poser :
« Tonton, je n'ai pas d'autre famille que toi et les cousines ? »

« Si, tu as tonton José », m'a-t-il dit en regardant l'oncle José.
C'était vrai.
« Et tata Araceli. »
C'était vrai aussi.
« Et tata Montserrat. »
« C'est qui celle-là ? » lui ai-je demandé.
« Une pute de Los Maderos qui est allée sur les Ramblas quand le club a fermé », a dit mon oncle José.
« Une cousine à moi et à ta mère, qu'elle repose en paix », a dit mon oncle Joaquín.
« Tante Montserrat est morte ? » ai-je demandé.
« Non, ta mère, Angelita. »
« Alors tante Montserrat est vivante ? »
« Je crois que oui », a dit mon oncle José.
« Et elle habite où ? » ai-je demandé.
« À Barcelone. »
« L'endroit des footballeurs ? » ai-je demandé.

À cette époque-là, je ne savais pas ce qu'était Barcelone, mais maintenant je le sais très bien parce que j'y habite.

« Vous avez son adresse ou son numéro de téléphone ? »
« Angelita, ma chérie, tu vas devoir le trouver toi-même », m'a dit mon oncle Joaquín.
« Tonton, s'il te plaît, trouve-le et appelle-la. »
« Et pour quoi faire, on peut savoir ? » a demandé mon oncle José.
« Pour partir en vacances chez elle, les cousines et moi. »
« Je pense qu'elle a arrêté d'être pute vu l'âge qu'elle a maintenant », a dit mon oncle José.

« Angelita, on n'a plus revu cette femme depuis
l'enterrement de ta mère », a dit mon oncle Joaquín.
« Mais c'est quelqu'un de bien ? » je leur ai demandé.
« Quelqu'un de normal, mais aujourd'hui les gens
ne sont plus comme avant, à prendre chez eux
les membres de leur famille, et encore moins
vous, qui êtes quatre et qui êtes attradées. »

À ce moment-là, mon visage a changé, mais pas
parce que mon oncle nous avait traitées d'attradées,
qui est le mot qu'il a utilisé toute sa vie parce qu'il
n'en connaissait pas d'autre parce qu'il avait déjà
soixante-dix ans et qu'il n'était jamais sorti du village.

Mon visage a changé pour deux raisons,
une mauvaise et une bonne.
La mauvaise, parce que tante Montserrat
ne voulait pas nous prendre chez elle.
La bonne, parce que si on lui disait qu'on n'avait pas
été déclarées incapables, qu'on n'avait pas de tuteur
légal qui gérait notre argent et qu'à nous quatre on avait
presque 2 500 euros d'allocations par mois, peut-être
qu'elle voudrait bien nous prendre chez elle, car en tant
que personne en risque d'exclusion sociale comme
c'est le cas des prostituées, elle devait avoir besoin d'argent.

C'est ce qui se passait chez l'immense majorité
des handicapés mentaux de la Région d'Arcos.
Ils habitaient chez leurs parents au lieu d'aller
dans un CRUDI pour que leurs parents gardent l'argent.

Alors mon oncle Joaquín m'a demandé quelque chose
qu'il ne m'avait jamais demandé de ma vie :

« Tu n'es pas bien ici ? »

C'était ma chance de leur demander leur aide.
Mon oncle Joaquín me laissait toujours aller où je voulais,
comme ma mère et comme la mère de Patri et Nati.
Mon oncle José n'avait pas autant laissé sortir Marga.
Mais ils étaient de bonne humeur et il fallait en profiter.

« Écoutez, les tontons, non, on n'est pas bien ici.
Rendez-nous le service de dire à Madame Mamen
que les cousines et moi on part quelques jours en vacances
à Arcuelamora, et après on verra bien ce qu'on fait. »

Je l'ai dit en bégayant beaucoup, mais je l'ai dit.

Mon oncle Joaquín ne m'avait jamais demandé
d'explications et cette fois non plus il ne l'a pas fait.
Il est juste resté silencieux.
Mon oncle José était plus du genre
à demander des explications.
Mais ce jour-là, il ne m'a rien demandé
du tout et cela s'est arrêté là.

Au bout d'un mois, mon oncle José et mon oncle
Joaquín sont revenus au CRUDI.

Ce n'était ni le Jour des Familles ni le Jour
des Portes Ouvertes ni aucun autre jour de visite.

Ils ont dit bonjour aux assistantes.
Ils ont dit bonjour à Mamen.
Ils ont dit bonjour à Patri, à Nati et à Marga
et ils sont venus me voir.
On est allés dans le jardin et ils m'ont parlé tout bas.

Mon oncle José m'a dit :
« Angelita, si vous voulez qu'on vous sorte d'ici,
vous devez nous donner de l'argent. »

Je ne comprenais pas.
J'ai regardé mon oncle Joaquín et il m'a expliqué :
« Angelita, si vous partez, ils vont peut-être
supprimer vos allocations et on ne pourra plus
tirer de l'argent sur le compte bancaire.
C'est pour ça qu'on a besoin que vous
nous laissiez de l'argent, si jamais. »

À ce moment-là, je ne comprenais pas bien ce qui se passait. Si nous avions eu cette conversation aujourd'hui, j'aurais parfaitement compris que mon oncle Joaquín et mon oncle José faisaient la même chose que l'immense majorité des familles de tous les pensionnaires non déclarés incapables. La carte de crédit à notre nom que la banque nous donne parce qu'on a un compte, c'étaient les familles qui l'utilisaient pour tirer de l'argent quand elles en avaient envie.

Tout le monde sait ce qu'est une carte
de crédit, je n'ai pas besoin d'expliquer.
Cependant, je dois expliquer que si quelqu'un utilise
une carte de crédit où ce n'est pas son nom qui est écrit
dessus mais le nom d'une autre personne, c'est illégal.

Mais à ce moment-là, je voyais seulement que si on payait,
on partait et cela me paraissait super, et même normal.

Je leur ai dit oui pour tout et mes oncles
sont allés dans le bureau de Mamen.
Quand ils sont sortis, Mamen m'a dit :
« Tu vas être contente, Angelita, vous allez
passer quelques jours dans ton village. »

Le lendemain, quand mes oncles sont venus nous
chercher avec la camionnette, Mamen a dit :
« Ah, les petites coquettes, avec tous leurs bagages ! »

« C'est pour nous faire belles, Madame Mamen »,
a dit Patricia, qui a toujours été très coquette.

Nous sommes montées toutes les quatre dans
la camionnette de mon oncle José et nous
sommes allés directement à la BANCOREA.
Pas à la BANCOREA de Somorrín mais à celle d'un autre
village plus loin pour que personne qu'on connaissait
ne puisse savoir qu'on tirait de l'argent pour ne plus jamais
revenir et que personne n'aille le raconter au CRUDI.

On a attendu tous les six devant le guichet et mes oncles
nous ont demandé à toutes les quatre nos cartes d'identité.

La carte d'identité, tout le monde sait ce que c'est parce
que tout le monde en a une, sauf les étrangers.

Comme on ne savait pas combien d'argent il y avait
sur les comptes, il a d'abord fallu demander un extrait.

Un extrait est un papier qu'on vous donne à la banque
où il y a écrit combien d'argent vous avez sur votre compte.

Maintenant je sais très bien aller à la banque et demander
tout comme il faut parce que je l'ai appris dans le
Groupe Autogestionnaire d'Entraide Mutuelle.
Mais à ce moment-là, je n'y connaissais rien et ce sont
mes oncles qui devaient tout demander.

Je ne pouvais pas lire ce qu'il y avait sur l'extrait parce que
j'étais tellement nerveuse que les chiffres bougeaient.
Patri ne pouvait pas lire ces chiffres si petits
parce qu'elle était déjà très myope.
Nati était celle qui savait le mieux lire, mais elle avait
déjà commencé à devenir nerveuse comme moi.
Marga la tenait par la main et elle lui disait
des choses pour éviter que ses portillons s'activent
et qu'ils nous rendent tous encore plus nerveux.

Mes oncles ont demandé au monsieur
du guichet de leur donner 15 000 euros.

À ce moment-là, je ne savais pas si c'était
beaucoup ou pas beaucoup, 15 000 euros.
Maintenant je sais que c'est énorme et que cet argent était
celui de l'indemnisation de l'accident du travail de Nati.

Un accident du travail, j'ai déjà expliqué
ce que c'est dans le chapitre 3.
Vous pouvez aller relire.

« Et vous, vous voulez combien ? »
m'a demandé mon oncle Joaquín.

Je n'avais aucune idée de combien demander.
J'ai regardé Patri qui était à côté de moi
et elle a dit 100 euros chacune.

« Bon, disons plutôt 200 chacune », a dit mon oncle José.

Ils ont appelé Nati pour lui faire signer un papier
et c'est ce qui a été le plus difficile.
Marga a voulu aller avec elle au guichet
mais Nati refusait et elle repoussait Marga.
Ses portillons se sont activés et elle s'est mise
à crier les choses habituelles de son handicap.
Les gens dans la banque nous regardaient et quand
un travailleur de la banque est venu lui parler,
Nati lui a presque mis un coup de tête avec ses portillons.

Alors je me suis dit que ce n'était pas de chance
qu'on n'ait pas donné de cachets à Nati ce jour-là,

parce qu'à cause de son handicap elle ne comprenait
pas que c'était pour son bien qu'on était à la banque,
pour son bien qu'elle devait signer et que si elle continuait
comme cela elle allait tout gâcher non seulement pour elle
mais aussi pour nous qui n'étions coupables de rien.

Nati a quand même fini par signer.
J'ai pris le papier et le stylo, je les lui ai apportés
et je lui ai dit que c'était la dernière chose à faire
avant de quitter Somorrín pour toujours et de ne plus jamais
entrer dans une banque de sa vie.

Comme je lui ai dit s'il te plaît et en pleurant, ses portillons
se sont un peu ouverts et finalement elle a signé.

Le monsieur derrière la vitre a sorti des liasses
de billets comme quand Mamen devait aller
à la banque avant que le CRUDI soit un centre
agréé et avant que tout se fasse par virement.

L'une de ces liasses était pour nous.

« Vous devrez donner 4 000 euros à tante Montserrat
pour le temps que vous habiterez chez elle,
avant de trouver un endroit où vivre.
On en a parlé avec elle, elle viendra vous chercher
à la gare routière de Barcelone », m'a dit mon oncle Joaquín.

Nous sommes sortis de la banque, nous sommes montés
dans la camionnette et ils nous ont amenées à la gare

routière de ce village où personne ne nous connaissait
pour que personne ne se rende compte que Patri, Nati,
Marga et moi commencions notre nouvelle vie, une vie
où je commençais à comprendre qu'il fallait faire les choses
en utilisant la force de la loi et pas la force des mensonges.

Une vie où je commençais à comprendre qu'il faudrait
déclarer juridiquement incapables Nati et Marga,
et concernant Patri je n'étais pas sûre, pour que personne
ne puisse tirer illégalement de l'argent de leurs comptes
sauf un tuteur légal garant de l'intérêt supérieur
de la personne en situation d'incapacité.

Garant de l'intérêt supérieur de la personne en situation
d'incapacité signifie que tout ce que fait le tuteur légal
est pour le bien de la personne en situation d'incapacité,
et toujours de façon légale, comme son nom l'indique.

Et comme cela, dans notre autobus, avec des larmes
de joie dans les yeux et un sandwich au chorizo enveloppé
dans du papier aluminium, nous sommes parties
pour Barcelone, terre de liberté.

C'est ici que s'arrêtent mes souvenirs
entre le moment où j'ai quitté Arcuelamora
et le moment où je suis arrivée à Barcelone.

Mais avant de passer au chapitre suivant
dans lequel je vous parlerai de ma vie ici,
je voudrais dire clairement une chose :

Je suis pleinement consciente
que ce chapitre n'est pas parfait.

Être pleinement consciente signifie
savoir très bien quelque chose.

Je sais que j'ai désobéi à beaucoup de règles du livre
« Lecture facile. Guide pratique d'orientations pour l'inclusion
éducative », écrit par l'écrivain Óscar García Muñoz pour
le Ministère de l'Éducation, de la Culture et des Sports.

Le Ministère de l'Éducation, de la Culture
et des Sports est l'endroit où il y a les politiciens
qui commandent les écoles, les collèges,
les lycées, les universités, les musées, les théâtres,
les cinémas, les bibliothèques et les gymnases.

J'ai désobéi à la règle 2 de la page 19 qui dit :
« Attention aux accidents sémantiques.
Éviter les synonymes.
Éviter la polysémie.
Éviter le lexique complexe.
Éviter les métaphores et les abstractions. »

Des synonymes sont deux mots qui s'écrivent
différemment mais qui signifient la même chose.
Par exemple, se divertir et bien s'amuser
sont des synonymes.

La polysémie et les métaphores, j'ai déjà expliqué
ce que c'est et j'ai donné beaucoup d'exemples.

Abstrait, c'est ce qui ne se voit pas avec les yeux
ni avec les autres sens mais qui se sent.
Comme la violence, la faim ou la liberté.

Le lexique complexe, ce sont les mots très difficiles.

J'ai aussi désobéi à la règle de la page 80 du livre
des Méthodes dont je vous ai déjà beaucoup
parlé, écrit aussi par l'écrivain Óscar García
Muñoz, mais pour le Ministère de la Santé,
des Affaires Sociales et de l'Égalité.

Le Ministère de la Santé, des Affaires Sociales
et de l'Égalité est l'endroit où il y a les politiciens
qui commandent les hôpitaux et les sujets de la société
qui servent à ce que nous soyons tous égaux.

Cette règle dit :
« Ne pas citer trop de personnages.
Réduire leur nombre aux acteurs de l'intrigue principale. »
Et aussi :
« Les personnages doivent être bien définis,
peu complexes, et avoir des caractéristiques simples. »

J'ai désobéi parce que j'ai mis tous les personnages
du CRUDI et pas juste les personnages du CRUDI
qui ont participé à l'histoire de ma vie.

Et aussi j'ai mis toutes les caractéristiques qu'il fallait
pour raconter vraiment l'histoire de ma vie.

J'ai désobéi à la règle qui dit à la page 71 de ce même livre :
« Éviter les mots exprimant des jugements de valeur. »
J'ai utilisé les mots « bien » et « mal » et « bon »
et « mauvais » beaucoup de fois.
Par exemple, quand j'ai dit « il y avait du bon et du mauvais ».
J'ai aussi désobéi à la règle qui dit :
« Éviter le langage figuré, les métaphores
et les proverbes car cela génère de la confusion. »
Par exemple, quand j'ai dit « on tournait la page »
et « elles pleuraient comme des Madeleine »
car c'est du langage figuré.

Je n'ai aussi pas respecté une règle qu'il y a
dans les deux livres dont je viens de parler
et dans les Directives dont je vous ai déjà parlé
avant, écrites par les Services en Bibliothèques pour
Personnes à Besoins Spécifiques et qui demandent
de mettre des images en soutien au texte.

Les Services en Bibliothèques pour Personnes
à Besoins Spécifiques, c'est quand la bibliothèque
te donne des choses ou t'aide à faire des choses,
mais cela n'a aucun rapport avec faire ses besoins.
Attention avec le mot besoins, c'est une polysémie.

Les Personnes à Besoins Spécifiques sont tout
simplement les handicapés et les attradés.

Au début, je mettais des émojis de WhatsApp parce
que je pensais que cela respectait la règle qui dit :
« Utiliser des images faciles à comprendre, précises et
dont le sens est clair, des images simples, avec peu
de détails, familières et qui attirent l'attention.
L'image doit être utile, pas nécessairement belle. »
Mais c'est une règle pas obligatoire
qui n'est pas forcément respectée par d'autres
bons écrivains en Lecture facile.
Comme celui du livre adapté du Journal d'Anne
Frank, qui s'est très bien vendu et qui a été
traduit dans beaucoup de langues.
De temps en temps, cet écrivain met
une photo en noir et blanc.

J'ai aussi désobéi à la règle qui dit de ne
pas faire de digressions et à celle qui dit
de mettre les dialogues avec des tirets.

J'ai déjà parlé des digressions dans le chapitre 1.
Vous pouvez aller relire.

Les tirets pour les dialogues, je ne les trouve
pas sur le clavier de WhatsApp.

On dit que pour désobéir aux règles,
il faut d'abord les connaître.
C'est pourquoi j'ai écrit toutes les règles
que je ne respecte pas pour montrer que ce n'est pas

parce que je ne les connais pas que je ne les respecte pas, mais parce que je les connais et parce que je l'ai décidé.

C'est un acte de rébellion.

La rébellion, c'est quand tu n'es pas d'accord avec une règle et que tu ne la respectes pas.

Si tu ne connais pas la règle et que tu ne la respectes pas, ce n'est pas de la rébellion, c'est juste de l'ignorance.

L'ignorance, c'est ne pas savoir quelque chose.

Je suis une écrivaine rebelle parce que, après avoir étudié les règles de la Lecture facile, je me suis rendu compte qu'il y en a beaucoup de mauvaises et je me suis rendu compte aussi que beaucoup de gens qui ne sont pas ignorants, par exemple la juge qui a autorisé la stérilisation de ma cousine Marga, ne connaissent pas la Lecture facile.

Autoriser la stérilisation veut dire que la juge donne un papier à son tuteur légal qui est la Generalitat de Catalogne où il est écrit qu'elle lui donne l'autorisation d'emmener Marga chez le docteur pour que le docteur lui fasse une opération pour qu'elle ne tombe jamais enceinte.

Le tuteur légal est la personne qui est responsable d'un handicapé qui en plus d'être handicapé est incapable.

Un incapable est un handicapé qui ne peut rien faire sans l'autorisation de son tuteur légal. Son tuteur légal est comme son père.

La Generalitat de Catalogne est le gouvernement de la Catalogne.

Le gouvernement, j'ai déjà expliqué ce que c'est dans le chapitre 1. Vous pouvez aller relire si vous avez oublié.

Si une personne aussi intelligente qu'une juge ne sait pas ce qu'est la Lecture facile, c'est qu'il faut régénérer la Lecture facile. La Lecture facile doit être attirante et utile à tous. Pas seulement attirante et utile pour les 30 % de personnes qui ont des difficultés à lire ou qui se sont vu privées du plaisir de la lecture. La Lecture facile doit atteindre la population en général, la majorité de la population et l'ensemble des concitoyens.

Les concitoyens, c'est tout le monde et pas seulement ceux qui sont bêtes, aussi ceux qui sont intelligents, ceux qui vivent dans des villes, ceux qui vivent dans des villages, et même ceux qui vivent dans des hameaux ou tout seuls dans la montagne.

Les romans, les lois, les contrats, les amendes, les délibérations, la facture d'électricité, d'eau

et de gaz, les papiers de la banque, de la mairie
ou de n'importe quel endroit où il y a des politiciens
ou de n'importe quel endroit où il y a des entreprises
doivent être écrits en Lecture facile.

J'en ai parlé avec ma référente de mon Groupe
Autogestionnaire d'Entraide Mutuelle qui
m'a dit qu'en tant qu'autogestionnaire j'ai raison
de prendre des initiatives sans me mettre d'entraves
et sans avoir d'attentes surdimensionnées.

Prendre des initiatives signifie avoir
une idée et essayer de la réaliser.
Sans se mettre d'entraves signifie que ni personne
ni moi ne m'empêche de commencer les choses.
Attentes surdimensionnées signifie qu'il faut
être réaliste et savoir que les choses se réalisent
petit à petit.

J'ai cherché sur Internet et il y a énormément
de gens avec la même initiative que moi.
Des gens de Biscaye, de Leganés, d'Avila, d'Estrémadure,
de Galice, d'Oviedo et bien sûr de Catalogne,
où est née la Lecture facile en Espagne.

Ce sont tous des endroits d'Espagne sauf la Catalogne.
En Catalogne, il y a un débat entre les gens
qui disent que ce n'est pas l'Espagne et les gens
qui disent que c'est l'Espagne.

En Biscaye, il se passe plus ou moins la même chose.
Là-bas aussi il y a des gens qui disent que ce n'est pas
l'Espagne et d'autres qui disent que c'est l'Espagne.

Mais cela, la Lecture facile s'en fiche pas mal.
Car la Lecture facile est l'accessibilité universelle
de tous les citoyens, d'Espagne ou de l'étranger,
aux droits à l'information et à la culture,
à la transparence et à la démocratie, à la communication
en tant que consommateurs et usagers
et en tant que travailleurs et travailleuses.
Parce que si une entreprise communique en Lecture
facile avec ses clients et avec ses travailleurs,
elle gagnera plus d'argent car ses clients comprendront
mieux ses publicités et ses travailleurs comprendront
mieux ce que demandent leurs chefs, et en plus
l'entreprise gagnera en prestige car les citoyens verront
qu'elle s'intéresse à l'accessibilité universelle.

Je suis une écrivaine rebelle et universelle
qui a pris l'initiative de régénérer, de démocratiser
et de rendre productive la Lecture facile sans peur
de ne pas respecter les règles, quoi qu'il en coûte,
quel que soit le risque, qu'importent les conséquences,
et même si je dois devenir une écrivaine incomprise,
maudite ou culte.

Incomprise signifie que personne ne te comprend.
Maudite signifie qu'on t'a jeté une malédiction.
Culte signifie pareil que le culte dans

les églises quand les gens vont dire une prière
à un saint, à un Christ ou à une Vierge, mais au lieu
de dire une prière ils lisent ton livre.

La prière et le livre, c'est une métaphore.

Barcelone, 11 septembre 2017

Jour de la remise en liberté de la danseuse Maritza Garrido-Lecca après vingt-trois ans de captivité dans une prison péruvienne

REMERCIEMENTS

Merci à Araceli Pereda, mon premier contact avec le monde du handicap intellectuel ; à Sonia Familiar, la première personne qui m'a parlé de l'existence de la Lecture facile et des groupes autogestionnaires d'entraide mutuelle ; et à R. B. A. qui m'a raconté comment ce monde était dans les années 1980 et 1990. J'ai abusé de leur temps et de leurs connaissances toutes les fois où ma curiosité et mon ignorance le demandaient, et elles ont toujours, toujours, toujours répondu à mes appels. Merci pour les rires, pour les débats, pour la documentation, pour les accords et les désaccords.

Merci à Desirée Cascales Xalma d'avoir dansé si passionnément avec moi, de la sécurité que j'ai ressentie sur son corps et elle sur le mien, de m'avoir raconté sa vie sans omettre le moindre détail et de m'avoir expliqué les chemins tortueux de la Sécurité sociale jusqu'à en trouver la sortie.

Merci à Lucía Buedo, de La Caldera de Les Corts, d'avoir transmis et réceptionné tout ce matériel éditorial comme si son bureau était la Poste, fonctions qui n'étaient pas les siennes mais qu'elle a cependant endossées avec de vrais sourires.

Merci aux danseurs et aux anti-danseurs de Brut Nature 2018, d'avoir fait la bringue avec moi le jour de la remise du prix Herralde alors qu'on se connaissait à peine. L'expérience nous montre qu'il faut parfois se fier aux inconnus. Merci, en particulier, à Oscar Dasí, directeur artistique de La Caldera, qui non seulement l'a célébré avec moi mais qui en plus a su garder le secret, et qui unit la danse et la littérature dans sa pratique quotidienne.

Merci à Élise Moreau et à Elisa Keisanen, deux des trois pattes d'Iniciativa Sexual Femenina, de s'être mises au service des bizarreries de ce roman, de les avoir faites leurs et d'avoir pardonné mes absences aux répétitions chaque fois que mes tâches littéraires m'empêchaient de venir. Sans leur compréhension, j'aurais attrapé trois pneumonies entre septembre et novembre.

Merci à Ella Sher d'avoir pris des avions et décroché son téléphone à des heures impossibles, d'avoir emporté des vêtements de fête dans un sac et s'être changée dans les toilettes, et de cette attention envers moi qui n'a jamais faibli, pas même sous la pression de la censure.

Et merci à Guido Micheli Losurdo et à Javier López Mansilla, mes époux fanzinistes.

*

Margot Nguyen Béraud, la traductrice française, tient à remercier le CNL de son aide à la traduction, ainsi que Me Élise Guillon de son précieux regard juridico-littéraire. Elle adresse également un clin d'œil complice à la *peña* des traducteurs de *Lectura fácil* : Gerry Dunn (anglais), Friederike von Criegern (allemand), Roberta Arrigoni et Guido Micheli (italien) et Maria Bezantacou (grec).

Composition : Utibi.
Achevé d'imprimer par Grafica Veneta S.p.A.
à Trebaseleghe (Pd).
Dépôt légal : août 2021.

ISBN 978-2-207-16181-4 / Imprimé en Italie.

371432